KNAUR

Über die Autorin:

Corine Gantz ist in Frankreich geboren und aufgewachsen. Sie studierte zeitgenössische Kunstgeschichte an der Sorbonne und arbeitete als Marketingmanagerin in Paris, San Francisco und Los Angeles. *Das Lächeln von Paris* ist ihr erster Roman. Corine Gantz lebt mit ihrem Mann und ihren beiden Söhnen in der Nähe von Los Angeles.

Corine Gantz

Das Lächeln von Paris

Roman

Aus dem Amerikanischen von
Sonja Rebernik-Heidegger

KNAUR

Die amerikanische Originalausgabe erschien 2011 unter dem Titel
»Hidden in Paris« bei Carpenter Hill Publishing.

Besuchen Sie uns im Internet:
www.knaur.de

FSC
www.fsc.org
MIX
Papier aus verantwortungsvollen Quellen
FSC® C083411

Deutsche Erstausgabe April 2015
Knaur Taschenbuch

Ein Imprint der Verlagsgruppe Droemer Knaur GmbH & Co. KG, München

Redaktion: Antonia Zauner
Covergestaltung: ZERO Werbeagentur, München
Coverabbildungen: FinePic®, München; PhotoTalk /getty images
Satz: Adobe InDesign im Verlag
Druck und Bindung: CPI books GmbH, Leck
ISBN 978-3-426-51614-0

2 4 5 3

Für meine drei Männer

Prolog

Paris, zwei Jahre zuvor

Annie dachte bei sich, dass Johnny sich mittlerweile tatsächlich wie ein Franzose kleidete. Sein Jackett war so ausgefallen geschnitten, dass er es in den Staaten nie getragen hätte. Annies Kurven, die guten und die weniger guten, quollen hingegen wie immer auf sehr unfranzösische Weise aus ihrem burgunderfarbenen Kleid von Chantal Thomass.

Sie gaben den Jungen einen Gutenachtkuss und baten die Babysitterin, sie noch vor zehn Uhr ins Bett zu bringen. Dann drückte Johnny die Haustür ihres Pariser *Hôtel particulier* auf, und an seiner Steifheit und der Art, wie er diese einfache Bewegung ausführte, merkte Annie, dass Johnny wütend war. Sie wusste nicht, auf wen oder weshalb. Sie hoffte bloß, dass sie nichts damit zu tun hatte.

Die feuchte, warme Nachtluft liebkoste ihre Haut, während sie schweigend unter den altmodischen Straßenlaternen die Rue Nicolo entlanggingen. Sie griff nach Johnnys Hand, doch er entzog sie ihr schon eine Minute später wieder. »Du fährst«, erklärte er, als sie vor ihrem Minivan stehen blieben. »Du verträgst mehr Alkohol als ich.«

Also fuhr Annie. Er saß auf dem Beifahrersitz. Sie ließ das Fenster ganz hinunter und streckte ihren nackten Arm hinaus. Der Fahrtwind strich über ihn hinweg, während sie die Rue de Passy hinunter in Richtung Trocadéro fuhr. Es war der 21. Juni, der Tag der Sommersonnenwende, und heute Abend fand die *Fête de la Musique* statt. Heute Nacht tanzten die Leute auf den Straßen, und es war eine Nacht voll *ivresse* und *amour*, voll Trunkenheit und Liebe. Annie hoffte sehr, dass sie heute Nacht von beidem ein wenig abbekommen würde.

Johnny saß auf dem Beifahrersitz und verzog das Gesicht, als er das übliche Chaos aus Bonbonpapier und zerbrochenem Kinderspielzeug entdeckte.
»Alles in Ordnung?«, fragte sie vorsichtig. Johnny zuckte bloß mit den Schultern.
In der Rue de Boulainvilliers und der Avenue Mozart wimmelte es von Fußgängern. Die Stimmung auf der Straße war ausgelassen. Eine Frau bewegte die Hüften zum Rhythmus einer Bongo, und die blonden Dreadlocks des Drummers schwangen hin und her, während er spielte.
»Wir sollten nach dem Essen tanzen gehen«, sagte sie. »Wir müssen an einem Abend wie diesem einfach tanzen gehen.«
Johnny antwortete nicht.
Vom Place Rodin drangen Jazz-Klänge herüber, und am Place Costa Rica stand ein seltsamer Mann in einem abgetragenen Frack mitten auf dem Bürgersteig und sang »Nessun Dorma«. Annie hatte ihn schon einmal in der Métro Ranelagh gesehen, wo er Opernlieder gepfiffen hatte.
»Irgendetwas stimmt doch nicht«, begann sie noch einmal.
»Annie, wir müssen reden.«

Nachdem sie geredet hatten, zitterte sie am ganzen Körper. Johnny schwieg. Er hielt die Hände im Schoß gefaltet und den Kopf gesenkt wie ein Kind, das so tat, als täte ihm etwas furchtbar leid. Sie schaffte es nicht mehr auf die Champs Élysées, also parkte sie den Minivan, so gut es ging, entlang der Avenue Victor Hugo und ließ ihre Ellbogen und die Stirn auf das Lenkrad sinken. Ihr Herz hämmerte. Sie bemühte sich, klar zu denken und weiterzuatmen. Einen Moment später ergriff die Wut von ihr Besitz. Sie merkte, wie sie nach Dingen griff, die im Auto herumlagen – Spielzeug, ihr Mobiltelefon, eine alte Straßenkarte, alles, was ihr zwischen die Finger kam –, und Johnny damit bewarf. Er riss die Arme in die Höhe. Ein hundertfünfzig Kilo schwerer Gorilla, der gerade zum Opfer häuslicher Gewalt wurde.

»Annie …«

»Raus hier!«, schrie sie.

»Hör zu …«

»Verdammt noch mal! Raus aus meinem Auto!«

»Annie, du beruhigst dich jetzt besser wieder«, entgegnete er mit dieser warmen, vernünftigen Stimme, die einem teuren Rotwein glich. Doch seine Hand lag bereits auf dem Türgriff.

Sie schnellte aus ihrem Sitz hoch, warf sich auf ihn und trommelte auf seine Schulter ein. »Raus hier, verdammt!«

Johnny stieg aus dem Auto, schloss die Tür, ohne sie dabei anzusehen, und ging davon.

»Arschloch«, schrie sie seiner Silhouette nach, die in der Menschenmenge verschwand.

Sie fuhr planlos umher. Ihre Sinne hatten sie verlassen. Sie fuhr, ohne die Straße wirklich zu sehen, ohne die Musik zu hören. Sie fuhr eine Stunde oder vielleicht auch länger umher und weinte dabei wie ein kleines Kind.

Schließlich kurvte sie eine Ewigkeit um ihre Wohnsiedlung. Die Tränen trübten ihren Blick, und sie konnte keinen Parkplatz finden. Nach Hause. Sie musste nach Hause.

Sie schlüpfte aus ihren Manolo Blahniks mit den zwölf Zentimeter hohen Absätzen, die sie eigens für diesen Abend gekauft hatte, und ging barfuß auf das Haus zu, dankbar, den kühlen Asphalt unter ihren nackten Füßen zu spüren. Dann ließ sie sich auf der untersten Stufe der Steintreppe nieder und weinte noch ein wenig mehr, bevor sie sich die Augen trockentupfte und die Treppe hinaufstieg.

Am anderen Ende von Paris verließen Johnny und Steve gerade eine Bar in der Rue des Pyrénées. Sie lachten. Steve konnte kaum noch gehen. Johnny setzte sich hinter das Steuer von Steves Jaguar und bog mit quietschenden Reifen scharf nach links ab in Richtung Boulevard Périphérique.
Als Annie das Haus betrat, waren Johnny und Steve bereits tot.

Janvier

1

Vor zehn Jahren, als sie noch im Land der Cheeseburger und Donuts lebte, hatte Annie sich nie Gedanken darüber gemacht, was sie zu sich nahm. Mittlerweile war Essen zu einer richtigen Besessenheit geworden. Sie machte sich ständig über ihr Essen Gedanken, sie sprach darüber, sie kochte selbst und nahm dadurch in weiterer Folge eine völlig inakzeptable Menge an Gewicht zu – zumindest inakzeptabel nach Pariser Maßstäben. Tatsächlich hatte sie gestern eine Art geschmacklichen Tiefpunkt erreicht, als sie mit leerem Magen ein Buch mit dem Titel *Bible du Beurre* gekauft hatte. Es war ein Kochbuch, das vollkommen dem Thema Butter gewidmet war, eine wahre Ode an dieselbe. Gestern Abend, nachdem sie die Jungen zu Bett gebracht hatte, hatte sie endlich den Mut gefunden, einen Blick auf das Croissant-Rezept zu werfen. War sie zusammengezuckt, als sie herausfand, dass dieses so unschuldig aussehende Gebäck, das sie die letzten zehn Jahre, ohne auch nur das Geringste zu ahnen, in sich hineingestopft hatte, zu 99 Prozent aus Butter bestand? Definitiv. Aber hatte es sie davon abgehalten, sich sofort an die Zubereitung ihrer eigenen Croissants zu machen? Offensichtlich nicht.

Vielleicht war das ja ihre Art der Therapie. Butter. Sie vermutete, dass sie die Butter wohl brauchte, und zwar haufenweise. Sie brauchte die Butter, denn sie trauerte.

Immer vorausgesetzt, dass es sich bei dem Gefühl, das sie plagte, tatsächlich um Trauer und nicht um Wut handelte.

Sie ging lieber davon aus, dass Trauer und nicht Wut der Grund war, weshalb sie seit dem Unfall fünfzehn Kilo zugenommen hatte und noch immer kein Ende in Sicht war. Sie ging lieber davon aus, dass Trauer und nicht Wut daran schuld war, dass sie seit

Jahren keinen Lippenstift mehr aufgelegt hatte oder beim Friseur gewesen war.

Egal, wie erwartungsvoll sie auch aus ihrem Fenster sah, Paris weigerte sich beharrlich, aufzuwachen. Es war sechs Uhr morgens, und es gab keine Anzeichen dafür, dass es je wieder hell werden würde. Heute war sie wieder einmal um vier Uhr früh aufgewacht und hatte sich ruhelos und einsam gefühlt. So einsam, dass sie ernsthaft darüber nachgedacht hatte, die drei Stockwerke hochzuschleichen und die Jungen wach zu rütteln, um mit ihnen gemeinsam im Morgengrauen zu frühstücken.

Sie trug noch immer ihren Morgenmantel, hatte sich noch nicht gekämmt und auch nicht geduscht. Die Dusche würde noch warten müssen. Wenn die Leitungsrohre auch nur ein wenig überstrapaziert wurden, kreischten sie wie eine Katze, die Feuer gefangen hatte, und die Kinder brauchten ihren Schlaf. Also ließ sie ihren Blick stattdessen über die Wände und die Decke ihrer Küche wandern. Sie war auf der Suche nach einer Aufgabe, die sie eine Stunde lang beschäftigen würde. Vorzugsweise etwas Unangenehmes. Doch der uralte Fliesenboden sah bereits makellos aus, ihre bunte Sammlung von Flohmarktfundstücken war säuberlich auf den Regalen angeordnet, und die Nüsse, Getreidekörner und Hülsenfrüchte, die sie auf einem anderen Regal, der Farbe nach geordnet, in Gläsern aufbewahrte, mussten ebenfalls nicht neu sortiert werden. Auf dem antiken Herd stand bereits ein Topf Hühnersuppe, und auf der Anrichte aus Carrara-Marmor lagen zwölf anbetungswürdige Mini-Croissants, die sie letzte Nacht vorbereitete hatte. Unschuldig und noch voller Mehl warteten sie nur darauf, in den Ofen und danach in ihren Mund zu wandern.

Das leise Blubbern der Suppe untermalte ihren Morgen musikalisch, und der Geruch nach Hefe, gekochtem Gemüse und frischem

Kaffee strömte durch die Küche. Sie holte ein Kochbuch und ihr abgenutztes Französischwörterbuch aus einem der Regale, setzte sich an den massiven Bauerntisch in der Mitte des Raumes und begann ungeduldig zu blättern. Schließlich erregte das Bild eines Fisches mit einer Art weißen Kruste ihr Interesse. Das Rezept nannte sich *Bar de mer dans sa croûte de sel.* Bloß um sicherzugehen, suchte sie in ihrem Wörterbuch fieberhaft nach dem Wort *croûte.*

Kruste! Salz. Seebarsch in Salzkruste. Für das Rezept benötigte man ein Kilogramm grobes Salz aus Guérande – die Verwendung von einfachem Kochsalz stellte, was französische Kochbücher betraf, offensichtlich ein furchtbares Vergehen dar. Das Rezept klang unglaublich kompliziert, und es war schier unmöglich, alle Zutaten aufzutreiben. Perfekt. Sie griff nach ihrem Taschenrechner und gab die Mengenangaben ein. Zehn Jahre nach ihrem Umzug nach Frankreich übersetzte sie die französischen Rezepte immer noch und wandelte Gramm in Unzen und Zentiliter in *Cups* um.

Es war nicht so, dass sie es sich nicht merken konnte, es entsprach bloß ihrer eigenen, aufsässigen Art, an die Dinge heranzugehen. Die Essensreste, die an dem Taschenrechner klebten, ließen ihn knacken und knarren, und ihr gefiel die Vorstellung, dass ihr Taschenrechner ebenfalls *en croûte* war.

Die Aussicht, das Rezept nachzukochen, hob ihre Stimmung schlagartig. Sie würde vermutlich den ganzen Tag damit verbringen, alles zu planen, die Zutaten einzukaufen und schließlich einen Seebarsch zuzubereiten, den niemand essen würde, aber zumindest wäre sie dann zu beschäftigt, um sich noch weiter Gedanken zu machen. Vor allem würde sie einige Zeit lang nicht über das Geld nachdenken, oder besser gesagt über die Tatsache, dass keines mehr vorhanden war. Und vielleicht würde dann auch das immerwährende Tischtennisspiel in ihrem Kopf ein Ende nehmen, in dem der Ball niemals zur Ruhe kam und niemand je einen Punkt erzielte. Denn nun, da Johnny tot war, würde er für immer für alles verantwortlich sein. Oder sie. Es war seine Schuld. Oder ihre. Sein Verrat. Oder ihrer. So ging es hin und her, bis in alle Ewigkeit.

Der Unfall war mehr oder weniger das Resultat einer einfachen mathematischen Gleichung gewesen: Alkohol + überhöhte Geschwindigkeit = Tod, und niemand wäre so verrückt, zu behaupten, dass auch *Glück* eine Rolle gespielt hatte. Doch all die unwiderruflichen Dinge, die an diesem Abend gesagt worden waren … nun, das war der schreckliche Teil der Geschichte. Etwas zu wissen und so zu tun, als wüsste man es nicht. Das war, was ihr das Herz brach, ihr jeglichen Mut nahm und sie in der Nacht heimsuchte.

Sie hörte ein schwaches Klopfen an der Vordertür. *Lucas!* Im selben Moment fiel ihr ein, dass sie die Vordertür am Abend zuvor nicht abgeschlossen hatte – wieder einmal. *Oh mon dieu,* und nun würde Lucas hereinschneiden und sich endlos über ihre streitbare *négligence alarmante* auslassen. Natürlich hätte er das Haus einfach durch die Hintertür, die direkt in die Küche führte, betreten können, wie alle anderen auch. Aber nein, er musste es aus Prinzip an der Vordertür versuchen. Sie wusste nicht, warum er das immer wieder tat. Immerhin befanden sie sich hier im sechzehnten Arrondissement von Paris, und es handelte sich um eine Privatstraße.

Sie hörte, wie Lucas mit der Vordertür kämpfte. Er drehte an dem wackeligen Türknauf, bevor er die verzogene Tür mit seinem ganzen Gewicht aufstemmte. Auf diese Weise funktionierten hier in ihrem Haus die meisten Dinge. Oder besser gesagt: Sie funktio-

nierten nicht. Lucas genoss es sehr, sie immer wieder darauf hinzuweisen, wie heruntergekommen das Haus war. Und sie empfand es als Kritik an ihrem Lebensstil im Allgemeinen.
Annie strich den rosafarbenen Frotteemorgenmantel mit den aufgenähten Herzen glatt, den ihr die Jungen zum Muttertag geschenkt hatten. Der Morgenmantel war eine Schande in jeglicher Hinsicht, und sie sah darin aus wie ein Fass, aber was hätte sie als Mutter denn tun sollen? Sie hatten ihr Erspartes zusammengelegt, um ihn ihr zu kaufen. Sie strich sich schnell die Haare mit der Hand glatt, bevor Lucas ihre zerzauste Frisur sah, über die sich die Jungen immer lustig machten, und bereitete sich innerlich auf die selbstgerechte Entrüstung ihres französischen Freundes vor. Und auf die unumgängliche Tatsache, dass er etwas aus Kaschmir tragen, frisch rasiert sein und wunderbar nach *Habit Rouge* von Guerlain duften würde, während sie nach Suppe roch und aussah wie die Landstreicher, die durch die Straßen von Paris zogen, mit sich selbst sprachen und rosafarbene Morgenmäntel mit aufgenähten Herzen trugen.
Der kalte Januarwind fegte Lucas ins Haus, und er kämpfte mit der Tür, bevor er sie schließlich wieder zudrücken konnte. Er pustete sich warme Luft auf die Finger, steckte seine Hände in die Taschen seines schwarzen Mantels und watschelte wie ein Pinguin auf den Herd zu, wobei er offensichtlich Wert auf ein großes Maß Selbstmitleid legte.
»Ach, komm schon, nerv mich nicht!«, sagte Annie.
Lucas stellte sich vor den Herd, schnüffelte skeptisch an der kochenden Suppe und hielt seine Hände einige Sekunden lang über den warmen Dampf, bevor er den Mantel auszog und seinen schlaksigen Körper auf einen der Küchenstühle sinken ließ. »Hast du noch eine Tasse von diesem furchtbaren amerikanischen Kaffee?«, fragte er schließlich. Lucas beherrschte ihre Sprache sehr

gut, aber sein Akzent war ausgeprägt genug, um immer wieder darüber zu stolpern. Annie stand auf und wandte ihm den Rücken zu, damit er nicht sah, wie sie lächelte. Sie war immerhin offiziell wütend auf ihn. Und er auf sie. Sie nahm eine Mickey-Maus-Tasse aus dem Küchenschrank und trug die Kaffeekanne von der Anrichte zum Tisch, während sie sich die ganze Zeit über Sorgen machte, wie fett ihr Hintern wohl in dem Morgenmantel wirkte. Sie knallte die Tasse zwar nicht vor ihm auf den Tisch, aber sie war auch nicht gerade sanft, als sie ihm den Kaffee eingoss.

Sie musste sich ins Gedächtnis rufen, dass Lucas nur das Beste für sie wollte. Er war hier, weil er wusste, dass sie nicht schlafen konnte. Und auch sonst wusste er alles – beinahe alles. Er war hier, um vor der Arbeit einen Kaffee zu trinken, und sie vermutete, dass er auch sichergehen wollte, dass sie sich anzog und sich früher oder später die Haare kämmte. Und sein Plan ging üblicherweise auf. Es gab nichts Besseres als einen mörderisch eleganten Franzosen, der missbilligend die Augenbrauen hob, um eine Frau dazu zu bringen, sich zusammenzureißen und unter die Dusche zu gehen.

Sie fragte sich oft, warum sich Lucas noch mit ihr abgab, doch genauso oft fragte sie sich, warum sie eigentlich noch mit ihm befreundet war. Und heute war wieder so ein Tag. Seit Johnnys Tod hatte sie viele Freunde, die es nur gut mit ihr gemeint hatten, aus ihrem Leben verbannt. *Besser alleine als in schlechter Gesellschaft,* hatte sie den Jungen erklärt. Und ja, es war ihr durchaus in den Sinn gekommen, dass womöglich *sie* die schlechte Gesellschaft war.

Lucas betrachtete seine Tasse. Vielleicht war er auf der Suche nach Bakterien, vielleicht suchte er auch nur nach den passenden Worten. »Der Überbringer der Nachricht wird gefeuert«, sagte er.

»*Getötet!* Wir sagen getötet.« Nun war es also wieder so weit. Sie spürte, wie der Ärger in ihr hochstieg wie der Dampf über der Suppe. Lucas hatte wirklich Talent, sie in Rage zu versetzen. Es war keine alte Wut, oh nein. Sie war jedes Mal neu und frisch. Und ja, sie war sich sicher, dass es nichts damit zu tun hatte, dass Lucas bei dem Unfall davongekommen war, während Johnny es nicht geschafft hatte.

Johnny hatte versucht, Lucas an jenem Abend zu überreden, mit ihnen auszugehen, doch Lucas wollte zu Hause bleiben und sich die *Fête de la Musique* gemütlich im Fernsehen ansehen. Johnny widerstand man am besten, indem man sich tot stellte, weshalb Lucas beschlossen hatte, einfach nicht abzuheben, als er anrief. »Steve und ich kommen dich jetzt holen«, hatte Johnny auf den Anrufbeantworter gesprochen. »Du kannst das Leben nicht im Fernsehen leben, du inzestuöser Mistkerl.«

Hätten sie sich nicht aufgemacht, um ihn zu holen, wäre es sicher nicht zu dem Unfall gekommen, doch Lucas traf keine Schuld daran. Die Zeitungen hatten den Unfall, in den zehn Autos verwickelt gewesen waren, als Blutbad bezeichnet. Vermutlich hatte Johnny aufgrund des vielen Alkohols in seinem Blut nicht mehr so schnell reagieren können, vielleicht war er aber auch in Gedanken bei dem Streit gewesen, den sie zuvor gehabt hatten. Nein, sie machte Lucas keinen Vorwurf, denn das wäre absolut unangebracht gewesen. Sie wünschte nur, dieselbe Logik auch auf ihre eigenen Schuldgefühle anwenden zu können.

Der Grund, warum sie wütend auf Lucas war – tatsächlich raste sie vor Wut –, hatte nichts mit dem Unfall zu tun. Es war zu einhundert Prozent der Tatsache zuzuschreiben, dass sich Lucas in Dinge einmischte, die nur *sie selbst* etwas angingen, und dass er versuchte, ihr Leben zu kontrollieren.

Lucas ließ ein Stück Würfelzucker in seinen Kaffee fallen, rührte, hob die Tasse an den Mund und sah sich um, als wäre er entsetzt, dass er schon wieder in Annies Küche gelandet war. »Am besten stellst du das Haus ab Februar zum Verkauf«, sagte er, ohne aufzublicken.

Annie spürte ein Prickeln in ihrer Nase, das sich immer dann bemerkbar machte, wenn sie kurz davor stand, in Tränen auszubrechen. Sie deutete auf die drei ordentlichen Reihen von Fünf-Zentimeter-Töpfen, die unter einer Tageslichtlampe auf der Anrichte standen. »Und meine Tomatenpflanzen?«, sagte sie. Sie hatte nicht vorgehabt, ihre Stimme zu erheben, doch da war es wieder: dieses Kreischen. »Was ist mit ihnen? Bedeuten dir die Pflänzchen denn gar nichts?«

»Es besteht«, sagte Lucas und hielt kurz inne, »keine noch so wundersame Möglichkeit, genügend Geld aufzutreiben, um drei Kinder in einer noblen Pariser Wohngegend großzuziehen.«

»Ich suche mir einen Job«, erwiderte sie kühl.

Lucas betrachtete seine manikürten Fingernägel. »Du hast möglicherweise keine marktrelevanten Fähigkeiten.«

»Fähigkeiten, Fähigkeiten«, entgegnete sie und ahmte dabei, so gut es ging, Peter Sellers' französischen Akzent nach. »Ich bin Mutter von drei kleinen Jungen unter neun Jahren. Meine Fähigkeiten kommen aus dem Yin Yang. Und ich war die Abschlussrednerin meiner Schule! Sagt dir das etwas?«

»Nein«, antwortete er mit ernster Miene.

Natürlich nicht, das war ihr vollkommen klar. So etwas zählte hier in Frankreich nicht, und zehn Jahre später und ohne jegliche Erfahrung im Berufsleben zählte es wohl auch in den Staaten nichts mehr.

»Das Haus ist alles, was uns nach der Tragödie noch geblieben ist.«

»Es ist mittlerweile drei Jahre her, Annie.«

Plötzlich erschien ihr alles, was sie an Lucas nicht mochte, so deutlich wie die Neuauflage eines alten Filmes in Farbe und 3-D. Seine vornehme Haltung, sein ernstes Gesicht, die Art, wie er mit den Händen fuchtelte, wenn er sprach. Er war auf so ärgerliche, hochnäsige, erbärmliche Art französisch! Ihr Blick ruhte auf seiner Halsschlagader. »Zweieinhalb Jahre! Die Kinder sind beinahe noch immer so verletzlich und zerbrechlich wie damals, als Johnny starb.«

Lucas sah sie an. »Du. Vielleicht bist *du* es noch. Den Jungen geht es gut.«

»Niemandem geht es gut! Wir haben alle Narben davongetragen! Wir sind gezeichnet fürs Leben!« Ihre Stimme brach, und bevor sie etwas dagegen unternehmen konnte, lag sie schon über den Tisch gebeugt da und weinte leise. Lucas erhob sich von seinem Stuhl, holte ein Taschentuch und reichte es ihr. Sie ignorierte das Taschentuch und griff stattdessen nach einem Stück Küchenpapier von zweifelhafter Sauberkeit, das auf dem Tisch lag, und putzte sich damit die Nase. Er stand neben ihr und klopfte ihr unbeholfen auf den Rücken. Doch ihre Tränen hielten ihn nicht lange auf, denn er legte ihr bereits die Hand auf den Arm und meinte: »Annie, du musst das Haus verkaufen, sonst nimmt man es dir weg und dir bleibt gar nichts. Du kannst die Hypothek nicht mehr bezahlen. Es tut mir leid, aber du hast finanziell gesehen keine andere Wahl.«

Annie tupfte sich die Augen mit dem Küchenpapier trocken und sprang auf. »Verdammt noch mal, das habe ich sehr wohl!«, erwiderte sie. Lucas war erleichtert, als er sah, dass sie nicht mehr weinte, und ließ sich auf seinem Stuhl zurücksinken. Er sah ihr zu, wie sie durch die Küche eilte, Schranktüren öffnete und wieder zuwarf, Mehl, Butter und Eier herausnahm und die Zutaten nacheinander schwungvoll auf dem Küchentisch abstellte.

Lucas hob eine Augenbraue. »Was machst du da? Hast du vor zu backen? Eine Torte?«
Sie biss die Zähne so fest zusammen, dass beinahe ein Backenzahn zu Bruch gegangen wäre, bevor sie drei Tassen Mehl abmaß und es auf den Küchentisch leerte. Sie freute sich, dass die Mehlwolke auch Lucas' Platz vernebelte. Er fuchtelte mit den Händen, um den Staub zu vertreiben, während sie ein Loch in den Mehlhaufen drückte und löffelweise weiche Butter hineinschaufelte.
»C'est beaucoup de beurre, non?«, meinte Lucas.
»Ich habe Hunderte Möglichkeiten. Unendlich viele Möglichkeiten«, erklärte sie, während sie ein Ei ums andere aufschlug und es von oben auf den Teig plumpsen ließ. *Plop. Plop.* Sie veranstaltete absichtlich eine riesige Sauerei.
»Bitte setz dich einen Moment. Und lass das mit den Eiern«, flehte er sie an.
»Entweder die Eier oder dein Schädel, Lucas. Ich muss nun mal Steuern zahlen! Und die Stromrechnung!« Sie schrie nun beinahe. »Aber ich behalte das verdammte Haus!«
»Da hätten wir alleine den Betrag, den du jeden Monat für Lebensmittel ausgibst«, begann Lucas. »Und der ist, nebenbei bemerkt, ziemlich schwindelerregend.«
Sprach Lucas noch immer mit ihr? Plötzlich hatte sie eine Vision. Genau dort, um sechs Uhr dreißig morgens. Alles fügte sich zusammen: die perfekten kleinen Halbmonde auf der Anrichte, Lucas in seinem Designeranzug, der noch immer den Mund bewegte, die Kinder, die oben schliefen, die Mickey-Maus-Tasse, das aufgeschlagene Kochbuch, das klebrige Chaos auf dem Holztisch. Sie hielt ihre mehlbestäubten Hände in die Höhe. Sie hatte Mehl in den Haaren und einen eigensinnigen Ausdruck auf dem Gesicht.

Lucas sah sie an. »Was ist los?«
»Ich hatte gerade eine Idee, das ist los«, erwiderte Annie mit aufgerissenen Augen. Sie war kalkweiß und sah krank aus.
Sie hatte genau in diesem Moment einen Entschluss gefasst.

2

Irgendwo die Rue de Cambronne hinauf blockierte ein Lkw beide Spuren. Die Lieferanten entluden methodisch ihre Kisten, ohne sich um das Hupen und die Wut der Autofahrer zu kümmern. Jared sah vom Fenster seiner Wohnung aus zu. Er presste die Stirn gegen die kalte Scheibe, während er versuchte, aufzuwachen und sich zu erinnern, woher die Kopfschmerzen und der Kater kamen. Er war sich ziemlich sicher, dass er die Nacht nicht alleine verbracht hatte, aber es war nirgendwo eine Frau zu sehen. Das machte die Sache kompliziert, falls er sie irgendwann wiedersah. *Merde,* dachte er.
Er kratzte kleine Pünktchen getrockneter roter Ölfarbe von seinem Unterarm. Offensichtlich hatte er letzte Nacht gemalt. Es war mittlerweile zwei Uhr nachmittags, und er bezweifelte, dass noch warmes Wasser da war, bloß noch ein lauwarmes Tröpfeln, das er üblicherweise als Strafe für die Exzesse der vorangegangenen Nacht hinnahm. Ihm fiel ein, dass seine letzte Rasierklinge während der Rasur den Geist aufgegeben hatte, und dass die Zigaretten aus waren. Die Dusche und die Rasur würden warten müssen. Die rote Farbe war überall: in seinen Haaren, auf seinem Gesicht und sogar auf seiner Brust, als hätte er nackt Paint-Ball gespielt. Er versuchte, sie abzuschrubben, doch das Wasser war zu

kalt. Er fand die Klamotten, die er gestern Abend getragen hatte, im Schlafzimmer verstreut, was bewies, dass es tatsächlich eine Frau gegeben hatte, fuhr sich mit den nassen Fingern durch die Haare und verließ die Wohnung.

Die zierliche Hausverwalterin wartete bereits auf ihn und schnitt ihm den Weg zum Aufzug ab. Sie trug einen Hausmantel und Hausschuhe. *»Bonjour Madame Dumont!«,* rief er ihr fröhlich zu, bevor er eine 180-Grad-Wendung hinlegte und auf das Treppenhaus zusteuerte. Die alte Dame stampfte mit ihren Hausschuhen wütend hinter ihm her. *»Mais c'est l'après-midi!* Sie glauben also, es ist noch früh am Morgen? Nun, das ist es nicht. Und vielleicht glauben Sie auch, dass noch immer Dezember ist, aber wir haben bereits Januar, und die Besitzerin will ihre monatliche Miete.«

»Es ist nicht mehr früh am Morgen? Ich dachte bloß, weil sie noch Hausschuhe tragen?«, entgegnete er und warf ihr ein aufreizendes Lächeln zu. »Die Farbe steht Ihnen übrigens ausgezeichnet.«

Die Hausverwalterin wurde beinahe rot und kicherte, doch dann kam sie wieder zu Verstand. »Die Miete! *La propriétaire* will Ihre Miete!«

»Bien sûr, Madame Dumont. Demain«, rief er und hastete die Treppe zwischen den drei Stockwerken hinunter.

Nachdem Jared auf die Straße hinausgetreten war, bremste er abrupt ab. Er betrat das *Café des Artistes* an der Ecke, stellte sich an die verzinkte Theke und suchte in seinen Taschen nach Geld.

»*Salut,* Jared«, knurrte Maurice. Dann bemerkte er die rote Farbe auf Jareds Gesicht. »Hast du heute Morgen schon jemandem die Kehle durchgeschnitten?«

»*Salut,* Maurice. Das Übliche.« Jared zählte sein Geld. »Nein, lass das Croissant heute weg«, sagte er. »Ach, und eine Packung *Gitanes.*«

»Pas de croissant?«

»Hab keinen Hunger«, log er.
Maurice hätte einen würdevollen Eindruck erweckt, wären da nicht die alten Aknenarben auf seinen Wangen gewesen. Ohne große Eile wischte er die Likörflaschen sauber und stellte sie eine nach der anderen wieder auf das Regal hinter ihm: *Alcohol de Framboise, Grand Marnier, Courvoisier.* Es war eine erhabene Aufgabe, und Maurice hatte keine Eile, Jared oder sonst jemanden zu bedienen. Schließlich schob er eine Packung *Gitanes* über den Tresen, als handelte es sich um eine Belohnung für gutes Benehmen. Jared öffnete seine erste Packung an diesem Tag, steckte sich eine Zigarette in den Mund und ließ sein Zippo-Feuerzeug aufschnappen. Es roch nach Flugzeugbenzin. Maurice stellte einen *Café au Lait* und drei in Papier gewickelte Stück Würfelzucker vor ihm ab. Der Zigarettenrauch wanderte langsam seine Finger entlang, während er an seinem Kaffee nippte und den Geräuschen der Kaffeemaschine und der Orangenpresse und dem wütenden Hupen draußen auf der Straße lauschte. Er zuckte zusammen, als er plötzlich bemerkte, dass Maurice etwas zu ihm gesagt hatte.
»Das Bewerbungsgespräch!«, hakte Maurice ungewöhnlich feindselig nach. »Wie ist es gelaufen?«
»Bin nicht hingegangen.«
»Du bist nicht hingegangen? Aber du hattest den Job doch beinahe in der Tasche!«
»Ich bin nicht verzweifelt genug, um mir um ein Uhr nachmittags einen Frack anzuziehen und Aperitifs zu servieren«, antwortete er, bevor ihm Maurice' maßgeschneidertes weißes Hemd und die Fliege auffielen.
Maurice warf ihm einen vernichtenden Blick zu. »Vielleicht hättest du die reiche Freundin behalten sollen. Die eine, die dir alles Mögliche gekauft hat.«

»Sie war nicht reich. Sie war bloß gut angezogen.«
»Wenn du noch mit ihr zusammen wärst, dann könntest du jetzt auch ein Croissant bestellen.« Maurice zuckte mit den Schultern. »Schwachköpfe im Frack haben ein Auge für so etwas.«
Jared warf einige Münzen auf die Theke und zog noch einmal an seiner Zigarette, bevor er sie zu Boden fallen ließ, sie mit dem Fuß austrat und das Café verließ.
Maurice trat mit einem Besen in der Hand hinter der Theke hervor und begann, die etwa ein Dutzend Zigarettenkippen, die auf dem Fliesenboden des Cafés lagen, zusammenzufegen. *»Connard!«*, stieß er zwischen den Zähnen hervor.
»Crétin!«, murmelte Jared, während er in Richtung Métro abbog. Die alten Leute auf der Straße rissen die Augen auf, als sie die scharlachrote Farbe auf Jareds Händen, seinem Gesicht und den unrasierten Wangen sahen. Schulmädchen begannen zu kichern, und Frauen bemühten sich, ihn nicht anzustarren. Jared lief lange Zeit durch die Gegend. Er ließ den für seinen Wohnbezirk typischen Geruch nach Gewürzen und Abgasrohren hinter sich und schlenderte die Boulevards und Avenues entlang. Eine halbe Stunde später war er bereits auf dem Weg durch die jungfräulichen Straßen des siebzehnten Arrondissements. Er ging an den imposanten Häusern vorbei, bevor er in der Rue Montsouri vor einem vornehmen, dreistöckigen Haus stehen blieb. Er drückte einen der drei Knöpfe auf der Gegensprechanlage. *Lucas D'Arbanville.*
Er hielt den Knopf gedrückt, bis er Lucas durch die Gegensprechanlage brüllen hörte.
»Wer um alles in der Welt macht hier einen solchen Krach?«
»Ich bin's.«
»Würdest du bitte deinen Finger von der Klingel nehmen? Ich lass dich rein!«

Lucas öffnete die Wohnungstür. Er trug gebügelte Jeans und ein Shirt von Lacoste in der seltenen Farbe Mango. Lucas war Mitte vierzig und im Vergleich zu ihm der Inbegriff von Gesundheit und Körperpflege. Er warf ihm einen einzigen Blick zu, bevor er zu lachen begann. »Du siehst absolut widerlich aus. Und was ist das für ein Gestank?«

Jared wandte sich ab und wollte bereits wieder die Treppe hinuntergehen.

»Bitte komm rein, Jared. Das war doch bloß ein Scherz.«

»Ich bin nicht in der Stimmung für so etwas.«

»Ja, das sieht man!«, erwiderte Lucas, der noch immer lachte. Jared wandte sich ein weiteres Mal ab, um zu gehen.

»Nein, nein. Komm schon, Junge.« Lucas griff nach Jareds Arm und zog ihn in seine Wohnung. Sie küssten sich auf beide Wangen. »Ich mach uns Kaffee.«

Jared ließ den Blick durch die Wohnung schweifen. Lucas sammelte Empiremöbel, und der Stil passte zu ihm. Er hatte die meisten Stücke geerbt, aber diejenigen, die er selbst gekauft hatte, waren genauso exquisit. An der Wand gegenüber der Couch hing ein Aquarell von Henry Miller, was für Lucas' Verhältnisse eine absolut gewagte Entscheidung gewesen war. Vielleicht war es bereits ein Zeichen, dass Annie einen positiven Einfluss auf ihn ausübte. An den anderen Wänden hingen einige sehr alte Gemälde der alten Schule und natürlich die drei großen Leinwände, die Lucas ihm abgekauft hatte. Sie stammten aus einer Zeit, als Jareds abstrakte Ölbilder sich verkauften, bevor sie trocken waren. Auf dem Mahagonitisch mit den feinen Einlegearbeiten aus Gold stand ein geöffneter Laptop neben einigen Blättern Papier von bester Qualität und einem Füller von Mont Blanc. Das waren die einzigen Anzeichen dafür, dass hier jemand wohnte. Jared beschloss, aus Respekt vor Lucas' teuren Möbeln in der Küche Platz

zu nehmen. Er griff in seine Tasche, um seine *Gitanes* herauszuholen, doch dann überlegte er es sich anders.
»Ich brauche eine Zigarette«, sagte er und ließ sich auf einen Stuhl fallen.
Lucas war ihm in die Küche gefolgt. »Ich bin gerade dabei, aufzuhören. Ich habe keine mehr.«
Jared warf ihm einen verzweifelten Blick zu.
»Na gut. Ich habe einige Päckchen für absolute Notfälle da«, seufzte Lucas. »Und das hier *ist* ein Notfall, oder?«
»*Merde,* absolut.«
Lucas setzte die Espressomaschine in Gang und durchwühlte eine Küchenschublade. Er holte eine frische Packung Zigaretten hervor und gab sie Jared.
»Marlboro? Light? Man kauft den amerikanischen Traum und merkt sofort, dass es nur Dreck ist. Sie hat dir wohl eine Gehirnwäsche verpasst.«
Lucas ignorierte seinen Kommentar. Er mühte sich mit der komplizierten Kaffeemaschine ab, bevor er eine Holzkiste hervorholte, in der sich zierliche Espressokapseln befanden, die aussahen wie Designerschokoladen. »Blas den Rauch nicht in meine Richtung«, sagte Lucas. »Wenn ich nach Zigarettenrauch rieche, glaubt mir Annie nie, dass ich wirklich damit aufhöre.«
Sie saßen sich am Küchentisch gegenüber, nippten an ihren Espressi in den winzigen Tassen und schwiegen. Jared versuchte zu ignorieren, dass Lucas ihn liebevoll anlächelte. Das tat er immer, wenn sich Jared gerade besonders bemühte, sich wie ein Arsch zu benehmen. Einen Moment lang war nur das Geräusch der Löffel zu hören, die im Kaffee rührten. Dann versuchte Jared, die Sache wiedergutzumachen.
»Also, wie läuft dein Liebesleben? Hast du Annie schon rumgekriegt?«

»Jared, ich liebe dich, aber du gehst mir auf die Nerven. Du platzt hier herein, stinkst fürchterlich, demolierst meine Türglocke, stiehlst meine letzte Packung Zigaretten, und dann beleidigst du auch noch Annie. Und mich ebenfalls.«
»Heute ist wohl nicht mein Tag«, antwortete Jared und zuckte mit den Schultern.
»Scheint so.«
»Ich bin hungrig. Ich brauche Geld. Ich brauche eine Ausstellung. Ich brauche eine Wohnung. Ich brauche eine funktionierende Dusche. Ich brauche ein Mädchen.«
»Du bist dreißig und ein Frauenschwarm. Der letzte Punkt auf deiner Liste sollte also nicht allzu schwer zu verwirklichen sein.«
»Ich meine, ich will eine richtige Freundin. Jemanden, der mir etwas bedeutet.« Jared musste sich wohl damit abfinden, dass Lucas seine Probleme offensichtlich amüsierten. »Ich weiß, ich weiß. Das ist noch nie vorgekommen«, sagte er, bevor Lucas es tun konnte.
Lucas stand auf, holte Butter, Erdbeerkonfitüre und eine Packung Bio-Orangensaft aus dem Kühlschrank und trug alles zusammen mit einem halben Baguette und einem Messer zum Küchentisch.
»Bittet mich mein Patenkind tatsächlich gerade um einen Rat in Herzensangelegenheiten?«
»Ach, *bitte.*«
»Darf ich dir dann wenigstens ein Frühstück anbieten?«
Jared nahm die Einladung an und fragte sich wieder einmal, warum Lucas, der ihm so unähnlich war und so gar nicht in sein Leben passte, wohl noch immer an ihm festhielt.

Annie saß an dem drei Meter langen Tisch in ihrer Pariser Küche, und ihr Magen krampfte sich bei dem Gedanken an das, was sie vorhatte, zusammen. Sie hatte den ganzen Vormittag an diesem

Tisch gesessen, während die Kinder in der Schule waren, und nun wurde es Zeit, sie zum Mittagessen abzuholen, bloß, dass sie kein Mittagessen vorbereitet hatte. Die kalte Suppe auf dem Herd war in der Zwischenzeit sicher zu einer riesigen Petrischale voller Bakterien mutiert, und der gebackene Seebarsch war nur noch eine flüchtige Idee aus der Vergangenheit. Sie hatte eine Entscheidung getroffen, und das war's. Ihr war so übel wie jemandem, der gerade beschlossen hatte, sich in einen dunklen Abgrund zu stürzen. Sie stand auf und begann, die Suppe zu wärmen. Sie würde sie noch einmal zum Kochen bringen. Hoffentlich verstanden die Bakterien diesen Wink. Sie musste unbedingt etwas Dickflüssiges, Warmes und Salziges zu sich nehmen, bevor sie ihre Idee in die Tat umsetzen konnte. Sie hatte unterbewusst wohl bereits geahnt, dass ihr heute noch übel werden würde, und deshalb Hühnersuppe vorbereitet.

Die Küche liebte sie am allermeisten. Sie war vor etwa zweihundert Jahren eingerichtet worden, als die Adeligen sich noch selten in die Diensträume begaben. Aus diesem Grund war sie weniger förmlich als der Rest des Hauses. Eine Glastür führte in einen kleinen Garten hinaus, in dessen Mitte sich ein wunderschöner Springbrunnen aus Stein befand. Die Tür blieb den ganzen Frühling und Sommer über geöffnet, wodurch der Garten zu einer natürlichen Erweiterung der Küche wurde. In der warmen Jahreszeit baute Annie dort alle möglichen Kräuter und die besten Tomaten diesseits der Seine an. Wilde Himbeeren rankten sich an der südlichen Mauer entlang, und ein uralter Spalierapfelbaum trug so süße Äpfel, wie sie auf keinem Markt mehr zu finden waren. Sie musste bloß durch die Küchentür treten und konnte sich einfach bedienen. Es war ihr persönlicher Garten Eden. Selbst jetzt im Januar, wenn die Pflanzen schliefen und die Tür zum Garten verschlossen blieb, strömte das Licht durch die Fenster

herein und machte die Küche zum hellsten und einladendsten Raum im ganzen Haus.
Der Entschluss, den sie gefasst hatte, sah ihr gar nicht ähnlich. Oder etwa doch? Sie hatte in ihrem Leben bereits einige furchteinflößende Entscheidungen getroffen. Die letzten zwölf Jahre ihres Lebens waren zum Beispiel das Ergebnis eines einzigen Wortes gewesen, das sie am Ende eines einzigen Abendessens ausgesprochen hatte. Sie war dreiundzwanzig Jahre alt gewesen und Johnny achtundzwanzig. Er stand kurz vor dem Abschluss, sie hatte noch drei Jahre vor sich. Sie aßen in einem ziemlich schäbigen italienischen Restaurant in der Nähe des Campus zu Abend. Unter dem rot-weiß karierten Tischtuch aus Plastik massierte sie sanft mit dem Fuß seinen Schritt. Er sah aus wie Robert Redford in dem Film *Zwei Banditen.* Attraktiv und spitzbübisch zugleich. Unmöglich und unwiderstehlich. Draußen zeigte sich der Indian Summer in seiner vollen Pracht. Sie hatten sich auf einer Party kennengelernt. Sie hatte ihn zum Lachen gebracht. Früher war sie albern und offenherzig gewesen. Sie hatten einige Monate lang ständig Sex und vergaßen dabei beinahe ihr Studium. Auf körperlicher Ebene passten sie so gut zusammen, wie zwei Menschen nur zusammenpassen konnten. Zwei Tage, nachdem das, was eigentlich gar keine Beziehung war, begonnen hatte, bemerkte sie, dass sie sich unsterblich in Johnny verliebt hatte. Doch sie bemühte sich tapfer, es ihm nicht zu zeigen. Sie war keine Närrin. Johnny war an der Uni ein Star. Er war der Kapitän des Lacrosse-Teams und brachte alle Frauen zum Dahinschmelzen. Sie war klug genug, um zu wissen, dass er nicht für immer ihr gehören würde. Mittlerweile trafen sie sich seit sechs Monaten, doch sie hatten noch nie über die Zukunft gesprochen. Sie hatten das Thema nie zur Sprache gebracht und auch keine gemeinsamen Pläne geschmiedet.

Dann kam der Abend, der ihr Leben für immer verändern sollte. Sie hatte geglaubt, dass sie gerade ihre letzte Woche miteinander verbrachten, denn Johnny würde nach Frankreich ziehen, um in Paris in die Importfirma seines älteren Bruders einzusteigen. Sie saß ihm gegenüber, über ihren klebrigen Auberginensalat mit Parmesan gebeugt, und war todunglücklich, obwohl sie absolut gleichgültig wirkte.

Johnny schenkte ihr Wein ein, reichte ihr das Glas und wartete, bis sie daran genippt hatte. »Also?«, fragte er mit einem angedeuteten Lächeln auf den Lippen. »Willst du heiraten?« Sie schluckte den Wein hinunter und begann zu husten. »Meinst du im Allgemeinen? Ja, ich denke, eines Tages möchte ich das. Den richtigen Mann, zur richtigen Zeit.«

»Nein, nicht im Allgemeinen. Ich meine, ob wir beide heiraten. Diese Woche noch.«

Ja, nun rutschte ihr tatsächlich das Herz in die Hose. Eigentlich rutschte es sogar hinunter bis zu ihren Knöcheln. Sie spürte, dass ihre Wangen feuerrot wurden, und sie begann am ganzen Körper zu schwitzen. Sie war vollkommen erschüttert und fragte ehrlich: »Du? Mich?«

Johnny lachte.

Es schien, als wäre in dem italienischen Restaurant plötzlich die Zeit stehengeblieben. Johnny nahm ihre Hand und legte etwas hinein. Dann schloss er ihre Finger darum. Was hoffte sie zu finden, wenn sie ihre Hand schließlich öffnete?

»Ist das ein schlechter Scherz?«, sagte sie, während sie versuchte, ein heftiges Zittern zu unterdrücken.

Sie öffnete ihre Hand. Auf ihrer Handfläche lag ein schmaler goldener Ring.

Johnny saß ihr gegenüber an dem Tisch, der zum Zentrum ihres Universums geworden war, und sah sie verwirrt an. »Also, was sagst du?«, fragte er und neigte den Kopf wie ein Cockerspaniel. »Lässt du dich entführen und kommst mit mir nach Paris?«

»Ich … ich muss erst darüber nachdenken und sag dir dann Bescheid«, antwortete Annie, und ihre Kehle fühlte sich bereits wie zugeschnürt an.

»Gut, mach das«, sagte er. Und eine Sekunde später: »Also?«

Sie lachte und versuchte im selben Augenblick verzweifelt, nicht loszuheulen. Wenn das hier bloß ein Scherz war, dann konnte sie sich nie wieder auf dem Campus blicken lassen. Sie konnte die Tränen nicht mehr zurückhalten. »Das meinst du doch nicht ernst.«

Er nahm ihre Hand und schob nun langsam den Ring auf ihren Finger. Es war unglaublich. »Doch, sehr ernst. Komm schon, sagt ja. Lass mich nicht so hängen.«

Und da war es. Das eine Wort, das ihr ganzes Leben verändern sollte.

»Ja«, schluchzte sie.

Sie heirateten eine Woche später, so dass sie als Mr. und Mrs. Roland nach Frankreich ziehen konnten. Es war keine große Hochzeit, und es war ihr vollkommen egal. Johnny musste die Gelegenheit beim Schopf packen, sofort nach dem Abschluss bei seinem Bruder einzusteigen. Als Vorbereitung lernte er schon seit Jahren Französisch, doch Annie konnte kein Wort, außer *bonbon* und *voulayvouparlay*. Ihre Eltern mochten den Gedanken daran, dass sie nach Frankreich ging, genauso wenig wie Johnny an sich. Vor allem ihre Mutter war außer sich.

»Du kennst ihn doch kaum!«

»Ja, aber man sagt doch auch nicht nein, wenn man plötzlich im Lotto gewinnt.«

»Du hast dir das alles nicht überlegt. Du steckst deine Hand freiwillig in den Fleischwolf!«

»Ach komm schon, Mum. So schlimm können die Franzosen doch gar nicht sein.«
»Ich rede nicht von den Franzosen, verdammt. Dieser ... Abenteurer ... und deine Ausbildung!«
Es war das erste Mal gewesen, dass sie ihre Mutter fluchen gehört hatte.
Es stellte sich heraus, dass ihre Mum und ihr Dad, die es sich zur Aufgabe gemacht hatten, über mehr oder weniger alles zu streiten, sich wundersamerweise in ihrer Abneigung gegen Johnny einig waren. Sie bestanden darauf, dass Johnny egozentrisch, unzuverlässig und unreif war. Annie fragte sich, ob es wohl etwas damit zu tun hatte, dass Johnny viel zu attraktiv war, und damit, dass ein Mann, der schöner war als seine Frau, sofort verdächtig wirkte. Und sie fragte sich, ob sie nicht ebenfalls dieser Meinung war.
Die Zeit verging wie im Flug, und mittlerweile konnte sie sich kaum noch an jene Tage erinnern. Sie brach ihre vielversprechende – und teure – Ausbildung von einem Tag auf den anderen ab. Am Tag ihrer Hochzeit traf sie Johnnys Eltern zum ersten Mal. Ein tränenreicher Abschied am Flughafen folgte.
Mehr oder weniger über Nacht war sie zu einer verheirateten Frau geworden, die in Paris lebte. Ihr behütetes Leben, das sie bis dahin hauptsächlich auf der Schule und an der Uni verbracht hatte, verwandelte sich von einer Minute auf die andere in ein Durcheinander, und es lag harte Arbeit vor ihr. Sie musste eine ihr vollkommen fremde Sprache in einer ihr vollkommen fremden Kultur erlernen. Sie musste sich alles selbst beibringen, musste lernen, ein Baguette von einer Ficelle zu unterscheiden und einen Roquefort von einem Reblochon. Sie musste lernen, ohne ihre Familie zu leben. Und sie vermisste ihre Familie. Und ohne ihre Freunde. Sie vermisste ihre Freunde. Es war schwer, neue Freunde

zu finden, wenn man sich plötzlich nicht viel besser verständigen konnte als ein dressierter Schimpanse. Sie musste lernen, sich um einen Ehemann zu kümmern, der ständig arbeitete. Und dann musste sie – schon kurz darauf – lernen, sich um ein, zwei, drei Kinder zu kümmern. Zum Teufel, sie musste lernen, sich um sich selbst zu kümmern. Sie musste lernen, wie man Betten machte, die Wäsche wusch, einkaufte, kochte, kranke Babys zum Arzt brachte und mit einem Auto mit Gangschaltung durch Paris kurvte – und das alles *en français!*

Doch ihre Eltern hatten unrecht gehabt. Alle hatten unrecht gehabt. Die Tatsache, dass ihre Ehe zehn Jahre lang gehalten hatte, war der Beweis dafür. Ja, Johnny war unreif und eigenwillig, aber auf eine Art, die jeden Tag zu einem Abenteuer machte. Und er war absolut nicht unzuverlässig. Sie vertraute ihm.

Sie hatte zehn Jahre gebraucht, um sich halbwegs an ihr neues Leben zu gewöhnen. Doch dann starb Johnny. Sein Tod war so furchtbar plötzlich gekommen. Es war grausam gewesen. Ein schlimmer Schock für alle. Es fühlte sich nicht real an und schien unmöglich. Es tat so weh, dass sie vollkommen außer sich war, und die Verzweiflung der Kinder war unerträglich, dennoch wurde ihr innerhalb weniger Tage, nachdem er so plötzlich aus ihrem Leben verschwunden war, klar, dass sie die Verwandlung von einer jungen Frau zu einer Erwachsenen nie auf normalem Weg vollzogen hatte. Sie hatte zugelassen, dass er sie einfach entführte und mit nach Paris nahm. Er hatte sich nicht darum gekümmert, ob sie sich einlebte, sondern lieber dafür gesorgt, dass sie schwanger wurde. Sie war eine gute Mutter, vielleicht sogar bis an den Punkt, an dem alles andere in den Hintergrund trat. Johnny kümmerte sich um den Rest. Er und sein Bruder Steve widmeten sich voll und ganz dem Geschäft und arbeiteten unermüdlich daran, es auszubauen. Er reiste viel, in Frankreich und auch im

Ausland, und kümmerte sich um sämtliche finanzielle Angelegenheiten. Das war eine Tatsache, die sie nach seinem Tod bitter bereuen sollte. Er kaufte und fuhr schnelle Autos, kleidete sich französischer als die Franzosen selbst, wurde zum Weinkenner und verbrachte seine Abende in den besten Restaurants von Paris, weil es zu seinem Job gehörte, Kunden zu unterhalten.

Sie hatte der Notwendigkeit, Kunden zu bewirten, um das Geschäft voranzutreiben, nie wirklich etwas abgewinnen können. Doch eines Tages war sie auf die Idee gekommen, dass sie diese Leute doch auch zu sich nach Hause einladen konnten. Denn wenn sie die Abendessen bei sich veranstalteten, dann bekamen sie und die Kinder Johnny wenigstens hin und wieder zu Gesicht. Durch die zwangsläufige Praxis, aber auch, weil es ihr einfach Spaß machte, wurde sie bald zur versierten Köchin.

Als Johnny starb, hatte sie in Frankreich außer Kinder kriegen, stillen, mit dem Kinderwagen fahren und kochen noch nicht viel erlebt. Als er so plötzlich verschwand, wurde sie ein weiteres Mal entwurzelt. Wieder musste sie auf eigene Faust mit den Dingen klarkommen. Doch manches schaffte sie einfach nicht. So blieb die Frage, auf welche Weise Johnnys Unternehmen weiter geführt werden konnte, unbeantwortet. Die Firma wurde geschlossen, und damit waren auch alle Hoffnungen auf ein eigenes Einkommen dahin. Doch sie hatte noch viel wichtigere Dinge verloren, und sie wusste noch immer nicht, wie sie sie zurückerlangen sollte: ihre Unbekümmertheit, ihre Unschuld, ihren Witz und den Luxus des Vertrauens.

Sie cremte ihre Hände an den Stellen ein, an denen die Haut am schlimmsten zugerichtet war. Sie machte alles in diesem Haus selbst. Keine Arbeit war ihr zu niedrig, keine Arbeit zu schwer. Da war zum Beispiel der Tisch, an dem sie gerade saß. Sie hatte ihn in einem warmen Rotton gestrichen, ihn danach sorgfältig lackiert und wäre damals aufgrund der Dämpfe beinahe in Ohnmacht gefallen. Das Treppenhaus war ein weiteres Beispiel dafür, wie hart sie gearbeitet hatte. Sie hatte die Treppe Planke für Planke renoviert, genauso wie jeden Stuhl, jede Couch und jedes Sofa im ganzen Haus. Sie hatte alles gereinigt, neu gepolstert und das Holz eigenhändig neu lackiert.

Die sanfte Januarsonne brachte jede Oberfläche in ihrer geliebten Küche zum Glänzen und umschmeichelte sie. Die stets makellos gepflegte Arbeitsplatte aus Carrara-Marmor. Den antiken Fliesenboden, den sie mit einem selbstgemachten Mörtel nach einem hundert Jahre alten Rezept aus Sand, Leim und Farbstoff verkittet hatte. Den herrlichen AGA-Ofen mit den acht Herdplatten und den zwei Backöfen, den sie selbst auseinandergebaut und Stück für Stück neu zusammengesetzt hatte.

Die Ruhe und das Licht am Vormittag ließen die Küche wie ein schwermütiges altes Gemälde wirken. Nun verbrachte sie die einsamsten Stunden des Tages, bevor die Jungen von der Schule nach Hause kamen. Maxence war mittlerweile neun Jahre alt, Laurent sieben und Paul fünf. Sie konnten zu Fuß in das *Lycée International* gehen, das nur einige Straßen von ihrem Haus entfernt lag. Dank des französischen Bildungssystems kamen sie jeden Tag zum Mittagessen nach Hause, so dass sie tun konnte, was sie am besten konnte: ihnen etwas zu essen geben und sie mit ihrer Liebe überschütten. Als Dank gaben die Jungen ihrem Leben einen Sinn.

Der wahre Feind waren ihre Gedanken. Nein, der wahre Feind war die Zeit, oder besser gesagt die Tatsache, dass sie zu viel davon hatte, während die Kinder in der Schule waren, vor allem jetzt, wo Paul bereits den Kindergarten besuchte. Zu viel Zeit bedeutete zu viele Gedanken, und das hielt sie nicht aus. Sie hatte bereits beschlossen, worin ihre nächste Therapie bestehen würde. Es würde fürchterlich grausam werden, aber nicht viel Geld erfordern. Sie wollte den Ahornboden im Eingangsbereich renovieren. Sie würde schleifen, leimen, Bretter restaurieren, malen und lackieren, husten und heulen. Doch diese Projekte waren keine Lösung. Denn während ihre Arme und Hände arbeiteten, kreisten ihre Gedanken ebenso unermüdlich in immer kleineren Bahnen. Außerdem endete jedes Projekt einmal. Und was geschah, wenn der Boden schließlich renoviert war?

Was geschah vor allem jetzt, wo sie vollkommen und hoffnungslos pleite war?

Das Geld, das sie gehabt hatten, stammte aus Johnnys Familie. Er hatte eine erhebliche Erbschaft erhalten, als der Dollar noch eine ganze Menge mehr wert gewesen war. Sie und Johnny hatten Dutzende Wohnungen besichtigt. Penthäuser mit Pool und Wohnungen mit Blick auf das Trocadéro oder den Eiffelturm. Die Immobilienmaklerin trug enganliegende Anzüge und hochhackige Schuhe und setzte beim Gehen immer genau einen Fuß vor den anderen, als wanderte sie einen schmalen Grat entlang. Annie schaffte es ganz ausgezeichnet, sie hinter ihrem Rücken nachzuäffen und Johnny damit zum Lachen zu bringen.

Sie sahen das Haus zum ersten Mal an einem Frühlingstag. Die Frau mit den hochhackigen Schuhen hatte kurzfristig beschlossen, es ihnen zu zeigen. »Es ist erst heute Morgen auf den Markt gekommen. Ich habe es selbst noch nicht gesehen, aber sehen Sie sich das hier an. Ein Stadthaus mit acht Schlafzimmern und einem eigenen Garten im Herzen des sechzehnten Arrondissements. Hier steht auch, dass noch einige Arbeiten notwendig sind. Aber die Straße alleine ist schon ein Juwel«, versicherte sie ihnen mit leiser Stimme, um ihnen klarzumachen, dass Ehrfurcht und Respekt *de rigueur* waren. »Sie ist für den Durchgangsverkehr gesperrt und verfügt über ein eigenes Tor.«

»Es ist also die Pariser Version einer geschlossenen Wohngegend«, erklärte Johnny.

»Ich bin prinzipiell gegen solche Dinge«, entgegnete Annie.

Doch sobald sie die Straße betreten hatten, wurden der Lärm und der Gestank der Autos von Vogelgezwitscher und dem Duft nach Jasmin abgelöst. Jahrhundertealte knorrige Ahornbäume wuchsen zu beiden Seiten der Straße, und die zarten Frühlingsblätter der Bäume filterten das Licht, so dass man das Gefühl hatte, auf einer Wiese zu stehen. Die Knöchel der Immobilienmaklerin bogen sich beängstigend, während sie über das Kopfsteinpflaster gingen, und Annie bewunderte einmal mehr, wie sehr sich die französischen Frauen im Zeichen der Eleganz versklavten.

Bei den Häusern entlang der Privatstraße handelte es sich allesamt um *Hôtel particuliers,* um Stadthäuser. In ihren Augen sahen die Häuser mit den hübschen Fassaden und Simsen, den schönen Dächern und den imposanten Eingangstüren, zu deren beiden Seiten hohe Fenster mit gepflegten Fensterläden aus Holz symmetrisch angeordnet waren, wie kleine Schlösser aus. Ein *Hôtel particulier* war hübscher als das andere. Sie waren zur Zeit Haussmanns erbaut und stets mit dem diesen geschützten historischen Monumenten gebührenden Respekt behandelt worden.

Alle, bis auf das Haus, vor dem die Immobilienmaklerin mittlerweile stand. Sie zeigte anklagend mit dem Finger darauf. »Wie schade. *Quelle honte, non?*«, sagte sie und wandte sich ihnen zu.

Johnny verzog das Gesicht und sah Annie an.

Doch Annie beachtete ihn nicht weiter. Sie war gerade dabei, sich zu verlieben. Ihr Gesicht verriet es, bevor sie es noch selbst wusste. Dieses *Hôtel particulier* war tatsächlich eine Bruchbude. Fenster waren zerbrochen, Fensterläden fehlten, und es schien, als wäre das Dach an einigen Stellen eingebrochen. Doch entlang der Steinmauern rankten sich wilder Wein und Blauregen, die dem

Haus eine sanfte und wildromantische Ausstrahlung verliehen. Die Besitzerin – *»une folle avec ses chats«*, wie die Immobilienmaklerin meinte – hatte nicht genügend Geld besessen, sich aber standhaft geweigert, auszuziehen. Sie war erst vor kurzem in dem Haus gestorben und erst einige Tage danach inmitten ihrer Katzen gefunden worden. Diese grauenhafte Vorstellung und der Zustand des Hauses machten es mehr oder weniger unverkäuflich.

»Wir nehmen es«, sagte Annie.

Johnny sah sie amüsiert an. »Wissen wir überhaupt, ob sich hinter diesen Mauern tatsächlich ein *Haus* befindet?«

Doch die Frau mit den hochhackigen Schuhen hatte Annies Gesichtsausdruck bereits bemerkt und begann nun, sich Johnny vorzunehmen. Sie bestand darauf, dass das Haus mit etwas Zeit und Geld zur Quintessenz des Pariser Wohnens werden konnte, sowohl was Klasse als auch was Luxus betraf. Johnny und die Maklerin verbrachten erhebliche Zeit mit dem Versuch, die Haustür zu öffnen, und als sie es geschafft hatten, hatte Annie das Gefühl, in Ali Babas Höhle gelandet zu sein.

Es gab hohe Decken mit originalgetreuen Simsen und wackeligen Kronleuchtern, die wohl selten von einem Staubmopp belästigt worden waren. Mehrere Schichten Tapete fielen von den Wänden, und der Gestank nach Katzenurin schnürte einem die Kehle zu. Es gab bloß zwei Badezimmer, in denen sich jeweils unpraktische Badewannen mit Löwentatzen, zerbrochene Bidets, zersprungene Wasserhähne und exquisite Mosaikfliesen befanden, von denen Annie sofort wusste, dass sie sie niemals entfernen würde.

Sie kauften das Haus. »Mit etwas Zeit und Geld« wurde zu ihrem Motto. Mit etwas Zeit und Geld konnte der abgebröckelte Stuck erneuert werden. Mit etwas Zeit und Geld würden die Holzböden wieder in ihrem alten Glanz erstrahlen. Mit etwas Zeit und

Geld konnten zwischen den Stockwerken wieder ordentliche Treppen eingebaut werden. Es wäre ihnen nie in den Sinn gekommen, dass nicht genug Zeit und Geld da sein würden.

Mittlerweile sah sie die Dinge so, wie sie waren: Johnny war für sie die Welt gewesen, doch nun waren das Haus und ihre Jungen ihr Universum. Innerhalb der Grenzen dieses Hauses fühlte sie sich sicher, egal wie einengend es auch sein mochte. Nur hier in diesem Haus hatte sie das Gefühl, ihr Leben unter Kontrolle zu haben. Wenn sie zu Hause war und kochte, renovierte, schabte und schliff, hatte sie das Gefühl, zu etwas imstande zu sein und ein Ziel zu verfolgen. Wenn sie sich auf das konzentrierte, was in ihrem Leben konstant geblieben war – das Haus und die Jungen –, musste sie sich nicht ihren Gedanken stellen. Den Gedanken an Johnny. Den Gedanken daran, was passiert wäre, wenn er nicht gestorben wäre. Aber auch den Gedanken an die Frage nach ihrem eigenen Wert und dem Risiko, das man einging, wenn man jemanden liebte und ihm vertraute. Den Gedanken an die Frage nach dem Wert eines Lebens, in dem die Liebe und das Vertrauen fehlten. Seit jener Nacht vor zweieinhalb Jahren fühlte sie sich wie jemand, der unter Höhenangst litt und gezwungen war, auf einem Dach zu leben.

Sie war jemand, der die Außenwelt sorgsam mied, weshalb der Beschluss, den sie gefasst hatte, ihr eigentlich nicht zu entsprechen schien. Doch tatsächlich würde es dieser Beschluss mit nur kleinen Einschnitten möglich machen, den Status quo beizubehalten. Sie konnte zu Hause bleiben. Sie wollte einfach nur zu Hause bleiben wie die alte Frau, die inmitten ihrer Katzen gestorben war.

3

Lola öffnete das Fenster, um das Feng-Shui im Elternschlafzimmer zu verbessern, doch dann erinnerte sie sich, dass sie in einem Artikel in ihrem Yogamagazin gelesen hatte, dass die Luft in Südkalifornien die schlechteste in den ganzen Vereinigten Staaten war, und schloss es wieder. Andererseits traf das doch sicher nicht auf die Luft in Bel Air zu, wo es doch hier so viele Bäume gab? Der Artikel bezog sich vermutlich auf die Hafengegend oder das San Fernando Valley. Sie rollte ihre Yogamatte aus und ließ sich einige Minuten darauf nieder, um zu meditieren. Sie biss sich auf die Unterlippe, die sich zwei Tage nach der Injektion noch immer hart und wund anfühlte. Aus der Küche im unteren Stockwerk drangen die Geräusche der Kaffeemühle und Pfannengeklapper hoch. Serena, das Hausmädchen, machte gerade das Frühstück. Lola drückte den Rücken durch und schloss die Augen. *Einatmen. Ausatmen.*

An der Art, wie Mark durch seinen begehbaren Schrank polterte, erkannte Lola, dass er gerade wieder einmal dabei war, sich selbst in Rage zu versetzen. »Warum finde ich in diesem verdammten Haus nie irgendetwas?«, maulte er.

Sie ließ die Arme locker und legte die Hände mit den Handflächen nach oben auf ihre Knie. *Einatmen. Ausatmen.* Was immer man suchte, es befand sich stets an einem anderen Ort. Meist war es weit von einem entfernt und nie dort, wo man es vermutete, denn das Kindermädchen und das Hausmädchen befanden sich in einem ständigen Wettstreit darüber, wie der Haushalt zu führen war, und ordneten immerfort die Schränke und Schubladen neu, wobei jede ihrer eigenen Auffassung von Logik folgte. Lola schaffte es nicht, ihnen klarzumachen, dass gewisse Dinge bloß an bestimmten Orten abgelegt oder auf eine bestimmte Art erledigt werden durften. Stattdessen versuchte sie immer, ausgleichend auf ihre Angestellten zu wirken. Sie war keine sonderlich gute Gastgeberin, Hausfrau, »Haushaltsmanagerin« oder »erste Frau im Haus«, wie Mark sie scherzhaft nannte.

»Lola!«, rief Mark. Sie erhob sich und floh in ihr Badezimmer. Dort blieb sie vor dem Spiegel stehen und klopfte sich mit der Fingerspitze auf die Lippen. Sie fühlten sich hölzern an. Sah sie nun besser aus oder bloß lächerlich? An den Wänden hingen Fotos, die sie auf dem Cover von Modezeitschriften wie *Cosmopolitan, Elle* und *Marie Claire* zeigten. Zwanzig Jahre ihres Lebens, die sie an die Wände ihres Badezimmers verbannt hatte.

Das letzte Jahr hatte aufgrund der Sorgen, die ihr Simon bereitet hatte, dreifach zu Buche geschlagen, doch glücklicherweise hatte sie von Natur aus schöne Gesichtszüge. Sie trug ihre pechschwarzen Haare in einem trendigen Kurzhaarschnitt und war groß und schlank mit beeindruckenden Brüsten – »alles bar bezahlt«, wie Mark gerne anmerkte. Sie war beinahe vierzig, aber sie schaffte es immer noch, den Leuten den Kopf zu verdrehen.

Sie ließ Mark mit seiner Not alleine, schlich auf Zehenspitzen aus ihrem Badezimmer und eilte in ihren Yogaklamotten die Treppe hinunter. Das Geräusch der Pfannen in der Küche hallte durchs Treppenhaus. Vielleicht lag es an den hohen Decken, aber es gab einfach nicht genügend Teppiche, um das seltsame Echo im Haus zu unterbinden. Mark liebte jeden der über 700 Quadratmeter des ursprünglichen Herrenhauses. Er hatte ihr versprochen, dass es ihr nie an irgendetwas fehlen würde. Natürlich hatte er dabei nur an materielle Dinge gedacht.

In der Küche fütterte Tamara, das fünfundzwanzigjährige Kindermädchen aus Südafrika, gerade Simon, der in seinem Hochstuhl saß. Lia war erst zur Hälfte für die Schule angezogen und hatte sich noch nicht gekämmt. Lola hatte ihrer neunjährigen Tochter geholfen, zwei Outfits für den Tag zurechtzulegen, um einem morgendlichen Nervenzusammenbruch aus dem Weg zu gehen, doch nun trug Lia doch wieder andere Klamotten. Sie stocherte in ihrem Müsli herum und blickte nicht auf. War Wut genetisch bedingt oder anerzogen? Lola gab Simon einen Kuss und leckte schnell etwas Brei von seiner Wange. »Du schmeckst heute einfach köstlich«, sagte sie.

»Mum, das ist widerwärtig«, erwiderte Lia.

Lola drückte ihrer Tochter einen Kuss auf den Scheitel. Marks Geschrei drang aus dem Obergeschoss und durchschnitt die Stille im Haus wie ein Messer. »Wo ist mein verdammtes Hemd von Donna Karan?« Alle in der Küche – Lola, die Kinder, Serena und Tamara – erstarrten einen Augenblick lang.

»Es hängt doch in deinem Schrank«, rief Lola.

»Das meine ich nicht, verdammt! Ich meine das weiße! Wo zum Teufel ist es?«, brüllte Mark durchs Treppenhaus. Lola lächelte Serena an, die es kaum wagte, sie anzusehen. Simon streckte die Hände nach seiner Mutter aus. »Hochheben.«

»Nein, ich nehme dich jetzt nicht hoch, Liebling. Du musst dein Frühstück fertigessen.«

Doch im nächsten Augenblick hatte sich Simon bereits aus dem Hochstuhl gewunden und drohte, vorneüber zu kippen. »Hochheben! Hochheben!« Tamara hob ihn aus dem Stuhl und stellte ihn auf den Boden.

Der Kinderarzt wusste nicht, ob Simon unter Alpträumen oder angstbedingten Schlafstörungen litt. Aber was machte das für einen Unterschied? Das letzte Mal, als Lola mit Simon beim Arzt gewesen war und ihm von der Liste an Dingen erzählt hatte, die ihr Sorgen bereiteten, hatte sie sich wie eine vollkommene Idiotin gefühlt. Der Arzt hatte sie aufmerksam angesehen und Simon viel

Liebe und eine ruhige Umgebung verordnet. Lola hatte sich gefühlt, als wäre sie eine schlechte Mutter und der Arzt wüsste genau Bescheid.

Marks Stimme donnerte aus dem Schlafzimmer im Obergeschoss. Lola setzte sich mit Simon auf den Knien auf die Anrichte neben der Spüle. Während sie warmes Wasser über Simons Hand laufen ließ, dämmerte ihr langsam, dass das Hemd, das Mark suchte, noch in der Wäscherei war. Angst stieg in ihr hoch. Sie trocknete Simons Hände mit dem Tuch ab, das Tamara ihr reichte, während ihre Gedanken rasten.

»Was ist denn mit dem Hemd von Armani, Liebling?«, rief sie, und ihre Stimme klang ein wenig schrill. »Oder das eine, das du ständig trägst? Beide sind sauber und frisch gebügelt.«

Sie hörte, wie Mark die Treppe herunterpolterte. Dann stürmte er in die Küche. Sein Gesicht war feuerrot, und er hielt ein Dutzend Kleiderhaken mit weißen Hemden in den Händen. Tamara und Serena wichen vor ihm zurück. Schließlich blieb er auf der anderen Seite der Kücheninsel abrupt stehen und blickte Lola direkt ins Gesicht. »Willst du damit sagen, dass mein weißes Hemd noch nicht gewaschen ist?«

Lola stellte Simon ab und gab ihm einen leichten Schubs, doch das führte bloß dazu, dass Simon sich an ihrem Bein festklammerte. »Was ist denn mit den beiden neuen Hemden, du weißt schon, die …«

»Ich habe gleich eine sehr wichtige Besprechung«, brüllte Mark. »Und das Einzige, was ich verlange, ist, dass mir dafür die richtige Kleidung zur Verfügung steht!«

Lola warf Tamara einen Blick zu und flehte sie stumm an, Simon aus dem Zimmer zu bringen. Tamara, die mittlerweile ein Gefühl für solche Dinge entwickelt hatte, versuchte bereits, Simon zu sich zu locken, doch er klammerte sich nur noch fester an Lolas

Bein. Tamara versuchte weiterhin vergeblich, ihn von ihr zu lösen, während Mark bereits einen weiteren Schritt auf Lola zu machte und sich so nahe an sie heranbeugte, dass sie die Zahnpasta in seinem Atem riechen und die Poren auf seinem Gesicht sehen konnte. Sein attraktives, frisch rasiertes Gesicht, die sonnengebräunte Haut, die gebleichten Zähne. Es war das Gesicht eines Menschen, der es gewohnt war, zu gewinnen. »Du bist wirklich zu nichts zu gebrauchen«, zischte er.

Lola warf einen Blick auf die Uhr, auf Simon, der heulend auf Tamaras Arm saß, und auf Lia, die zaghaft den Raum betreten hatte, um sich die Schnürsenkel binden zu lassen. Schließlich sah sie erneut auf die Uhr.

Mark warf einen Blick auf Lia. »Und was willst *du?*« Lia sah auf ihre offenen Schnürsenkel hinunter. »Neun Jahre alt und noch immer nicht fähig, sich alleine die Schuhe zuzubinden? Sind denn alle in dieser Familie zurückgeblieben?« Lia beugte sich nach vorne, um ihre Schuhe zu binden. »Ich brauche dieses Hemd«, schrie er. »Bring mir mein Hemd!«

»Es ist noch in der Reinigung«, erklärte Lola. »Ich bin sofort wieder da. Du wirst ganz sicher nicht zu spät kommen.«

Lola sah, wie Mark sich immer mehr in Rage brachte. »Du hast es aber bereits geschafft, dass ich zu spät dran bin! Ich bekomme keine Unterstützung in diesem Haus. Ich leide ständig unter deiner Unfähigkeit!«

Hätte er sie körperlich misshandelt, wäre es vielleicht einfacher zu verstehen gewesen. Doch so war es bloß verwirrend. Später würden sie vermutlich sagen, dass ihm »die Sicherungen durchgebrannt« waren. Vielleicht würden sie sogar darüber lachen. Sie würde darüber lachen. Doch in diesem Augenblick hatte sie vor allem Angst und wusste nicht, wovor. Vielleicht davor, dass Simon und Lia alles mit anhören mussten, und davor, was Mark noch tun oder sagen würde? Vielleicht hatte sie aber auch Angst, dass er recht hatte, was sie betraf.

Die Tatsache, dass sie so ruhig blieb, machte ihn nur noch wütender, aber sie wusste nicht, was sie ihm antworten sollte, vor allem mit den Kindern im selben Raum. Je wütender er wurde, desto mehr verfiel sie in eine Art Starre.

»Bitte beruhige dich«, flehte sie.

»Warum sollte ich?«, brüllte er.

Sie suchte nach den passenden Worten, nach einem Grund, den sie ihm nennen konnte. »Weil ich … ich es einfach nicht schaffe?«, antwortete sie schließlich. Ja, sie hatte es als Frage formuliert, und in dieser Frage lag auch ihre Antwort.

»Was schaffst du nicht? Redest du von den Aufgaben, die du als meine Frau zu erfüllen hast?« Er senkte die Stimme und flüsterte ihr mit zusammengebissenen Zähnen ins Ohr. Er wollte ihr zeigen, dass er sich durchaus genug unter Kontrolle hatte, um die Kinder nicht mit hineinzuziehen. »Wenn du es nicht schaffst, dann lass dich verdammt noch mal scheiden. Das machen doch deine Freundinnen auch alle. Sie saugen ihre Ehemänner aus, diese geldgierigen Zecken. Ich weiß gar nicht, worauf du verdammt noch mal wartest.«

Scheidung. Dieses Wort. Da war es wieder. Es war so sinnlos. Ihr kam der Gedanke, dass Mark längst nicht mehr über seine Hemden sprach, sondern darüber, dass sie ihm früher an diesem Morgen wieder einmal den Sex verweigert hatte. *Die Aufgaben, die sie als seine Frau zu erfüllen hatte.*

Lia stand bereits neben der Eingangstür. Sie hatte es plötzlich doch geschafft, sich für die Schule fertig zu machen. Es war ein Wunder. Sie hatte es geschafft, sich vorne die Haare zu kämmen, obwohl sie am Hinterkopf immer noch vollkommen zerzaust waren. Sie hatte ihren Rucksack und sogar ihre Jacke gefunden und angezogen. Ihr kleines Gesicht wirkte blass und verschlossen. Im Hintergrund heulte Simon wie eine Sirene. Er versuchte noch immer, sich aus Tamaras Armen zu befreien. Serena wischte eifrig die Küchenplatte aus Granit sauber.

»Ich hole dir das Hemd«, sagte Lola, und einen Augenblick später eilte sie gemeinsam mit Lia auf die Haustür zu. Simon hatte sich befreit und umklammerte wieder Lolas Bein. Sie hob ihn hoch, drückte ihn an sich und schnappte sich ihre Geldbörse. Dann stürzten sie zu dritt auf das Auto zu, während Mark begonnen hatte, Hemden und Kleiderhaken durch die Küche zu schleudern.

Sobald sie im Auto saß und die Türen geschlossen hatte, überkam Lola ein überwältigendes Gefühl der Erleichterung. Sie musste bloß dieses Hemd holen, es zu Hause abliefern und danach zur Schule fahren. Es würde nicht länger als zehn Minuten dauern. Lia würde zu spät in die Schule kommen, aber dagegen konnte man nichts machen.

Sie fuhr langsam die Auffahrt hinunter. *Einatmen. Ausatmen.* Reinigender Atem. Yoga-Atem. Der schlimmste Teil des Morgens war vorüber. Am Abend würde Mark vermutlich so tun, als wäre nichts geschehen, und sogar Witze darüber reißen. Das frustrierende Gefühl, nachdem Lola ihm den Sex verweigert hatte, würde vermutlich nie zur Sprache kommen. Mark würde ihr mit ruhiger Stimme erklären, worüber er in Wahrheit so verärgert gewesen war. Er würde ihr all die Dinge aufzählen, bei denen sie seiner Meinung nach versagt hatte, und sie würde ihm glauben. *Einatmen. Ausatmen.* Heute Nacht würden sie schließlich miteinander schlafen.

Sie schluckte die Tränen hinunter. Gelassenheit. Sie wiederholte dieses Wort in ihren Gedanken. *Ich habe die Kontrolle über meine Gefühle. Ich habe die Kontrolle über meine Worte, und ich habe die*

Kontrolle über meine Gedanken. Sie warf einen Blick in den Rückspiegel und betrachtete ihre Kinder. Lia saß angespannt und kerzengerade da, ihr blasses Gesicht wirkte verschlossen. Simon kaute auf dem Ärmel seines Sweatshirts herum, der bereits vollkommen durchnässt war. Sie bog in den Sunset Boulevard, und in ihr stieg wieder dieses unbestimmte Gefühl hoch, das sie in letzter Zeit überallhin verfolgte und das sie nicht benennen konnte.

Halb Ohio versank in einem Schneesturm, und der Wind war unerbittlich. Althea suchte im Schatten der Häuser Schutz, und ihre langen roten Haare peitschten ihr ins Gesicht, während sie die Straße entlangging. Sie war so zierlich, dass sie der Wind beinahe fortgeweht hätte. Klein und zierlich, aber niemals klein und zierlich genug. Sie wurde bald fünfundzwanzig, doch sie war so erschöpft und verängstigt, dass sich jeder Schritt anfühlte, als wäre sie bereits achtzig.

Sie hielt einige Augenblicke vor der Wohnungstür ihrer Eltern inne, bevor sie schließlich die Kraft aufbrachte, hineinzugehen. Die Brille ihres Vaters saß schief auf seiner Nase, und er war vor dem brüllend lauten Fernseher eingeschlafen. Althea fragte sich, wann ihr Dad wohl damit begonnen hatte, bereits vor dem Mittagessen ein Nickerchen zu machen. Geräusche drangen aus der Küche. Ihre Mutter, Pamela, kochte gerade.

Althea nahm all ihre Kraft zusammen und legte die Hand auf die Türklinke. Ihre Mutter hastete mit schweren Schritten durch die Küche. Sie wirkte steif, und offensichtliche Verzweiflung lag in ihrem starren Blick. Althea versuchte, die Oberschenkel und den massigen Bauch ihrer Mutter nicht weiter zu beachten. Sie drückte ihr einen Kuss auf die Wange, doch ihre Mutter schien es gar nicht zu bemerken.

»Warum hat das so verdammt lange gedauert? Jetzt können wir

erst nach ein Uhr essen! Das bringt den ganzen Tag durcheinander. Wir werden keinen Hunger haben, wenn es Zeit fürs Abendbrot wird!«
Althea war absichtlich zu spät gekommen, und sie ersparte sich die Frage, warum das alles überhaupt eine Rolle spielte, wo doch zwischen dem Mittag- und dem Abendessen ohnehin nichts von Belang passieren würde. Das waren böse Gedanken, inakzeptable Gedanken. »Ich habe überhaupt keinen Hunger. Vielleicht machst du uns bloß einen kleinen Salat, dann könnten wir jetzt sofort essen?«, plapperte sie los.
»Ich mache *Ente à la Orange!* Das ist Französisch. Es gibt eine süße Orangensoße und Nudelauflauf als Beilage.« Sie warf ihrer Tochter einen durchdringenden Blick zu, und ihr Gesicht glich einer permanenten Warnung. »Dein Lieblingsgericht.«
Weil sie mittlerweile nur noch einmal in der Woche zu Besuch kam, brachte Althea ihre Mutter um ihr einziges Vergnügen, nämlich ihre Tochter zu bekochen. »Danke, Mum«, sagte sie und fragte sich, wie sie dieses Ding überhaupt hinunterbekommen sollte.
Jedes Mal, wenn sie es geschafft hatte, ihre Eltern eine Zeitlang nicht zu besuchen, war sie zuerst erleichtert, doch dann begannen sie schwere Gedanken zu plagen, weil ihre Eltern scheinbar nicht das Verlangen verspürten, sie anzurufen oder zu besuchen. Waren sie zu niedergeschlagen, zu abgestumpft oder zu egoistisch, um sich um ihr Wohlergehen zu sorgen? Solange sie sich zurückerinnern konnte, war es immer ihre Aufgabe gewesen, sich um das Wohlergehen ihrer Eltern zu kümmern.
Beim Mittagessen schlang Althea schließlich alles in sich hinein und überschüttete ihre Mutter mit Komplimenten über ihre Kochkünste, wie es von ihr erwartet wurde. Sie entschuldigte sich bloß zwei Mal während des gesamten Mittagessens, um auf die

Toilette zu gehen, wo sie sich jedes Mal übergab. Als sie sich schließlich mit gerötetem Gesicht wieder an den Tisch setzte, wandten weder ihr Vater noch ihre Mutter den Blick vom Fernseher ab.

4

Wenn Annie für drei Zimmer Mieter fand, würde sie genug einnehmen, um alle Ausgaben abzudecken, und wenn sie es schaffte, auch noch ein viertes Zimmer zu vermieten, wäre das bloß noch eine Draufgabe. Damit wären ihre Probleme auf wundersame Weise gelöst. Sie musste das Haus nicht verkaufen, sie musste nicht umziehen, sie musste sich keinen Job suchen, und sie musste nicht wieder die Schulbank drücken. Außerdem hörte sie bereits laut und deutlich, wie Lucas sie auf einen weiteren Vorteil hinwies: Sie würde nie wieder außer Haus gehen müssen. Ihr Vorhaben würde sie finanziell über Wasser halten, und sie wäre ständig furchtbar beschäftigt. Das war alles, was zählte. Und als Draufgabe würde Lucas durchdrehen, wenn er davon erfuhr. Es war wirklich ein wunderbarer Plan. Natürlich hatte er auch einen Haken. Sie würde gezwungen sein, sich mit richtigen Menschen abzugeben. Mit richtigen Menschen, die ihr Haus in Beschlag nahmen. Dieser quälende Gedanke schwirrte immer wieder in ihrem Kopf herum, doch sie wimmelte ihn ab wie eine lästige Mücke.

Sie stand in der Küche und richtete die Wärmelampen über den Setzlingen neu aus. Ihr Herz pochte ängstlich, ihre Gedanken rasten. Würde sie das wirklich schaffen? Sie musste es schaffen. Sie

musste einfach. Den Setzlingen beim Wachsen zu helfen war ihre Art, die Winterdepression zu bekämpfen. Vor allem die Tomaten gaben ihr ein Gefühl der Hoffnung. Tomaten bedeuteten Sommer, Sonne, Wärme und die Aussicht darauf, dass die Kinder drei Monate lang zu Hause sein würden. Sie entfernte einige der Blätter mit den Fingernägeln. Der Geruch der Tomatenblätter versetzte sie zurück in einen Sommer vor wenigen Jahren. Sie kniete im Garten und pflückte Tomaten. Sie war müde, ihr war heiß, und sie war schmutzig von der Gartenarbeit, doch sie liebte dieses Gefühl. Sie liebte es, im achten Monat schwanger zu sein, während zwei kleine Kinder umhertollten. Sie liebte es, in Frankreich in diesem wunderschönen Haus zu leben, aber sie war wütend auf Johnny, der ständig unterwegs war und ihr nicht genug zur Hand ging. Dennoch war es beinahe unmöglich, sich mit Johnny zu streiten. Er schaffte es immer wieder, sie zu verzaubern, auch wenn sie gerade das Gefühl hatte, dass sie ihn am liebsten umgebracht hätte. Doch heute würde sie nicht nachgeben. Er war wieder einmal das ganze Wochenende bei einem Seminar. Dazu kamen all die Abende, an denen er erst spätabends von der Arbeit nach Hause kam. Sie war es leid, eine alleinerziehende Mutter zu sein. Sie war seine Entschuldigungen leid. Doch nun erinnerte sie sich, wie ihr Ärger sich an jenem Tag in Freude verwandelt hatte, als er plötzlich überraschend in einem weißen Baumwollhemd und einer cremefarbenen Leinenhose im Garten aufgetaucht war.
»Ich erinnere mich an dich«, hatte sie zu ihm gesagt. »Du bist mein Ehemann, der eigentlich das Wochenende über auf einem Seminar sein sollte.«
»Ich lass es sausen.«
»Tatsächlich?«
»Ich möchte lieber bei dir sein.«
Ach, diese wunderbaren Worte. Aber heute nicht. Nein, heute

war sie wütend auf ihn. »Warum bist du so hübsch angezogen? Du siehst verdächtig gut aus.«

Johnny zog sie hoch, nahm sie in die Arme, schwang sie nach hinten und küsste sie. »Du bist hier diejenige, die gut aussieht.«

Sie legte den Kopf in den Nacken, damit er ihren Hals küssen konnte, und jammerte: »Ich bin fett.«

Johnny legte die Lippen an ihren Hals und flüsterte: »Du bist schwanger. Hat dir das denn noch niemand gesagt?«

»Schwanger? Und ich dachte, das sei dieses verdammte französische Essen«, stöhnte sie. »Ich hasse die Franzosen.«

Er ließ seine Hände über ihren Körper gleiten. »Ich hab gerne etwas so Leckeres in der Hand.«

Annie stand im Licht der Tageslichtlampen und erschauderte. Sie wischte den Schmutz um die Töpfe herum fort, brachte die Mischung aus Fisch und Seetang auf und wischte sich die Hände an ihren Jeans sauber. Es war ihre Jeans für fette Zeiten, und nun konnte sie sich nicht mehr darauf hinausreden, dass sie schwanger war. Sie war nicht gerade krankhaft fettleibig, sie lag bloß etwa fünfzehn Kilo über ihrem Normalgewicht, doch selbst ihr Normalgewicht wirkte nach Pariser Maßstäben ungeheuer plump. Die Chancen, jemanden – also einen Mann – zu finden, dem es gefiel, wie sie aussah, waren, im Gegensatz zu ihr, eher mager. Nicht, dass sie auf der Suche gewesen wäre. Außerdem war das hier Paris. Jede Frau dort draußen war gepflegter, aufgeschlossener und selbstbewusster als sie.

Sie betrachtete die sorgsam angelegten kleinen Reihen der Setzlinge. Zumindest etwas in dieser Küche wuchs in die Höhe und nicht in die Breite. Mittlerweile fühlte sie sich dem Haus auf eine besondere Weise verbunden. Sie identifizierte sich mit dem Haus. Wie ihr Haus brauchte sie unbedingt ein paar zärtliche Streicheleinheiten. Wie ihr Haus brauchte sie bloß jemanden, der die

Schönheit erkannte, die sich hinter der Fassade verbarg. Wie ihr Haus schien sie nach außen hin robust, bis überall Risse zum Vorschein kamen. Wie bei ihrem Haus hatte sie das Gefühl, dass unter der Oberfläche alles aus den Fugen geraten konnte, ohne dass es jemand bemerkte.

Nachdem es bereits zehn Jahre voll Umbauarbeiten hinter sich hatte, sah das Haus sehr viel besser aus, war lebenswert und voll Charme, dennoch drohte es immer noch an zu vielen Stellen auseinanderzufallen. Selbst die Rohrleitungen waren antik, und das war nicht so gut, wie es klang. Doch Annie kümmerte es nicht, dass nicht alles perfekt war. Das Haus war für sie wie ein anspruchsvolles Kind, und sie würde dieses Kind lieben, sich darum kümmern und es vor allem so nehmen, wie es war, trotz der undichten Leitungen und des ganzen Krams.

Die Frage war jedoch: Wären ihre zukünftigen Mieter bereit, zugunsten des Charmes und der Schrulligkeit des Hauses auf modernen Komfort zu verzichten? Sie hatte sofort beschlossen, dass sie die Zimmer nicht an Franzosen vermieten wollte. Sie hatte genug von den Zigaretten und dem ständigen Jammern. Im Laufe der Jahre hatte sie herausgefunden, dass das Jammern in Frankreich nicht ausschließlich mit negativen Gefühlen zu tun hatte. *Au contraire,* es war ein Zeichen für einen anspruchsvollen Geist. Jammern war hierzulande eine eigene Kunstform. Doch ihr Haus war ihr Revier, und sie hatte vor, die Einzige zu bleiben, die in diesem Haushalt jammern durfte. Und damit nicht genug. Ein Franzose, oder jeglicher andere europäische Mieter, würde stets auf seine nervenden Rechte pochen, wohingegen sie ihre amerikanischen Mitbürger einfach so auf die Straße setzen konnte, wenn es nicht funktionierte. Und außerdem war da noch die gemeinsame Sprache, weshalb es nur logisch war, die Zimmer an Amerikaner zu vermieten.

Sie hatte den ganzen Morgen über fieberhaft Zahlen in ihren Taschenrechner eingegeben. Sie brauchte drei Mieter, um finanziell über die Runden zu kommen. Sie hatte vier Zimmer, die sie vermieten konnte, doch drei Mieter würden reichen. Und sie wusste noch etwas mit absoluter Sicherheit. Es mussten Frauen sein. Sie war sich nicht sicher, ob sie fremde Frauen lieber mochte als fremde Männer, aber es schien ihr sicherer zu sein, mit anderen Frauen unter einem Dach zu leben, vor allem was ihre Jungen betraf. Sie hatte Johnny gegenüber einmal damit angegeben: »Ich kann jede Frau vermöbeln, wenn es sein muss.«

»Oder wenn du die Gelegenheit dazu erhältst«, hatte er daraufhin erwidert.

War sie also bereits vor Johnnys Tod anderen Menschen gegenüber so reserviert gewesen? Oder war sie damals weniger verbittert? Sie hatte bereits ein Bild der perfekten Mieterin im Kopf. Aber warum sah sie eigentlich genauso aus wie sie? Plump, Ende dreißig, schäbig gekleidet und mit zerzausten Haaren? Die ideale Mieterin war natürlich Single. Und keine Abenteurerin. Vielleicht hatte sie ein Kind. Der Gedanke, dass noch mehr Kinder in ihrem Haus lebten, machte ihr Mut. Herumtollende Kinder waren das Salz der Erde. In Gedanken formulierte sie bereits eine Anzeige. Eine Anzeige, die genau die richtige Frau ansprechen würde. Eine Frau in einer Notsituation, damit konnte sie sich abfinden. Niemand, der zu bedürftig war. Aber jemand, der verletzlich war. Jemand Nettes. Es musste dort draußen doch Frauen geben, die auf der Suche nach einem Neuanfang waren, denn nicht jede war eine Kämpferin wie sie.

Sie würde ihnen ihr Haus öffnen und ihnen beistehen. So hätte sie eine Beschäftigung, und wenn alles gutging, fanden ihre Tomatensetzlinge im kommenden Frühjahr wieder ein Zuhause in ihrem eigenen Garten. Doch zuerst musste sie sich Lucas stellen.

»Also, das ist natürlich mit Abstand die blödeste Idee, die ich jemals gehört habe«, erklärte Lucas. *»Une très mauvaise idée.«* Er hüstelte, holte ein Taschentuch hervor und tupfte sich die Augen trocken. Annie stellte verwundert fest, dass es sich tatsächlich um ein Stofftaschentuch handelte. Schließlich fing sich Lucas wieder, setzte seine Lesebrille auf und öffnete feierlich die Speisekarte. »Dem Vernehmen nach schmeckt die geschmorte *foie gras* hier einfach himmlisch«, sagte er.

Sie saßen an einem der begehrtesten Tische im *Gourmet des Ternes,* einem Restaurant, das sowohl teuer als auch exquisit war. Das war einer der Vorteile, mit Lucas befreundet zu sein. Am Nebentisch saßen einige außerordentlich schicke Pariserinnen, aßen und unterhielten sich. Annie warf einen Blick auf ihre weiße Bluse, weil sie befürchtete, dort einen Fleck zu entdecken, und bemerkte, dass sie beim letzten Waschgang wohl etwas eingelaufen war, denn ihre Brüste quollen beinahe daraus hervor. Vermutlich würde es noch vor dem Ende des Essens so weit sein. Der Kellner nahm die Bestellung mit dem Gesichtsausdruck eines Bestattungsunternehmers entgegen. Lucas imitierte seinen Tonfall, und Annie stopfte sich währenddessen den Mund mit zu viel Brot voll. Als der Kellner schließlich gegangen war, sprach sie mit vollem Mund: »Du erklärst mir jetzt seit Monaten, dass ich etwas tun muss, um meine finanzielle Situation in den Griff zu bekommen, und jetzt, wo ich etwas tue, bist du sauer.«

Lucas ließ die Schultern nach vorne sacken, als lasteten sämtliche Schulden Frankreichs auf ihm. »Ich sagte: Mach *etwas.* Nicht: Mach *irgendetwas.* Fremde werden sich in unser – in *dein* Leben einnisten, und wenn sie erst einmal da sind und bei dir wohnen, wirst du sie nicht mehr los.«

Annie schluckte das Brot hinunter und streckte ihr Kinn vor. »Ich werde sie sehr sorgfältig auswählen.«

»Übers Telefon? *Sorgfältig* übers Telefon?«

»Ich kann Leute am Telefon sehr gut einschätzen. Ich bin ziemlich scharfsinnig.«

Lucas zuckte etwa zum zehnten Mal, seit sie dieses Gespräch begonnen hatten, mit den Schultern. Es war eine ziemliche französische Art, dem Gegenüber sein Missfallen kundzutun, und ein Grunzen und die Tatsache, dass man dabei die Augen verdrehte, legten noch zusätzliches Gewicht in die Geste.

»Das bin ich wirklich. Hör auf, mich zu bevormunden.«

»C'est une très mauvaise idée«, erklärte Lucas und klang beinahe verzweifelt.

Die Vorspeise wurde serviert. *Crudités* für ihn und für sie *foie gras* und ein weiteres halbes Pfund mehr auf jedem Oberschenkel. Sie sah Lucas beim Essen zu und musste ein Lächeln unterdrücken. Lucas war etwas eigen, aber auf gute Art. Er war nicht gerade unattraktiv und hatte definitiv Stil. Er war groß, schlaksig und wirkte furchtbar anständig. Auf den ersten Blick war er ein guter Fang, doch ihn umgab eine kaum merkliche Aura, eine interessante Mischung aus Frauenheld und unterdrückten homosexuellen Neigungen, die man häufig in Paris fand.

Lucas war Johnnys Freund gewesen, und sie kannte ihn seit mittlerweile zwölf Jahren. Doch erst nach Johnnys Tod hatte auch sie sich mit ihm angefreundet. Als er noch Johnnys Freund gewesen war, hatte sie ihm stets misstraut. Er war zu gut gekleidet, zu blaublütig und ein Playboy, der noch nie verheiratet gewesen war und sich zu keiner Frau bekennen wollte. Und dann waren da noch seine Höflichkeit, die sorgfältige Aussprache, die Tatsache, dass er darauf bestand, ihre Hand zu küssen, als wäre sie die verdammte Königin von England, und all die großen Worte, von denen sie mittlerweile wusste, dass sie nichts mit Heuchelei zu tun hatten. War es denn seine Schuld, dass er in mehr oder weniger adeligen

Kreisen aufgewachsen war? Doch nachdem sie sich miteinander angefreundet hatten, hatte sie eine andere Seite von Lucas kennengelernt: seinen Humor, seine kindliche Naivität, seine Geduld, seine unerschütterliche Zuverlässigkeit und – was ihr am allerwichtigsten war – seine schonungslose Ehrlichkeit.

Lucas lebte alleine in einer unglaublich teuren Wohnung im siebzehnten Arrondissement. Die alte Madame Dubois kochte seit zwanzig Jahren für ihn und bügelte seine Wäsche. Lucas interessierte sich durchaus für die Liebe, doch seine Interessen waren zu vielfältig. Er entschuldigte es damit, dass er ständig auf der Suche war, immer auf der Jagd nach der perfekten Frau. Seine Beziehungen dauerte immer gerade so lange, um Annie mit geheimnisvollen Geschichten über seinen Sexualtrieb und die Größe seines Penis zu erfreuen – der dem Vernehmen nach natürlich riesig war.

»Und wie willst du geeignete Mieter finden?«

»Ich werde eine Anzeige in ein paar Zeitungen in Chicago, L. A. und Cincinnati schalten.«

»Amerikaner!«, stöhnte er. *»Pourquoi?«*

»Chicago hat die Bulls, Los Angeles die Lakers und Cincinnati die Reds. Ich musste irgendwo anfangen, und da konnte es genauso gut Baseball sein.«

»Das ist zum Scheitern verurteilt. *Zum Scheitern verurteilt.*«

Annie musste sich selbst ins Gedächtnis rufen, dass es sich hierbei tatsächlich um eine Art Streit handelte. Sie beschloss zur Abwechslung, den sicheren Weg zu wählen, immerhin befanden sie sich in einem exklusiven Restaurant. Ihre Stimme klang ruhig, aber bestimmt.

»Du hast mich immer unterstützt. Ich brauche dich, damit das alles funktionieren kann. Aber meine Entscheidung steht fest.«

Lucas' hellblaue Augen blickten sie einen Moment lang traurig an. Er führte die Gabel zum Mund, kaute langsam und meinte:

»Du und die Jungen könntet zu mir ziehen. Du könntest das Haus vermieten, bis du es verkauft hast.«

Ruhig, aber bestimmt, dachte sie, bevor sie loslegte. »Drei aktive Jungen und ich, deine schludrige Freundin, sollen wie in einer Sardinenbüchse in deiner Wohnung mit Verbindungstür zum Louvre leben?« Wie um zu demonstrieren, wie schludrig sie tatsächlich war, holte Annie weit mit den Armen aus und warf dabei ihr sündhaft teures Glas *Château Margaux* um. Der Rotwein hatte noch kaum das weiße Tischtuch berührt, als bereits drei Kellner wie aus dem Nichts auftauchten. Einer füllte ihr Glas wieder auf, der andere legte eine Serviette auf das verschmutzte Tischtuch und der dritte war vermutlich dazu da, um neugierige Blicke abzuschirmen. Einen Augenblick später waren sie auch schon wieder verschwunden.

Einen Moment lang schien Lucas der Vorstellung nachzuhängen, wie Annie und die Jungen in seine Wohnung einfielen. »Wenn sich das Haus so gut verkaufen lässt, wie es eigentlich sollte, könntest du dir außerhalb von Paris eine Wohnung mit zwei Schlafzimmern mieten und hättest nebenbei noch ein nettes kleines Einkommen, mit dem es sich recht gut leben ließe.«

»Außerhalb von Paris? *La banlieue?*«

»Meine Liebe, du bist doch nicht zu einer von uns versnobten Parisern geworden?« Lucas spießte einige *Crudités* auf seine silberne Gabel und fuchtelte damit anmutig in der Luft herum. »Du müsstest natürlich die Ausstände auf deinen Kreditkarten und die Nachzahlungen für Strom und Telefon begleichen. Ich hatte an einen Job als Übersetzerin gedacht. Etwas mit freier Zeiteinteilung.«

»Ich soll übersetzten? Außerhalb von Paris?« Sie war zu laut gewesen. Die Frauen am Nebentisch warfen ihr einen flüchtigen Blick zu, bevor sie sich wieder abwandten.

»Du bist tatsächlich ein Snob«, erwiderte Lucas.
Annie spürte, wie ihr die Tränen in die Augen stiegen. Das hasste sie an sich selbst am meisten. Sie war so verdammt nahe am Wasser gebaut. »Mein Haus ist mein Leben, und das weißt du auch.«
»Ich weiß, ich weiß«, entgegnete Lucas sanft. »Aber sieh dich doch an. Es gibt ein Leben außerhalb dieses Hauses. Das richtige Leben. Du bist noch immer jung genug. Und attraktiv.« Annie tat sein Kompliment mit einem Schulterzucken ab, doch Lucas bestand darauf, dass er recht hatte. »Doch, doch, das bist du. Du könntest dir ein nettes Leben einrichten. Und vielleicht einen Begleiter finden?«
Annie hob eine Augenbraue. »Einen Begleiter?«
»Du musst auch das Gute an deiner finanziellen Notsituation sehen. Vermutlich wirst du gezwungen sein, wieder mit dem Auto zu fahren, dich weiterzubilden und vielleicht auch zu reisen.«
»Und was bringt dich zu der Annahme, dass ich das alles möchte? Ich bin durchaus zufrieden damit, bloß zu Hause zu sein.«
»Zufrieden vielleicht. Aber glücklich? Bist du glücklich?«
»Was bedeutet Glück schon? Mein Haus und meine Kinder um mich herum – das ist alles, was ich brauche.«
»Was ist mit einem Begleiter?«
Sie schüttelte den Kopf. »Was zum Teufel meinst du, Lucas? Einen *Begleiter?* Soll ich mir einen Hund zulegen?«
Lucas zögerte einen Augenblick, als fiele es ihm schwer, das Wort auszusprechen. *»Un homme?«*
»Dass Frauen sich ohne Mann nicht vollständig fühlen, ist ein Märchen, das ihr Männer euch ausgedacht habt. Ich brauche keinen Mann. Ich habe bereits einen Mann.« Sie korrigierte sich selbst. »Ich *hatte* einen Mann. Und ich glaube nicht, dass es mir vergönnt sein wird, den perfekten Mann ein zweites Mal zu finden. Das ist noch so ein Märchen. Und außerdem«, meinte sie

und griff nach Lucas' Hand, »habe ich dich. Wozu brauche ich also einen Mann?«

»Ja, du hast mich«, antwortete Lucas und wandte den Blick ab.

»Es ist eine gute Idee, und das weißt du auch.«

»Tu es nicht.«

Annie trank ihr Glas aus. »Ich tu's.«

Das Mittagessen ging zu Ende, ohne dass sie es geschafft hatte, Lucas zu überzeugen, doch sie war plötzlich fest entschlossen. Natürlich würde sie nichts unternehmen, ohne vorher mit den Jungen gesprochen zu haben, vor allem mit Maxence. Nein, sie brauchte seine Einwilligung nicht. Aber die Wahrheit über ihre finanzielle Situation würde früher oder später ans Licht kommen, und die Alternative war, dass sie umzogen. Das würden sie verstehen. Maxence würde sagen: »VAU-ES«. VS stand für »Verdammte Scheiße!« und war sein neues Lieblingswort. Wo hatte er das nur gelernt? Es war sehr ärgerlich, denn er hatte damit ein Schlupfloch gefunden, um fluchen zu können. Sie konnte ihm nicht verbieten, einzelne Buchstaben laut auszusprechen, und nun sagten alle drei Kinder bei jeder Gelegenheit bloß noch VS.

Es wurde Zeit, die Kinder abzuholen, und sie wartete auf der anderen Straßenseite gegenüber der Schule, um sich nicht mit den zahlreichen anderen Müttern unterhalten zu müssen. Während sie wartete, beobachtete sie die attraktiven französischen Mütter, die immer paarweise oder in Gruppen zusammenstanden und sich im halsbrecherischen Tempo miteinander unterhielten und lachten. Stets elegant und wunderschön. Sie beobachtete sie lange Zeit von der anderen Straßenseite aus und frage sich, worüber sie wohl sprachen. Was war bloß so spannend? Später gingen sie vermutlich mit den Kindern in den Park oder besuchten einander zu Hause. Ihre eigenen Freundinnen lebten alle in den Vereinigten Staaten, und sie meldete sich manchmal bei ihnen, aber nicht allzu oft. Seit sie nach Frankreich gekommen war, hatte sie nicht das Bedürfnis verspürt, sich mit anderen Frauen anzufreunden. Johnny war alles gewesen, was sie jemals gebraucht hatte, und sie war zu beschäftigt damit gewesen, Babys zu bekommen, um zu erkennen, dass ihr etwas fehlte. Erst jetzt bemerkte sie es, doch mittlerweile war es zu spät. Sie hatte vergessen, wie man neue Freundschaften schloss, und in Wahrheit machte ihr die Vorstellung Angst. Außerdem waren Französinnen immer noch ein Mysterium für sie. Ihre Art, miteinander umzugehen, unterschied sich so sehr von allem, was sie kannte. Doch es war nicht bloß die Tatsache, dass sie Französinnen waren. Annie war zu dem Entschluss gelangt, dass sie Frauen misstraute. Diese Katzenhaftigkeit und der ständige Wettstreit. Es waren wohl die Nachwehen aus jenen Tagen, als sie ständig andere Frauen von Johnny fernhalten musste.

Sie hörte die Schulglocke läuten, und beinahe im selben Augenblick öffnete sich das schwere Holztor, und die Kinder strömten aus dem Gebäude. Bunte Mäntel, Hüte, Rucksäcke, Stiefel, Kinderwagen und Regenschirme vermischten sich, und überall hörte man Stimmen. Sie entdeckte ihre Jungen, und ihr Herz machte einen Sprung. Sie standen bereits nebeneinander, wie sie es immer taten, bevor sie auf die Straße hinaustraten. Sie winkte ihnen zu und gab ihnen zu verstehen, dass sie bleiben sollten, wo sie waren, bevor sie selbst die Straße überquerte. Maxence, der Älteste, ihr neunjähriger kleiner Mann, der noch so jung und dennoch so furchtbar reif war, hielt seine beiden Brüder an der Hand.

Sie gingen zu Fuß nach Hause, und sie erzählten ihr von ihrem Tag. Sie ließ sich zu einem Zwischenstopp in einer Patisserie überreden. Die *Tartelettes* mit Erdbeeren waren unverschämt teuer, da zurzeit keine Erdbeersaison war, doch sie willigte trotzdem ein.

»Gestern hast du noch gesagt, dass sie zu teuer sind«, wandte Maxence ein.
»Heute sind sie billiger.«
»Es ist noch derselbe Preis. Sieh nur: zwei Euro fünfzig das Stück.«
Annie seufzte. »Ich nehme trotzdem auch eine«, erklärte sie der *Boulangère*.
Zu Hause angekommen, stellte sie vor jedem der Jungen eine *Tartelette* auf den Tisch, räusperte sich und erzählte ihnen schließlich von ihrem Vorhaben. Paul und Laurent schienen sich nicht weiter dafür zu interessieren und waren eher damit beschäftigt, die verbleibenden Erdbeeren auf der *Tarte* des anderen zu zählen.
»Was haltet ihr davon?«, fragte sie. »Habt ihr Fragen?« Paul und Laurent sahen Maxence fragend an.
Maxence verzog das Gesicht und würgte, als hätte er etwas furchtbar Bitteres gegessen. »Wie lange wird das dauern?«
»Ich weiß es nicht, Baby. Sie zahlen die Miete monatlich. Ich hoffe, dass sie sechs Monate bleiben, vielleicht auch länger.«
»Sechs Monate!«, jammerte er. Seine Brüder kauten schweigend und beobachteten Maxence. Sie musste Maxence überzeugen, er war das Alphatier in ihrem Rudel.
»Wir machen das nicht zum Spaß«, erklärte sie.
»Und es macht auch sicher keinen Spaß«, erwiderte Maxence. Die Art, wie er es sagte, erinnerte sie tatsächlich an Lucas. Sie fragte sich, ob die beiden wohl miteinander gesprochen hatten.
»Okay, wir machen es, weil wir keine andere Wahl haben.«
»Ich dachte, man hat immer eine Wahl. Das hast du zumindest einmal gesagt«
Sie seufzte. Ihr Ältester und die Logik. Ihre Stimmungsschwankungen und sprunghaften Ideen machten ihn verrückt. Maxence war zu pragmatisch, zu reif. Vielleicht versuchte sie deshalb immer, mit ihm nicht wie mit einem Erwachsenen zu sprechen, der

er vorgab zu sein. Sie nannte ihn öfter »Baby« als die beiden Jüngeren. Sie nahm all ihre Kraft zusammen, um eines dieser angemessenen, vernünftigen und äußerst erwachsenen Argumente vorzubringen, was sie immer wieder erschöpfte. »Wir hatten tatsächlich die Wahl«, sagte sie. »Entweder wir verkaufen das Haus, oder wir vermieten einige Zimmer. Und wir haben beschlossen, einige Zimmer zu vermieten.«

»Wer ist *wir?*«

»Wir, nun … ich … ich und Lucas haben es beschlossen.«

Maxence rutschte auf seinem Stuhl hin und her. Er hatte die Hände in die Hosentaschen gesteckt, und seine *Tartelette* stand noch immer unangetastet vor ihm. Annie bewunderte seine widerspenstigen Haare, seine Sommersprossen und seine Dickköpfigkeit.

»Erstens ist Lucas dagegen«, sagte Maxence und verzog den Mund.

»Woher weißt du das?«, platzte sie heraus.

»Das war ich«, erklärte Paul triumphierend. »Ich habe es gehört! Ich habe es ihnen erzählt!«

»Ihr wusstet davon? Ihr wusstet von meinem Vorhaben und habt mir nichts davon gesagt?«

»Zweitens«, sprach Maxence weiter, »trifft hier nicht Lucas die Entscheidungen. Das machst du.«

Touché. Sie atmete tief ein. »Dann würde ich sagen, es handelt sich dabei um eine einstimmige, unanfechtbare Entscheidung zwischen mir und meiner Wenigkeit.«

Maxence biss emotionslos in sein Törtchen. »Und was, wenn diese einstimmige Entscheidung das Leben deiner Kinder ruiniert?«

»Jungs, ich mach es wieder gut«, flehte sie. »Ich schwöre, dass ich es irgendwie wiedergutmachen werde.«

»Bekommen wir Internet?«, fragte Laurent.

Sie warf einen Blick auf ihre Jungen. Sie vermieden es offensicht-

lich, einander anzusehen. War das hier eine Verschwörung? »Was geht hier vor sich?«
»Und wir möchten unbedingt Kabelfernsehen, Mum«, erklärte Laurent. »Wir brauchen es ganz, ganz dringend.«

5

Mark war noch im Büro, und Simon und Lia sahen sich Zeichentrickserien an. Mein Gott, wie viele Zeichentrickserien sahen sich diese beiden Kinder wohl an? Es mussten mehrere Stunden am Tag sein. Lola nutzte die Zeit, um Lou Driver, einen Freund der Familie, anzurufen, der auch ihr Anwalt war. Lou war einer der besten und skrupellosesten Anwälte in L. A. Mark betonte stets, dass Lou der Beste war. Sie versuchte, das Zittern in ihrer Stimme zu unterdrücken, als seine Sekretärin ihn aus einem Meeting holte, damit sie mit ihm sprechen konnte.
»Es tut mir leid, dass ich dich störe, Lou, aber ich weiß einfach nicht mehr weiter. Mark hat heute Morgen schon wieder von Scheidung gesprochen. Und jetzt frage ich mich … ich meine … welche Rechte hätte ich denn, wenn es so weit käme?«
Lou lachte beschwichtigend. »Du fragst mich nach deinen Rechten? Ach, Lola, Liebes, es gibt absolut keinen Grund, gleich dramatisch zu werden.«
»Aber ich …«
»Beruhige dich, Schätzchen. Mark ist impulsiv, das ist alles. Abgesehen davon ist er einfach brillant. Brillant. Und ich weiß ganz sicher, dass er dich mehr braucht, als er zugeben würde. Ich kenne ihn seit zwanzig Jahren. Er ist verrückt nach dir.«

Sie zögerte. Wie viel konnte sie ihm verraten, ohne Mark in den Rücken zu fallen? »Es gibt bessere und schlechtere Tage …«, begann sie.

Lou unterbrach sie. »Jedes Paar erlebt bessere und schlechtere Tage. Du bist die einzige Frau für ihn, und das weißt du auch.«

»Aber er wird immer so wütend, und manchmal aus keinem ersichtlichen Grund. Und jedes Mal sagt er mir, dass ich mich doch scheiden lassen soll, wenn ich nicht mehr glücklich bin.«

»Er steht enorm unter Druck, das ist alles. Ich kenne deinen dickköpfigen Ehemann schon lange genug, um dir versichern zu können, dass er kein Wort von dem, was er sagt, so meint. Und ich persönlich werde die Möglichkeit, dass ihr euch scheiden lasst, erst in Betracht ziehen, wenn Mark mich persönlich anruft.«

Lola legte auf und wusste plötzlich ohne jeden Zweifel, auf wessen Seite Lou im Falle einer Scheidung stehen würde. Und Lou war »der Beste«.

Die Angst war so überwältigend, dass sie beinahe auf die Knie sank. Sie lehnte sich gegen die Küchenanrichte und fühlte sich wie betäubt. Sie wappnete sich für den Augenblick, wenn Mark nach Hause kam. Sie blätterte die Tageszeitung durch. Ihr Blick fiel auf die Reisebeilage. Vielleicht brauchten sie alle genau das. Einen wunderschönen Urlaub! Vielleicht konnten sie sogar das Kindermädchen mitnehmen. Hawaii, Tahiti, Paris … Plötzlich entdeckte sie eine kleine dreizeilige Anzeige, die sich zwischen den Unmengen an Werbung für Kreuzfahrten und Fotos von Club-Med-Destinationen versteckte.

*Wagen Sie einen Neuanfang in Paris! Hübsche Zimmer in einem wunderschönen Privathaushalt. Angenehmes Umfeld. Kinder herzlich willkommen. Günstig. Inklusive Verpflegung. Beste Lage. Englischsprachig. Wählen Sie *****

Sie hörte, wie Marks Hummer die Auffahrt hochfuhr. Sie warf die Zeitung in den Mülleimer und eilte ans Fenster, um zuzusehen, wie Mark aus der Garage kam. Ihr Herz begann wie wild zu pochen, als sie den Blumenstrauß sah. Er hatte ihr vergeben! Doch als er kaum eine Minute später die Tür öffnete, war ihr Mund trocken, und ihr Schädel pochte.

Mark trat durch die Vordertür, drückte Serena seine Jacke und seine Aktentasche in die Hand und übergab Lola den Blumenstrauß. Er war attraktiv und groß, sogar im Vergleich zu Lola, die selbst beinahe einen Meter achtzig maß. Er schenkte ihr ein umwerfendes Lächeln und fragte: »Also, hast du deine Aufgaben nun endlich im Griff?« Er scherzte wieder einmal. Lola starrte ihn an. Sie versteifte sich noch mehr, als Mark sie schließlich umarmte und ihr verliebt in den Hintern kniff. »Ach komm schon, du bist doch nicht immer noch sauer wegen heute Morgen?«, fragte er.

»Dann … dann lassen wir uns also nicht scheiden?«, stotterte sie.

»Liebling, von welcher Scheidung sprichst du? Ich bin derjenige in diesem Haus, der schon mal überreagiert, erinnerst du dich? Dummes Mädchen!« Er klopfe ihr sanft mit dem Finger auf die Stirn. »Du weißt, dass ich ohne dich verloren bin. Ich stehe momentan unter enormem Druck«, erklärte er, bevor er sich abwandte und ihr im Davongehen zurief: »Bekommt ein hart arbeitender Mann vielleicht etwas zu essen?«

Er stand enorm unter Druck. Das waren exakt Lous Worte gewesen. Waren die Blumen Lous Idee gewesen? Sie ging in die Küche und öffnete den Kühlschrank. Sie atmete flach. Sie holte eine Plastikbox aus dem Kühlschrank und stellte sie auf die Anrichte. Einen endlosen Augenblick lang starrte sie auf den Deckel in ihrer Hand hinunter. Schließlich legte sie ihn zur Seite, ging zum Mülleimer und holte die Reisebeilage wieder hervor. Sie faltete sie zusammen und versteckte sie in einer der Küchenschubladen. Als das Abendessen endlich fertig war, befand sie sich im Grunde bereits an einem anderen Ort. Tausende Meilen weit entfernt.

Jared saß auf einem Sofa und ließ seinen Blick durch den Raum schweifen. Er suchte nach einer Möglichkeit, um durch die Wand aus wogenden Körpern hindurch nach draußen zu gelangen. Gutaussehende Pariser Männer und Frauen hatten sich dicht gedrängt um die winzigen Tischchen versammelt oder lungerten auf den roten Samtsofas herum, die wie riesige Münder wirkten.
Er war hierhergekommen, weil er vorgehabt hatte, ein Mädchen dazu zu überreden, mit ihm nach Hause zu kommen und mit ihm zu schlafen, aber heute dauerte es ihm einfach zu lange. Die Mädchen wollten bis zur Sperrstunde bleiben, wollten, dass man ihnen schöne Augen machte und ihnen ein paar Lines Kokain spendierte, aber er hatte dazu einfach keine Kraft mehr. Mittlerweile wollte er nur noch fort, und zwar augenblicklich und allein.
Er erhob sich von dem Sofa, in dem er beinahe versunken war, und löste sich aus den Armen des Mädchens, dessen Namen er bereits wieder vergessen hatte. *»Au revoir, beauté«,* sagte er und küsste sanft ihren Nacken. Sie drückte den Rücken durch wie ein Panther, drehte sich zu ihm und umklammerte seinen Arm.
»Jared, où vas tu?«
Jared umarmte sie, damit sie ihn losließ, und spürte, wie sie sich entspannte. »Ich komme gleich wieder«, log er.
»Ich warte hier«, antwortete das Mädchen mit rauchiger Stimme.
Jared schlüpfte in seinen Mantel und öffnete die Tür. Die eiskalte Luft war seine Rettung. Er wickelte sich seinen orangefarbenen Schal um den Hals, setzte seinen Hut auf und ging mit großen Schritten davon. Er saugte die eisige Luft in sich auf, bis er in die Rue de Cambronne kam. Um diese Zeit fuhren kaum noch Autos, und die Schaufenster waren bereits dunkel. Er betrat das

Haus, in dem er wohnte, und der vertraute Geruch im Treppenhaus schien ihn willkommen zu heißen. Es roch nach jahrhundertealtem Wachs und Patina, nach Suppe und selbstgekochtem Essen. Noch fünf Stockwerke, und er war zu Hause.

Er öffnete die Wohnungstür und machte das Licht an. Eine einzelne, nackte Glühbirne begann zu leuchten. Er betrat das Zimmer und entledigte sich dabei des Großteils seiner Kleider. Sein Mantel, sein Hut, sein Schal, sein Pullover und sein T-Shirt fielen zu Boden. Jared beachtete die spärliche Möblierung, die Bücher, die Kisten und den Müll, der überall im Zimmer verstreut lag, nicht weiter. Er zog die Schuhe und die Strümpfe aus und warf sie achtlos zur Seite.

Schließlich blieb er vor einem Tisch stehen, der voller Schmutz, Essensreste und Farbe war, und starrte die Farbtuben an, die darauf lagen. Nach einer Weile öffnete er einige Tuben, drückte etwas Ölfarbe auf einen Plastikteller und sah blinzelnd zu der Leinwand hinüber. Es war die größte Leinwand, die er sich zurzeit leisten konnte. Sie maß einen Meter mal eineinhalb Meter, war aber trotzdem zu klein. Er öffnete die Flasche mit dem Terpentin und durchstöberte eine Schuhschachtel auf der Suche nach einem geeigneten Pinsel. In der Schachtel lagen mindestens fünfzig, mittlerweile unbrauchbare Pinsel, allesamt voller getrockneter Farbe. Wertlos. Jared malte bis fünf Uhr früh. Als er kaum noch stehen konnte, wischte er sich schließlich die Hände mit Terpentin und einem schmutzigen Tuch sauber. Dann machte er sich auf die Suche nach seinem Mantel, der noch immer auf dem Boden lag, wickelte ihn sich um den Körper und ließ sich auf die Couch sinken. Dort saß er und starrte das Bild an, bis es vor seinen Augen verschwamm und er schließlich im Sitzen einschlief. Die Pinsel lagen noch immer in der Farbe auf dem Plastikteller.

Nach einer unheilvollen Nacht roch das ganze Zimmer nach Reinigungsmittel und Erbrochenem. Althea war bis auf die Knochen durchgefroren, obwohl sie mehrere Pullover trug und mehrere Decken über sich ausgebreitet hatte. Sie lag stocksteif auf ihrem Bett und las dieselben Worte immer und immer wieder. Sie leckte sich zum etwa fünfzigsten Mal über die spröden Lippen. Ihre Lippen wurden immer schlimmer, aber sie hatte aufgehört, Lippenbalsam zu verwenden, da er zu viel Fett enthielt. Letzte Nacht war es wirklich sehr schlimm gewesen.

Sie las die kleine Anzeige noch einmal. Vier kurze Textzeilen. Dann schüttelte sie den Kopf, um die Gedanken daran zu vertreiben. Sie hatte die Anzeige bereits ein Dutzend Mal gelesen und genauso oft versucht, sie wieder zu vergessen, doch immer wieder wanderte ihr Blick zurück zu den wenigen Zeilen, bis sie gezwungen war, lange genug darüber nachzudenken, um »es« zu fühlen. Die albernen Worte dieser kurzen Anzeige schienen ein Versprechen zu beinhalten. Es fiel ihr mittlerweile immer schwerer, die Zeitung zu lesen. Etwas zu lesen bedeutete einen ungeheuren Kraftaufwand, doch heute Morgen war ihr furchtbar kalt, und dann war da dieses Foto einer Lagune irgendwo im Pazifischen Ozean auf der Titelseite der Reisebeilage gewesen. Die Überschrift des Artikels schien im Meer zu treiben. *Alleine der Sonne entgegen. Machen Sie sich auf, und entdecken Sie den Fisch in Ihnen!* Der diesjährige Winter schien bereits endlos lange zu dauern, weshalb ihr die Fotos der himmlischen Insel irgendwie widersinnig vorkamen. Sie suggerierten Wärme und Schönheit und ein ruhiges, leuchtendes Meer. Dinge, die niemand haben konnte. Für Althea war die Tatsache, dass scheinbar alle von einer Reise auf diese Insel träumten, wie ein Schlag ins Gesicht, denn sie selbst war nicht fähig, einen solchen Traum zu hegen. Das Bild hatte keinen Einfluss auf sie, die Worte bedeuteten ihr nichts.

Dorthin fahren? Dazu fehlte ihr die Kraft. Neues entdecken? Dazu fehlte ihr die Neugierde. Alleine? Andere Menschen kümmerten sie ohnehin nicht. In der Sonne? Das interessierte sie überhaupt nicht. Ein tropisches Paradies war kein Ort, an dem sie sich wohl fühlen würde.

Doch nun wanderte ihr müder Blick schon wieder von dem Foto der Lagune zu der kleinen Anzeige, die bloß eine unter vielen war.

> *Wagen Sie einen Neuanfang in Paris! Hübsche Zimmer in einem wunderschönen Privathaushalt. Angenehmes Umfeld. Kinder herzlich willkommen. Günstig. Inklusive Verpflegung. Beste Lage. Englischsprachig. Wählen Sie* ****

Althea konnte ihren Blick nicht von der fettgedruckten Schrift losreißen. Ein Neuanfang in Paris. Was bedeutete das? Was auch immer es bedeutete, es erweckte ein Verlangen in ihr, das sie nicht für möglich gehalten hätte. Und in letzter Zeit fühlte sich jedes noch so zarte Verlangen wie ein kleines Wunder an. Jedes Wort in der Anzeige wirkte wie eine liebevolle Umarmung, die eine unbeschreibliche Sehnsucht in ihr weckte.

Sie hatte viele Jahre lang Französisch gelernt, genauso wie Spanisch, Deutsch, Latein und Italienisch. Althea hatte eine außerordentliche Begabung, was Sprachen betraf. Das und die Malerei, zwei vollkommen nutzlose Talente. Sie hatte schon vor Jahren einmal darüber nachgedacht, nach Frankreich zu gehen, doch es war kein konkretes Vorhaben gewesen, und wie so oft gab es realistischere und vernünftigere Pläne, die in die Tat umgesetzt werden mussten. Althea würde nirgendwo hingehen. Ihre Mum brauchte sie. Solange sich Althea zurückerinnern konnte, hatte ihre Mutter stets eines wiederholt: »Wenn es Althea nicht gäbe, hätte ich mich schon längst umgebracht.« Althea warf die Zeitung in den Mülleimer. Doch gerade in diesem Augenblick passierte etwas, und sie konnte nichts dagegen tun. Es war außergewöhnlich, denn ein kleiner, zarter Schmetterling namens Sehnsucht breitete plötzlich in ihrem Bauch die Flügel aus.

Sie erlaubte sich selbst ein Frühstück. Zwei Liter Tee, sehr schwarz und ohne Zucker. Zwei geviertelte Äpfel. Sie würde langsam und überlegt kauen, und es würde über eine Stunde dauern. In der Zwischenzeit würde sie sich Kochsendungen ansehen, und lange nach dem Frühstück würde sie im Müll nach den Kerngehäusen der Äpfel suchen und sie hinunterschlingen, woraufhin sie wieder einmal in Scham versinken und in Panik geraten würde. Doch als die Kochsendung schließlich zu Ende war, räumte sie nicht wie immer ihr Frühstücksgeschirr fort, sondern wählte die Nummer der Auskunft, um herauszufinden, wie spät es in Paris gerade war. Dann ging sie zum Mülleimer hinüber, doch anstatt die Kerngehäuse herauszuholen, griff sie nach der Reisebeilage. Sie wählte die angegebene Nummer und setzte sich auf die Tischkante. Sie klemmte den Hörer zwischen Kinn und Schulter fest, während sie die Arme vor der Brust verschränkte, wie um sich vor unbekannten Feinden zu schützen. Es läutete etwa ein Dutzend Mal, und die Sekunden dazwischen schienen endlos lange zu dauern. Althea wollte gerade auflegen, als sie plötzlich die Stimme einer Frau hörte. Sie klang unglaublich nahe.

»Allo?«

»Hallo? Sprechen … sprechen Sie … Englisch?«, fragte Althea.

»Klar. Und machen Sie sich keine Sorgen wegen des Keuchens. Ich war im obersten Stockwerk und musste ganz nach unten laufen, um zum Telefon zu gelangen. Und dann bin ich auch noch über diesen verdammten Teppich gestolpert! Wer spricht denn da?«

»Es tut mir leid, dass Sie laufen mussten … dass Sie hingefallen sind… ich …«, stotterte Althea.

»Ach, ich lebe gerne gefährlich. Wie heißen Sie?«

»Althea Hoyt.« Althea hielt einen Moment lang inne. »Es tut mir leid.«

»Machen Sie Witze? Alles, was mich davon abhält, mit meinen Kindern die Hausaufgaben zu machen, ist wunderbar! Also, was möchten Sie wissen, Althea?«

Althea. Das war ihr Name. Warum klang er aus dem Mund dieser Frau so anders?

»Nun«, begann Althea und beschloss, zu improvisieren. »Haben Sie eine Art Frühstückspension? Wie viel verlangen Sie? Gibt es noch ein freies Zimmer? Wäre es okay, wenn ich es monateweise nehme? Ist das Zimmer möbliert? Ich denke … ich denke darüber nach, mir eine Art … Auszeit zu nehmen.«

6

Annie hatte sich ihren roten Poncho um den Körper gewickelt und saß auf dem kalten Rasen neben dem Fußballplatz, um ihren Jungen und Lucas dabei zuzusehen, wie sie dem Ball hinterherjagten. Nebenbei sammelte sie Kieselsteine. Es war erstaunlich, wie viele herzförmige Steine es zu geben schien, wenn man erst einmal zu suchen begann. Ihr fiel auf, dass Maxence immer stärker wurde. Er konnte bereits mit Lucas Schritt halten. Der Anblick der vier, die im Park Fußball spielten, war schön und traurig zugleich. Johnny war immer zu beschäftigt gewesen, um etwas mit den Jungen zu unternehmen. Er hatte es zwar immer vorgehabt – aber erst später. Alles wurde ständig auf später verschoben. Johnny war ein Mann der großen Worte und der großen

Versprechen gewesen, die er jedoch oft nicht eingelöst hatte. Doch er hatte stets so viel Begeisterung an den Tag gelegt und so detaillierte Pläne geschmiedet, dass man beinahe wirklich geglaubt hätte, er würde sein Versprechen dieses Mal auch halten. Bald schon würden sie Abenteuerurlaube in geheimnisvollen Ländern verbringen, ein Gourmetpicknick im Mondlicht veranstalten oder endlos lange Fußballspiele austragen. Sie hätte ihn dazu zwingen müssen, mehr Zeit mit den Kindern zu verbringen. Aber eigentlich durfte sie ihm keinen Vorwurf machen. Sie selbst saß doch ebenfalls auf dem Boden, sammelte Kieselsteine und verlor sich in der Vergangenheit, unfähig, aufzustehen und mit ihren Kindern zu spielen.

Lucas trug Shorts von Adidas und Kniestrümpfe, über denen überraschend haarige, dürre Beine zum Vorschein kamen. Er bewältigte die Aufgabe, jedem der drei Jungen das Gefühl zu geben, sie könnten ihn ohne weiteres besiegen, bravourös. Schließlich riss Lucas die Arme hoch, um sich zu ergeben. »Ich brauche eine Pause. *Jouez sans moi*«, erklärte er, bevor er gemütlich auf sie zujoggte und sich neben sie setzte.

Sein Atem ging nicht schneller als nach einem ruhigen Spaziergang. Die Kinder liefen ebenfalls auf sie zu. Ihre Kniestrümpfe und Hosen waren voller Erde, und sie keuchten wie Dampflokomotiven.

»Du hast bloß Angst, dass wir dich fertigmachen!«, erklärte Maxence.

»Lasst mich bitte zu Atem kommen. *Je suis crevé*«, bat Lucas.

Maxence wandte sich ab, schoss den Ball davon und lief ihm nach. Paul und Laurent rasten hinter ihm her.

»Sie heißt Lola und lebt in Bel Air!«, erklärte Annie.

»Qu'est-ce que c'est?«

»Hallo? Der Prinz von Bel Air?«

Lucas schüttelte den Kopf. »Ein Prinz?«
»Will Smith? *Men in Black?*« Lucas sah sie noch immer vollkommen verwirrt an, weshalb sie schließlich aufgab. »Es ist in der Nähe von Beverly Hills.«
Nun schien Lucas zu wissen, wovon sie sprach. »Ahh!«
»Sie klingt sehr nett. Absolut normal. Eine Mutter mit kleinen Kindern, wie ich. Irgendwie gefällt mir die Vorstellung, dass ich – du weiß schon – einer verzweifelten Mutter mit einer Tochter und einem kleinen Sohn dabei helfe, wieder Fuß zu fassen.«
»Und der Vater?«
Annie betrachtete die Kieselsteine in ihrer Hand und stellte sich vor, wie sie Lucas damit bewarf. »Er spielt keine Rolle. Er ist scheinbar ein gewalttätiges Monster. Schrecklich.«
»Und das gefällt dir auch?«
»Was?«
»Die Vorstellung, dass sie ihr Ehemann misshandelt.«
Ihr Blick fiel nun auf die größeren Steine neben ihr. »Was soll denn das heißen? Natürlich nicht! Ich habe ihr bloß einen Rat gegeben.«
»Und der wäre?«
»Ich habe ihr gesagt, dass sie ihrem Instinkt folgen und etwas Abstand gewinnen soll.«
»Und ist das nun ihr Instinkt oder deiner?«
Annie sprang abrupt auf. »Ich mag die Richtung nicht, die dieses Gespräch nimmt, also beende ich es jetzt. Ihr findet mich dann zu Hause.«
Annie eilte rasend vor Wut davon, und ihr Poncho bauschte sich mit jedem Schritt auf. Sie verließ den Fußballplatz und drehte sich nicht noch einmal um. Dieses französische Arschloch! Sie trabte nach Hause, überquerte den Boulevard Suchet, bog nach dem Musée Marmortan ab und meckerte den ganzen Weg bis zur

Métro-Station *La Muette* vor sich hin. Sie würden ohne sie ohnehin viel mehr Spaß beim Fußballspielen haben.

In Wahrheit waren die anderen Anrufe, die sie auf ihre Anzeige hin erhalten hatte, nicht sehr vielversprechend gewesen. Und auch nicht gerade zahlreich. Als also eine Frau namens Lola anrief und nicht gleich nach so komplizierten Dingen wie DSL, HBO, DVD und VCR fragte, *musste* Annie sie einfach haben. »Ich bin mir nicht sicher, wonach ich eigentlich suche«, hatte Lola erklärt. Sie putzte sich immer wieder die Nase, und Annie wusste nicht genau, ob sie weinte oder erkältet war. »Ich bin mir nicht sicher, ob ich wirklich nach Frankreich kommen soll. Und es wäre nur für kurze Zeit, bloß vorübergehend.« Doch gleich im nächsten Satz meinte Lola: »Ich brauche vielleicht eine Schule für meine Tochter. Gibt es in der Nähe eine internationale Schule?« Lola erklärte, dass sie Frankreich liebte, aber die Sprache nicht wirklich beherrschte. Sie nannte ihr Französisch »eine Schande«.

»Nun, in diesem Fall würde ich vorschlagen, dass Sie gar nicht erst versuchen, hier Französisch zu sprechen. Sonst werden sie womöglich gelyncht!«, entgegnete Annie. Lola gab ein rauhes Lachen von sich, das echt und kindlich klang und Annie ungemein ermutigte.

Doch Lola klang auch verwirrt und unentschlossen, und als sie schließlich viel zu früh auf das Thema »Badezimmer« zu sprechen kam, war sich Annie sicher, dass ihr Interesse schon bald verflogen sein würde. »Haben die Zimmer ein eigenes Bad?«

»Nun, nicht ganz. Das hier ist ein altes Haus, und es entbehrt gewisser … Annehmlichkeiten.« Annie wappnete sich für das, was jetzt kam. »Es gibt acht Schlafzimmer, aber bloß zwei Bäder. Sie werden sich also ein Badezimmer mit den anderen Bewohnerinnen teilen müssen.«

»Teilen?«

»Nun, Sie wechseln sich natürlich ab. Wie auch immer, glauben Sie nicht auch, dass Körperpflege in den Vereinigten Staaten ohnehin vollkommen überbewertet wird?«, scherzte sie.

»Ja, das ist wahr«, antwortete Lola, als würde das alles tatsächlich einen Sinn ergeben.

»Es ist schon verrückt«, sagte Lola. »Sie haben von einem ›Neuanfang‹ geschrieben, und ich bekam die Anzeige nicht mehr aus dem Kopf. Das hier geschieht alles vollkommen intuitiv. Ich bin ziemlich intuitiv.«

Na toll, dachte Annie. Eine New-Age-Spinnerin aus L.A. Sie atmete tief ein, bevor sie mit ihrer Antwort herausplatzte. »Denken Sie nicht zu lange darüber nach, meine Liebe. Schnappen Sie sich Ihre Kinder und packen Sie Ihre Koffer. Und nehmen Sie nicht zu viel mit. Ihre Kleider werden Ihnen unmöglich erscheinen, sobald Sie gesehen haben, was die Leute hier tragen. Ich habe Spielzeug, Handtücher und Fahrkarten für die Métro, und ich bin eine ziemlich gute Köchin. Im besseren der beiden Badezimmer gibt es eine wunderschöne, riesige Badewanne, und ich bin stolze Besitzerin einer Sammlung verschiedener Schaumbäder.« Sie sprach so schnell und mit so schriller Stimme, dass sie wie eine verdammte Versicherungsvertreterin klang. Sie zuckte zusammen und wartete.

Lola seufzte tief. »Sie klingen so … nun … so … fürsorglich. Und Paris ist so wunderschön im Winter.« Annie war eigentlich nicht der Meinung, dass Paris im Winter tatsächlich so verdammt schön war. »Ach, nun ja … absolut«, erwiderte sie.

»Ich kann hier in L.A. nicht von neuem beginnen. Mein Ehemann würde es mir ausreden«, erklärte Lola und putzte sich ein weiteres Mal die Nase. Dieses Mal war Annie sich sicher, dass sie weinte. »Er kann sehr überzeugend sein. Und ich kann nicht nein zu ihm sagen.«

Annie musste einfach nachfragen. »Und wie steht er zu der Trennung?«
»Nun«, Lola schien darüber nachzudenken, was sie antworten sollte. »Es zeichnet sich schon seit Jahren ab. Mark hat sich bereits mit der Vorstellung abgefunden, da bin ich mir sicher.«
»Und er ist damit einverstanden, dass Sie in ein anderes Land ziehen?«
»Nun, das ist natürlich nur vorübergehend.«
»Natürlich«, antwortete Annie. »Wenn sich eine Frau entschließt, fortzugehen, dann ist das immer die richtige Entscheidung«, erklärte sie und vergaß dabei, dass sie selbst keine Ahnung von diesem Thema hatte. Sie beschloss, noch einmal auf Lolas intuitive Art anzuspielen. »Wir haben alle Instinkte, und etwas sagt mir, dass Sie Ihre nun schon eine ganze Weile unterdrücken.« Mittlerweile hatte sie es geschafft, sich selbst davon zu überzeugen, dass sie Lola tatsächlich helfen konnte.

Lolas Herz pochte. Sie verschloss ihre Schlafzimmertür, obwohl Mark erst in ein paar Tagen aus Atlanta zurückkommen würde. Sie grub in der Schublade und warf ihre Dessous zur Seite, bevor sie schließlich einen großen braunen Umschlag hervorholte. Sie ließ sich auf ihrem Bett nieder und versuchte, ihre zitternden Hände unter Kontrolle zu bringen – *einatmen …* –, bevor sie den Inhalt des Umschlages auf der Tagesdecke aus weißer Seide verteilte. Das Pochen ihres Herzens schien in dem ganz in Weiß gehaltenen Schlafzimmer widerzuhallen wie in einer riesigen Kirche. Sie betrachtete den Inhalt des Umschlages lange Zeit und versuchte zu begreifen, was das alles zu bedeuten hatte. Sie konnte kaum glauben, dass sie tatsächlich so weit gegangen war. Hätte sie in diesem Augenblick versucht aufzustehen, hätten ihre Knie unter ihr nachgegeben. Drei Flugtickets. Drei Reisepässe.

Sie hatte dem Kindermädchen und dem Hausmädchen für heute freigegeben, damit sie packen konnte. Morgen früh um sechs Uhr würde ein Taxi vor der Tür stehen, um sie abzuholen. Erst im Taxi würde sie Lia und Simon verraten, dass sie einen Überraschungsurlaub geplant hatte. An einem Schultag? Sie würde Lia anlügen müssen. Sie konnte kein Risiko eingehen. Es war so scheinheilig. Sie belog und entführte ihre eigene Tochter. Aber war es tatsächlich eine Entführung, wenn man sich nahm, was einem ohnehin gehörte?

Vor drei Wochen hatte Lola ihr Leben noch nicht in Frage gestellt. Sie war wie der Wurm gewesen, der sich keine Gedanken darüber macht, warum er gerade von einem Angelhaken durchbohrt wird. Sie hatte auch nicht darüber nachgedacht, ob Marks ständige Kritik an allem, was sie tat, gerechtfertigt war. Vor drei Wochen war ihr einziges Ziel gewesen, zu der Frau zu werden, die Mark sich wünschte. Doch dann hatte sie es praktisch über Nacht plötzlich nicht mehr geschafft, das alles zu tolerieren.

Sie hatten die Reisepässe vor ihrer Reise nach Mexiko ausstellen lassen, und sie waren immer noch gültig. Sie waren vor fünf Monaten dort gewesen, im August. Sie und die Kinder waren zwischen all den Kokospalmen und der warmen Meeresluft plötzlich krank geworden. Sie hatten alle unter furchtbaren Magenproblemen gelitten, alle außer Mark, der niemals krank wurde. Er verbrachte einen wundervollen Urlaub und ging jeden Tag zum Hochseefischen. Sie kümmerte sich in der Zwischenzeit um die Kinder, während sie selbst tagelang jede Stunde auf die Toilette stürzen musste. Sie verlor so viel Gewicht, dass sie vollkommen abgemagert wirkte, während Mark mit herrlich sonnengebräunter Haut nach Hause kam.

Die Reise nach Frankreich würde sicher nicht schwieriger sein. Im Gegenteil. Ohne Mark, der während der Reisevorbereitungen

stets alle in Panik versetzte, schien alles bemerkenswert glattzulaufen. Die Anziehungskraft der kleinen Zeitungsanzeige war verblüffend. Jedes Mal, wenn ihr Entschluss ins Wanken geriet, musste sie bloß den Umschlag nehmen, die Anzeige herausholen, die sie aus der Tageszeitung ausgeschnitten hatte, und sie noch einmal lesen. Danach freute sie sich immer wie ein kleines Kind. Sie hatte schon immer etwas für Überraschungen und Geheimnisse übriggehabt. Sie wusste, dass sie die ganze Angelegenheit nicht ordentlich durchdacht hatte, dass es weitreichende Konsequenzen haben würde und dass es auf gewisse Weise falsch war. Dennoch blieb sie bei ihrem Entschluss.
Lola faltete die Anzeige wieder zusammen und steckte sie zusammen mit einem Bündel Euro-Scheine, den drei Reisepässen und den drei Flugtickets zurück in den braunen Umschlag. Als sie noch als Model gearbeitet hatte, war Paris immer ihre Lieblingsstadt gewesen. Doch für Mark gab es außerhalb der Vereinigten Staaten bloß noch Mexiko und die Bahamas. Er würde sie niemals finden.

Février

7

Annies Magenkrämpfe hatten sich seit dem letzten Abend nicht gebessert. Und die Tatsache, dass sie mit zehn Stundenkilometern die *Périphérique* entlangkrochen, während sich Lucas fortwährend über ihren Minivan beschwerte, machte die Sache auch nicht gerade besser. Sie wollte nicht reden und war froh, dass Lucas kein Wort zu ihr sagte. Der Regen klatschte an die Fenster des Minivans, und sie sah Frankreich plötzlich mit dem ernüchterten Blick einer Frau, die gerade aus Bel Air kam. Die charmanten Cafés, die Blumenläden, die Statuen, die Parkanlagen, die Architektur – das alles existierte plötzlich nicht mehr. Sie sah nur noch das furchtbare Wetter, die Luftverschmutzung und die endlose Kolonne heruntergekommener Autos, in denen bloß Leute mit heruntergekommenen Zähnen saßen. Paris war ein verdammtes Kaff, und diese Tatsache würde schon bald nicht mehr zu verleugnen sein.

Plötzlich wurde ihr bewusst, wie ereignislos und ruhig ihr Leben in den letzten zwei Jahren verlaufen war. Nach Johnnys Tod war sie nie mehr mit dem Auto gefahren. Es war keine bewusste Entscheidung gewesen, sie hatte vielmehr eine tiefgründige, unerklärliche Abneigung entwickelt. Heute hatte der Van zum ersten Mal seit jenem Abend wieder die Garage verlassen. Sie vermutete, dass der Unfall sie traumatisiert hatte. Das war vollkommen normal. Aber warum konnte sie nicht einmal den *Anblick* des Vans ertragen? Wenn sie etwas aus der Garage brauchte, schickte sie Maxence oder Lucas, um es zu holen. Lucas bestand in regelmäßigen Abständen darauf, dass sie an diesem Problem arbeitete, doch sie beachtete ihn nicht weiter. Und wenn sie ihr Viertel tatsächlich einmal verlassen musste, was äußerst selten vorkam, dann nahm sie einfach den Bus. Am Tag zuvor war sie von sich selbst überrascht gewesen, als sie plötzlich darauf bestanden hatte, dass Lucas Lola in ihrem Van vom Flughafen abholte. Lucas hatte eine Augenbraue hochgezogen.

»Weshalb?«

»Nun, ich kann sie wohl kaum bitten, sich ein Taxi zu nehmen, oder?«

»Warum nicht?«

»Ich will, dass alles reibungslos abläuft. Ich möchte, dass sie sich willkommen und wie zu Hause fühlt.«

»Und ich soll mich nicht wohl fühlen?«

Sie schob Lucas mit beiden Händen in Richtung Garage und ließ ihn das Schiebetor öffnen. »Jetzt lassen wir das Monster mal an die frische Luft und sehen, ob es immer noch brüllt.« Lucas wandte sich zu ihr um und sah sie beleidigt an. »Ich hoffe, das war keine Anspielung auf meine Intimregion.«

In ein paar Minuten würden sie den internationalen Flugsteig erreichen, wo Annie damals als frischverheiratete junge Frau aus dem Flugzeug gestiegen war. War sie tatsächlich einmal ein Mensch gewesen, der Ozeane überquerte, durch unbekannte Städte kurvte und in fremde Länder zog?

»Habe ich irgendetwas verpasst?«, fragte Lucas. »Ich verstehe nicht, warum du nicht selbst fahren kannst.«

»Ich fühle mich nicht dazu in der Lage. Ich habe dir schon eine Million Mal gesagt, dass ich noch nicht so weit bin.«

»Du bist dazu in der Lage«, erwiderte er. »Und du *bist* dazu bereit.«

»Wenn ich dazu bereit bin, mich wieder hinters Steuer zu setzen, dann erfährst du es zuerst.«

Einige Zeit später standen sie in der dichtgedrängten Menge vor dem internationalen Flugsteig am Flughafen Charles de Gaulle, wo Lola und ihre Kinder bereits vor langer Zeit hätten auftauchen sollen, und Annies Angst war nun wieder der Vorfreude gewichen. Überall waren Menschen, die bestimmte Dinge taten und zu bestimmten Orten unterwegs waren, und sie befand sich mitten in diesem hektischen Treiben. Sie wartete auf eine unbekannte Frau, die Teil ihres Lebens werden würde. Sie konnte nicht anders, sie war einfach stolz auf sich selbst, weil sie den Bann gebrochen hatte, in den Van gestiegen war und diesen gewaltigen Sprung ins Ungewisse gewagt hatte.

Doch mittlerweile war es laut Anzeigentafel bereits eine Stunde her, seit das Flugzeug gelandet war, und von Lola war noch immer nichts zu sehen. Der bunte Festzug von Menschen und Familien aus jedem erdenklichen Land der Erde, die jeder erdenklichen Rasse, Nationalität und sozialen Schicht angehörten, hatte schon vor langer Zeit den Reiz verloren, und nun plagten sie wieder Magenschmerzen und kalte Schweißausbrüche. Sie ließ ihren Blick über die Menge schweifen, bis ihre Augen schmerzten. Wie sahen sie wohl aus? Hatte sie sie vielleicht übersehen? Es waren wohl Dutzende Mütter alleine mit ihren Kindern unterwegs. Hatte Lola ihr Schild nicht gesehen? Annie hatte nicht mehr die Kraft, das hübsche, kleine, selbstgemachte Schild hochzuhalten, zu dem sie Paul und Laurent genötigt hatte. Die kindlichen, bunten Buchstaben waren wirklich äußerst süß. Die Idee dahinter war, ihre Gäste damit herzlicher willkommen zu heißen, als sie es mit ihren Worten könnte.

Sie drehte sich zu Lucas um. »Kann es sein, dass sie ihren Anschlussflug verpasst haben?« Lucas, der noch immer im Selbstmitleid versank, zuckte bloß mit den Schultern. »Verdammt, das ist doch nicht normal. Vielleicht ist das hier der falsche Flughafen! Lucas, bitte sieh nach, ob wir am richtigen Flughafen sind. Das wäre eine Katastrophe. Ich bitte dich, hör auf, mir die kalte Schul-

ter zu zeigen! Das hier ist so schon schwierig genug.« Lucas erhob sich schwerfällig, um am Informationsschalter nachzufragen. Sie hätte ihn am liebsten erwürgt.
Mittlerweile strömten wieder zahllose internationale Fluggäste die Rampe empor, und sie musste Leute zur Seite schubsten, um ihren Platz in der ersten Reihe zu verteidigen. Sie spürte, wie sie in der allgegenwärtigen Wolke aus Schweißgeruch, Parfum und Zigarettenrauch die Platzangst packte.
Die Gesichter – es waren Hunderte fremde Gesichter – begannen zu strahlen, sobald sie einen vertrauten Menschen entdeckten. Saris, Anzüge, Turbane, kurze Hosen und Flip-Flops. Menschen, die Gepäckwägen voll bunt zusammengewürfelter Taschen und Koffer vor sich herschoben. Die Menschen um sie herum wirkten so fremd. Plötzlich erregte eine Frau Annies Aufmerksamkeit. Sie stach förmlich aus der Menge hervor. Sie war atemberaubend schön mit hohen Wangenknochen, einem blassen Gesicht und einer dunklen Sonnenbrille. Sie war vermutlich einen Meter neunzig groß, zumindest sah sie im Vergleich zu den eher kleingewachsenen Männern und Frauen aus Frankreich, Asien oder Saudi-Arabien so aus. Sie hatte kurze schwarze Haare, und ihr Gesicht wirkte wie gemeißelt. Ihre Lippen waren sehr voll, und ihre porzellanfarbene Haut schien von innen heraus zu leuchten. Annie war nicht die Einzige, die sie anstarrte. Die übergroße Sonnenbrille, der bodenlange mokkafarbene Kaschmirmantel, der mokkafarbene Kaschmirrollkragenpullover und die mokkafarbenen Stiefel ließen sie wie ein Model bei einem Fotoshooting wirken. Annie suchte verzweifelt nach einem Anhaltspunkt, wen sie da vor sich sah, und vergaß dabei vollkommen, weshalb sie eigentlich hier war. Diese Frau war sicher berühmt, vielleicht war sie eine französische *Actrice*. Es war nicht Chiara Mastroianni und auch nicht Carla Bruni … die Frau kam weiter die Rampe

hoch und schob dabei einen Wagen mit Vuitton-Taschen vor sich her.
Erst als sie direkt an ihr vorbeiging, bemerkte Annie, dass die Frau einen kleinen Jungen und ein etwa neunjähriges Mädchen bei sich hatte. Beide Kinder waren äußerst hübsch und so blond, wie die Frau dunkelhaarig war. Und plötzlich durchfuhr es sie wie ein Blitz. *Lola?* Die Erkenntnis traf sie wie ein Schlag, und gleichzeitig wurde ihr das Ausmaß der Katastrophe bewusst. Schnell! Wirf dein Schild in die Menge! Verlass den Flughafen und lauf, lauf, lauf … über die Felder und durch die Straßen bis nach Hause! Noch war genügend Zeit. Sie hatte Lola Lucas gegenüber als bodenständig und bescheiden beschrieben, doch nun schien es ihr, als käme sie von einem anderen Stern. Aber am Telefon hatte Lola doch so normal geklungen!
Sie sah jedoch alles andere als normal aus. Es war, als wäre Wonder Woman mit ihrem hautengen, der amerikanischen Flagge nachempfundenen Anzug und dem goldenen Lasso gerade eben auf dem Flughafen gelandet. Das war einfach unmöglich. Unmöglich! Diese Frau – dieses Geschöpf – sollte sich ein Hotelzimmer suchen. Sie sollte sich ein anderes Haus suchen, einen anderen Ort, an dem sie ihren Neuanfang starten konnte, oder was auch immer sie zum Teufel hier vorhatte. Sie sollte sich umdrehen und geradewegs wieder in die *Vogue* zurückkehren, woher sie gekommen war. Es würde ihr ganz sicher gutgehen. Es würde ihr sogar viel besser gehen. Diese Frau passte nicht in ihre Welt, in ihr Leben und verdammt noch mal nicht in ihr Haus.
Gegen ihren Willen begann Annie dennoch, ihre Ellbogen einzusetzen, um sich zu Lola vorzudrängen. Sie hob ihr kleines, wackeliges, selbstgebasteltes Schild in die Höhe, fuchtelte damit erbärmlich in der Luft herum und jammerte laut vor sich hin. »Entschuldigung! Entschuldigung, bitte.« Es war furchtbar demütigend.

Lola blickte nach wie vor über das Schild hinweg. Da war sie also. Eine mollige Frau, kaum größer als einen Meter fünfzig, die auf den Zehenspitzen neben dieser Göttin stand und vollkommen von ihr ignoriert wurde. Annie hielt der Frau das Schild mehr oder weniger vors Gesicht und räusperte sich. Ihre Stimme klang so hoch, als hätte sie Helium inhaliert. »Lola?«

Lola senkte den Blick und sah auf sie herunter wie eine afrikanische Gazelle auf ein Erdferkel. Sie las ihren Namen auf dem Schild und sah sie schließlich durch die undurchdringlichen Gläser ihrer Sonnenbrille an. »Annie?« Die Menge um sie herum bewegte sich nur noch in Zeitlupe. »Willkommen in Frankreich!«, erklärte Annie und keuchte dabei hysterisch, während die Welt begann, sich wieder mit normaler Geschwindigkeit zu bewegen. »Ich habe mir furchtbare Sorgen gemacht. Was ist passiert?«

Lola nahm die Brille ab. Sie hatte wunderschöne blassgrüne Augen und sah so aus, als hätte sie geweint. Sie beugte sich ein wenig herunter, um Annie ins Ohr zu flüstern: »Die Einwanderungsbehörde hat uns aufgehalten. Wir wirkten wohl verdächtig. Eine alleinreisende Mutter mit zwei Kindern. Sie waren sehr unhöflich und …«

Ihr kleiner Junge begann zu quengeln. »Mum, hochheben. Hochheben!« Er zog an ihrem Arm.

Sie sah Annie an, und Tränen stiegen ihr in die Augen. »Einen Moment lang dachte ich, sie würden uns zurückschicken. Doch dann haben sie uns plötzlich ohne Angabe von Gründen wieder gehen lassen. Ich verstehe es einfach nicht.«

Lolas Verletzlichkeit brachte Annie vollkommen durcheinander. »Da gibt es nichts zu verstehen, meine Liebe«, erklärte sie und tätschelte den weichen Ärmel von Lolas Mantel. »Willkommen in Frankreich mit all seinen Vorzügen: Machtmissbrauch und Willkür. Sie werden sich hier sicher wohl fühlen!«

»Nun, im Moment habe ich einfach nur furchtbare Angst«, flüsterte Lola noch leiser. »Es tut so gut, endlich ein freundliches Gesicht zu sehen.«

»Meinen Sie mich?«, fragte Annie.

Einen Meter neunzig große Frauen in Kaschmirmänteln haben doch nichts zu befürchten, dachte sie. Dennoch sah Lola verängstigt aus. »Jetzt brauchen Sie sich keine Sorgen mehr zu machen«, erklärte Annie und glaubte sich sogar selbst. »Ich werde mich um Sie und Ihre bezaubernden Kinder kümmern.« Sie wandte sich Lolas Kindern zu und lächelte sie überschwenglich an. Sie wollte warmherzig, mütterlich und selbstbewusst erscheinen. Doch das Mädchen starrte bloß mit verschlossenem Gesicht vor sich hin und vermied jeglichen Blickkontakt. Der Junge hingegen klammerte sich mittlerweile mit beiden Händen am Mantel seiner Mutter fest und sah aus, als wollte er jeden Moment wie ein Äffchen daran hochklettern. Lola hob ihn hoch, und der Junge vergrub sein Gesicht in ihrem Nacken. »Ich wette, ihr könnt es kaum erwarten, euer neues Zuhause zu sehen!«, erklärte Annie so fröhlich, wie sie nur konnte.

»Wir sind hier bloß auf Urlaub«, flüsterte Lola und sah Annie besorgt an.

»Euer neues *Ferienhaus* natürlich!«, verbesserte sich Annie. »Weißt du, ich habe einen Sohn in deinem Alter. Ich habe eigentlich sogar drei Jungs.«

»Ich hasse Jungs«, erwiderte Lia schulterzuckend. »Sie sind blöd.«

»Meine nicht. Sie sind ganz erstklassige Jungen, das verspreche ich dir.«

Annie nahm sich vor, den Jungen sämtliche Höllenfeuer anzudrohen, sollten sie sich danebenbenehmen.

Plötzlich entdeckte Annie Lucas, der sich einen Weg in ihre Richtung bahnte. Er wirkte wie eine Boje auf stürmischer See. Als er

Lola sah, riss er die Augen auf und täuschte, um Annie eine Freude zu machen, einen kleinen Herzinfarkt vor, wobei er sich beide Hände auf die Brust legte und damit auf sehr französische Art zu verstehen gab, dass er gerade die Liebe auf den ersten Blick erlebte. Er schüttelte Lolas Hand, stellte sich vor und begann sofort mit ihr und den Kindern zu plaudern, ohne auch nur einen Augenblick zu zögern oder eingeschüchtert zu wirken. Annie atmete erleichtert auf. Lucas würde ihren Arsch retten und dafür sorgen, dass doch noch alles klappte.

Auf dem Weg vom Flughafen nach Hause blieben sie im Stau stecken. Sie hingen hoffnungslos in einem heruntergekommenen, von Industrie gezeichneten Vorort fest. Lia und Simon waren mehr oder weniger sofort auf dem Rücksitz eingeschlafen. Lola trug noch immer ihre Sonnenbrille und starrte schweigend auf den Vorort hinaus, der noch nie so unheilvoll gewirkt hatte. In den Autos um sie herum saßen niedrigere menschliche Lebensformen, rauchten Kette und drückten auf die Hupe. Annie hasste plötzlich alle Pariser und Frankreich an sich. Wie auf ein Stichwort hin begann es auch noch heftig zu regnen. Lucas schaltete die Scheibenwischer ein, die ruckelnd und quietschend ihren Dienst antraten, wobei sie eine seltsame schwarze Substanz über die Windschutzscheibe verteilten.

»Das ist ja interessant«, kommentierte Lucas emotionslos. »Der Scheibenwischergummi scheint sich aufzulösen.«

»Unmöglich«, erwiderte Annie.

»Ich glaube, die Scheibenwischer sind wohl mit der Zeit porös geworden.«

Und tatsächlich lösten sich die Scheibenwischer in Windeseile auf. Die teerartigen Überreste vermischten sich mit dem Regen und hinterließen ekelerregende braune Streifen auf der Scheibe. Lucas rutschte nach unten, um durch den unteren Teil der Wind-

schutzscheibe auf die Straße hinauszusehen, wo die Scheibenwischer noch ziemlich gut ihren Dienst verrichteten. Schließlich fuhr er in dieser Haltung weiter. Musste das sein?
Sie pulte getrockneten Teig unter ihren Fingernägeln hervor und zerbrach sich vergeblich den Kopf, wie sie ein Gespräch beginnen konnte, während sie beharrlich Lucas' Seitenblicke ignorierte. Oh, sie wusste genau, was er gerade dachte. Abgesehen von diversen Fernsehstars war Lola wohl die attraktivste Frau, die sie beide jemals zu Gesicht bekommen hatten. Lola passte nie und nimmer in ihr Haus.
Lucas richtete sich wieder auf und warf Lola über den Rückspiegel einen Blick zu. Seine Stimme durchbrach die Stille wie ein lauter Furz. »Sind Sie zum ersten Mal in Frankreich?«, fragte er.
Halt die Klappe, dachte Annie. *Halt die Klappe!*
Lola wandte das Gesicht vom Fenster ab. »Ich war schon beruflich hier, aber nie länger als ein paar Tage am Stück.«
»Und was haben Sie hier gemacht?«, fragte Annie und drehte sich mutig um, um Lola anzusehen.
»Ich habe gemodelt«, erklärte sie, und Annie fiel das Herz in die Hose. Natürlich hatte sie gemodelt! »Damals war ich noch viel jünger«, fügte Lola hinzu. »Ich liebe Paris«, erklärte sie und nahm die Sonnenbrille ab. Ihre Augen waren rot und verschwollen. »Bitte entschuldigen Sie die Brille«, sagte Lola. »Ich wollte nicht, dass die Kinder mich derart emotional erleben. Im Flugzeug ging es mir noch gut, aber nach der Sache mit der Einwanderungsbehörde und so weiter …«
Annie hatte sich nie darüber Gedanken gemacht, ob ihre Kinder sie emotional erlebten oder nicht. Verdammt, wenn sie sie nur zu Gesicht bekamen, wenn sie gerade nicht emotional war, dann würden sie ihre Mutter so gut wie gar nie sehen. Sie überlegte, was sie noch sagen konnte. »Bitte sehen Sie nicht aus dem Fens-

ter. Das hier ist die *Périphérique*, die Vorstadt. Es zieht Sie nur noch mehr runter. Warten Sie nur, bis Sie mein Haus sehen. Alle lieben mein Haus!«

»Ich mache einen kleinen Umweg, dann können Sie einen Blick auf die Sehenswürdigkeiten werfen«, erklärte Lucas.

»Lucas, sie sind doch sicher alle vollkommen erschöpft«, protestierte Annie schwach.

Als Lolas Tochter schließlich aufwachte, fuhr Lucas gerade am Place de la Concorde vorbei die Rue de Rivoli entlang, und schließlich sahen sie den Jardin du Luxemburg und den Louvre. Annie versuchte gar nicht mehr, ihn aufzuhalten. »Sieh nur, Lia, diese wunderschönen alten Gebäude«, sagte Lola. »Der Eiffelturm. Das hier ist es, Lia. Wir sind in Paris!« Lia sah vollkommen unbeeindruckt aus, doch auf Lolas Gesicht machte sich eine rührende Mischung aus Hoffnung und Verletzlichkeit breit. Was für eine Art Frau Lola auch sein mochte, Annie verstand plötzlich, dass sie vor allem Mutter war. Und das war etwas, das Lola und sie verband.

Lola war vollkommen erschöpft. Was hatte sie bloß getan? Doch nun musste sie stark sein, denn Annie stellte sie gerade ihren Jungen vor, die zunächst noch mit verschränkten Armen dastanden, bevor sie ihr ernst die Hand schüttelten. Simon machte keine Anstalten, bald aufwachen zu wollen, also trug Lola das schlafende Kind von Zimmer zu Zimmer, wobei sie sich der drei Augenpaare, die ihr folgten, und Lias Wut vollkommen bewusst war. Die Art, wie Annies Jungen sie mit Fragen bombardierten und gleichzeitig miteinander stritten, verwirrte sie. Machte sie einen guten Eindruck?

»Ihr Baby da sabbert gerade Ihre Schulter voll«, erklärte Laurent

»Ja, Einstein«, erwiderte Maxence. »Das machen Babys nun mal. Bäh!«

»Wie groß sind Sie?«, fragte der fünfjährige Paul.
»Das ist eine unhöfliche Frage«, mahnte Maxence.
»Du bist auch unhöflich«, antwortete Paul.
»Hört auf damit. Alle drei«, mischte sich Annie ein, und zu Lolas Überraschung folgten ihr die drei Jungen aufs Wort.
Annie führte Lola und Lia die knarrende Treppe hinauf und blieb schließlich vor einem der Zimmer stehen. Sie legte die Hand auf den Türknopf und hielt inne, offensichtlich, um die Spannung zu steigern. »Lola, ich gebe Ihnen das rosafarbene Zimmer, aber ich warne Sie, es ist nichts für schwache Nerven.« Sie betraten ein großes Zimmer, das in warmes Licht getaucht war. Lola war ein wenig schockiert, als sie feststellte, dass das Zimmer beinahe vollkommen rosarot war. In der Mitte des Raumes stand ein ziemlich schmales Bett mit einem blassrosa Himmel. Das Fenster mit Blick auf die bezaubernden Dächer der Umgebung wurde von üppigen, gestreiften Seidengardinen in Bonbonfarben begrenzt. Neben dem Bett gab es nur noch einen kleinen, knallrotlackierten Tisch, einen uralten, schwarzlackierten Kleiderschrank und einen mit himbeerfarbenem Samt bezogenen Lehnsessel. »Ich habe ihn selbst neu bezogen«, erklärte Annie, als müsste sie sich dafür entschuldigen. »Mit einem sehr alten Stoff. In diesem Zimmer hat man irgendwie das Gefühl, als wäre man in einer Bonbonschachtel gelandet, nicht wahr? Aber mir hat es Spaß gemacht. Hier kann man sich wieder wie ein junges Mädchen fühlen.«
»Ich mag es sehr«, erklärte Lola und meinte es auch so.
»Die Wände waren ganz schön aufwendig. Es hat ewig gedauert, bis ich die richtige Mischung für den Verputz gefunden und den richtigen Farbton getroffen hatte.«
»Haben Sie das selbst gemacht?«, fragte Lia und deutete auf die dunkleren Tupfen, die willkürlich auf der Wand verteilt waren.
»Ja, aber ich bin noch nicht ganz fertig.«

»Und das auch?« Lia zeigte auf den Vorhang des Himmelbettes, der mit kleinen Gänseblümchen aus Seide übersät war.

»Ja. Blöderweise habe ich Heißkleber benutzt, der ständig den Vorhang zum Schmelzen brachte. Es war eine richtige Katastrophe. Doch anstatt aufzuhören und mir den passenden Kleber zu besorgen, habe ich einfach weitergemacht. Wenn ich einmal kreativ bin, dann bin ich wie besessen.«

»Sieht hübsch aus«, sagte Lia.

Lola stutzte, denn es kam selten vor, dass sie Begeisterung zeigte. »Es ist ganz entzückend«, erklärte sie bestimmt.

»Nun, so … bin ich eben«, antwortete Annie. »Ich wette, ihr seid nur das Allerbeste gewohnt.«

Das Kinderzimmer erweckte nicht dieselbe Begeisterung. Der Raum war kaum groß genug für die beiden Kinderbetten und den riesigen Schrank, der zwischen ihnen stand. Aufgrund der Tatsache, dass das Zimmer so klein war und auch noch schräge Wände hatte, fühlte man sich wie in einem Baumhaus. Die moosgrüne Tapete, auf der ziemliche blutrünstige Jagdszenen voller toter Enten, Flinten und herumliegender Federn zu sehen waren, verstärkte dieses Gefühl nur noch.

»Hier schlafe ich ganz sicher nicht«, erklärte Lia.

Wie auf ihr Stichwort hin begann auch Simon zu weinen.

»Das Zimmer ist wirklich ziemlich hässlich, das gebe ich zu«, sagte Annie rundheraus. »Es entspricht dem Geschmack der Vorbesitzerin, und ich bin noch nicht dazu gekommen, es neu zu dekorieren.«

Lola versuchte, Simon auf den Boden zu stellen, doch er kletterte wie ein kleines Beuteltier an ihr hoch und blieb schließlich in dieser Position. »Ach, das ist schon in Ordnung«, sagte sie.

»Ich hasse dieses Zimmer. Ich werde ganz sicher nicht hier schlafen«, sagte Lia.

»Das ist der Jetlag«, entschuldigte sich Lola.
Annie sah Lia an. »Stell dir vor, das Zimmer wäre eine leere Leinwand. Wir können aus diesem Zimmer machen, was immer wir wollen. Es gibt keine Grenzen.«
Lia dachte darüber nach. »Rosarot, wie das andere Zimmer?«
»Wenn du meine Jungen davon überzeugen kannst. Sie hassen Rosa. Aber ich persönlich glaube ja, es ist das neue Schwarz.«
»Lila mag ich auch sehr gerne.«
»Aber nur, wenn du mir dabei hilfst. Ich schaffe es ganz sicher nicht alleine«, erwiderte Annie.
Lola lauschte dem Gespräch zwischen ihrer Tochter und dieser mehr oder weniger Fremden. Sie verstand nicht, was genau hier vor sich ging, und war vielleicht sogar auch ein wenig eifersüchtig auf die beiden.

»Wo kommt das denn jetzt her?«, rief Lucas freudig überrascht, als Annie schließlich eine dampfende Kasserolle Hühnerlasagne und einen riesigen *Salad Niçoise* auf den Esszimmertisch stellte.
»Der Weg zum Herzen eines Mannes führt durch seinen Magen«, erklärte Annie sehr zu Lolas Freude. Sie war tatsächlich ein wenig stolz auf ihre planerischen Fähigkeiten. Sie hatte die Lasagne bereits am Vortag zubereitet und die Zutaten für den Salat gewaschen. Schließlich musste sie die Lasagne nur noch aufwärmen und den Salat mit selbstgemachtem Dressing verfeinern, und nicht einmal eine halbe Stunde nach ihrer Ankunft vom Flughafen war das Essen fertig.
Auch während des Essens fiel es ihr nicht leichter, ein passendes Gesprächsthema zu finden. Gott sei Dank ließ sich Lucas jedoch endlos über die verschiedenen amerikanischen Präsidenten, die amerikanische Außenpolitik und diverse Kunstausstellungen aus, die gerade in Paris stattfanden und die Lola sich unbedingt an-

sehen musste. Schließlich kam er auf das Wetter und was auch immer sonst noch zu sprechen. Lola antwortete, so gut sie konnte, und aß mit einer Hand, was eine ziemliche Leistung darstellte, da Simon mittlerweile wieder, an ihre Schulter gelehnt, eingeschlafen war. Doch ihre Stimme klang freundlich, und sie bemühte sich, aufgeschlossen zu wirken und ihre Tochter in das Gespräch miteinzubeziehen, was allerdings misslang. Paul und Laurent hackten das ganze Essen über aufeinander herum, und Maxence wich Lolas Blicken aus und sagte kein Wort. Annie konnte ihm jedoch keinen Vorwurf machen, denn sie selbst hatte ebenfalls Schwierigkeiten, Lola in die Augen zu sehen. Natürlich starrte Maxence Lola unaufhörlich an, und das war furchtbar unhöflich, aber was tat sie selbst denn die ganze Zeit? Sie starrte Lola nicht bloß an, sie musterte sie Zentimeter für Zentimeter und zählte sogar die Poren auf ihrer Nase. Sie fand einfach keinen Makel, obwohl ihr der Mund seltsam vorkam. Woher hatte sie diesen Mund? Hatte sie ihn in einem Katalog unter der Kategorie *Angelina Jolie* ausgewählt? Wer hatte schon einen solchen Mund? Und ihre Brüste waren riesig. Riesig!

Nach dem Abendessen brachte Lola Lia und Simon zu Bett, und Annie begleitete Lucas zur Tür. »Deine Arbeit ist für heute getan«, flüsterte sie ihm zu. »Sehr gut gemacht. Bitte komm morgen früh pünktlich um sechs Uhr wieder, dann erhältst du weitere Anweisungen.«

»Wäre vier Uhr zu früh?«, flüsterte er zurück. »Denn eigentlich möchte ich dieses Haus nie mehr verlassen.«

»Sie ist wirklich verdammt heiß, nicht wahr?«

»Obwohl ihr Make-up zu perfekt ist«, flüsterte er noch leiser. »Und ihre Fingernägel sehen seltsam aus.«

»Seltsam?«

»Sie wirken unecht.«

Sie lachte. »Das sind sie auch.«
Lucas riss die Augen auf. »Wie können Fingernägel nicht echt sein?«
»Vergiss es. Das verstehen nur wir Amerikaner.«
»Und ihre Lippen«, erklärte er sehnsüchtig. »Sie sind so ... pornografisch. Und diese Brüste ...«
»Ein Poet, wie immer«, lachte Annie, während sie ihn zur Tür hinausschob. Dann sammelte sie die Jungen ein, und sie stiegen gemeinsam auf Zehenspitzen die Treppe hinauf. Sie flüsterten und kicherten, unsicher, wie sie sich in einem Haus verhalten sollten, das bereits einen anderen Geruch verströmte und in dem es bereits anders klang. Als sie endlich im Bett lagen, blinzelte Maxence unter seiner Bettdecke hervor. »Sind sie nicht seltsam? Meiner Meinung sind sie wirklich seltsam.« Sie strich die Decke glatt und wischte ihrem Neunjährigen die Haare aus den Augen. »Was ist denn so seltsam an ihnen?«
»Woher soll ich denn das wissen?«, erwiderte Maxence schulterzuckend.
»Wie groß sind sie wohl alle?«, fragte sich Paul, dem bereits die Augen zufielen.
»Zeit zum Schlafengehen«, erklärte sie. Sie küsste und umarmte zuerst Maxence, dann Laurent und schließlich Paul.
»Ich liebe dich eine Milliarde Mal«, flüsterte Paul, während er sich an ihren Nacken schmiegte.
»Und ich dich noch viel mehr«, flüsterte Annie zurück.

Annie ging zurück ins Erdgeschoss, wo sie einen Kessel Wasser aufstellte, um sich ihren abendlichen Tee zu kochen, während sie begann, das Geschirr abzuwaschen. Sie war erleichtert, endlich in der Küche mit ihren Gedanken alleine zu sein.
»Das Wasser kocht«, erklang plötzlich Lolas Stimme.

Annie fuhr herum. »Mein Gott. Ich habe gar nicht gehört, dass Sie hereingekommen sind.«

Lola trug Jeans und kein Make-up mehr. Ihr Gesicht sah durch den Schlafmangel ein wenig mitgenommen, aber immer noch wunderschön aus. »Ich wollte Sie nicht erschrecken«, sagte sie, während sie eine Pfanne vom Abtropfgestell nahm und begann, sie abzutrocknen. Annie zuckte entsetzt zusammen. Was machte diese Fremde hier? Gerade jetzt, wo sie ihren Tee trinken wollte?

»Das müssen Sie wirklich nicht tun!«, erklärte sie ziemlich schroff. »Sie sind sicher vollkommen erschöpft. Gehen Sie schlafen!«

Ihr Tonfall schien Lola zu verblüffen. »Das tue ich«, erwiderte sie leichthin, »aber vorher könnte ich auch noch eine Tasse Kräutertee vertragen.« Sie nahm Annie einen feuchten Teller aus den verkrampften Händen und begann, ihn abzutrocknen. »Ich glaube, heute Nacht werde *ich* wohl im Entenzimmer übernachten. Lia und Simon schlafen tief und fest in meinem rosaroten Bett. Also …«, sie zögerte kurz, »dann wohnt Lucas also nicht hier im Haus?«

Annie war entsetzt. Wollte sie nun wirklich Konversation betreiben? »Zum Teufel, nein«, antwortete sie.

»Waren Sie schon einmal verheiratet?«, fragte Lola.

»Ein Mal«, antwortete Annie knapp.

»Sie sind also geschieden?«

Annies Antwort klang wie einstudiert. »Mein Ehemann, die Liebe meines Lebens, starb vor zweieinhalb Jahren bei einem Autounfall. Als er im Krankenhaus ankam, war er bereits tot.«

Lola sah sie an und hörte auf, das Geschirr abzutrocknen. »Das tut mir furchtbar leid.«

»Mir auch, glauben Sie mir«, erwiderte Annie und zog ihre Gummihandschuhe aus. Sie hatte sich mittlerweile damit abgefunden, dass sie heute keinen ruhigen Abend mehr verbringen würde.

Gab es ab heute noch irgendwo im Haus einen Zufluchtsort für sie? Sie gab Lola eine Tasse Tee, und die beiden Frauen standen, an die Spüle gelehnt, nebeneinander. Annie bot Lola bewusst keinen Stuhl an, in der Hoffnung, das Gespräch damit schneller zu einem Ende zu bringen. Lola zog sich jedoch einen Stuhl heran und setzte sich an den Küchentisch, ohne dazu aufgefordert worden zu sein. Natürlich. Das hier war nun auch ihr Zuhause. Annie gab sich geschlagen und setzte sich ebenfalls. »Wenn Sie Ihren Ehemann oder Ihren Ex oder sonst jemanden anrufen möchten, dann wäre jetzt der perfekte Zeitpunkt«, erklärte sie Lola. »In den Staaten ist es gerade Vormittag.«

Lola nippte an ihrem Tee. »Ehrlich gesagt würde ich das gerne noch ein wenig hinauszögern.«

Annie beschlich eine leise Vorahnung. »Was meinen Sie mit ›ein wenig‹?«

Lola schien nicht zu wissen, wovon sie sprach. »Worauf wollen Sie hinaus?«

Annie warf ihr einen vielsagenden Blick zu.

»Mark wird wohl erst in zwei Tagen aus Atlanta zurückkehren«, antwortete Lola schließlich. »Ich habe ihm eine Postkarte aus New York geschrieben, wo wir auf dem Weg hierher umsteigen mussten. Also …«

»Also?«

»Also habe ich ihn mit ein bisschen Glück wohl ein Weilchen auf eine falsche Fährte gelockt.«

»Sie haben *was* getan?!«, keuchte Annie.

»Ich habe ihm eine Postkarte geschrieben, die ich in New …«

»Sie haben aber nicht einfach Ihre Kinder geschnappt und ohne sein Einverständnis das Land verlassen, oder etwa doch?«

Lola hielt den Blick auf ihre Tasse gerichtet. »Nun, es ist alles furchtbar kompliziert«, erwiderte sie mit brüchiger Stimme.

Annies Herz begann wie wild zu pochen. Gewährte sie hier womöglich *Flüchtlingen* Unterschlupf? »Sie haben aber nichts Illegales getan, oder?« Ihre Stimme klang furchtbar anklagend und kampflustig, und sie bereute ihr forsches Vorgehen sofort. Lola öffnete den Mund, um ihr zu antworten, doch Annie unterbrach sie. Sie bemühte sich, sanfter zu klingen. »Sie haben mir ja am Telefon erklärt, dass er Sie misshandelt hat.«

»Das ist eine Frage, die ich mir immer wieder stelle«, sagte Lola. »Was bedeutet ›Misshandlung‹ eigentlich?«

»Nun, hat er körperliche Gewalt angewandt?«, fragte Annie. Das war der Punkt, an dem Lola unbedingt mit ja antworten musste. Lola zögerte und wandte den Blick ab. »Er … ja … er ist … er kann ziemlich agressiv sein, ja«, antwortete sie. »Aber danach tut es ihm jedes Mal leid. So ist er eben, er kommt immer wieder zurück und entschuldigt sich. Das muss ich ihm zugestehen. Aber dann tut er es wieder. Die Situation bei uns zu Hause wurde untragbar. Er ist so unberechenbar. Und es wurde viel schlimmer, nachdem die Kinder da waren und wir ständig unter Stress standen.« Sie hob den Kopf. »Sie wissen sicher, was ich meine. Männer können so furchtbar eifersüchtig sein, wenn sie nicht die ganze Aufmerksamkeit bekommen.«

»Ich weiß genau, was Sie meinen«, log Annie. Ihre Jungen hatten das Band zwischen ihr und Johnny nur noch auf wundervolle Weise verstärkt. »Sie armes Ding. Und die Kinder! Wie schlimm war es? Ich meine, mussten Sie auch ins Krankenhaus?«

Lola stiegen Tränen in die Augen, und sie wandte den Blick ab. Das war offensichtlich vollkommen taktlos gewesen. Es musste sich schrecklich anfühlen, wenn jemand auf etwas so Schmerzvollem herumhackte. »Ehrlich gesagt bin ich hier, weil ich versuchen möchte, eine Zeitlang nicht an Mark zu denken. Ich möchte ein neues Leben beginnen und …«

Annie musste sie einfach fragen. Sie hatte keine andere Wahl. »Versprechen Sie mir, dass Ihre Reise hierher nicht illegal war?«

Lola dachte lange darüber nach. »Ich … ich habe ihm gesagt, dass wir nach New York fliegen. Und es ist doch nichts dabei, dass wir stattdessen nach Frankreich geflogen sind?«

»Bestand jemals eine einstweilige Verfügung gegen ihn?«

Lola sah Annie an. »Ja, absolut. Ich bin berechtigt, alles zu tun, um die Kinder zu schützen. Das steht mir zu.«

Sie saßen schweigend nebeneinander. Annie spürte, wie ihr ein Stein vom Herzen fiel. Es gab eine einstweilige Verfügung. Der Ehemann war ein böser Mensch. Es steckte nichts Illegales dahinter. Sie vollbrachte hier eine wunderbare Tat, denn sie half dieser Frau bei ihrem Neuanfang.

»Ich liebe ihn, wissen Sie«, sagte Lola.

Annie wusste genau, was Lola meinte. Sie kannte den Schmerz, den es verursachte. Sie spürte, wie er ihre Kehle hochstieg, also beschloss sie, mit Sarkasmus darauf zu reagieren. »Ich möchte ja nicht unhöflich sein, aber was genau ist denn so liebenswert an ihm?«

»Nun, er ist vor allem außerordentlich attraktiv!«, erwiderte Lola, und ihr Lachen war so ansteckend, dass Annie ebenfalls loslachte. Und genau in diesem Augenblick, als sie zusammen so albern waren, verwarf Annie ihre vorgefertigten Meinungen, was Lola betraf.

An diesem Abend lag Annie lange in ihrem Bett und konnte nicht einschlafen. Sie verspürte jedoch auch keine Angst mehr. Vielleicht konnte das alles hier doch funktionieren. Vielleicht würde es tatsächlich funktionieren.

8

Althea warf durch die offene Badezimmertür hinaus einen Blick in ihre kleine Wohnung. Die Gardinen, der Kühlschrank, der Spiegel, der Computer, der ordentliche Stapel Akten und die Schüssel mit den Äpfeln, die ihr ständig zuriefen: »Iss uns, iss uns«, es aber nie schafften, ihren Hunger zu stillen. Abgesehen vom Hunger spürte sie keine körperlichen Schmerzen mehr. Ihre Mutter hatte ihr wieder einmal an den Kopf geworfen, dass sie wie die Gefangenen in den Konzentrationslagern aussah. Aber wenn sie tatsächlich so furchtbar und krank aussah, warum half ihre Mutter ihr dann nicht, sondern beleidigte sie auch noch? Aber es war natürlich nicht fair, ihrer Mutter die Schuld für das zu geben, was sie nun vorhatte.

Es würde sich anfühlen, wie in den Schlaf hinüberzugleiten. Und es würde nicht wirklich weh tun. Tatsächlich würde sie bloß Erleichterung verspüren. Sie würde immer schwächer werden und schließlich einschlafen. Die Badewanne war beinahe voll. In ein paar Minuten würde das Leben langsam und süß aus ihr hinausfließen. Neben der Badewanne lag das scharfe Messer, das sie normalerweise benutzte, um die Äpfel zu schälen, und es war scharf genug, um ihr Vorhaben mühelos in die Tat umzusetzen. Sie betrachtete das Messer einige Zeit lang, berührte sanft die Klinge und spürte seine Macht. Sie drehte den Wasserhahn zu, denn die Badewanne war mittlerweile voll. Dann stieg sie in das warme Wasser. Dort lag sie schließlich und betrachtete ihre Handgelenke. Hätte es bloß jemanden gegeben, dem sie noch eine letzte Frage stellen konnte. Hätte es bloß jemanden gegeben, irgendjemanden, der ihr verriet, wie sie es schaffen konnte, ein anderer

Mensch zu werden. Jemanden, der ihr zeigte, dass das Leben auch anders verlaufen konnte.
Sie legte das Messer zur Seite, sprang aus der Badewanne, wickelte sich ein Handtuch um den Körper und verließ das Badezimmer. Kälte und Angst ließen sie am ganzen Körper zittern. Sie blätterte die Zeitung durch und suchte nach der Anzeige. Als sie sie schließlich fand, zitterten ihre Finger so stark, dass sie sie kaum noch unter Kontrolle hatte. Sie wählte die Nummer der Frau in Frankreich.

Annie wurde mit aller Gewalt aus der zärtlichen Umarmung des Schlafes gerissen. Für jemanden, der unter Schlaflosigkeit litt wie sie, war es gelinde gesagt extrem unangenehm, mitten in der Nacht geweckt zu werden. Unbeholfen tastete sie im Dunkeln nach dem Telefon auf ihrem Nachttisch.
Die Stimme am anderen Ende der Leitung war kaum mehr als ein Flüstern. »Hier spricht Althea.«
Althea? Die junge Frau aus Cincinnati, die ihr vor drei Tagen so viele Fragen zu ihrer Anzeige gestellt hatte? Annie ließ den Kopf auf das Kissen sinken und lockerte den Griff um den Telefonhörer, während der Schlaf sie beinahe wieder übermannte.
»Hier bei uns ist es verdammt noch mal mitten in der Nacht, Liebes.«
»Ich fühle mich einfach … nicht gut. Überhaupt nicht.« Die Stimme klang leidend, wie die Stimme eines Kindes, dem mitten in der Nacht plötzlich übel geworden war.
War das hier eine mitternächtliche, transatlantische Therapiesitzung, oder was? »Schätzchen, was ist los?«, murmelte Annie.
»Ich glaube, ich möchte sterben«, erwiderte das Flüstern.
Ein eisiger Schauer durchfuhr Annie, und sie setzte sich abrupt auf. *»Non, non, non, non, non«*, entgegnete sie auf Französisch.

»Hier stirbt niemand!« *Warum zu Teufel hat sie mich angerufen?*
»Wo sind Sie gerade?«
»Zu Hause.«
Was sollte denn das heißen? Aber man durfte einem Selbstmordgefährdeten nicht widersprechen. Konnte sie von Frankreich aus den amerikanischen Notruf wählen? Natürlich konnte sie von Frankreich aus den amerikanischen Notruf wählen! »Ist im Moment alles in Ordnung mit Ihnen?«, fragte Annie schnell. »Bluten Sie? Haben Sie etwas genommen? Ist jemand bei Ihnen?« *Verdammt, warum hat sie mich angerufen?*
»Ich kann so nicht mehr weiterleben. Ich kann einfach nicht«, erklärte Althea ausdruckslos.
»Nein, nicht mit mir! So geht das nicht!« Annies Gedanken rasten, während sie verzweifelt nach einer passenden Antwort suchte. »Warum kommen Sie nicht einfach nach Frankreich, Liebes?«
»Ich … denke nicht, dass das eine gute Idee ist.«
»Oh doch, das ist es! Hören Sie, warum packen Sie nicht Ihre Sachen, fahren zum Flughafen und warten dort, bis Sie einen Platz in einem Flugzeug bekommen. Sie haben doch einen Reisepass? Ja? So machen wir es, oder?«
»Ich habe einen Pass … aber ich kann nicht …«
»Ach, kommen Sie! Versuchen Sie es! Rufen Sie im Reisebüro an und … nein, vergessen Sie das. Das war eine blöde Idee. Nein, fahren Sie einfach zum Flughafen, und bleiben Sie dort, bis Sie einen Flug bekommen. Um diese Jahreszeit sollte das kein Problem sein. Und nehmen Sie einen Direktflug, hören Sie? Zum Flughafen Charles de Gaulle. Ich buchstabiere es Ihnen: C-H-…«
»Ich kenne den Flughafen.«
»Und rufen Sie mich an. Jederzeit. Ich übernehme die Kosten für das Ferngespräch, es spielt keine Rolle. Und wenn Sie ankommen, dann warte ich am Flughafen, um Sie abzuholen.«

»Ich werde es versuchen.«
»Ich zähle auf Sie, Althea! Enttäuschen Sie mich nicht«, flehte Annie mit schriller Stimme.
Es folgte ein langes Schweigen am anderen Ende der Leitung, dann hörte sie Altheas ausdruckslose Stimme. »In Ordnung.«
»Gut, sehr gut. Und jetzt geben Sie mir noch Ihre Adresse und Telefonnummer …« Doch bevor sie den Satz beenden konnte, hatte Althea bereits aufgelegt.
Annie starrte in die Dunkelheit ihres Schlafzimmers. *VS!* Verdammte Scheiße! Sie vergrub den Kopf in den Händen. Sie wusste bloß, dass diese Frau einen tödlichen Virus in sich trug. Oder besser gesagt, dass sie auf gefährliche Weise labil war. Das war nicht gut. Das war gar nicht gut. Sie wollte sich gar nicht vorstellen, was Lucas dazu sagen würde. Sie warf einen Blick auf die Uhr. Vier Uhr früh. Hätte sich dieses rücksichtslose Mädchen keine angenehmere Zeit aussuchen können, um ihrem Leben ein Ende zu setzen? Sie kletterte aus dem Bett, wickelte sich ihren Morgenmantel um den Körper und machte sich auf den Weg zum Wäscheschrank, um passende Laken für Altheas Bett herauszusuchen. Sie würde ihr das orangefarbene Zimmer geben. Das würde sie aufheitern.

Eines Tages, überlegte Lucas, würde er Annie gestehen, dass er in Wirklichkeit gar kein Frühaufsteher war. Jeden Morgen schlug er sich mit dem plärrenden Wecker herum, stellte sich den eisglatten, stockdunklen Straßen von Paris und fuhr in einem mehr oder weniger komatösen Zustand zu ihr, bloß um alles in allem vielleicht dreißig Minuten mit ihr alleine verbringen zu können. Aber genau jene dreißig Minuten wollte er um nichts auf der Welt missen.
»Du wirst es nicht glauben«, sagte Annie in dem Augenblick, als

er durch die Tür trat. Lucas schlüpfte aus seinem Mantel, faltete ihn über einen Stuhl und ließ sich am Küchentisch nieder, wo bereits sein Becher stand. Kaffee in einem *Becher*. So etwas gibt es nur in Amerika, dachte er nicht zum ersten Mal. Er nippte, ohne mit der Wimper zu zucken, an dem ätzenden Gebräu und genoss es, Annie zu beobachten, wie sie sich durch die Küche bewegte. Heute trug sie wieder diese Jeans, die ihm besonders gut an ihr gefiel. Sie hatte einen wunderschönen, weiblichen Körper, ganz anders als die spröden Pariserinnen, mit denen er sich üblicherweise umgab.

Die Zeit, bevor die Jungen munter wurden, war ihre besondere gemeinsame Zeit. Natürlich hatte Annie keine Ahnung, wie besonders sie tatsächlich war, und daran trug niemand außer Lucas selbst die Schuld.

Heute Morgen war Annie bester Laune, das merkte er sofort.

»Lola ist aus den Staaten geflohen und versteckt sich vor ihrem Ehemann!«, erklärte sie aufgeregt. »Er ist ein Ungeheuer! Sie hat eine jahrelange gewalttätige Ehe hinter sich. Lola ist ein Wrack. Ein vollkommenes Wrack.« Lucas fiel auf, dass Annie diese Tatsache nicht im Geringsten zu beunruhigen schien. Sie schien tatsächlich mehr als gut gelaunt zu sein. Sie wirkte vollkommen aufgedreht.

»Was machst du da?«, fragte er.

»Brioche.«

»Ahh! Brioche«, erwiderte er. Er erhob sich, leerte den Inhalt seines Bechers diskret in die Spüle und stellte sich hinter sie. Er sah ihr über die Schulter, während sie den glatten, goldenen Teig auseinanderzog und ihn mit einigen geschmeidigen Bewegungen wieder zusammenfaltete. Ihre Haare fielen ihr wie immer in die Augen, und Lucas überlegte, ob er sie ihr hinters Ohr stecken sollte. Er spürte die Wärme ihres Körpers und roch die Hefe.

Beides wirkte auf ihn wie ein Aphrodisiakum, die Hefe und der Geruch ihres Körpers, der immer nach derselben Seife duftete. Ein Geruch, der ihm besser gefiel als jedes Parfum. Er spürte, dass er eine Erektion bekam. Er faltete seine Hände vor dem Schoß und beobachtete weiterhin, wie sie den Teig knetete.

»Lola behauptet, dass sie ihn immer noch liebt. Was für eine verdammte Scheiße!« Annies Augen funkelten. »Sie ist ein Wrack, das sag ich dir!«

Lucas trat einen kleinen Schritt zurück. »Warum habe ich das Gefühl, dass dieses Haus immer mehr zur Bühne wird?«

Sie warf ihm einen vernichtenden Blick zu. »Wie bitte?«

»Nun, da hätten wir erst einmal Lolas Drama. Und dann wäre da noch das Drama, das du wegen Lolas Drama veranstaltest.«

Annie zuckte bloß mit den Schultern. »Was glaubst du, wie alt sie ist?«, fragte sie, während sie energisch den Teig bearbeitete und ihn immer wieder von sich schob und zu sich zog. Der Fußboden war voll Mehl, genau wie ihre Haare. Auf ihrer Oberlippe stand ein kleiner Schweißtropfen. Lucas setzte sich wieder. »Also?«, fragte sie noch einmal. »Rate mal! Wie alt ist sie deiner Meinung nach?«

»Nun … hmmm … fünfundzwanzig vielleicht? Oder dreißig?«

»Weißt du was?«, sagte Annie, während sie den Teig in eine Brioche-Form legte und ihn mit einem Tuch bedeckte. »Ich habe noch etwas Teig übrig. Ich könnte Zimtbrötchen machen.«

»Zimtbrötchen«, wiederholte er.

»Es klingt vielleicht hart, aber es fällt mir schwer, jemanden zu respektieren, der sich das alles so lange hat gefallen lassen. Auf der anderen Seite hat sie alles hinter sich gelassen, und das war vermutlich sehr mutig.«

»Du und hart? Aber nein«, erwiderte Lucas sarkastisch. »Du weißt doch gar nicht, was dieses Wort bedeutet.«

Sie nahm ihn natürlich ernst und schien zufrieden zu sein. »Nun, ich habe die Wahrheit noch nicht aus ihr herausgekitzelt, aber ich wette, sie ist älter, als sie aussieht. Sie hat mir von ihrem bisherigen Leben erzählt, und ich habe eins und eins zusammengezählt. Sie ist auf alle Fälle älter als ich.« Annie machte die Kaffeemaschine mit ihren mehlbestäubten Händen aus, goss den Kaffee in eine kleine Tasse und stellte diese vor Lucas ab, bevor sie sich wieder ihrem Teig zuwandte.

Von seinem Stuhl aus betrachtete Lucas Annies Profil. Sie war vollkommen darauf konzentriert, Rosinen und Zimt in den Teig einzuarbeiten. Er hörte ihr nicht wirklich zu, während sie sich weiter über Lola und ihren Ehemann ausließ. Sein Blick folgte ihren Bewegungen, und seine Gedanken schweiften ab. Heute sah Annie besonders sexy aus. Er würde ihre Haare hochheben und ihren Nacken küssen, und dann würde er zuerst sanft und dann immer fester ihren Hintern liebkosen. Sie würde stöhnen, und …

»Könnte er?«, fragte Annie.

Er zuckte zusammen. »Könnte er was?«

»Könnte er sie hier finden, wenn er sich bei der Fluggesellschaft nach ihr erkundigte?«

Das Thema Lola begann ihn zu langweilen. Lucas versank wieder in seinen eigenen Gedanken. »Vielleicht.«

»Also, dieses Mädchen – sie heißt Althea, erinnerst du dich? Die Lebensmüde? Sie hat mich angerufen, und sie … ähm … wird um acht Uhr früh landen. Das bedeutet übrigens, dass ich deine Dienste als Chauffeur morgen früh wieder in Anspruch nehmen muss. Ich gebe ihr das orangefarbene Zimmer unter dem Dach. Es ist so fröhlich. Ich muss es nur noch sauber machen.«

»Ich fahre nicht noch einmal zum Flughafen.« Er dachte an das Zimmer unter dem Dach. Er würde Annie in das Zimmer hinauftragen und die Knöpfe ihrer Jeans öffnen …

»Und dann werde ich eine Woche lang nicht gehen können«, hörte er Annie sagen und wäre beinahe vom Stuhl gefallen. »Wie bitte?«

Annie machte einen Schritt auf ihn zu und hielt dabei ihre klebrigen Hände hoch wie ein Chirurg nach der Handdesinfektion. »Hallo? Erde an Lucas? Ich habe dich gerade gefragt, ob du bitte den Staubsauger nach oben tragen könntest. Mein Rücken bringt mich danach jedes Mal um.«

Lucas erhob sich und ging zu dem Kasten, in dem der Staubsauger verstaut war. »Weißt du, was ich mich gerade gefragt habe?«, sagte er. »Du hast doch gesagt, dass du gerne vier Mieter hättest?«

»Mittlerweile sind es drei, da Lola zwei Zimmer gemietet hat. Aber warum? Dachtest du an jemand Bestimmtes?«

Warum muss Lucas immer alles so kompliziert machen?, dachte Annie, während sie den Blick auf der Suche nach ihrer neuen Mieterin über die Menschenmenge am Flughafen schweifen ließ. Die Leute starrten die rothaarige junge Frau, die gerade auf sie zukam, so unverfroren an, wie es nur Franzosen tun. Als sie das erste Mal nach Frankreich gekommen war, hatte dieses auffällige Mustern Annie furchtbar wütend gemacht und verletzt. Das Mustern beinhaltete offensichtliche Blicke, die von den Füßen bis hinauf zum Gesicht und wieder zurück wanderten, geflüsterte Kommentare zum Gesehenen und kaum merkliche Hand- und Gesichtsbewegungen. Männer betrachteten Frauen auf sexuelle Art, und Frauen musterten andere Frauen, um sie abzuschätzen. So war es jetzt, und so war es immer schon gewesen. Und es geschah alles vollkommen unverblümt. Vielleicht war es unhöflich, wer weiß? Annie konnte es nicht mehr länger beurteilen, denn es hatte zwar lange gedauert, bis sie sich daran gewöhnt hatte, aber weit weniger lange, bis sie es sich selbst *an*gewöhnt hatte.

»Sieh dir bloß diese Gestalt an«, erklärte Lucas zum absolut ungünstigsten Zeitpunkt.

»Ach, halt doch die Klappe.«

»Was ist los?«

»Das ist sie, das ist los.«

»Und du hast sie wieder einmal *sorgfältig* übers Telefon ausgewählt, oder wie?«, erwiderte Lucas selbstgefällig, und sie konnte nicht die Kraft aufbringen, ihm gegen das Schienbein zu treten.

Die Haare waren das Erste, was Annie auffiel, und daran erkannte sie sie auch. »Rote Haare«, hatte Althea gesagt. »Ich habe lange rote Haare.« Aber »Haare« war nicht ganz die passende Bezeichnung dafür. Das hier war eine Mähne. Eine lebensfrohe, üppige, leuchtend rote Mähne, die ihr in wunderschönen Wellen über den Rücken fiel. Doch ihre Haare schienen das einzig Lebendige an Althea zu sein. Die junge Frau, die gerade auf sie zukam, trug einen schwarzen Sweater und schwarze Jeans und sah furchtbar zerbrechlich aus. Sie schien in ihren Kleidern und in der Welt verlorengegangen zu sein. Sie bewegte sich langsam und zögerlich, als ob sie jeden Moment den Rückzug antreten und davonlaufen wollte. Sie sah aus, als wäre sie einem präraffaelitischen Gemälde entsprungen, nur nicht so gesund. Sie trug kein Make-up, und die hohen Wangenknochen betonten ihr dreieckiges Gesicht. Sie hatte dunkle Ringe unter den grauen Augen, und ihr Mund war blass genug, um mit der Haut zu verschmelzen. Doch selbst wenn sie ordentlich Mascara, Lippenstift und etwas Farbe auf die Wangen aufgetragen hätte, hätte etwas mit ihr nicht gestimmt. In der langen, ausgezehrten Hand, unter deren durchscheinender Haut man sämtliche Knochen sah, hielt Althea einen einzelnen Koffer. Es war diese Hand, die Annie am meisten aus der Fassung brachte. Mit dieser Hand schien ebenfalls etwas nicht zu stimmen. Sie löste Ängste in ihr aus, die sie nicht in Worte fassen konnte.

Annie hätte winken oder Althea etwas zurufen sollen, doch sie brauchte unbedingt noch etwas Zeit, um sich an den Anblick zu gewöhnen und zu sich zu kommen. Sie überkreuzte die Finger wie ein Schulmädchen, während sie auf Althea zuging und hoffte, dass sie es nicht war, obwohl sie gleichzeitig genau wusste, *dass* sie es war. »Althea?«, rief sie.

»Annie?« Althea lächelte. Zumindest lächelte der Mund, doch ihre Augen lächelten nicht.

Plötzlich ergriff die Nervosität von Annie Besitz. Sie zuckte zusammen, als sie bemerkte, wie schnell sie sprach, doch sie konnte nichts dagegen tun. »Willkommen in Frankreich!«, plapperte sie los. »Wir freuen uns so, Sie kennenzulernen. Hatten Sie einen guten Flug? Das hier ist Lucas. Er hat einen furchtbaren französischen Akzent. Er klingt wie Peter Sellers in *Der rosarote Panther.*« Ihr Lachen klang aufgesetzt. »Sein Englisch ist eigentlich ganz gut, aber das merkt man gar nicht, weil man kein Wort versteht.«

Althea gab Lucas die Hand und wurde furchtbar rot dabei. Annie hatte noch nie gesehen, dass jemand so schnell so rot werden konnte. Sie wollte Lucas nur noch so schnell wie möglich loswerden, doch dann hätte sie ohne Fahrer dagestanden. Althea kauerte sich mitten im Flughafengebäude auf den Boden, öffnete ihren Koffer und durchwühlte ihn. *»Elle est très timide.* Sie ist sehr schüchtern«, flüsterte Annie Lucas zu. Dieser grunzte bloß und rollte mit den Augen.

»La panthère rose?«

Althea holte ein kleines Päckchen aus dem Koffer, schloss ihn wieder, erhob sich und reichte es Annie.

»Das hier ist für Sie«, sagte sie.

»Ach, Liebes. Das müssen Sie doch nicht … es ist doch nicht notwendig, dass Sie … Ich meine …«, stotterte Annie, während sie versuchte, das Papier zu lösen. Hatte diese Frau denn keine

Eltern oder andere Familienmitglieder, die sie zu sich nehmen konnten? In dem Päckchen befand sich ein teures Parfum. Nina Riccis *Air Du Temps.*

»Ach, Schätzchen«, rief Annie. »Sind Sie wahnsinnig? Ich meine … verrückt? Krank. Ähm … das wäre doch nicht nötig gewesen!«

»Aber ich wollte es so«, erwiderte Althea so freudig, dass es erzwungen wirkte. »Es ist so nett von Ihnen, dass Sie mich so früh am Morgen vom Flughafen abholen. Vor allem bei dem Verkehr. Ich hätte ein Taxi nehmen sollen. Das hier ist mir äußerst unangenehm.«

Annie und Lucas warteten vor der Toilette auf Althea, und Annie überlegte kurz, dass sie nun ohne weiteres abhauen konnten, ohne dass sie Althea jemals fand. Sie hatte nicht einmal ihre Adresse. Lucas' zerknirschter Blick ermutigte Annie, ihre Angst laut auszusprechen. »Sie ist bloß noch Haut und Knochen«, sagte sie.

»Und du sprichst mit ihr wie mit einem Kind. Wie mit einem *zurückgebliebenen* Kind«, erklärte Lucas.

»Das tue ich ganz sicher nicht«, fuhr Annie ihn an.

»Liebes hier, Schätzchen dort.«

»So sprechen amerikanische Frauen nun mal miteinander. Du bist es nicht gewohnt, das ist alles.«

»Nun, aber ich würde trotzdem lieber damit aufhören«, erwiderte er.

Sie verließen den Flughafen und machten sich auf den Weg zum Parkhaus. Annie dachte über Lucas' Kommentar nach. Dieser Idiot. Sie beschloss, Lucas noch mehr zu ärgern, und setzte sich mit Althea auf den Rücksitz, von wo aus sie ihm die Adresse zurief. *»Onze rue Nicolo, dans le seizième, s'il vous plaît,* Fahrer.« Lucas zeigte ihr im Rückspiegel die Zunge.

»Quel gamin!«, kicherte Annie.

»Tous les hommes sont des enfants«, sagte Althea.

Annie schnappte nach Luft. »Ha! Sie spricht Französisch! Lucas, wir sind verdammt noch mal aufgeflogen! Haben wir vielleicht irgendetwas furchtbar Peinliches zueinander gesagt?«

»Non, rien Madame«, antwortete Althea wie eine Musterschülerin.

»Das ist also Paris«, erklärte sie dann und musterte offensichtlich aufgeregt das Innere des Parkhauses.

Annie erinnerte sich daran, wie es mit Lola gelaufen war, und beschloss, dass eine kleine Ansprache nicht schaden konnte. »Zuerst fahren wir durch die Vororte. Der gute Teil der Fahrt kommt erst später. Wenn Sie nicht zu müde sind, könnten wir eine kleine Sightseeingtour einlegen, nicht wahr, *Chauffeur?*«

»Ihr Mann hat sich eigens freigenommen, um mich abzuholen. Das ist so nett von Ihnen beiden.«

»Er ist nicht mein Mann, um Gottes willen! Mein Ehemann ist vor einigen Jahren gestorben. Es war ein tragischer Unfall. Ich bin seither nicht mehr mit dem Auto gefahren. Es ist aber trotzdem sehr nett von Lucas, dass er sich die Zeit genommen hat.«

»Ich … Entschuldigung. Danke. Es tut mir leid«, erwiderte Althea, die bei Lucas' Anblick noch immer furchtbar rot wurde.

Während der fünfundvierzig Minuten dauernden Fahrt in die Stadt redete Althea unaufhörlich und scheinbar ohne Luft zu holen. Sie sprach über ihren plötzlichen Beschluss, nach Frankreich zu fliegen, sich eine Auszeit von ihrem faszinierenden Job zu nehmen, und von ihrem tränenreichen Abschied von ihren Freunden und ihrer Familie. Sie sprach schnell und klang äußerst aufgeregt und enthusiastisch. Annie fiel auf, dass Althea genau das sagte, was von ihr erwartet wurde, als ob sie nichts lieber wollte, als gemocht zu werden. Vielleicht wollte sie aber auch auf keinen Fall

über die wahren Gründe sprechen, die sie hierher geführt hatten. Hatte sie ihr mitternächtliches Gespräch vollkommen vergessen? Vor weniger als sechsunddreißig Stunden schien ihr Leben nicht ganz so fantastisch gewesen zu sein. Vielleicht würde sie die Maske ablegen, sobald Lucas gegangen war.
Sie ließen die Vororte hinter sich, und Lucas fuhr denselben Umweg durch Paris, den er schon für Lola eingelegt hatte. Doch im Gegensatz zu Lola sah Althea kaum aus dem Fenster und verlor kein Wort über die Stadt. Noch unangenehmer war jedoch, dass sie auch Annie kaum ansah. Stattdessen starrte sie geradeaus, während sie unaufhörlich weitersprach, verloren in ihren eigenen Worten, die sie herunterbetete, als handelte es sich um eine einstudierte Rolle.

Nachdem sie Althea das Haus und schließlich ihr Zimmer gezeigt hatte, eilte Annie hinunter in die Küche, um das Mittagessen vorzubereiten. Die Jungen waren heute zum ersten Mal alleine von der Schule nach Hause gegangen. Bereits jetzt erkannte Annie, dass es massive Veränderungen in ihrem Tagesablauf gab und wie sehr diese sie alle beeinflussten. Natürlich war Maxence alt genug, um seine Brüder die wenigen Minuten von der Schule nach Hause zu bringen. Aber sie waren nicht nur alleine nach Hause gegangen, sie mussten, zu Hause angekommen, auch feststellen, dass Lola und ihre Kinder das Haus bereits in Beschlag genommen hatten. Annie erschauderte. Nein, das hier war trotz allem besser, als in einen Vorort zu ziehen. Besser, als die Schule zu wechseln und sich einen Job zu suchen. Und in diesem Fall hätten die Jungen ebenfalls alleine zur Schule und wieder nach Hause gehen müssen. Das Leben war hart. Die Vorstellung, dass es einfach sein könnte, brachte bloß Enttäuschungen mit sich. Es war gut, Maxence etwas Verantwortung zu übertragen. Aber warum hatte sie

dann das Gefühl, einen furchtbaren Verlust erlitten zu haben? Es waren Augenblicke mit ihren Kindern, die für immer verloren waren und niemals wiederkehren würden.
Lucas betrat die Küche. Er erwartete offensichtlich eine Einladung zum Mittagessen. »Deine selbstmordgefährdete Freundin scheint ja bester Laune zu sein«, erklärte er süffisant. »Und sie ist eine faszinierende Rednerin.« Annie atmete tief ein, öffnete die Tür des Kühlschranks und starrte seinen Inhalt an, ohne tatsächlich etwas zu sehen. »Sie ist seltsam.«
»Willst du damit vielleicht sagen, dass sie uns noch alle in den Selbstmord treiben wird?«
»Mir geht es im Moment selbst nicht sonderlich gut, und es wäre nett, wenn du deine sarkastischen Sprüche sein lässt.«
»Aber natürlich, Liebes. Schätzchen!«, erwiderte er.
Sie drehte sich zu ihm um und knallte die Kühlschranktür zu.
»Lucas, warum versuchst du eigentlich andauernd, mich zur Weißglut zu treiben?«
»Weißt du was, das nächste Mal, wenn du mich brauchst, behandelst du mich besser nicht wie einen einfachen Chauffeur.«
Plötzlich kam Paul in die Küche und schlang fest die Arme um die Taille seiner Mutter, bevor er die Küche so schnell wieder verließ, wie er gekommen war. Dabei sang er: »Mama und Lucas saßen auf 'nem Baum und K-Ü-S-S-T-E-N sich.«

Althea stand in der Mitte ihres winzigen Schlafzimmers. Die weiße Decke verlief schräg hinunter zu dem kleinen Fenster, von dem aus man bloß die Spitzen der Ziegelkamine ringsum und die kahlen Äste eines Baumes sehen konnte, auf denen ein Dutzend zankender Spatzen saß. Die Wände des Zimmers waren goldgelb gestrichen worden, die glänzende Tagesdecke strahlte in einem leuchtenden Orange, und es waren zahlreiche Kissen darauf ver-

teilt. Auf dem Nachttisch neben dem Bett stand ein Strauß Gerbera aus Seide.
Sie stand einige Augenblicke wie angewurzelt da, bevor sie an den Tisch unter dem Fenster trat. Sie hob eine Duftkerze nach der anderen hoch und roch daran. An einem Haken hinter der Tür hing ein flauschig weicher, weißer Frotteebademantel. Sie stellte die Kerzen wieder an ihren Platz und nahm den Bademantel vom Haken. Sie drückte ihn an sich wie einen Teddybären. Sie setzte sich auf das Bett. Das Bett war weich. Ihre Finger glitten über die Bettdecke. Sie musste ihren Mantel ausziehen. Sie musste ihren Koffer auspacken. Immer mehr Gedanken schwirrten plötzlich durch ihren Kopf und versetzten sie in Panik. Sie wappnete sich innerlich gegen das, was nun kommen würde. Doch dann hörte sie ein lautes Poltern auf der Treppe, gefolgt von einem Kreischen und Gelächter. Schließlich klopfte es an der Tür. Bevor Althea noch etwas tun konnte, standen plötzlich fünf Kinder in ihrem Zimmer. Sie nahmen fast den gesamten Raum in Beschlag. Zwei kleine Jungen ließen sich auf dem Bett nieder. Ein Mädchen hielt einen noch kleineren Jungen in Windeln an der Hand, und der älteste Junge beäugte Althea misstrauisch. »Sind Sie Vegetarierin?«
»Sind Sie Republikanerin?«, fragte einer der anderen Jungen.
»Mum hasst Vegetarier«, ergänzte der ältere Junge.
»Wir sollen Ihnen sagen, dass das Abendessen fertig ist«, sagte das Mädchen.
»Wie lange bleiben Sie hier?«, hörte Althea noch, doch bevor sie ihnen antworten konnte, polterten die Kinder bereits wieder die Treppe hinunter. Zurück blieben zwei Plastikschwerter, eine nasse, leere Wasserpistole und ein weinender Junge in Windeln. Althea zog ihren Mantel aus, sammelte die Spielsachen zusammen, nahm den kleinen Jungen an der Hand, setzte ihr fröhliches Gesicht auf und stieg mit ihm die Treppe hinunter.

Mark war kurz davor, das Bordtelefon im Flugzeug zu demolieren. »Wie meinen Sie das? Sie sind nicht zu Hause?«
»Nein, Mr. Mark, Miss Lola und die Kinder sind nicht zu Hause.«
Mark nickte dem Geschäftsmann neben sich flüchtig zu. Er saß wie Mark in der Businessclass, nippte an seinem Champagner und spielte mit seinem hochmodernen Laptop. Mark senkte seine Stimme. »Wann waren sie denn zum letzten Mal zu Hause? Ich versuche seit vierundzwanzig Stunden, sie zu erreichen!«
»Ich weiß es nicht, Mr. Mark. Sie waren gestern schon nicht zu Hause. Miss Tamara und ich waren den ganzen Tag über hier. Ich habe sauber gemacht, und Miss Tamara hat den ganzen Tag gewartet. Ach, und ähm ... Mr. Mark, Miss Lolas Auto ist noch hier. Und es gibt auch einen ... Brief.«
»Was für einen Brief?«
»Möchten Sie, dass ich ihn öffne, Mr. Mark?«
Mark knurrte kaum hörbar. »Nein, Hände weg von diesem Brief. Geben Sie mir Tamara.« Er dachte einen Moment lang nach. Tamara unterhielt sich ständig mit den anderen Nannys der Gegend. Er würde bald landen und in ein paar Stunden zu Hause sein. »Ach, jetzt fällt es mir wieder ein. Sagen Sie Tamara, dass sie nach Hause gehen kann. Lola muss wohl vergessen haben, ihr zu sagen, dass sie mit den Kindern einige Tage nach ... Las Vegas fliegt.«
»Während der Schulzeit?«
Warum zum Teufel denn nicht während der Schulzeit? »Wir rufen Sie dann an. Machen Sie sich keine Sorgen. Sie bekommen weiterhin Ihr Gehalt. Ach, und bereiten Sie etwas zum Abendessen vor. Ich bin in zwei Stunden zu Hause.« Mark trennte die Verbindung und bemerkte plötzlich, dass seine Hände zitterten.

9

Es war immer wieder faszinierend, ihre Kinder zu beobachten, wenn sie sich unbeobachtet fühlten. Der Trick bestand darin, sich nicht einzumischen und so zu tun, als wäre man sowohl taub als auch ein wenig bescheuert. Annie ließ gerade das hölzerne Treppengeländer mit Wachs ein, eine Aufgabe, die sie im Stillen erledigen konnte und die es ihr ermöglichte, ein wenig zu lauschen. Sie beobachtete Lia durch die Sprossen des Geländers hindurch. Trotz ihres engelsgleichen Gesichts und der langen, goldenen Haare hatte es Lia faustdick hinter den Ohren. Sie stand im Wohnzimmer, und ihre Augen blitzten wütend auf. Sie machte sich so groß, wie sie nur konnte, hatte die Arme vor der Brust verschränkt und das Kinn nach vorne gedrückt. »Mein Dad ist sehr reich«, erklärte sie gerade. »Wir haben ein wirklich großes Haus, viel größer als eures hier. Und wir kennen furchtbar viele berühmte Leute.«

»Wen denn zum Beispiel?«, fragte Maxence.

»Rosie O'Donnell zum Beispiel. Ihre Kinder gehen auf meine Schule.«

Maxence war zwar nur einen Monat älter, aber einen ganzen Kopf größer als Lia, was er zu seinem Vorteil nutzte. Er blickte auf sie hinab. »Rozy wer?«, fragte er und betonte dabei jede Silbe. »Noch nie von deiner Rosie-O-Josy gehört.« Lia öffnete den Mund, um zu antworten, doch Laurent unterbrach sie und skandierte lautstark: »Rozy-O-Jozy … Rozy-O-Jozy …« Paul ahmte seinen Bruder sofort nach. »Rozy-Oooo-Jozy!«

»Nun, ist ja klar, dass ihr noch nie von ihr gehört habt, nicht wahr?«, kreischte Lia siegessicher. »Ihr habt ja nicht einmal einen Fernseher!«

Dieser Schlag schien Maxence, Laurent und Paul hart zu treffen. Sie sahen zu dem kleinen Kästchen hinüber, in dem ihr winziger Fernseher eingeschlossen war.
»Natürlich haben wir einen Fernseher!«, platzte Paul heraus. »Du bist eine Lügnerin!«
Laurent begann zu singen. »Lügnerin, Lügnerin.«
Lia verzog einen Augenblick lang den Mund, bevor sie antwortete. »Ich habe vier Fernseher. Alles Plasmageräte. Wir haben sogar einen in der Küche. Nur für das Hausmädchen. Und wir haben etwa fünftausend Kanäle. Ihr Jungs seid einfach bloß *arm.*«
Dieses Wort versetzte Annie einen Stich. Ihre Jungen wussten nicht, was es bedeutete, »arm« zu sein. Sie waren nicht arm. Und diese kleine Göre hatte kein Recht, ihnen so etwas an den Kopf zu werfen. Sie befanden sich bloß in einer finanziellen Krise. Johnny hatte stets gut für die Familie gesorgt. Es war ihre Schuld. Sie hätte nicht so versessen darauf sein sollen, dieses verdammte Haus zu behalten. Sie war eine furchtbare Mutter.
»Du lügst!«, schrie Laurent.
Maxence hingegen schien sich mit einem Mal vollkommen unter Kontrolle zu haben. »Selbst wenn wir drei Millionen Kanäle hätten, würden wir sie uns nicht ansehen«, sagte er. »Wir sind keine Zombies wie ihr Amerikaner.«
Lia verzog das Gesicht und ballte die Hände zu Fäusten. Sie war offensichtlich kurz davor loszuheulen. »Wenn mein Dad uns holen kommt, dann wird er dich so windelweich prügeln, dass deine Zähne herausfallen. Ihr kleinen französischen Weicheier werdet euch ganz schön in die Hosen machen, und dann stopfen wir euch noch die Mäuler mit verrotteten Fröschen voll.«
Maxence hob als Antwort bloß eine Augenbraue, doch Laurent konnte scheinbar nicht mit der Schande leben. Sein Bruder und persönlicher Held ließ sich verbal fertigmachen, und noch dazu

von einem Mädchen! »Halt die Klappe!«, schrie er aus vollem Hals.
Sollte sie eingreifen? Sie kochte selbst vor Wut. Zu *arm?* Sie würde es ihr schon noch zeigen.
Maxence zuckte jedoch bloß mit den Schultern. Sah er in diesem Moment ganz genauso aus wie Lucas, oder täuschte sie sich? »Für mich sieht es so aus, als säßest du hier ohne deinen reichen Daddy fest. Und heute Nacht …«, Maxence legte eine dramatische Pause ein und warf seinen Brüdern einen bedeutungsvollen Blick zu. »Heute Nacht werden wir sehen, wer von uns sich in die Hose macht, nicht wahr, Jungs?« Laurent, Paul und – zu Lias großer Enttäuschung – auch der kleine Simon, der alles mit angehört hatte, nickten in hoffnungsfroher Übereinstimmung. »Und bis dahin solltest du dich nirgendwo mehr sicher fühlen«, fügte Maxence hinzu. Schließlich wandte er sich ab und ging ruhig davon, wobei ihm Laurent, Paul und Simon einträchtig folgten.
Annie kroch die Treppe empor und hoffte, dass sie sie nicht entdeckt hatten. Einen Augenblick später polterte Lia die Treppe hoch. Sie zerrte Simon, den sie wieder auf ihre Seite gezogen hatte, hinter sich her. Sie stürmte an Annie vorbei, stürzte ins Zimmer ihrer Mutter und warf die Tür krachend hinter sich zu.

Lola saß nun schon seit über einer Stunde über den winzigen Tisch gebeugt da und starrte auf ein Blatt Papier voll durchgestrichener Textpassagen. Sie versuchte, Mark einen Brief zu schreiben, doch es wollte ihr einfach nicht gelingen. In diesem Brief wollte sie endlich alles aussprechen, was sie ihm nie zu sagen gewagt hatte. Sie hatte ihn verlassen und die Kinder mitgenommen. Das, was sie getan hatte, war moralisch falsch und möglicherweise sogar strafbar, aber es war immer noch einfacher gewesen, als ihm diesen Brief zu schreiben. Dieser Brief würde die Dämme niederreißen. Es würden Dinge laut ausgesprochen werden, die ihn womöglich aus der Bahn warfen. Was würde er zum Beispiel dazu sagen, dass sie ihm ihren Orgasmus immer nur vorgetäuscht hatte? Was würde er dazu sagen, dass seine Wut – oder war es ihre Wut? – seine Berührungen für sie unerträglich gemacht hatte? Was würde er dazu sagen, dass die Art, wie er sie und die Welt im Allgemeinen behandelte, ihr Übelkeit verursachte? War ihr Verschwinden nicht leichter zu ertragen als die Wahrheit? Ihre Ehe befand sich durchwegs im Gleichgewicht, doch dieses Gleichgewicht basierte auf Lügen. Nun kam die Wahrheit ans Licht, und sie bestand darin, dass alles ein riesiger Schwindel war. Denn wenn die Dämme brachen, dann würde sie womöglich herausfinden, was Mark tatsächlich von ihr hielt, und er würde ihr Dinge an den Kopf werfen, von denen sie sich nie wieder erholen konnte. Vielleicht gab er ihr dann zu verstehen, dass sie alt aussah. Dass er sie nicht mehr begehrte. Dass sie dumm war. Dass sie zu nichts zu gebrauchen war. Dass sie kein Talent, keinen Nutzen und ihr Leben keinen Sinn hatte. Dass sie für ihn keine Herausforderung mehr darstellte und dass das der Grund war, warum er sie so behandelte.

In dem Moment, als sie den Stift auf das Blatt Papier gesetzt hatte, hatten diese Gedanken in ihrem Kopf wie Furien zu kreischen begonnen. Sie sehnte sich danach, den Stift zur Seite zu legen und das Problem auf die einzige Art zu lösen, die sie kannte: Sie würde es einfach aus ihren Gedanken verbannen. Sie würde einfach durchs Haus streifen und hoffentlich irgendwo auf Annie stoßen, die gerade irgendeiner Beschäftigung nachging. Und dann würde sie ihr vielleicht zur Hand gehen und über dies und das mit ihr plaudern. Vielleicht wäre sie eines Tages dazu fähig, Annie von alldem zu erzählen. Aber noch war sie nicht so weit.

Plötzlich wurde die Schlafzimmertür aufgerissen, und Lia stürzte mit Simon an der Hand ins Zimmer. Lola sammelte schnell die Blätter ein und ließ sie verschwinden. Lia weinte, und Simon tat es ihr gleich. Lia ließ ihren Bruder los. »Was ist denn, ihr Süßen?«, fragte Lola.

»Ich möchte nach Hause! Jetzt! Sofort!«, kreischte ihre Tochter. Lola streckte den Arm nach Lia aus, doch diese zuckte zurück. »Ich hasse es hier. Ich will nach Hause!«

»Mein Engel, wir sind doch erst einen halben Tag hier! Wir haben noch nicht einmal das Haus verlassen und uns wie Touristen die Stadt angesehen. Und eigentlich wollte ich das gerade tun …«

»Ich hasse dich!«, brüllte ihre Tochter und trommelte auf Lolas Schulter ein. Lias Wut war unberechenbar. Wenn sie wütend war, sah sie genauso aus wie Mark. Das gleiche rote Gesicht, die gleichen zu Fäusten geballten Hände.

Lola unternahm einen halbherzigen Versuch, den Schlägen auszuweichen. »Ich will nirgendwo hin. Ich will zum Flughafen, jetzt sofort!«

»Also willst du doch irgendwo hin! Es gibt also noch Hoffnung«, erklärte Lola lächelnd.

»Halt die Klappe!«

Lola zuckte zurück und sah ihre Tochter entsetzt an. Es versetzte ihr einen so tiefen Stich, dass sie glaubte, in Tränen ausbrechen zu müssen. Lia starrte sie an. Sie war beinahe so entsetzt wie ihre Mutter, und schließlich war sie es, die in Tränen ausbrach.

»Ich will sofort zu meinem Dad«, erklärte sie mit tränenerstickter Stimme.

Lola musste sich zurückhalten, um Lia nicht die Tränen von der Wange zu wischen. Was, wenn Lia sie noch einmal schlug? Was würde dann passieren? »Wir werden Daddy … nun eine ganze Weile nicht sehen, Kleines«, sagte sie. Lia hörte nicht auf zu weinen, doch sie stellte keine weiteren Fragen. Wusste sie womöglich

Bescheid? Und wollte sie die Beweggründe ihrer Mutter vielleicht gar nicht hören? »Ich will mit ihm sprechen«, schluchzte sie.

»Zu Hause ist es jetzt mitten in der Nacht. Vermutlich schläft er gerade. Aber wir werden ihn bald anrufen.«

Sie konnte nicht genau sagen, ob sich Lia auf sie stürzte oder sich in ihre Arme warf. Der einzige Unterschied war, dass Lola, nachdem sich ihre Tochter mit ganzer Kraft auf sie fallen gelassen hatte, die Arme ausbreitete und Lia an sich drückte. Lia zitterte und weinte hemmungslos. Simon lag auf dem Teppich, der auf dem Holzboden neben dem Bett lag, und rollte dort hin und her, während er sanft mit dem Kopf gegen die Sockelleiste schlug und dabei unaufhörlich summte.

»Wir sind alle furchtbar müde. Das ist der Jetlag. Alles wird gut«, erklärte Lola. Sie presste Lia mit einem Arm fest an sich, während sie mit dem anderen nach Simon griff, ihn auf ihren Schoß zog und ihm unzählige Küsse auf den Kopf drückte. Vielleicht wollte Lia bloß von ihr beruhigt werden, und dann würde alles wieder in Ordnung kommen.

»Ich hasse dich!«, erklärte Lia mit leiser Stimme. Doch sie ließ sich weiter von ihrer Mum umarmen und sich lange Zeit weinend in ihren Armen wiegen.

Annie beugte sich über das Schneidebrett und hackte die Petersilie und das Fruchtfleisch von Zitronen, um damit den Lachs zu füllen. Unterdessen spielte sie in ihren Gedanken mögliche Gespräche mit Lola und Althea durch. Worüber würde sie mit diesen beiden Frauen Tag für Tag und Woche für Woche reden? Über das Wetter. Geht klar. Über die Kinder und die Schule. Geht klar. Über die Eigenarten der Pariser. Geht klar. Sie spürte die Anspannung in ihren Schultern und in ihrem Kiefer, und sie merkte sie sogar an der Art, wie sie ihre Kräuter auf dem Schneidebrett niedermetzelte. Wenn sie nicht einen Gang zurückschaltete, würde sie sich noch verletzen. *Mit frischem Finger gefüllter Lachs.* Geht klar.

Maxence betrat die Küche und stellte sich neben sie. Er wirkte steif und ernst. So, wie ein Neunjähriger eben nicht wirken sollte.

»Diese Leute sind alle verrückt«, erklärte er ohne Umschweife. Seit dem Streit der Kinder waren drei Stunden vergangen. Es sah Maxence ähnlich, so lange über gewisse Dinge nachzugrübeln. Er war anders als Lia, die ihn offensichtlich gleich bei ihrer Mutter verpetzt hatte. Sie wusch sich die Hände, ließ sich auf einem Stuhl nieder und zog Maxence an sich. Er ließ sie gewähren, doch das hier war keine Umarmung. »Kannst du nicht um deiner armen alten Mutter willen versuchen, es auf die Reihe zu bekommen?«, fragte sie und wusste, dass das hier verdammt nach Bestechung klang. Maxence hob eine Augenbraue und sah sie erstaunt an, während er darauf wartete, was für ein Blödsinn ihr wohl noch einfallen würde.

In diesem Moment erinnerte er Annie so sehr an seinen Vater, dass sie ihn am liebsten mit Küssen überschüttet hätte, obwohl sie durchaus nicht gerne an die Streitgespräche mit Johnny zurückdachte.

»Du willst also, dass ich sechs Monate mit diesem gemeinen Mädchen und dem brüllenden Baby im selben Haus verbringe? Und jetzt bekommt diese Frau auch noch mein Zimmer unter dem Dach? Du hast es mir versprochen!«

»Ich habe gar nichts versprochen. Ich habe bloß gesagt, dass ich darüber nachdenke, ob du unters Dach ziehen darfst.«

»Und außerdem sehen wir ihre dämlichen Visagen jetzt jeden Tag beim Frühstück, beim Mittag- und beim Abendessen. Als ob hier nicht schon genug Fremde herumlungern würden, wo doch Lucas die ganze Zeit hier ist.«

Er hat ja so verdammt *recht,* dachte sie. »Aber, Maxence, das stimmt doch nicht. Du magst Lucas. Du hast immer gesagt, dass es Spaß mit ihm macht!«, erwiderte sie, mehr als erfreut, das Gespräch nun auf Lucas lenken zu können.

»Als ich noch klein war, klar. Aber jetzt wird er mir immer unheimlicher. Er schnüffelt dauernd um dich herum und so.«

»Lucas schnüffelt ganz sicher nirgendwo herum«, erklärte Annie so empört, wie sie nur konnte. »Und ich kannte ihn bereits, bevor du geboren wurdest, das heißt, er ist ganz sicher kein Fremder.«

»Und diese Frau, die mein Zimmer bekommen hat. Sie ist mir nicht geheuer.«

Sie dachte an Altheas hageres Gesicht, ihre schwarzen Klamotten und an das Schweigen, das immer wieder von einer Art Sprechdurchfall unterbrochen wurde. »Und was wäre dir geheuer, Maxence?«

»Nun, zum einen, wenn wir vier wieder alleine hier leben würden«, sagte er, wobei er die Augen senkte und sein Gesicht kaum merklich abwandte.

Die Tatsache, dass ihr Ältester am liebsten mit seinen Brüdern und seiner kleinen, alten Mutter alleine zu Hause wäre, ließ ihr die Tränen in die Augen steigen. »Maxence, wir stecken da gemeinsam drin, hörst du? Wir brauchen Geld, und das hier ist die einzige sinnvolle Möglichkeit, schnell zu Geld zu kommen. Ich habe auch schon darüber nachgedacht, wieder zur Uni zu gehen und die Zulassungsprüfung zum Jurastudium abzulegen.« Ihr war bewusst, dass das alles bloß Lügen waren. »Die Zimmer zu vermieten verschafft uns Zeit, das ist alles. Und hoffentlich schaffst du es in der Zwischenzeit, mit Lia zurechtzukommen. Sie vermisst ihren Dad, und keiner weiß besser als du, wie sich das anfühlt.«

»Ja, das stimmt wohl«, erklärte Maxence. Er ließ sich offenbar

sehr schnell von der unbestechlichen Logik und den unwiderlegbaren Argumenten seiner Mutter umstimmen.
»Eines noch«, erklärte er schließlich.
»Was denn, mein Süßer?«
»Könnten wir wenigstens einen richtigen Fernseher bekommen?«
»Einen Fernseher?«, wiederholte sie. »Wir sind diesbezüglich vielleicht nicht auf dem neuesten Stand. Nein, wir sind absolut nicht auf dem neuesten Stand«, fügte sie hinzu und wurde plötzlich unsicher. Sie dachte an Lia. *Ihr seid zu arm.*
»Einen wirklich großen Fernseher, Mum? Biiiiittteeee, Mum?«
»Aber wo sollen wir ihn denn hinstellen?«
»Und einen Kabelanschluss.«
»Wozu brauchst du einen Kabelanschluss?«
Maxence tat die Frage mit einem Schulterzucken ab. »Ohne Kabelanschluss hat es keinen Sinn.«
Wenn sie den Kindern einen Fernseher kaufte, würde sie fein aus der Sache raus sein. Natürlich würde sie damit ihr eigenes Fleisch und Blut bestechen. »Also gut«, sagte sie.
Maxence sprang auf und ab und fiel ihr in die Arme. »Du bist die beste Mum, die es gibt«, erklärte er. Sie versuchte, ihn noch ein wenig länger zu umarmen, doch er rannte bereits aus dem Zimmer und rief nach seinen Brüdern. »Jungs, wir bekommen einen Kabelanschluss!«
Erst einige Stunden später kam ihr in den Sinn, dass sie vielleicht reingelegt worden war.

10

Eine Woche später war der Alltag eingekehrt, und Annie war mittlerweile bereit, in einen Vorort zu ziehen, bloß um dem Alptraum Untermieter entkommen zu können.

Das Wetter war ebenfalls keine große Hilfe. Eisiger Schneeregen, der nur von gelegentlichen Hagelschauern unterbrochen wurde, zwang sie, im Haus zu bleiben. Die Kämpfe wurden an allen Fronten gleichzeitig ausgefochten. Sie stand auf Kriegsfuß mit der Hausarbeit und schien sich immer mehr auf verlorenem Posten zu befinden. Sie musste putzen. Und es gab jetzt so viel mehr zu putzen! Sie musste kochen. Und es gab jetzt so viel mehr zu kochen! Dazu kam, dass sie sich nachts mit kalten Füßen und Selbstzweifeln herumschlug, weshalb man ihr die Erschöpfung allmählich ansah. Außerdem war sie wütend, und auch das sah man ihr allmählich an. Natürlich hatte sich ihre finanzielle Situation sehr verbessert. Natürlich verdiente sie nun Geld mit Putzen und Kochen, also mit Dingen, die sie bis dato gratis erledigt hatte. Doch mittlerweile fühlte sie sich in ihrem eigenen Haus wie eine Angestellte und hatte begonnen, Dinge zu hassen, die sie bis vor kurzem noch gerne getan hatte. Darüber hinaus stand sie auch mit ihren Jungen auf Kriegsfuß, denn diese spürten genau, wie schwach sie derzeit war, und holten das Maximum aus der Situation heraus. Die Jungen spielten sich furchtbar auf und hatten bereits Lias unausstehliche Art und ihren furchtbaren Tonfall übernommen. Sie stritten miteinander und stellten sich gemeinsam gegen Lia, die wiederum jede Gelegenheit nutzte, um die Jungen und ihre Mutter zu provozieren. Es wurde lautstark gezankt, gerangelt, und immer wieder flossen Unmengen an selbstgerechten Tränen.

Althea hingegen erwies sich mit der Zeit als vollkommen in Ordnung. Ja, Althea war wunderbar. Man spürte ihre Anwesenheit kaum, was sie zu einer perfekten Mieterin machte. Aus ihrem Zimmer drangen keinerlei Geräusche, keine Musik, keine gedämpften Schritte. Es war so ruhig, dass Annie einige Male am liebsten nachgesehen hätte, ob Althea womöglich bereits vom Dachbalken baumelte. Doch wenn es Zeit fürs Abendessen wurde, kam Althea jeden Tag pflichtbewusst ins Esszimmer und setzte sich auf den Platz am Ende des Tisches, den sie sich selbst ausgesucht hatte. Sie beantwortete gewandt alle an sie gerichteten Fragen, doch sie stellte ihrerseits keinerlei Fragen oder zeigte Interesse an ihren Mitbewohnern. Sie sprach über die Flugpreise, das Wetter, die schlechten Auswirkungen von High Heels auf den Rücken und führte lange Monologe über allerlei ähnlich banale Themen. Doch Althea vermied es offensichtlich, zu persönlich zu werden. War sie noch immer selbstmordgefährdet? Nein, Annie glaubte eher nicht. Aber wie sah jemand aus, der selbstmordgefährdet war? Und war nicht jeder in gewisser Weise selbstmordgefährdet?

Im Gegensatz zu Althea, die sie in Ruhe ließ und untertags kaum ihr Zimmer verließ, verbrachte Lola wenig Zeit in ihrem Zimmer. Die Vorstellung, dass ihre Mieterinnen pünktlich Miete zahlen und sie sich ansonsten bloß von Zeit zu Zeit im Treppenhaus ein fröhliches »Haaaalloooo!« zurufen würden, war wohl naiv gewesen. Denn so war es ganz und gar nicht. Lola und ihre Kinder – ihr Geruch und ihre Bedürfnisse – waren überall. Sie hatten das Haus eindeutig und auf perfide Weise in Beschlag genommen. Kein Ort im ganzen Haus war vor ihnen sicher, abgesehen von Annies Schlafzimmer, das sie mittlerweile absperrte, damit sie sich mehrmals am Tag in aller Ruhe dorthin zurückziehen und

sich die Haare raufen konnte. Annie konnte keinen Schritt tun, ohne sich dem einen Meter neunzig großen Supermodel gegenüberzusehen. Selbst die Küche war kein sicherer Ort mehr, denn Lola bestand trotz ihrer beiden linken Hände darauf, ihr zu helfen und sich dabei ärgerlicherweise auch mit ihr zu unterhalten. Im Gegensatz zu Althea nutzte Lola jede Gelegenheit, um persönlich zu werden, und schien Annies Andeutungen, dass sie eigentlich in Ruhe gelassen werden wollte, nicht zu bemerken.
Das *pièce de résistance* dieser trostlosen Woche war jedoch Simons nächtliches Gebrüll gewesen, das das gesamte Haus wach hielt. Mittlerweile hätten sich sämtliche Hausbewohner wohl am liebsten gegenseitig den Kopf eingeschlagen, abgesehen von Lola, die offensichtlich ein nervtötend sonniges Gemüt hatte. Zunächst hatte Annie sich noch gefragt, wie lange Lola dieses immerwährende, zuckersüße Benehmen wohl durchhalten konnte, bevor die Fassade zu bröckeln begann. Doch die Fassade hatte nicht zu bröckeln begonnen. War es denn möglich, dass es sich dabei um gar keine Fassade handelte? Wer war Lola wirklich? Sie war keine Primadonna, wie Annie vermutet hatte, als sie sie das erste Mal am Flughafen gesehen hatte. Und sie war auch keine Zicke. Absolut nicht. Sie schien nicht immer im Mittelpunkt stehen zu müssen. Und sie war auch keine reiche Schlampe. Nachdem Lola eine Woche lang sowohl mit Annies abweisendem Verhalten als auch mit der Wut und dem ausfallenden Benehmen ihrer Kinder fertig geworden war, beschloss Annie, dass Lola eine Art Heilige sein musste. Eine Heilige, die aus unerfindlichen Gründen offensichtlich mit ihr befreundet sein wollte.
Doch gerade als Annie zu dem Schluss gekommen war, dass es sich bei Lola um eine Heilige handeln musste, geschah etwas, das sie dazu brachte, das noch einmal zu überdenken. Zum ersten Mal seit Wochen war der Himmel wolkenlos. Lola schlug vor, mit

allen zusammen einen Spaziergang zu unternehmen. Es war eine gute Idee. Die Kinder flippten mittlerweile richtiggehend aus. Und eigentlich traf das auf sie alle zu. Bevor Annie sie noch aufhalten konnte, eilte Lola auch schon die Treppe hoch, um Althea ebenfalls einzuladen.

Sie stiegen zu acht die Steintreppe vor dem Haus hinunter. Annie und ihre drei Jungen, Lola, Lia, Simon und Althea. Es war eisig kalt. Die Fassaden der Nachbarhäuser, die großteils in den 1850er Jahren im späten Haussmann-Stil errichtet worden waren, glänzten wie neu. Annie atmete tief ein. Sie hatte erst einen Schritt vor das Haus gesetzt, doch sie fühlte sich bereits jetzt freier. Gemeinsam mit Lola trug sie den Kinderwagen die Treppe hinunter, immer darauf bedacht, nicht auf den eisbedeckten Stufen auszurutschen. Althea machte keine Anstalten, mit dem Kinderwagen zu helfen. So, wie sie auch kaum Anstalten machte, beim Kochen oder Putzen zu helfen, obwohl sie ihr Zimmer penibel in Ordnung hielt und das Badezimmer stets sauberer aussah, nachdem sie es verlassen hatte.

»Ich habe Lucas schon lange nicht mehr gesehen«, sagte Lola, die den Kinderwagen vor sich herschob.

»Er ist zum Skifahren nach Courchevel.«

»Dann lebt er also sein eigenes Leben?«, fragte Lola.

Seltsame Frage, dachte Annie. »Ich weiß, *der hat vielleicht Nerven.*«

»Das ist wohl in Frankreich ganz normal«, witzelte Lola. »Und ich bin mir sicher, dass es auch gesünder ist.«

Gesünder?, fragte sich Annie. »Spazieren wir doch zum Parc du Ranelagh. Er liegt ganz in der Nähe.«

Sie gingen auf dem überfüllten Bürgersteig die Rue de Passy entlang. Gutgekleidete Mütter hielten Kinder an der Hand, die in aufwendigen, winzigen Mäntelchen steckten und winzige Schals und Hüte trugen. Annie selbst hatte das nie auf die Reihe bekommen: gutgekleidete Kinder. Sie war nicht einmal selbst gut gekleidet. Johnny hatte das Pariser Flair in sich aufgesogen, als wäre er hier geboren. Seine Kleidung war aufsehenerregend gewesen. Italienische Anzüge, maßgeschneiderte Hemden, Schuhe für Tausende Dollar. Er war stets stolz durch die Nachbarschaft geschlendert, wo mit Juwelen behangene alte Damen ihre preisgekrönten Hunde ausführten und parfümtragende Männer in Trenchcoats umhereilten, die aussahen, als wären sie geradewegs der *Vouge Homme* entstiegen.

»Wie schaffen es die Franzosen bloß, so elegant zu wirken?«, fragte Lola, die wohl ihre Gedanken gelesen hatte.

»Das muss das Zeug sein, das sie in den Rotwein geben.«

»Selbst französische Hunde sehen eleganter aus als amerikanische, findest du nicht?«, überlegte Lola.

»Es gibt sogar ein *je ne sais quoi* für die Art, wie sie sich am Hintern beschnüffeln.«

Sie gingen die Chausée de la Muette entlang und betraten bald darauf die Jardins de Ranelagh. Die drei Frauen mussten wohl einen seltsamen Anblick abgegeben haben, so unterschiedlich sahen sie aus. Da war Lola, die Amazone. Althea, das Straßenkind. Und sie selbst, die sich in ihrem unvorteilhaften, aber ach so bequemen roten Poncho genauso breit wie hoch fühlte und wie ein kleines, pummeliges Pony zwischen den beiden hertrottete. Mittlerweile schob sie den Kinderwagen, und es fühlte sich gut an, auch wenn ein fremdes Kind darin lag. Die Räder verursachten ein sanftes Rauschen, als sie durch den nassen Sand entlang des Pfades glitten. Sie hatte drei Babys zuerst im Bauch und dann in der Babytrage mit sich herumgetragen. Sie hatte ihre Kinderwagen geschoben, sie geschleppt, sie festgehalten, sie mit sich gezogen, sie hochgehoben, sie vor sich hergeschoben – und nun vermisste sie den ständigen Körperkontakt, den sie als selbstverständlich erachtet hatte. Sie war immer eine körperbetonte Frau gewesen, doch mittlerweile musste sie den Wunsch und das Bedürfnis ihrer Jungen nach körperlichem Abstand akzeptieren. Obwohl das zur Folge hatte, dass sie nicht mehr so oft, wie sie wollte, jemanden berühren durfte und berührt wurde. Sie fühlte sich körperlich mehr und mehr von anderen Menschen abgeschieden, und dazu gesellte sich schließlich auch ein Gefühl der emotionalen Trennung.

Die riesigen Buchen und Eschen ragten kahl und majestätisch in die kalte, klare Luft. Der Straßenlärm wurde immer leiser und verstummte schließlich ganz. Sie spürte, wie die Verkrampfung in ihrem Kiefer nachließ, während sie spazieren gingen und die Kinder vorneweg liefen. Sie gingen an Reihen von säuberlich geschnitten Buchsbäumen und antiken Statuen diverser Gottheiten vorbei, und durch die kahlen Äste der Bäume hindurch konnte sie die verschnörkelten Fassaden der Häuser rundherum bewundern. Nachdem mittlerweile keine Autos mehr zu sehen waren, hätten sie sich genauso gut auch hundert Jahre in der Vergangenheit befinden können. Annie zeigte den anderen das *Musée Marmottan,* ein impressionistisches Museum, das eine große Sammlung von Monets Werken beherbergte, und das grüne Holzgebäude, wo die traditionelle Handpuppe *Guignol* Generationen von Pariser Kindern begeistert hatte. Sie war seltsam stolz. Das hier war ihre Stadt.

Aber wie kam es, dass Althea ihrer Stadt keine weitere Beachtung schenkte? Und ihrem Park? Althea hielt den Kopf gesenkt und hatte den Blick bloß auf ihre eigenen Füße gerichtet, während sie mit den Händen den Kragen ihres dünnen Mantels unter dem Kinn zusammenhielt. Nebenbei erzählte sie der armen Lola, dass sie einmal an den Fingernägeln gekaut hatte, doch dann hatte sie gelesen, dass das Kauen schlecht für den Zahnschmelz sei. »Wie bitte?«, hätte ihr Annie am liebsten zugerufen. »Du bist hier in Paris! Vergiss den verdammten Zahnschmelz einmal eine Minute lang.« Wie hielt Lola das bloß aus? In den letzten Tagen hatte Annie immer wieder versucht, Lola bedeutungsvolle Blicke zuzuwerfen, wenn Althea in einem ihrer Monologe versank. Dabei hatte sie ganz offensichtlich die Augen verdreht oder vollkommen gelangweilt den Kopf in den Nacken geworfen. Lola hingegen ging auf keine dieser Gesten ein. Auch jetzt zeigte sie kein Anzeichen von Unwillen und hörte Althea aufmerksam zu, während sie dahinschlenderten. Lola wirkte ausgeruht und um einiges ausgeglichener und entspannter als noch vor einer Woche. Es war interessant, denn im Laufe dieser Woche hatte Lola aufgehört, Make-up zu tragen, und begonnen, in Leggins und Strümpfen durchs Haus zu laufen. Nun trug sie Jeans und eine Daunenjacke, die einmal Johnny gehört hatte. Sie hatte sich eine Wollmütze über die kurzen Haare gezogen und ging wie ein junger Mann mit den Händen in den Jackentaschen, wobei sie immer wieder aufsah und niemand Bestimmten anlächelte. Die Tatsache, dass ihr Mann nicht hier war, tat ihr gut. Annie wünschte, dieser glückliche Umstand träfe auch auf sie zu.

Sie kamen zum Spielplatz, auf dem sich Kinder, Mütter und Nannys tummelten und sich auf Französisch miteinander unterhielten. Sie gingen ein Stück weiter zu einem ruhigeren Plätzchen, wo eine freie Steinbank in der Wintersonne stand. Auf der Bank daneben saß eine gepflegte ältere Dame. Ihre Hände waren voll schwerer Ringe, und etwa zwanzig Tauben hüpften um sie herum, während sie die Überreste eines Brötchens an sie verfütterte. Die Kinder liefen auf das Klettergerüst zu, doch Simon blieb stehen und beobachtete wie hypnotisiert die Tauben. Er schien lange über die Sachlage nachzudenken, dann watschelte er auf die Vögel zu und täuschte einen kleinen Tritt in ihre Richtung an. Die Tau-

ben flogen zeternd auf, bevor sie einige Meter weiter wieder landeten und sich auf den Weg zurück zu ihrer Futterquelle machten.
»*Méchant garçon!*«, fuhr die alte Dame Simon an. Simon wurde blass, begann zu schwanken und stürzte sich schließlich in Lolas Arme.
»*La ferme, vieille peau!*«, schrie Annie. *Halt die Klappe, alte Schachtel!* »Alte Schachtel« – das war eine sichere Beleidigung für eine Pariserin jeglichen Alters. Die alte Frau hob drohend eine Faust in ihre Richtung, erhob sich und eilte schließlich davon, wobei sie lauthals verkündete: »*Retournez dans votre pays.*«
Schert euch zurück in euer Land? Annie war furchtbar angewidert. Es war eine Sache, gemein zu einem wehrlosen Kind zu sein, aber offener Ausländerhass? »*Tes pigeons ont chié sur ta tête!*«, schrie sie zurück. Dann wandte sie sich Lola und Althea zu und erklärte: »Ich habe ihr gesagt, dass ihr die Tauben wohl auf den Kopf gekackt haben!« Sie begann zu lachen und war ehrlich überrascht, als die beiden nicht ebenfalls loslachten. Tatsächlich sahen Lola und Althea eher peinlich berührt und verwirrt aus. »Was?«, fragte sie. Beide sahen zu Boden. »Ach, ich weiß schon, was ihr denkt. Mir ging es einmal genauso. Ihr fragt euch, was der Grund für diese vollkommen ungerechtfertigte Feindseligkeit ist, nicht wahr? Aber so ist das hier in Frankreich nun mal. Die Franzosen vertreten gerne ihre Meinung und streiten gerne. Tatsächlich ist es besser, eine fragwürdige Meinung zu vertreten, als keine Meinung zu haben.« *Weil das zumindest interessant ist,* dachte Annie. Im Gegensatz zu Altheas Monolog über Zähne und Zahnschmelz.
Simon begann friedlich im Sand zu spielen, während Lia, Maxence, Paul und Laurent vom Klettergerüst hingen wie eine Affenfamilie. Lola sah aus, als wäre sie vollkommen mit sich im Reinen, obwohl ihr Althea noch immer die Ohren vollschwafelte. Annie fiel auf, wie feinporig Lolas Gesicht sogar im Tageslicht

und ohne Make-up aussah. Sie beschloss, Altheas Monolog zu unterbrechen.
»Ich habe darüber nachgedacht, auch noch das letzte Zimmer zu vermieten. Es handelt sich um einen Künstler, einen von Lucas' Verwandten, der gerade eine finanzielle und künstlerische Krise durchmacht.« Sie hielt inne. »Aber ich bin noch ein wenig unsicher.«
»Warum?«, fragte Lola.
»Nun, er ist immerhin ein *Mann.*«
»Ist das denn ein Problem? Gibt es nicht genügend Badezimmer?«
»Ich kenne Jared seit Jahren. Glaub mir, du *willst* dir sogar ein Badezimmer mit ihm teilen. Das ist ja das Problem«, erklärte sie. »Er sieht sehr gut aus, ist dreißig Jahre alt und so französisch, wie man nur sein kann. Und habe ich schon erwähnt, dass er sehr gut aussieht? Er hat schon viele Herzen gebrochen, da bin ich mir sicher. Also, brauchen wir so jemanden?«
»Mein Herz wurde schon vor langer Zeit gebrochen. Für mich stellt er also keine Gefahr dar«, lachte Lola.
Annie sah Althea an, die vollkommen steif auf der Bank saß. »Was ist mit dir, Althea? Was meinst du?«
»Nun, ich … ich kann nicht …« Althea schienen die Worte im Hals stecken zu bleiben. Dann wurde sie rot. »Ich meine, ich fühle … *nichts.*«
Annie bereitete sich auf einen weiteren von Altheas Monologen vor. Doch stattdessen begannen Altheas Schultern zu zucken, und ihr Gesicht, das gerade noch feuerrot gewesen war, wurde kalkweiß. Sie sah aus, als hätte sie entsetzliche Angst. Sie hob den Blick, um die beiden anzusehen, und gestand plötzlich, wie aus dem Nichts: »Ich bin … krank. Ich brauche Hilfe.« Dann schnappte sie nach Luft, beugte sich nach vorne und vergrub das Gesicht in ihren Händen.

Ein lautes Schluchzen drang wie Lava aus ihrem Inneren.
Annie sah sich hilfesuchend nach Lola um, doch deren Reaktion war äußerst seltsam. Zunächst wirkte sie noch so versteinert wie eine Statue, doch dann zog sie sich plötzlich zurück und rückte von Althea ab. Altheas Schluchzen wurde immer lauter, und zu Annies Überraschung stand Lola schließlich auf und ging hinüber zu Simon, um mit ihm in der Sandkiste zu spielen. Lola hatte sie im Stich gelassen! Von wegen Heilige! Was sollte sie jetzt tun? Was ging hier vor? Annie rückte nahe an Althea heran und tat das Einzige, was ihr einfiel: Sie legte Althea einen Arm um die zarten Schultern und merkte dabei, wie zerbrechlich das Mädchen tatsächlich war. Sie war nicht viel stärker als eine Zwölfjährige. Annie streichelte ihr den Rücken und flüsterte. »Alles okay, alles okay.«
»Nichts ist okay«, murmelte Althea.
»Aber genau deshalb bist du ja hier«, erklärte Annie sanft. »Deshalb sind wir alle hier. Deshalb hast du den langen Weg nach Paris auf dich genommen. Damit du dich wieder besser fühlst.«
»Ich werde mich nie wieder besser fühlen«, antwortete Althea schluchzend.
»Bist du denn tatsächlich krank? Was ist das Problem?«, fragte Annie, die Althea noch immer mit einem Arm fest umschlungen hielt und mit dem anderen ungeduldig versuchte, Lola zu sich zu winken. Diese bewegte sich mittlerweile tatsächlich äußerst zögerlich auf die Bank zu.
Althea hob den Blick, um sie beide anzusehen. »Seht ihr mich denn nicht? Seht mich doch an! *Ich* bin das Problem!«, schrie sie.
Es schien, als wären alle – Lola, die Kinder auf dem Spielplatz, die Passanten und ihre Hunde, ja sogar die Tauben – zu Stein erstarrt. Alle Augen und Ohren waren auf sie gerichtet.
»Na endlich!«, erklärte Annie.

»Ich sehe hier überhaupt kein Problem«, versicherte Lola schnell.
»Ich habe ... keine Hoffnung mehr«, schluchzte Althea.
»Ja, aber jetzt bist du hier in Paris. Ein neues Leben. Ein neues Ich!«, schlug Annie vor.
»Ich glaube ... nicht.«
»Mein Gott, du bist depressiv, das ist alles«, erklärte Annie. »Hast du es schon einmal mit Prozac versucht? Oder Xanax? Bei mir wirken die Dinger nicht. Ich brauche eher ein Betäubungsmittel für Pferde, aber du könntest es einmal ausprobieren.«
»Ich möchte nicht mehr weiterleben«, erwiderte Althea ausdruckslos.
Ach du lieber Himmel. Sie wollte nicht mehr weiterleben? Was hatte denn das zu bedeuten? »Das geht vermutlich vorüber«, sagte sie, weil ihr einfach nichts Besseres einfiel. »Ich habe meinen Ehemann zu Grabe getragen, und sieh mich an. Mir geht es mittlerweile auch wieder gut.« Sie sah zu Lola hoch und warf ihr einen Blick zu, damit sie auch etwas dazu sagte, doch Lola hatte die Nase in ihren Rollkragenpullover gesteckt und den Blick abgewandt.
Althea hob den Kopf. »Mir wird es nie mehr wieder besser gehen«, erklärte sie so leidenschaftslos, dass Annie eine Gänsehaut bekam.
Auf dem Nachhauseweg weigerte sich Simon, sich wieder in den Kinderwagen zu setzen, und griff stattdessen nach Annies Hand. Sie mochte das Gefühl der kleinen, warmen Hand in ihrer, und sie brauchte es auch, denn Althea sprach nun über Dinge, für die Simon glücklicherweise noch zu jung war, um sie zu verstehen. Sie sprach nicht mehr über ihre Zähne, bloß noch über ihre Depressionen und ihre Hoffnungslosigkeit. Vielleicht war das hier besser. Zumindest fühlte es sich echt an. Und Althea sprach nicht mehr länger mit Lola. Sie sprach jetzt mit Annie. Annie nahm an,

dass Lola wohl die perfekte Zuhörerin war, wenn man eigentlich nichts zu sagen hatte. Natürlich hätte es ihr nun nichts mehr ausgemacht, nicht der Hauptansprechpartner zu sein. Sie suchte fieberhaft nach beruhigenden Phrasen, die sie Althea anbieten konnte, doch diese wehrte jede einzelne ab. Angesichts von Altheas Nihilismus verloren sämtliche Worte ihre Bedeutung.
Die Kinder liefen voraus, und weit hinter ihnen kam Lola, die den leeren Kinderwagen vor sich herschob und nicht einmal so tat, als wollte sie helfen. Annie wäre am liebsten über sie hergefallen. Endlich war ihr Haus in Sichtweite, ihr wunderbares Zuhause. Die behauenen Steine, die massive Eingangstür und die wie gemeißelt wirkenden Silhouetten der Ahornbäume gaben ihr Kraft, und sie begann, wieder freier zu atmen. Wie konnte es sein, dass Althea die Schönheit des Hauses, der Straße und der Stadt Paris nicht erkannte? Annie hatte furchtbar unrecht gehabt. Paris war kein verdammtes Heilmittel gegen sämtliche Unpässlichkeiten, und sie selbst war der beste Beweis dafür.
Die Kinder eilten aufgeregt die Steinstufen empor. Es schien, als hätten sie, während all das hier passiert war, einen Wendepunkt erlebt, denn nun spielten sie plötzlich miteinander. Was hatte sie verpasst? Simon sah am glücklichsten von allen aus. Er hielt noch immer ihre Hand fest und kletterte mit großen Schritten die Treppe hinauf. Im Haus angekommen, entledigten sich alle ihrer Mäntel, Handschuhe und Schals, und die Kinder liefen hinauf in ihre Zimmer. Das war der Augenblick, in dem sich Lola endlich an Althea wandte und fröhlich meinte: »Ich weiß genau, was du brauchst!«
»Tatsächlich?«, erwiderte Annie, so sarkastisch sie nur konnte.
»Ein neues Styling«, zwitscherte Lola.
Annie kniff ungläubig die Augen zusammen, bevor sie die Treppe hocheilte, um Zuflucht in ihrem Schlafzimmer zu finden.

Nach Jahren der Schlaflosigkeit wusste Annie, dass die einsamen Stunden am frühen Morgen umso kürzer waren, je länger sie am Abend zuvor wach blieb. Mittlerweile war es nach Mitternacht, und sie war zu dem Entschluss gekommen, dass sie noch einen Drink benötigte, um überhaupt einschlafen zu können. Sie klappte ihr Buch zu, machte das Licht aus und verließ die Küche in Richtung Wohnzimmer, wo sich der Schrank mit den Likören befand. Wie armselig es doch war, sich mitten in der Nacht alleine betrinken zu wollen. Das Haus war wie ein Teil von ihr, weshalb sie sich auch bei vollkommener Dunkelheit fortbewegen konnte, ohne irgendwo dagegenzulaufen. Sie fühlte sich vollkommen sicher. Sie tapste im Dunkeln voran und hörte bloß das Scharren ihrer eigenen Strümpfe auf dem Holzboden. Sie stellte überrascht fest, dass die Tür zum Wohnzimmer offen stand, obwohl sie ganz genau wusste, dass sie die Tür vor etwa einer Stunde eigenhändig geschlossen hatte. Sie blieb wie angewurzelt stehen. Hier stimmte etwas nicht. Plötzlich hörte sie irgendwo im Inneren des Raumes den Holzboden knarren. Jemand befand sich in diesem Zimmer.

Ihr Herz pochte, und sie tastete nach der schweren Vase auf dem Tisch neben ihr. Sie lauschte aufmerksam, jederzeit bereit, die Vase zu packen und dem Eindringling damit den Schädel einzuschlagen. Doch dann hörte sie das unverwechselbare Geräusch einer Flasche, die gerade geöffnet wurde. Sie legte ihre zitternde Hand auf den Lichtschalter, während das Adrenalin durch ihre Adern schoss, und machte das Licht an.

Es war Lola, die sich gerade eine Flasche Rum an die Lippen hielt. Lola riss erschrocken die Augen auf, als sie Annie sah, doch sie nahm trotzdem noch einen weiteren großen Schluck aus der Flasche. Sie wirkte wie ein Kind, dass sich unbedingt so viele Süßigkeiten wie möglich in den Mund stopfen wollte, bevor seine Mut-

ter es davon abhielt. Annie legte die Hände auf ihr pochendes Herz.
»Ich hätte mir vor Angst beinahe in die Hose gemacht!«
Lola nahm die Flasche von ihren Lippen und begann zu lachen. Sie lachte so heftig, dass sie zu husten begann und ihr die Tränen in die Augen stiegen. »Ich habe kein Alkoholproblem, ich schwöre!«, erklärte sie zwischen zwei Lachanfällen. Annie griff mit ernster Miene nach der Flasche und nahm sie Lola bestimmt ab. Das brachte Lola dazu, nur noch lauter zu lachen. »Die Schuld steht mir wohl ins Gesicht geschrieben«, keuchte sie.
Annie runzelte die Stirn und sah schweigend zu, wie Lola sich vor Lachen krümmte. Sie deutete auf die Flasche in Annies Hand. »Ich bin aber noch nicht fertig«, erklärte sie. Annie betrachtete die Flasche, wischte den Flaschenhals mit dem Ärmel ihres Pyjamas sauber und nahm selbst einen großen Schluck. Sie hustete heftig, bevor sie Lola die Flasche zurückgab.
»Wir sollten das hier ordentlich angehen, meinst du nicht auch?«
Annie ging zum Kamin und legte ein frisches Holzstück nach. Dann eilte sie in die Küche und holte einen Teller mit kleinen französischen Plätzchen, Löffelbiskuits und Katzenzungen. Schließlich ließ sie sich auf die Couch sinken, und Lola machte es sich auf einem Kissen neben dem Couchtisch gemütlich und schenkte Rum in zwei kleine Gläser ein. Sie tauchten die Plätzchen in den Rum und ließen den Alkohol und das Feuer den Raum um sie herum einnehmen. Die Wände, die gerahmten Kunstwerke, die Fotos der Kinder und die antike Einrichtung erstrahlten in einem orangefarbenen Schimmer.
»Wann kommt denn Lucas zurück?«, fragte Lola.
Annie zuckte mit den Schultern. »Ich weiß es nicht.«
»Weißt du, das ist so französisch. So modern. Das gefällt mir«, erklärte Lola beeindruckt.

Annie hob eine Augenbraue. »Was genau ist denn so *französisch?*«
»Nun, ihr seid vollkommen unabhängig. Ihr besitzt einander nicht.« Sie warf Annie einen auffordernden Blick zu. »Stimmt es, dass die Franzosen die besseren Liebhaber sind?«
»Johnny war Amerikaner.«
Lola sah sie bestürzt an. »Und Lucas? Bist du denn nicht mit ihm zusammen?«
»Natürlich nicht!«
»Aber er hat dich doch zum Flughafen begleitet.«
Annie musste gegen ihren Willen lachen. »Er hat mich zum Flughafen begleitet … ja, das ist natürlich ein untrügliches Zeichen.«
»Ich dachte bloß …«
»Bin ich denn verpflichtet, sämtliche Vermutungen im Vorhinein auszuräumen?« Plötzlich bemerkte Annie, dass es keinen Grund gab, sich zu verteidigen, und fuhr mit freundlicherer Stimme fort. »Er ist ein guter Freund der Familie. Aber zwischen uns läuft natürlich nichts.«
»Aber ich hätte schwören können, dass …«
»Hör zu, Lucas ist ein Frauenheld, und ich habe stets nur einem Mann gehört.« Sie hielt inne. »Einem toten Mann. Außerdem ist Lucas nicht ganz meine Kragenweite, meinst du nicht auch?«
Lola schien einen Moment lang darüber nachzudenken und widersprach ihr nicht. Das machte Annie furchtbar wütend. Man durfte beliebten Mädchen einfach keinerlei Angriffsfläche bieten. Beliebte Mädchen waren so beliebt, weil sie über Leichen gingen, um ihre Gegner auszustechen. Und einen Gegner stach man am besten aus, indem man ihm das Gefühl gab, minderwertig zu sein. »Lola«, sagte Annie schließlich. »Ich muss dir eine persönliche Frage stellen. Wie schaffst du es, so kalt und beherrscht zu bleiben, obwohl deine Ehe gerade den Bach hinuntergeht?« *Kalt und beherrscht.* Sie meinte damit vor allem Lolas Verhalten im

Park. Doch falls Lola ihre Wortwahl seltsam vorkam, ließ sie es sich nicht weiter anmerken.

»Ich fühle mich aber weder kalt noch beherrscht. Ich bin keines von beiden«, erwiderte sie, wobei sich ihre Stimme etwas verlor und man plötzlich deutlich ihren ländlichen Akzent hörte. Annie wusste nicht, ob Lola tatsächlich traurig war oder ob es die Wirkung des Rums war.

»Heute Morgen bei Althea hast du ebenfalls sehr … beherrscht gewirkt«, erklärte Annie.

»Auf keinen Fall. Ich bin vollkommen ausgeflippt! Ich bin so ziemlich die letzte Person, die jemand anderem helfen kann! Ich kann mir ja selbst kaum helfen«, meinte sie, und der ländliche Akzent trat immer stärker hervor. »Ich habe mein Leben nicht mehr unter Kontrolle. Ich habe absolut nichts unter Kontrolle. Ich reiße mich zusammen, klar, aber das ist doch alles bloß eine große Lüge. Mein ganzes Leben ist eine einzige Lüge!«, fuhr sie fort und biss sich auf die Lippen, als wollte sie jeden Moment zu weinen beginnen.

Annie betrachtete Lolas Gesicht. »Wie viel hast du getrunken?«

Lola breitete die Arme aus. »Ziemlich viel!« Dann wurde sie wieder ernst. »Weißt du was?« Sie ließ den Oberkörper auf den Couchtisch sinken, als wäre sie vollkommen erledigt, und flüsterte: »In Wahrheit bin ich nicht einmal dunkelhaarig.«

Jetzt, wo Annie darüber nachdachte, erschienen ihr Lolas Haare überraschend dunkel, wenn man ihren hellen Teint betrachtete.

»Und das ist die größte Lüge deines Lebens? Ich bin mir ziemlich sicher, dass du dafür nicht in der Hölle schmoren wirst.«

»Nein, nein, du verstehst das nicht«, jammerte Lola. »Ich habe zwei Persönlichkeiten. In Wahrheit bin ich eine dumme Blondine! Sieh dir nur mal meinen Haaransatz an!« Sie ließ sich wieder auf den Couchtisch fallen und strich ihre kurzen Haare zur Seite, so dass die rosafarbene Kopfhaut und ein seltsam hellblonder Ansatz zum Vorschein kamen. »Vor zehn Jahren hat man mir die Haare bei einem Fotoshooting gefärbt. Damals habe ich noch gemodelt und kannte Mark noch gar nicht. Und plötzlich hatte ich *Charakter.*« Sie schnippte mit den Fingern. »Bumm. Einfach so! Seitdem ist das hier meine Haarfarbe.«

Das erklärte die grünen Augen, die helle Haut und die blonden Kinder. »Ich bin mir sicher, du siehst immer aufsehenerregend aus, egal mit welcher Haarfarbe«, erklärte Annie großmütig.

»Aufsehenerregend, ja, aber was nützt das? Ich habe schon überlegt, sie auswachsen zu lassen. Ich möchte wirklich unbedingt ganz von vorne beginnen. Ich will ein neues Leben. Ein vollkommen neues, ein funkelnagelneues Leben. Ich möchte nicht mehr Marks Spielzeug sein. Ich möchte nicht einmal mehr sein Typ sein.« Sie richtete sich auf und klang plötzlich ernst. »Es gibt jedoch Schäden, die nicht wiedergutzumachen sind«, flüsterte sie angespannt.

»Und die wären?«

»Das hier zum Beispiel«, erklärte sie triumphierend, bevor sie die Knöpfe ihres Pyjamaoberteiles aufriss, Annie ihre riesigen, nackten Silikonbrüste präsentierte, den Pyjama wieder zuknöpfte und wie eine Hyäne loslachte. Annie war sprachlos. »Sie sehen nicht gerade sehr natürlich aus, nicht wahr? Kannst du dir diese Monster in der Hundestellung vorstellen? Sie schlagen mir beinahe gegen das Kinn!«

»In der Hündchenstellung?«, fragte Annie verwundert.

Lola lachte schallend. »Nein, nicht in der Hündchenstellung!« Sie ließ sich auf den Boden nieder, stellte die Hände und Füße flach auf den Boden und streckte ihren Rücken und die Beine durch, wobei sie den Hintern nach oben reckte. »Die *Hundestellung!* Du weißt schon. Yoga.«

Das war ja interessant. Lola hatte also Silikonbrüste! Sie konnte es kaum erwarten, Lucas davon zu erzählen. »Ich weiß, weshalb Yoga erfunden wurde«, erklärte Annie. »Es ist eine scheinheilige Ausrede, um ungestraft obszöne Stellungen einnehmen zu dürfen.« Und Lolas Brüste waren ihr tatsächlich im Weg, doch das behielt sie lieber für sich. »Ich habe Yoga auch ausprobiert«, fuhr sie fort. »Aber ich fand es langweilig und in meinem Fall auch beschämend.«

»Langweilig? Yoga?«, keuchte Lola. »Yoga ist mein Leben. Du musst es noch einmal versuchen.« Dann sah sie aus, als würde sie gleich wieder zu weinen beginnen. »Ich hasse diese falschen Titten. Ich *hasse* sie«, sagte sie, und ihre Stimme schwankte dramatisch. »Und wozu das alles? Ich meine, der Sex war in letzter Zeit bloß noch Blabla. Wie sagt man doch gleich?«

»Oberflächlich?«

»Diese Titten waren alleine seine Idee. Früher zeigte er auch ein wenig Begeisterung für meine … hmmm …«

»Vagina?«

»Aber jetzt … jetzt ist es so, als gäbe es sie gar nicht. Er ist zu sehr auf die Titten fixiert. Aber ehrlich, diese Titten, das bin nicht ich. Mark ist fasziniert von einem Teil von mir, der eigentlich absolut nichts mit mir zu tun hat. Weißt du, in letzter Zeit war der Sex so oberflächlich, dass ich am liebsten ganz darauf verzichtet hätte.«

In letzter Zeit? Sie verstand die Bedeutung dieser Worte nicht sofort, denn der Alkohol hatte ihre Fähigkeit, vernünftig zu denken, beeinträchtigt. Hatten sich Lola und Mark denn nicht getrennt? Sie überlegte, ob sie dieses Thema ansprechen sollte, doch stattdessen meinte sie: »Vielleicht hättest du es ihm sagen sollen.«

»Was denn? Dass er eine Niete im Bett ist?«

»Du hättest ihm zeigen können, was du gerne hast.«

»So ist es nicht … ich meine, so war es nicht. Ich glaube bloß, dass er sein ganzes Testosteron derzeit für irgendeine Fünfundzwanzigjährige in seinem Büro benötigt.«

»Du hast ihn beim Fremdgehen erwischt?«, fragte Annie.

»Muss ich ihn tatsächlich dabei erwischen, um zu wissen, dass er es tut? Er sieht gut aus und hat haufenweise Macht und Geld. Natürlich betrügt er mich.« Lola schien weder wütend noch gekränkt zu sein. War sie bereits über diese Gefühle hinaus, oder spürte sie einfach nichts dergleichen?

»Mein Ehemann sah ebenfalls gut aus und hatte Macht und Geld«, erwiderte Annie.

»Sie denken mit ihrem Schwanz, das ist wissenschaftlich bestätigt.«

Annie schüttelte den Kopf. »Nein, Johnny war anders.« Sie spürte plötzlich, dass der Alkohol und die späte Stunde sie müde werden ließen. Sie hätte sich am liebsten auf der Couch zusammengerollt und wäre dort wohl sofort eingeschlafen.

»Ich habe gehört, dass Ehebruch in Frankreich *de rigueur* ist«, sagte Lola.

»Johnny war Amerikaner.«

»Die berühmten letzten Worte«, kicherte Lola.

Annie zuckte zurück, als hätte man ihr einen Schlag ins Gesicht verpasst, und war plötzlich hellwach. Wie unsensibel. Johnny war tot, verflucht noch mal. Sie musste diese Schlampe zum Schweigen bringen.

»Also Lola, was an dir ist denn sonst noch falsch?«

»Mein Name.« Lola sah sie an und wirkte plötzlich nackt und verletzlich, während ihre Augen nach Bestätigung suchten. »Eigentlich heiße ich Laura. Aber in der Modelagentur, bei der ich unter Vertrag stand, gab es bereits eine Laura. Ich war erst sechzehn, als ich hauptberuflich zu modeln begann. Ich habe mich nicht einmal gewehrt, als sie mir einen anderen Namen verpasst haben. Ich musste meinen Namen aufgeben und ging nicht mehr zur Schule. Aber ich konnte mir das viele Geld einfach nicht entgehen lassen. Ich habe nicht einmal die Highschool abgeschlossen.«

Nun fühlte sich Annie wie ein Stück Dreck. Hoffentlich hatte Lola nicht bemerkt, dass sie sie mit der Frage bloß verletzen wollte.

»Und wie lange bist du jetzt schon Lola?«

»Ich werde bald vierzig.«

»Aber du siehst kaum aus wie dreißig!«, erwiderte Annie.

Lola deutete auf ihr Gesicht. »Hier und hier: Collagen. Hier, hier und hier: Botox. Aber die Wirkung lässt nach, weißt du.« Sie lachte leise. »Wenn ich nicht weitermache, dann werde ich in den nächsten sechs Monaten um zehn Jahre altern!«

»Ernsthaft?«

»Ich hoffe nicht, aber ich habe ziemliche Angst davor.«

Nun sah Annie Lola zum ersten Mal nicht als die Person, die sie von außen betrachtet zu sein schien, sondern als die Frau, als die Lola sich selbst fühlte. Tief im Inneren war das glamouröse Model aus Beverly Hills immer noch die flachbrüstige Laura, die misshandelte Mutter zweier verzogener Kinder. Lola war eine Frau, die sich gerade im Wandel befand, eine Frau, die zu oft auf das falsche Pferd gesetzt hatte, eine Frau, die nicht wusste, wie sie mit dem Älterwerden umgehen sollte. Und diese Frau war ihr selbst gar nicht so unähnlich.

Am nächsten Tag eilte Annie durch den Platzregen und betrat schließlich das überheizte Bistro im sechzehnten Arrondissement, in dem Lucas beinahe jeden Tag zu Mittag aß. Sie entdeckte Lucas an einem Tisch in der Nähe des Fensters und schlängelte sich zwischen den Tischen hindurch. Sie ließ sich auf den Bistro-Sessel fallen und kämpfte sich aus ihrem Mantel. »Was ist heute *Plat du jour?*«

»*Confit de canard* und überbackene Kartoffeln. Ich war bereits so frei und habe es für dich bestellt.«

Annie fiel auf, wie braun Lucas beim Skifahren geworden war. »Wie war Courchevel?«

»*Une bouteille de Perrier*«, wies Lucas den herbeieilenden Kellner an. Er faltete die Speisekarte ordentlich zusammen. »Courchevel war wunderbar. Der Pulverschnee war einfach himmlisch. Was habe ich verpasst?«

»Einfach alles!« Annie erzählte ihm von ihrer Woche und fragte sich dabei ständig, mit wem Lucas wohl unterwegs gewesen war, ohne ihn jedoch darauf anzusprechen. »Ich mag Lola«, sagte sie. »Sie ist wirklich nett und authentisch, auch wenn sie sagt, dass lügen zu ihrem Leben gehört. Und außerdem«, fügte sie hinzu, »sieht sie wirklich gut aus, wenn man bedenkt, dass sie bald vierzig wird.«

Das dampfende Essen wurde serviert. Lucas legte eine Serviette auf seinen Schoß. »Das klingt, als würdest du sie mittlerweile lieber mögen.«

»Sie ist ganz in Ordnung.«

»Blond oder nicht, falsche Brüste oder nicht. Sie hätte sicher kein Problem damit, einen Mann zu finden, der sie vergöttert.«

»Hab ich dir schon gesagt, dass sie beinahe vierzig Jahre alt ist?«

»Das hast du überaus deutlich klargemacht.«

»Weil die Gesellschaft einer Frau in diesem Alter keine Chance mehr gibt. Für uns ist fünfunddreißig der Anfang vom Ende.«

»Sie hat das Ende aber noch nicht erreicht.«

»Hmm«, meinte Annie und sah ihn prüfend an. »Gehe ich recht in der Annahme, dass es dir nichts ausmachen würde, dich einmal an ihren Plastikbusen zu schmiegen?«

»Bloß zum Wohle der Menschheit, um ihr das dringend benötigte Selbstbewusstsein wiederzugeben.«

Annie schüttelte wütend ihre Serviette aus und legte sie auf ihren Schoß. »Tu, was du nicht lassen kannst.«
»Bist du jetzt wütend auf mich?«
»Warum sollte ich wütend sein? Ich glaube bloß, dass das Letzte, was Lola jetzt braucht, ist, wie ein Sexobjekt behandelt zu werden. Vor allem nicht von einem französischen Macho, der es nie länger als eine Woche bei einer Frau aushält.«
Lucas legte sich eine Hand auf die Brust. »Ich schwöre, dass es in diesem Fall länger als eine Woche dauert!«
»Du hast vielleicht Nerven! Und warum sollte sie dich überhaupt wollen?«
Lucas versuchte, demütig zu wirken, als er schließlich antwortete: »Du weißt ja, dass mir mein Ruf vorauseilt.«
Annie betrachtete sein Gesicht. Machte er Witze? Ihr kam der Gedanke, dass sie ihm ihr Glas Wasser in den Schritt leeren könnte, doch sie war zu durstig, weshalb sie lieber einen Schluck nahm.
»Ahhh, ich verstehe. Wir sprechen von *Monsieur Le Penis.* Aber ich werde dir jetzt etwas verraten, denn du scheinst noch in der Vergangenheit festzustecken: Größe bedeutet uns Frauen nichts! Außerdem bin ich ziemlich sicher, dass du nicht ihr Typ bist.«
»Ich bin Franzose. Unser Ruf ist weltweit bekannt.«
»Ah, da kommt wohl wieder einmal das französische Ego durch, ich verstehe.«
»Das Ego und der Penis – allzeit bereit.«
Annie musste gegen ihren Willen lächeln. »Also? Wer war noch dort?«, fragte sie.
»Wo?«
»In Courchevel, verdammt. Wo denn sonst?«
»Niemand von Bedeutung«, antwortete Lucas. Annie kaute und sah Lucas eindringlich an, doch dieser starrte bloß zurück.

11

Jareds Taxi hielt vor Annies Haus. Früher hatten er und viele andere sich hier an lauen Sommerabenden getroffen. Sie hatten Annies Essen genossen, Unmengen an Bordeaux getrunken, über Politik geredet und gelacht. Doch das alles hatte natürlich nach Johnnys Unfall ein Ende gefunden. Jared erfuhr von Lucas, wie es Annie und ihren Jungen ging, und nachdem *er* ja wusste, wie es ihr ging, hatte er das Gefühl, tatsächlich mit ihr in Kontakt geblieben zu sein.

Erst, als er dem Taxifahrer das Geld gab, dämmerte es ihm, dass er sie womöglich im Stich gelassen hatte. Er schob die seltsame Mischung aus Schuldgefühlen und Wut beiseite. Dass er die Möglichkeit bekam, ein Zimmer in Annies Haus zu mieten, war eine große Erleichterung für ihn. Nun konnte er seine eigene Wohnung bis Juni für eine ziemlich beachtliche Summe untervermieten, und das Geld würde ihn eine Zeitlang über Wasser halten.

Der Fahrer half ihm, seine Koffer aus dem Auto zu heben, und Jared bereitete sich innerlich auf das Wiedersehen mit Annie vor. Sie warf sich ihm in die Arme und drückte ihn an sich. Es war eine amerikanische Angewohnheit, die sie nie abgelegt und durch die französischere Variante ersetzt hatte, wo man bloß Küsschen auf die Wange verteilte. Die amerikanische Umarmung umfasste für seinen Geschmack zu viel Nähe, und er wurde sich seiner selbst nur allzu bewusst. Er schalt sich selbst dafür, dass er mit leeren Händen gekommen war.

Annie stemmte die Hände in die Hüften, neigte den Kopf zur Seite und betrachtete ihn von Kopf bis Fuß. Dann boxte sie ihm spielerisch in die Schulter. »Immer noch so gutaussehend wie eh

und je! Hey, wann warst du eigentlich das letzte Mal beim Friseur? Lucas hatte recht, du hast dich ganz schön gehen lassen!«
Jared wusste nicht, was er antworten sollte, denn eigentlich waren das keine Fragen gewesen. Ja, sie hatte sich tatsächlich verändert. Ihr Gesicht wirkte angespannt, und sie schien sich nicht mehr um ihr Aussehen zu kümmern. Sie trug einen farbverschmierten Maleroverall und hatte die Haare zu einem lockeren Pferdeschwanz zusammengefasst. Lucas hatte ihm schon erzählt, dass sie immer noch ihren Ehering trug. Er sagte, dass sie immer noch nicht akzeptiert habe, dass Johnny tot war. Auf ihn wirkte es, als wäre ein Teil von ihr ebenfalls gestorben. Er stotterte herum und versuchte matt, etwas Nettes zu sagen, als schließlich Maxence, Paul und Laurent aus dem Haus stürmten, um ihn zu begrüßen.
»Da ist er ja!«, begrüße Maxence ihn, und Jared spürte, wie die Spannung von ihm abfiel. Die Jungen waren nach zwei Jahren kaum noch wiederzuerkennen, vor allem Paul, der das letzte Mal, als er ihn gesehen hatte, noch Windeln trug.
»Es gibt einen neuen geheimen Handschlag und ein neues Passwort«, erklärte Laurent, bevor sie ihn ins Haus schoben. Maxence flüsterte ihm ins Ohr und warnte ihn vor den neuen Leuten, die im Haus wohnten. *Allesamt Verrückte.*
Im Inneren des Hauses war keine Spur von Traurigkeit zu sehen. Die Wände im Eingangsbereich erstrahlten in einem hellen Gelb und waren mit riesigen orangefarbenen Sonnen verziert, die im Licht, das durch die offene Tür fiel, zu leuchten schienen. Gegenüber der Eingangstür befanden sich das dunkle Treppenhaus und links daneben das Wohnzimmer mit dem offenen Kamin, vor dem Lucas und er Jahr für Jahr mit ihren gerade aktuellen Freundinnen gesessen hatten. Sie hatten sich Johnnys Plattensammlung angehört und Tequila getrunken, bis keiner von ihnen mehr gerade stehen konnte.

Annie winkte die Kinder zu sich und gab ihnen Anweisungen. »Helft Jared mit den Koffern!«

Maxence und Laurent bedeuteten Jared, ihnen zu folgen, und schleppten die Koffer die Treppe hinauf.

»Nimmst du mich auf den Rücken?«, fragte Paul.

»Du kannst dich also noch daran erinnern?«, fragte Jared zurück und hob Paul auf seine Schultern.

»Ich habe später noch eine kleine Überraschung für dich«, säuselte Annie, während er die Treppe hinaufstieg. »Mehr verrate ich aber noch nicht.«

»Wir sind ja so froh, dass du da bist!«, erklärte ihm Maxence auf Französisch. Er schleppte den Koffer Stufe um Stufe hoch, indem er wie wild daran zog. »Es sind viel zu viele Frauen hier. Es wird langsam unerträglich!«

»Und außerdem sind sie alle dämlich«, fügte Paul leidenschaftlich hinzu, während er Jared mit seinen Beinen beinahe erwürgte.

»Pssst«, unterbrach ihn Maxence.

Eine Gestalt kam ihnen plötzlich zögerlich im dunklen Treppenhaus entgegen. Jared rang um Atmen und versuchte gerade, Pauls Hände von seinem Adamsapfel zu lösen, als er den Blick hob und geradewegs in ihr von Haaren verdecktes Gesicht blickte. Er sah bloß ihre grauen Augen, bevor der Schatten ihres Körpers auf der Treppe auftauchte. Jareds Herz machte einen Sprung.

Jared fand sich in einem kleinen Zimmer mit schrägen Wänden unter dem Dach wieder. Die Wände, die Tagesdecke, die Möbel, der lackierte Fußboden, alles war in verschiedenen Weiß- und Cremetönen gehalten und erinnerte ihn auf verschwörerische Weise an das, was er eigentlich zu vergessen gehofft hatte: leere Leinwände. Einen Moment später betrat Annie, ohne zu fragen, das Zimmer. Er musste sich wohl angewöhnen, es von innen abzuschließen. »Bist du bereit für die Überraschung?«, fragte sie und ließ ihren Blick durch das Zimmer schweifen. Der Inhalt von Jareds Koffern, überwiegend schwarze Klamotten, lag bereits überall wie dunkle Schatten im Zimmer verstreut. »In diesem Stockwerk gibt es außer diesem Zimmer noch zwei weitere. Eines davon ist unbewohnbar. Es wurde nie renoviert und ist voller Müll. Deshalb habe ich mich gefragt, ob wir beide nicht einen Deal machen könnten.«

Jared warf ihr einen Blick zu. »Kommt drauf an.«

»Du entsorgst den Müll für mich, machst das Zimmer sauber, verputzt es neu, streichst die Wände oder was auch immer, und im Gegenzug darfst du es als Atelier benutzen und musst keine Miete dafür bezahlen.«

Jared sah aus dem Fenster. Die Frau, die er auf der Treppe getroffen hatte, wohnte also im selben Stockwerk. »Ist schon gut«, antwortete er. »Aber trotzdem danke.«

»Was hat es für einen Sinn, einen Künstler im Haus zu haben, wenn er keinen Platz hat, um zu malen?«

»Hat Lucas es dir denn nicht erzählt?«

»Na und? Deine Arbeiten verkaufen sich eben gerade nicht. Das Problem hatte van Gogh auch.«

»Aber der alte Vincent blieb am Ball, und das machte sich schließlich bezahlt.«

Jared steckte sich eine Zigarette in den Mund und hielt sich den Finger wie eine Pistole gegen die Schläfe.

»Hier im Haus wird bitte nicht geraucht«, sagte sie. Jared legte sein Feuerzeug zur Seite, er behielt jedoch die Zigarette im Mund. Annie legte eine Hand auf den Türknopf. »Ich bin von Leuten umgeben, die jung, attraktiv, intelligent und talentiert sind, aber viel zu viel Zeit damit verbringen, sich selbst leidzutun. Sieh mich an: Ich bin fünfunddreißig, und die Vierzig rückt in riesigen

Schritten näher. Mein Ehemann ist tot, und ich habe drei Kinder, keine marktrelevanten Fähigkeiten und ein Haus, das mich beinahe in den finanziellen Ruin treibt. Aber hörst du *mich* vielleicht jammern?« Sie schlug wütend die Tür zu, und er hörte, wie sie die Treppe hinunter vor sich hin schimpfte. Er legte sich aufs Bett und zündete sich die Zigarette an.

Als Jared einige Zeit später zum Abendessen hinunterging, hörte er im dunklen Treppenhaus jemanden kichern und flüstern. Die Kinder verstummten jedoch sofort, sobald sie ihn sahen. Die Jungen saßen gemeinsam mit einem kleinen Mädchen und einem Jungen in Windelhosen auf den Stufen. Sie musterten ihn schweigend und rückten zur Seite, damit er zwischen ihnen hindurchgehen konnte.

»Bonsoir«, sagte er.

»Bonsoir«, erwiderte Maxence. Die anderen Kinder sagten nichts, und er fühlte sich seltsam ausgeschlossen. Als er in den dunklen Flur trat und sich einige Schritte von der Treppe entfernte, begannen die Kinder wieder zu flüstern und zu kichern.

Jared machte sich auf den Weg in die Küche, und als er die Tür öffnete, schlugen ihm helles Licht, laute Gespräche, feuchte Luft und der Geruch von *Coq au Vin* entgegen. Annie stand vor dem Herd, auf dem alle sechs Platten in Betrieb waren, und es sah aus, als spielte sie auf einem Instrument. Sie öffnete geräuschvoll die Deckel der Töpfe und schloss sie wieder, sie rührte, fügte Zutaten hinzu, drehte die Temperatur höher oder reduzierte sie und hantierte mit blubbernden Pfannen von unterschiedlicher Größe und Form. Lucas stand neben ihr und schien ihr bloß im Weg. Sie rannte jedes Mal in ihn hinein, wenn sie wieder an das Schneidebrett musste. Die Frau, die Jared auf der Treppe getroffen hatte, schälte gerade Gemüse und warf nur kurz einen Blick in seine

Richtung, bevor sie wieder in ihrer Arbeit versank. Neben ihr stand eine äußerst attraktive Frau mit kurzgeschnittenen schwarzen Haaren, die ihm ein aufreizendes Lächeln zuwarf.

»Jared! Endlich beehrst du uns mit deiner Anwesenheit«, rief Annie. »Lola, Althea, das ist Jared. *Don Juan extraordinaire* und ein berühmter Künstler, der sich gerade vollkommen unverständlich eine Auszeit nimmt.«

Jared konnte unmöglich sagen, wer von den beiden wer war, also warf er ein undeutliches *»Salut!«* in Richtung der Frauen. Lucas schenkte ein Glas Wein ein und reichte es ihm. Jared setzte sich an den Küchentisch. Die Rothaarige wandte das Gesicht ab, und plötzlich sah er nur noch Haare.

Lucas warf über Annies Schulter hinweg einen Blick in den Kochtopf. »Du lässt die Knochen des Hahns mitkochen?«, fragte er.

»Es ist Hühnchen«, erklärte Annie, während sie in einem unglaublichen Tempo Petersilie hackte.

»Coq au vin sans coq?« Hahn in Weinsauce ohne Hahn? Das schien Lucas immens zu beschäftigen. »Aber muss man dann beim Essen nicht die Hühnerknochen abnagen?«, fragte er. »Wäre es nicht besser, ein Hühnchen ohne Knochen zu verwenden?«

»Die Knochen verleihen dem Gericht seinen Geschmack. Und Gott bewahre, dass du *Knochen abnagen* musst!« Annie wandte sich an die dunkelhaarige Frau. »Lucas wurde mit einem silbernen Löffel im Mund geboren, der in einem Teller voller Hühnersuppe ohne Knochen steckte.«

»Wie meinst du das?«, fragte Lucas.

»Das sagen wir in Amerika so. Hey, warum erzählst du Althea und Lola nicht von deiner Theorie über Falten. Du weißt schon, von den reichen Falten und den armen Falten.«

Lucas wandte sich an die dunkelhaarige Frau. »Es ist nicht bloß eine Theorie. Das ist eine allseits bekannte Tatsache.«

»Erzähl ihnen davon«, drängte ihn Annie.
»Die Falten der reichen Leute verlaufen horizontal, weil sie so viel Zeit lächelnd in der Sonne verbringen, etwa auf einem Boot oder auf dem Golfplatz«, erklärte Lucas. »Die Falten der Armen verlaufen hingegen vertikal. Falten zwischen den Augen, Fältchen um den Mund und quer über die Wangen. Sie bekommen Falten, weil sie sich ihr Leben lang Sorgen über ihre finanzielle Situation machen.«
»Es ist schon interessant, dass du das ausgerechnet vor einer Witwe zur Sprache bringst, die kurz vor dem finanziellen Ruin steht«, erwiderte Annie und wandte sich Zustimmung heischend an die beiden Frauen. »Ist er nicht ein elitärer und ekelhafter Macho?«
»Elitär vielleicht. Aber warum gleich ein Macho?«, fragte Lucas.
»Weil ich bald mittleren Alters sein werde. Zumindest in etwa zehn Jahren.« Annie warf der attraktiven dunkelhaarigen Frau, die mittlerweile zu lachen begonnen hatte, einen Blick zu. »Ich denke, das ist wohl der Grund, warum manche Frauen ihn so charmant finden.« Sie griff nach einem langen Messer hinter Lucas' Rücken. »Aber ich bin immun dagegen. Lucas, bitte setz dich. Du wirst dich noch verletzen, wenn du hier weiterhin so rumstehst.«
Die attraktive Frau streckte anmutig eine Hand aus, um Jared zu begrüßen. Er schüttelte sie. »Willkommen, wir sind froh, dass Sie hier sind«, meinte sie lässig. Sie flirtete mit ihm, das wusste er sofort.
»Es tut mir leid, aber ich spreche nicht sehr gut Englisch«, sagte er und warf der rothaarigen Frau einen Blick zu.
»Dann muss ich mich wohl beeilen und schnell Französisch lernen«, erwiderte die Schwarzhaarige.
Lucas trat an sie heran und flüsterte ihr etwas ins Ohr, woraufhin die Frau zu kichern begann. Lucas war offensichtlich in Höchst-

form. Wenn er jedoch wirklich vorhatte, Annie zu verführen, stellte er sich damit bloß selbst ein Bein. Annie, die gerade das große Messer benutzte, um im Höllentempo Pilze zu schneiden, ignorierte die beiden. Das rothaarige Mädchen stand auf, leerte die Gemüseschalen in den Müll und verließ die Küche ohne ein weiteres Wort. Jared erhob sich, um ebenfalls zu gehen, doch Annie griff nach seinem Arm und hielt ihn zurück.

»Du bist hoffentlich nicht zum Vegetarier mutiert«, sagte sie. »Es gibt Endivien- und Rübensalat und zum Nachtisch *Mousse au Chocolat*«, fügte sie hinzu, schien aber zu niemand Besonderem zu sprechen. »Jared ist zu unabhängig, um jeden Abend mit uns zu essen, doch heute Abend beehrt er uns mit seiner Anwesenheit.« Lucas zeigte der kurzhaarigen Frau gerade, wie man Wein verkostete. Er schwenkte ihr Glas und hatte dabei seine Hand auf ihre gelegt. Die beiden beachteten Annie nicht weiter.

»Wie heißt sie noch mal?«, fragte Jared Annie leise, damit ihn die beiden anderen nicht hörten.

»Ach, nun ist unser Casanova also endlich wieder aufgewacht? Lola ist verheiratet und hat zwei Kinder, und Lucas hat sie seit ihrer Ankunft in Beschlag genommen, wie du siehst.« Sie machte wütend einen Schritt auf den Kühlschrank zu.

Natürlich wollte er gar nicht den Namen dieser Frau erfahren. »Hör auf, mich dauernd Casanova oder Don Juan zu nennen. *D'accord?*«, sagte er.

»Geht klar, Romeo!«

Johnny hatte Dinner-Partys geliebt, und sie hatte beinahe jedes Wochenende für fünfundzwanzig Gäste gekocht.

Während am Esstisch geistreiche Gespräche auf Französisch stattfanden, hatte sie sich in der Küche stets viel wohler gefühlt. Ihre Gäste waren allesamt elitär, machtversessen und skrupellos gewe-

sen. Und sie verstand die politischen Attacken und *sous-entendus* nicht.
Doch heute Abend war es anders. Es war die größte Dinner-Party, die sie seit Johnnys Tod veranstaltet hatte, und heute Abend zog sie sich nicht in die Küche zurück. Die Kinder liefen albernd um den Tisch der Erwachsenen herum, anstatt bereits vorher gefüttert und dann in ihre Zimmer geschickt zu werden. Die tranken mehrere Flaschen Wein aus Lucas' Familienweinkeller, eine Weinsammlung, die großteils ungestört in einem Gewölbe unter dem Anwesen der Familie in der Normandie lagerte, und der Wein hob die Stimmung, wie es nur ein fantastischer *Bourgogne* zustande brachte. Sie unterhielten sich in einer Mischung aus Englisch und Französisch, und bald schon kritisierten alle die Vereinigten Staaten, während Annie die Rolle der loyalen Befürworterin einnahm. Ausgerechnet sie, die dem Land so kritisch gegenübergestanden hatte, als sie selbst noch dort gelebt hatte. Lola lachte über alles, was gesagt wurde. Auf Johnnys Dinner-Partys hatte es immer haufenweise attraktive Frauen gegeben, die die Anerkennung der Männer zum Leben brauchten wie Luft und Wasser. Annie hatte sie alle gehasst, aber warum schaffte sie es einfach nicht, Lola zu hassen? War es, weil Johnny nicht mehr hier war? Oder war es, weil Lola Annie stets aufmerksam zuhörte und lauthals über ihre Scherze lachte?
Althea war die Einzige, die kein Wort sagte. Ihre manischen Monologe hatten seit dem Tag im Park ein Ende gefunden. Es schien, als würde sie sich nun endlich einmal selbst erlauben, zu schweigen. Sie beteiligte sich nicht an den Diskussionen, und was die anderen zu sagen hatten, schien sie auch nicht sonderlich zu interessieren. Sie zog sich nach wie vor gerne in die Stille ihres Zimmers zurück, und das passte Annie ganz gut. Jetzt, wo sich Althea nicht mehr verstellen musste, wirkten ihre Gesichtszüge ent-

spannter und verletzlicher. Altheas Gesicht war auf romantische Weise wunderschön, und sie verströmte einen Charme, der Annie vorher nicht aufgefallen war. Charme war etwas, das sich kaum benennen ließ. Jemand konnte wunderschön sein und dennoch keinen Charme besitzen. Und man konnte hässlich sein und dennoch Charme versprühen. Jeder in diesem Zimmer hatte Charme. Jared strotzte natürlich nur so vor Charme. Und selbst Lucas, dieser alte Schurke, versprühte den Charme der französischen Oberschicht. Alle in dem Raum waren also furchtbar charmant, sie selbst natürlich ausgenommen.

Nach dem Dessert verließen die Kinder den Tisch, um es sich vor dem neuen Fernseher, der heute Morgen geliefert und aufgestellt worden war, gemütlich zu machen. Sobald sie fort waren, begann Lucas, der immer sehr darauf bedacht war, nichts zu erzählen, das nicht für die Ohren der Kinder bestimmt war, sie mit anzüglichen Witzen und anstößigen Geschichten über Jagden und Angelausflüge zu unterhalten, die er mit seinen lächerlichen, inzestuösen Verwandten unternommen hatte, wobei er immer wieder die Tugenden der Franzosen besonders hervorhob. Annie kam mit dem schmalen Grat zwischen Patriotismus und Bigotterie, der in ihrem eigenen Land so oft überschritten wurde, nur schwer zurecht. »Die glorreichen Zeiten der Franzosen endeten mit dem Tod deiner glanzvollen Vorväter«, erinnerte sie ihn, neugierig, wohin sie ihr Streitgespräch führen würde. »Frankreich ist am Ende. Nun kennt es die ganze Welt nur noch wegen seiner negativen und versnobten Einstellung.«

Lucas hob den Blick von seinem Glas. »Annie«, sagte er, »du bist die Königin der Untertreibung und der verbalen Zurückhaltung.«

Annie lächelte. Der *Bourgogne* trug das Seine dazu bei, dass sie Lucas nun mit Lolas Augen oder den Augen einer Fremden sah. Lucas sah ziemlich gut aus in seinen schwarzen Hosen und dem grauen Poloshirt. Sein Gesicht war verdammt attraktiv und sein Lächeln äußerst charmant.

»Hör zu«, sagte sie. »Ich liebe meine französischen Kinder, und ich liebe den französischen Käse auf meinem französischen Baguette, aber generell seid ihr Franzosen inzestuös, und eure Gesellschaft stagniert schon seit Generationen.«

Lola kicherte in ihr Glas *Bourgogne*. »Also aus meiner Sicht sind die Franzosen so attraktiv, charmant und voller Poesie, wie es ihrem Ruf entspricht.« Sie lächelte Lucas an. »Außerdem genießen sie das Leben, und das ist eine Form der Intelligenz, die uns Amerikanern fehlt. Wir sind immer in Eile. Wir sammeln, verbrauchen, vergeuden. Wir schwelgen im Geld und im Überfluss, aber uns fehlt das bereichernde Gefühl, wie es ist, den Moment zu genießen.«

Lolas Plattitüden spielten Annie in die Hände. »Die Franzosen sind doch keine anständigen Menschen, bloß weil sie ihr *joie de vivre* so ernst nehmen. Macht diese Tatsache sie nicht im Gegenteil ziemlich selbstsüchtig?«

Jared spielte mit seinem Messer und den Brotkrumen auf dem weißen Tischtuch. »Bist du dir sicher, dass du nicht lieber die Koffer packen und wieder in dein wunderbares Land zurückkehren willst? Aber vielleicht nehmen sie dich auch gar nicht mehr zurück. Du bist inzwischen schon so französisch. Eine richtiggehende Nihilistin«, sagte er.

»Deshalb passe ich so gut nach Frankreich. Gute Laune wird hier von der Gesellschaft nicht akzeptiert. Sei bloß ein wenig optimistisch, und die Leute sehen dich an, als wärst du ein Idiot.«

»Das klingt wirklich nicht gut«, erklärte Lola und zog einen Schmollmund.

»Und es entspricht auch absolut nicht der Wahrheit«, erwiderte Lucas gelassen.

Bei Jared hatte sie jedoch offensichtlich einen wunden Punkt getroffen. »Wie kann man nur so falschliegen?«, fragte Jared. »Bitte, sag mir noch einmal, wo du deine schulische Ausbildung genossen hast. Ach ja, in *Amerika!*«

»Jetzt geht es also wieder um die Schulbildung. Natürlich. Das ist euer Joker! Ihr Franzosen seid intellektuelle Snobs!«

Lola hob ihr Glas. »Ich für meinen Teil habe vor, so viel wie möglich von den Franzosen zu lernen.«

Jared holte eine Zigarette heraus und bot den anderen am Tisch ebenfalls eine an. »Du hast meine Frage noch nicht beantwortet, Annie.«

»Geh bitte nach draußen, wenn du rauchen willst. Ich liebe mein Leben in Paris und die Tatsache, dass ich wie ein Voyeur aus der Ferne dabei zusehen kann, wie Frankreich immer mehr in sich zusammenbricht.«

Jared faltete seine Serviette, legte sie auf den Tisch und verließ das Esszimmer ohne ein weiteres Wort. Lola und Lucas flüsterten einander etwas zu, und Althea steckte ihre Nase in ihren Teller. Annie fragte sich, ob sie womöglich zu weit gegangen war. Sie warf einen Blick durch das Fenster und sah Jared auf der Treppe vor dem Haus stehen. Zuerst erkannte sie nur die Umrisse seiner breiten Schultern, dann auch sein Profil, während er sich eine Zigarette ansteckte. Er nahm einen langen Zug und legte den Kopf in den Nacken, um in den dunklen Himmel hinaufzusehen. Als Annie den Blick von ihm abwandte, sah sie, dass Althea Jared ebenfalls beobachtete.

Nach dem Abendessen hakte sich Annie bei Lucas unter und begleitete ihn auf eine Art zur Tür, die wohl nur sie selbst als geschwisterlich bezeichnet hätte. Wenn Annie getrunken hatte, konnte sie ziemlich verführerisch sein, wie Lucas bereits einige

Male festgestellt hatte. Aber er ließ sich besser nicht darauf ein. Sie lehnte sich im Halbdunkel gegen die Eingangstür und legte die Hand auf den Türknopf.

»Also … das war ein schöner Abend, nicht wahr?«, fragte sie und boxte ihn leicht in die Schulter, wobei sie ihre Hand schließlich dort liegen ließ. »Es ist schön zu beobachten, wie du im Mittelpunkt stehst. Und etwas sagt mir, dass du Lolas Charme nicht vollkommen gleichgültig gegenüberstehst.«

Annie war so klein, dass sie ihren Kopf heben musste, um ihn anzusehen, wenn sie so nahe beieinanderstanden wie gerade eben. Er musste dem Drang widerstehen, sie hochzuheben. »Es war ein wunderbares Abendessen«, antwortete er. »Aber ich komme bloß wegen dir hierher, und das weißt du auch.«

»Ach, komm schon. Es ist offensichtlich, dass du von ihr hingerissen bist.« Sie warf Lucas einen erwartungsvollen Blick zu und reckte den Hals, um in sein Gesicht sehen zu können. »Komm schon«, drängte sie ihn. »Gib es zu.«

Lucas erstarrte und fragte sich zum hundertsten Mal, warum es ihm im Allgemeinen so verdammt leichtfiel, eine Frau ins Bett zu bekommen, er aber, was Annie betraf, so vollkommen unfähig zu sein schien. »Ich bin bloß freundlich«, sagte er. »Das wolltest du doch.«

»Du musst dich nicht dafür entschuldigen, dass du mit ihr flirtest. Sie amüsiert sich prächtig«, erwiderte Annie und trat noch näher an ihn heran. So nahe, dass er ihr Parfum riechen konnte. Es war ein billiges Parfum, das sie im Supermarkt gekauft hatte, moschusartig, wundervoll und voller Versprechen. »Wenn ich sie wäre, würde ich deinem Charme auf der Stelle erliegen«, fügte sie hinzu. Dort im Flur, der nur von dem Licht der Straßenlaterne, das durch das Fenster fiel, erhellt wurde, schien einen Augenblick lang alles möglich. »Aber leider«, sagte sie, bevor sie plötzlich einen Schritt von ihm fort machte und die Haustür öffnete, »wirst du dich noch ein wenig mehr anstrengen müssen. Lola ist davon überzeugt, dass sie ihren dämlichen Ehemann noch immer *liebt.* Sie hängt so sehr in ihrer miesen Ehe fest, dass sie einen anständigen Mann nicht einmal erkennen würde, wenn er ihr vor die Füße fällt.«

Da seid ihr euch ja recht ähnlich, hätte Lucas am liebsten geantwortet. »Vielleicht solltest du nicht so viel Energie darauf verschwenden, dir über deine Mieter Gedanken zu machen«, sagte er stattdessen.

Sie warf ihm einen verärgerten Blick zu. »Ich mache mir Sorgen, das ist alles«, erklärte sie. »Ich mache mir Sorgen um Lola, und ich mache mir auch Sorgen um Althea. Wir nennen das *Mitgefühl.*«

Er überlegte kurz, sie zu bitten, sich um sich selbst und um ihn Sorgen zu machen, doch das war nicht der richtige Zeitpunkt dafür.

»Maxence nennt Althea mittlerweile ›Madame Trübsal‹«, fuhr Annie mit süßlicher Stimme fort. »Ist dir schon aufgefallen, dass sie seltsam isst?«

»Nein.«

»Manchmal isst sie ohne Unterlass, und manchmal kommt sie nicht einmal zum Abendessen herunter. Sie sagt, dass sie das französische Essen nicht gewohnt ist und es ihr nicht bekommt. Aber wie kann man deshalb gleich *gar nichts* essen? Bist du nicht auch der Meinung, dass sie aussieht wie ein Skelett?«

Lucas trat zur Tür hinaus. »Sag mir Bescheid, wenn du Hilfe mit Madame Trübsal und Madame …«, er suchte nach einem passenden Wort, »… Bimbo benötigst.«

»Das war jetzt aber unfair«, erwiderte sie offensichtlich hoch erfreut. »Lola ist sehr bodenständig. Sie ist nicht so abgehoben, wie man es von jemandem erwarten würde, der so …«, sie hielt inne und sah ihn herausfordernd an, »perfekt ist.«

Nun drehte sich das Gespräch also wieder einmal um andere Leute. Er wollte, dass Annie ihm wieder so nahe kam wie vorhin und wieder mit ihm flirtete. Oder hatte er sich das alles bloß eingebildet? »Sie ist hinreißend und wirkt ziemlich entspannt«, gab er zu.

Annie nickte ernst, aber Lucas wusste genau, dass sie vor Wut kochte. »Vielleicht ein wenig zu entspannt. Weißt du, was sie mit ihrem Ex-Mann macht? Ich meine, ich weiß, dass es eine einstweilige Verfügung gibt, aber sie schickt ihm über eine Freundin in New York Postkarten, damit er nicht herausfindet, dass sie in Frankreich ist. Ich glaube, je später er die Wahrheit erfährt, desto leichter wird Lola mit ihm fertig. So wäre es zumindest bei mir.«

»Trotzdem«, erwiderte Lucas, »hat er es tatsächlich verdient, dass ihm jeglicher Kontakt zu seinen Kindern verwehrt wird? Und bin ich der Einzige, der sich das fragt?«

»Jedes Mal, wenn ich Lola darauf anspreche – und glaube mir, das mache ich tatsächlich –, sagte sie mir, dass sie ihm bald schreiben und reinen Tisch machen wird.«

»Reinen Tisch machen?«

»Es ausspucken.«

»Ah, *spucken.* Okay«, antwortete er, obwohl er keine Ahnung hatte, wovon sie sprach. Es war mittlerweile spät geworden. Die Wirkung des Alkohols ließ nach, und der kurze Augenblick, in dem alles möglich schien, war vorüber, wenn es ihn denn je gegeben hatte. »Wenn ich du wäre«, sagte er, »dann würde ich noch einmal mit Lola reden.«

»Meine Aufgabe ist es, mich aus allem rauszuhalten. Aber das fällt mir von Natur aus nicht leicht.«

»Das hast jetzt du gesagt, nicht ich.«

Annie trat noch einmal an ihn heran, knuffte ihn in die Seite und flüsterte in seinen Hals: »Liebling, ich kann durchaus den Mund halten, wenn es notwendig ist. Auch ich habe meine kleinen Geheimnisse, weißt du. Glaub ja nicht, dass du alles über mich weißt.«

Das brachte ihn so durcheinander, dass er das Thema wechselte. »Ich … ähm … hoffe, es war eine gute Idee, dass Jared hier einzieht.«

»Machst du dir Sorgen, dass Jared Lola vor dir rumkriegen könnte?«

Plötzlich hatte er eine Erleuchtung. »Bist du eifersüchtig, weil sie so viel Aufmerksamkeit bekommt?«

»Nein, aber ich spüre, dass mir hier einige feindselige Gefühle entgegenschlagen.«

»Feindliche Gefühle? Von meiner Seite?«

»Ja. Ich komme jetzt finanziell über die Runden, und ich muss das Haus nicht verkaufen. Du hattest unrecht, und das macht dich verdammt noch mal furchtbar wütend. Na, wie schmeckt dir das?«

»Wovon sprichst du? Was soll mir schmecken?«, fragte er verwirrt, doch Annie schob ihn bereits zur Tür hinaus und ließ sie hinter ihm ins Schloss fallen.

Althea lag auf ihrem Bett und starrte in die Nacht hinaus. Untertags blieb sie im Haus, in ihrem Zimmer, und ging bloß hinunter in die Küche, um Tee aufzusetzen. Sie wollte sich Paris nicht ansehen. Noch nicht. Was, wenn sie enttäuscht war? Wie sollte sie damit umgehen? Stattdessen stand sie am Fenster und sah den Spatzen auf dem Baum zu. Sie waren laut und lebhaft und hüpften von Ast zu Ast, bevor sie sich aufeinanderstürzten und zu einem einzigen Federball verschmolzen. Am Morgen liefen die Kinder durchs Haus, schrien und polterten die Treppe auf und ab, doch dann waren plötzlich von einem Augenblick auf den anderen alle verschwunden, und im Haus kehrte Ruhe ein. Später am Tag kehrten die Kinder jedoch wie die Spatzen wieder, und es wurde erneut laut. Sie fühlte sich hier sicher. In diesem Haus. In diesem Zimmer. An diesem fremden Ort, in diesem Haus voller fremder Menschen war sie endlich sicher. Diese Fremden erdrückten sie nicht mit ihrer Liebe, und sie musste auch nicht die Bürde auf sich nehmen, sie lieben zu müssen.

»Macht euch keine Sorgen um mich. Mir geht es gut!«, hatte sie ihrer Mutter das letzte Mal erklärt, als sie miteinander telefoniert hatten.

»Du bist ein großes Mädchen. Du machst, was dir gefällt.«

»Ich bin heute die Champs Élysées entlangspaziert. Es war … einfach fantastisch. Ich wünschte, du wärst dabei gewesen.«

»Das Abendessen kocht sich nicht von selbst.«

»Natürlich nicht, Mum. Geh nur. Ich ruf dich morgen wieder an.«

Althea wusste, dass sie ihre Mutter heute Abend nicht anrufen würde. Stattdessen lag sie auf ihrem Bett und dachte an Jared, den neuen Mieter, auf der anderen Seite der Wand.

12

Lieber Mark, es tut mir leid, dass ich Dir das antun muss. Ich bleibe mit den Kindern eine Weile in New York. Ich brauche Zeit, um nachzudenken. Ich bin im Moment ein wenig durcheinander, was uns und unser Leben betrifft. Es tut mir leid, bitte hab Geduld mit mir. In Liebe, L.

Mark legte Lolas Postkarte zur Seite, die er mittlerweile auswendig kannte. Er goss sich ein Glas Whiskey ein und ging zum Kühlschrank. Er war leer. Seine Wut war im Laufe der Woche seit Lolas Verschwinden nicht kleiner geworden. Sie schaffte ihren Hintern am besten schnell wieder nach Hause. Das war der springende Punkt, was Lola betraf. Es ging ihr hier ziemlich gut, und das wusste sie auch. Das Haus, die Hausangestellten, die Putzfrauen, die Kindermädchen, die Köche, die Männer, die sich um den Pool kümmerten, die Gärtner, die Klempner und was auch immer sonst noch. Sie konnten sich ohne weiteres eine Nanny für jedes ihrer Kinder leisten. Das hatte er ihr schon eine Million Mal gesagt, doch sie hatte darauf bestanden, einen Großteil der Arbeit selbst zu erledigen. Das war natürlich ihre Entscheidung, doch nachdem sie sie getroffen hatte, wollte Mark unter keinen Umständen Klagen hören, wenn es Probleme mit den Kindern gab.
Er würde sich nicht ändern. Er hatte keinen Bock auf Lolas Blödsinn. Und eigentlich hatte er auch keinen Bock auf Lola, wenn sie so weitermachte. Er würde nicht nachgeben, und er würde ihr ganz sicher nicht hinterherjagen, wenn sie darauf aus war. Mit dieser Entscheidung konnte er leben. Sie war es, die sich schließlich verwirrt und einsam in New York wiederfinden würde. Mit den Kindern. Wo? Und wie? In einem Hotelzimmer? Das war schwer vorstellbar. Sie würde schon bald zur Vernunft kommen und einsehen, dass sie etwas furchtbar Verrücktes getan hatte. Und dann würde sie wiederkommen. Trotzdem war es ein Schock gewesen. Das musste er zugeben. Nicht nur weil sie ihn vollkommen unvorbereitet erwischt hatte, sondern weil er plötzlich ein überwältigendes Gefühl des Verlustes verspürte, wenn er daran dachte, dass Lola ihn womöglich hasste.

Lola schrieb Lia im *Lycée International Rue de Passy* ein, wo auch Paul, Laurent und Maxence zur Schule gingen. Die Schuleinschreibung würde sich vermutlich als eines ihrer geringsten Probleme erweisen, sollte sie jemals wegen der Entführung ihrer eigenen Kinder vor Gericht gezerrt werden, doch Annie hatte alle Informationen für sie eingeholt und schließlich darauf bestanden. Lola hatte Angst, dass Annie vielleicht Verdacht schöpfte, wenn sie nicht so alltägliche Dinge tat, wie Lia zum Schulunterricht anzumelden. Und so hatte sie sich auf gewisse Weise wieder einmal dem stärkeren Willen einer anderen Person gebeugt. Und am Ende hatte sie es wieder einmal vermieden, ihre Entscheidungen selbst zu treffen.

An ihrem ersten Schultag wehrte sich Lia mit aller Kraft und brüllte den ganzen Weg zur Schule über furchtbare Dinge. Mit jedem Schritt versank Lola weiter in ihrem Kummer und ihren Schuldgefühlen, und sie hätte kehrtgemacht, wäre Annie nicht mitgekommen.

»Ich werde nichts mehr essen. Und ich werde auch nie wieder etwas sagen!«, schrie Lia. Doch sobald sie die Schule betreten hatten und von fremden Kindern umgeben waren, wurde Lia plötzlich ruhig. Und als schließlich die Schulglocke läutete, bedeutete Maxence Lia, ihm zu folgen, was sie auch tat. Einen Augenblick später schloss sich die schwere Holztür hinter ihnen, und Lia war nicht mehr zu sehen. Lola warf zuerst einen Blick auf Simon in seinem Kinderwagen und dann auf Annie, bevor sie schließlich in Tränen ausbrach.

Annie schob sie vom Schultor fort. »Sie kommt schon zurecht.«

»Aber deine Kinder sind ganz anders als meine. Sie tun, worum du sie bittest. Und sie schlagen nicht mit den Fäusten um sich.«

»Die Kinder unterscheiden sich nicht voneinander, sondern die Mütter. Ich bin eigentlich viel ängstlicher als du. Komm, lass uns gehen«, sagte Annie und griff nach Lolas Ellbogen. »Ich nehme dich jetzt mit auf den Markt.«

Diese Einladung überraschte Lola. Jeden Morgen beobachtete sie, wie Annie mit der Entschlossenheit einer Jägerin und einem Weidenkorb auf jedem Arm aus dem Haus marschierte, doch jedes Mal, wenn sie anbot, sie zu begleiten, lehnte Annie entschieden ab, und Lola wagte es nicht, darauf zu bestehen. Außerdem vermutete sie, dass Annie lieber alleine war. »Ich will dich nicht von deinen Besorgungen abhalten.«

»Welche Besorgungen?«, fragte Annie. »Man nennt es hier *faire les courses,* meine Liebe, und das ist etwas vollkommen anderes. Bereite dich auf ein Abenteuer der Sinne vor.« Annie übernahm den Kinderwagen, und Lola folgte ihr. Sie dachte an Lia, die mittlerweile vermutlich alleine und verängstigt in einem fremden Klassenzimmer saß. Hätte Annie nicht darauf bestanden und wäre Lola nicht wieder zu schwach gewesen, müsste Lia nun nicht leiden.

Die meisten der trendigen Boutiquen in der Rue de Passy waren noch geschlossen und würden auch nicht vor elf Uhr vormittags öffnen. Nur in den Cafés und *Boulangeries* pulsierte das Leben, und Männer und Frauen eilten geschäftig aus und ein. Es roch nach Regen, frischem Brot und Abgasen. Lola bewunderte zum wiederholten Mal die Eleganz der Menschen, die an ihnen vorbeieilten – modisch gekleidete Mütter und Männer in makellosen Anzügen. Sie selbst trug mittlerweile Jogginghosen und Daunenjacken und kein Make-up mehr. Es war ein wunderbares Gefühl, niemanden beeindrucken zu müssen, sich nicht mehr wie auf rohen Eiern fortzubewegen und nicht immer Gefahr zu laufen, einer Nachbarin zu begegnen, die genau wissen würde, wie viel sie in der kurzen Zeit dank Annies Essen bereits zugenommen hatte. Doch obwohl sie sich nicht mehr um ihr Aussehen bemühte, musterten sie die Männer hier seltsamerweise aufmerksamer, als sie es in den Vereinigten Staaten je gewagt hätten. Verlangen, Lust, Neid, Bewunderung, die Aufforderung zu einem Flirt – als das konnte man den Parisern an den Augen ablesen. Es war so direkt und vollkommen indiskret, aber auch ziemlich aufregend.

Sie folgte Annie, die noch immer den Kinderwagen vor sich herschob. Sie überquerten die Rue de Passy und bogen in die Rue de l'Annonciation ein. Innerhalb eines Wimpernschlages änderte sich plötzlich die Atmosphäre auf der Straße. Lola war erst am Tag zuvor die Rue de l'Annonciation entlangspaziert und kannte die Läden, Patisserien und Cafés, doch nun hatte sich die Straße in einen Wochenmarkt verwandelt, der dem gesamten Straßenverlauf folgte. Er wirkte ursprünglich und geschäftig und passte so gar nicht in eine Großstadt. Der Geruch nach Abgasen wich schnell dem Duft nach Blumen, frischen Früchten, rohem Fisch, gegrilltem Hühnchen und überreifem Käse. Die Marktstände waren mit Obst- und Gemüse überladen. Die Händler buhlten um die Aufmerksamkeit der Kunden. Sie sah Mütter mit kleinen Kindern, bäuerlich gekleidete alte Frauen, die wie aus einer anderen Zeit wirkten, und Frauen mit hohen Absätzen in Chanel-Kostümen. Viele hatten Weidenkörbe dabei, die aussahen wie Annies. Männer jeglichen Alters saßen auf den Terrassen der Cafés, rauchten, tranken *Cafés serrés*, unterhielten sich und beobachteten das Treiben.

Annie blieb vor einem Gemüsestand stehen und zeigte Lola die Waren. »Magst du *Betteraves?* Neeein! Was machst du da?«

Lola hielt einen Apfel in der Hand. »Magst du denn keine Granny Smiths?«

»Man darf sich hier doch nicht selbst bedienen, um Himmels willen!«

Lola legte den Apfel schnell wieder an seinen Platz. Annie deutete mit dem Kinn in Richtung eines breitschultrigen Mannes mit einem dicken Bauch und einem dichten schwarzen Schnurrbart, der gerade mit Hilfe einer altmodischen Waage Kartoffeln wog. »Das hier ist sein *territoire.*«

»Sein Territorium?«

»Man wartet einfach und hofft, dass er einen bedient. Und glaub ja nicht, dass dein Fauxpas mit dem Apfel unbeobachtet geblieben ist. Sein Schnurrbart ist wie eine Antenne. Du hast bereits jetzt schlechte Karten. Wenn du dich gut benimmst, dann wird der dich bedienen. Und wenn er dich mag, dann wird er großzügig sein, dir nur die besten Waren anbieten und oft noch etwas drauflegen.«

»Und obwohl er sich so benimmt, willst du noch bei ihm einkaufen?«

»Ha! Im Vergleich zu den anderen ist er das reinste Schmusekätzchen. Wenn man sich hier nicht an die Regeln hält, geht man hungrig wieder nach Hause.«

»Und was darf ich sonst noch auf keinen Fall tun?«

Annie zuckte mit den Schultern. »Du solltest einfach niemanden verärgern.«

Als sie schließlich an der Reihe war, ließ Annie sich Zeit und fragte den *propriétaire* nach seinen Empfehlungen. Obwohl er offenbar ein schwieriger Mensch war, schien er nicht in Eile. Er und Annie unterhielten sich über das Wetter und *le Président,* während er zielstrebig Obst und Gemüse einsammelte. Es amüsierte Lola, wie wichtig sich die Leute hier nahmen. Hier war jeder ein *Connaisseur.* Schließlich kamen sie zu einem Fischstand, und Annie wählte den Fisch fürs Abendessen so sorgfältig aus, als handelte es sich um ein Kind, das sie adoptieren wollte. Unter den trüben Augen Hunderter Fische, die auf ihrem Bett aus zerstoßenem

Eis lagen, versuchte Lola, die vor ihr aufgetürmten Garnelen mit anderen Augen zu sehen. Sie versuchte, den Markt mit den Augen der Franzosen zu sehen. Offensichtlich gab es einen Unterschied. Die Französinnen zeigten, ohne zu zögern, auf den einen oder anderen Haufen der Tierchen mit den langen Fühlern. Es gab Muscheln von unterschiedlicher Farbe, Größe und Textur, aber wie schmeckten sie? War eine Muschel nicht eine Muschel? Manche der Garnelen waren rosafarben, während andere gräulich schimmerten. Sie waren unterschiedlich groß und kosteten unterschiedlich viel. Aber warum?

Sie folgte Annie artig von einem Stand zum nächsten. In der *Boucherie* standen sie inmitten von Perlhühnern, die kopfüber an Haken hingen. Der Kopf, die Beine und die Federn waren noch nicht entfernt worden. Jemand hatte zahlreiche Klauen und Zungen kunstvoll um einen rosafarbenen Schweinekopf drapiert. Lola wünschte, Lia wäre bei ihr gewesen, um dieses seltsame und grausame Bild ebenfalls zu sehen. Eine plötzliche Traurigkeit ergriff sie, als sie an Lia dachte, und auch ein wenig Angst mischte sich darunter. Eine Frau sollte keine Angst vor ihrer eigenen neunjährigen Tochter haben. Annie hatte doch auch keine Angst vor ihren Kindern.

Als sie an die Reihe kamen, schenkte der Fleischer Annie jede Menge Aufmerksamkeit, während er das Rindfleisch für das einfache Mittagessen hackte, das sie für die Kinder zubereiten wollte – *biftek haché et coquillettes* –, und es schließlich in rosafarbenes Papier packte. Sie unterhielten sich über *agneau,* doch Lola war sich nicht sicher, ob sie das lebende Tier oder bloß ein Stück Fleisch meinten. Annie und der Fleischer lachten herzhaft und ignorierten dabei die immer länger werdende Schlange. Bald darauf beteiligten sich die Wartenden, die doch eigentlich wütend hätten reagieren sollen, an der Diskussion, die sich wieder einmal um *le Président* drehte, der offensichtlich etwas Dummes angestellt hatte, bei dem auch *sa Mâitresse* eine Rolle gespielt hatte. *Seine Geliebte.*

Nachdem sie den Laden verlassen hatten, wandte sich Lola an Annie. »Der Fleischer ist scharf auf dich.«

Annie wurde rot. »Das bildest du dir bloß ein.«

»Ich kann gar nicht glauben, dass du jeden Tag auf diese Weise einkaufst. Es scheint mir zu viel Zeit in Anspruch zu nehmen.«

»Das ist ja das Wunderbare an Frankreich. Das Kochen und das Essen dürfen ruhig den ganzen Tag dauern.«

Annies Einkaufstaschen waren mittlerweile voll. Sie machten sich auf den Weg nach Hause, und Lola stellte überrascht fest, dass sie an einem halben Dutzend Bäckereien vorbeigingen, obwohl sie noch ein Baguette kaufen wollten. Lola deutete auf eine wunderhübsche Bäckerei. »Was stimmt denn mit diesem Laden nicht?«

»Es geht hier um die Details, verstehst du? Es ist ziemlich schwierig, den richtigen Salat, das richtige Brot und den richtigen Käse auszuwählen. *Vivre pour manger* erfordert Präzision, verstehst du? Es erfordert eine gewisse Kunstfertigkeit.«

Das Baguette, das sie schließlich kauften, war noch immer warm, und Lola verdrückte die Hälfte davon bereits auf dem Heimweg und dachte dabei kein einziges Mal an Lia. Lia würde zurechtkommen. Sie war nicht aus Zucker. Und sie war nicht das erste Kind, das auf eine neue Schule kam. Kinder passten sich an. Immerhin hatte sie sich innerhalb einer Woche an das neue Zuhause gewöhnt. Und sie hatte aufgehört, von ihrem Vater zu sprechen.

Kurz vor dem Haus machten sie in einer kleinen Drogerie halt, die aussah wie eine Apotheke. Sobald er Annie gesehen hatte, eilte der Besitzer, ein winziger, glatzköpfiger Mann, in den hinteren Teil des Ladens. Er kam mit einem kleinen, in braunes Papier gewickelten Päckchen zurück.

»Sie haben es gefunden!«, rief Annie.
»C'est de la bonne!«, erwiderte er.

Zu Hause angekommen, zeigte ihr Annie, wie man die Marinade für den Fisch zubereitete, den sie zum Abendessen kochen würden, und wie man frische Kräuter zu kleinen Sträußchen band, die sie schließlich zum Trocknen an kleinen Haken an die Wand hängen würden. Später würden daraus *bouquets garnis,* und dann lernte Lola auch noch, was *bouquets garnis* waren. Nachdem sie die Nahrungsmittel verstaut hatten, wickelte Annie das braune Päckchen aus, in dem sich ein Gefäß mit einem altmodischen Wachs befand. Sie fragte, ob Lola daran riechen wolle, als handelte es sich um ein wertvolles Parfum. Dann nahm sie ein Tuch und begann damit den Küchentisch einzulassen, wobei sie jede Bewegung erklärte und verriet, wie viel Druck ausgeübt werden musste. Und plötzlich ergab alles einen Sinn. Die Welt, in der Lola die letzten zehn Jahre ihres Lebens gelebt hatte, und diese Welt hier unterschieden sich in jeglicher Hinsicht. Hier war das, was in ihrem früheren Leben zur täglichen Routine gehört hatte, eine eigene Kunst, hier war das, was die Arbeit der Hausmädchen gewesen war, eine tägliche Freude, und das, was sie als Zeitverschwendung betrachtet hatte, war plötzlich essentiell. Diese Welt entsprach ihrer Persönlichkeit, und die alte Welt hatte das nicht getan!

»Ich möchte lernen, wie man das macht«, erklärte Lola Annie.

»Den Tisch mit Wachs bearbeiten?«

Lola breitete die Arme aus. »Nein, das alles hier.«

Mittlerweile hatte sich eine gewisse Routine eingestellt. Nachdem die Kinder die Hausaufgaben erledigt hatten, durften sie am Abend etwas fernsehen. Annie und Lola schlichen auf Zehenspitzen ins Wohnzimmer, um die Kinder zu beobachten, die andächtig auf den über einen Meter großen Flachbildschirm starrten, den Lucas für sie ausgesucht und aufgestellt hatte. Maxence und Laurent lagen mit einem glückseligen Gesichtsausdruck auf dem Sofa, und Paul, der ebenso glücklich aussah, hatte es sich auf dem Teppich bequem gemacht. Auf der anderen Couch lagen Lia und Simon. Sie sah vollkommen friedlich aus, und er hatte sich an sie geschmiegt und nuckelte eifrig am Daumen. Es war kaum zu glauben, dass sie vor nicht einmal einer Stunde wieder einen ihrer Wutanfälle über sich ergehen lassen mussten.

»Ich liebe dieses Gerät«, erklärte Annie Lola und deutete auf den Fernseher. »Er hat so eine verbindende Wirkung. Warum hat mir nicht schon früher jemand von dieser Erfindung erzählt?« Sie wandte sich ab und ging in die Küche, um das Abendessen vorzubereiten, wobei sie hoffte, dass Lola vielleicht im Wohnzimmer bleiben würde. Das Letzte, worauf sie jetzt Lust hatte, war, was Lola als »Kochstunde« bezeichnete. Für Annie war es unerträglich. Lola hatte kein Gefühl, kein natürliches Verständnis, was das Kochen betraf. Doch Lola folgte ihr bereits in die Küche. »Warum setzt du dich nicht auf die Couch und entspannst dich gemeinsam mit den Kindern, und ich koche das Abendessen?«, fragte sie Lola. Die Antwort lautete bedauerlicherweise »Nein«. Zurück in der Küche, begann Annie mit der Vorbereitung der *Endives au jambon.* Sie wusch den Endiviensalat, legte den Schinken auf, gratinierte den *Gruyère* und bereitete die Béchamelsoße vor. Lola war für die Vinaigrette zuständig. Es war ein einfaches Rezept, das sie ihr bereits mehrere Male erklärt hatte.

Lola stand vor der Salz- und Pfeffermühle, den Essigflaschen, dem Olivenöl und dem Senf und kratzte sich am Kopf. »Womit fängt man noch einmal an?«, fragte sie schließlich.

»Wann hast du vor, Mark anzurufen?«, fragte Annie, denn diese Frage führte oft dazu, dass Lola davonlief und ihr etwas Freiraum gewährte.

»Ich, nun … ich habe es nicht … ich meine, noch nicht … Dann kommt also der Essig zuerst?«

Sie stellte sich immer wieder dieselbe beunruhigende Frage: Warum gab Lola vor, noch in den Vereinigten Staaten zu sein? Warum diese Scharade? Annie überlegte gerade, wie sie ihre Frage formulieren sollte, als Lia in die Küche stürzte.

»Ich sehe mir *ganz sicher nicht* diese dämlichen französischen Zeichentrickserien an. Maxence darf immer die Kanäle auswählen. Mum! Sag ihm, dass das nicht geht!« Lola wandte sich mit ausdruckslosem Gesicht zu ihrer Tochter um. »Mum! Wach auf!« Lola versuchte ihr stotternd zu antworten und warf Annie einen entschuldigenden Blick zu. Doch Lias Stimme wurde bereits lauter. »Mum! Tu etwas! Maxence ist ein Arschloch!«

Annie warf Lia einen scharfen Blick zu. »Du zügelst besser deine Worte, junge Dame.«

Lia sah sie aufsässig an. »Es stimmt aber!«

Annie drehte sich zu Lola um, die den Blick abgewandt hatte, was Annie als Aufforderung nahm, sich um die Sache zu kümmern. »Nun, dann musst du eben damit klarkommen, Lia.«

Lias Gesicht wurde vor Wut vollkommen blass. Annie sah zu, wie Lias Wut an Energie gewann und wie ihr Blick durch die Küche huschte, als suchte sie nach etwas, das sie zertrümmern konnte. Einen Augenblick später stürzte sie sich auf Lola und schubste sie mit beiden Händen grob nach hinten. »Ich hasse dich!«, kreischte sie.

»Lia, raus aus dieser Küche. Sofort«, erklärte Annie. Lia sah trotzig von ihrer Mutter zu Annie. Sie schien darauf zu warten, dass Lola ihr zur Hilfe kam. Annie lächelte in sich hinein. Wenn Lola es nicht mit ihrer Tochter aufnehmen konnte, dann musste sie es eben versuchen. Lia warf ihr einen vernichtenden Blick zu, bevor sie aus der Küche stürmte und die Tür hinter sich zuschlug.

»Was war denn das gerade?«, fragte Lola und lachte leise auf. Hätte jemand Annies Kinder zurechtgewiesen, hätte Annie wohl Rot gesehen, doch Lolas Stimme klang entschuldigend. »Die Veränderungen werden ihr letzten Endes guttun.«
Meinte Lola damit, dass sie Mark verlassen hatte und nach Frankreich gezogen war, oder meinte sie die Tatsache, dass ihrer Tochter von einer Fremden Grenzen aufgezeigt wurden? Das hier war eine gute Gelegenheit, ihr Lieblingsthema erneut anzuschneiden. »Fragt Lia denn nach ihrem Vater? Was erzählst du ihr? Wie hat der Richter das Besuchsrecht festgelegt?«
»Ich werde ihn ganz sicher anrufen.«
»Wen? Den Richter oder Mark?«
»Ähm … beide.« Lola zeigte ihr ihre Schüssel. »Wie viel Senf?«
Annie hätte sie am liebsten erwürgt. »Mach es nach Gefühl.«
Lola betrachtete den Inhalt der Schüssel und gab eine winzige Menge Senf dazu. Dann hielt sie Annie die Schüssel erneut vor die Nase. »So viel?« Annie bedeutete ihr, dass sie ruhig mehr dazugeben konnte, und Lola gab wieder nur eine winzige Menge hinzu. »Mehr?«, fragte Lola. »Mehr? Noch mehr?«
Lola konnte furchtbar hartnäckig sein, doch das traf auch auf sie zu. »Ich habe mich gefragt … nun, ich mache mir irgendwie Sorgen um deinen Mann …«
»Und ich mache mir Sorgen um Althea«, unterbrach Lola sie, denn das war ihre Art, vom Thema abzulenken. »Sie ist so schweigsam.«
»Ich weiß, ist das nicht fantastisch?«, antwortete Annie, doch Lola sah sie bloß vorwurfsvoll an. »Zumindest isst sie wieder mit uns. Sie hat ja einige Tage auf ihrem Zimmer gegessen. Lucas' Anwesenheit beim Essen war Althea wohl ein wenig zu viel. Du kennst ihn ja. Die sexuellen Anspielungen, die Witze, das ständige Flirten.«

Lola begann beim bloßen Gedanken an Lucas zu strahlen. »Er ist wirklich witzig. Und süß. Und er mag dich so sehr.«

»Lucas ist ein sehr guter Freund«, erwiderte Annie argwöhnisch.

»Ein Freund, der praktisch bei dir wohnt und seine Augen nicht von dir lassen kann«, kicherte Lola.

»Mir scheint eher, dass seine Augen immer wieder in die Gegend deiner Brüste wandern.«

»Ja, ich weiß … meine Brüste«, seufzte Lola.

Plötzlich wurden sie von Maxence unterbrochen, der wie Lia vorhin in die Küche stürzte. »Lia wechselt ständig die Kanäle, und jetzt hat sie meine Lieblingssendung auf lautlos gestellt!«

Offensichtlich hatte Lia das Problem selbst in die Hand genommen. »Ihr macht das besser untereinander aus, oder ich drehe euch gleich den Strom ab.«

»Das ist unfair!«

Annie griff nach einer Packung Nudeln auf dem Tisch und richtete sie wie eine Fernbedienung auf Maxence. »Und jetzt stelle ich dich auch einfach auf lautlos. Verschwinde!« Maxence verließ grummelnd den Raum. Sie wandte sich wieder an Lola. »Ich glaube nicht, dass Althea ein Problem mit Lucas hat. Ich glaube, es ist mein Essen.«

»Wie meinst du das?«

»Gestern meinte sie, sie würde mit uns essen, solange sie ihr eigenes Essen mitbringen dürfe. Sie sagte, dass sie mein Essen nicht verträgt. Es ist zwar seltsam, aber in Ordnung. Besser jedenfalls, als wenn sie einen Teller *Linguini a la Carbonara* mit auf ihr Zimmer nimmt und ihn hinter meinem Rücken die Toilette hinunterspült, wie sie es vor einigen Tagen gemacht hat.«

»Hat sie das wirklich getan?«, fragte Lola schockiert.

»Die Pancetta-Stückchen ließen sich nicht hinunterspülen. Ich glaube, dass sie aufgrund des hohen Fettgehaltes wohl wieder an die Wasseroberfläche gespült wurden, was zwar unwichtig, aber irgendwie auch wieder interessant ist. Ich habe Althea natürlich darauf angesprochen, dass ich bemerkt habe, dass sie das Essen die Toilette hinunterspült, und dass ich kein vollkommener Schwachkopf bin.«

Lola dachte einen Moment lang nach. »Hat sie es hinuntergespült, *bevor* oder *nachdem* sie es gegessen hat?«

Annie erstarrte. Sie sah Althea vor sich, die sich den Finger in den Hals steckte. »Wow. Ich bin tatsächlich ein vollkommener Schwachkopf. Das ist ja furchtbar! Wir müssen mit ihr reden.«

»Nun, ich verliere sicher kein Wort darüber«, sagte Lola, während sie den Inhalt ihrer Schüssel verrührte und immer wieder innehielt, um den Fortschritt zu begutachten. »Essensangelegenheiten haben immer mit Kontrolle zu tun.«

»Dann sollen wir ihr also die Kontrolle überlassen, bis sie sich selbst zu Tode gehungert hat?«

»Diese Dinge werden von selbst wieder besser. Ich hatte auch einmal eine solche Phase. Das durchleben alle Models.«

Nun sah Annie Lola vor sich, die sich über eine Toilettenschüssel beugte. »Wir müssen mit ihr reden.«

Lolas Stimme wurde leiser, und sie wandte das Gesicht ab. »Unangenehme Dinge zur Sprache zu bringen verdirbt bloß die Stimmung.«

War das eine unterschwellige Anspielung auf die unangenehmen Dinge, die Lola selbst betrafen und die sie ebenfalls nicht zur Sprache bringen sollte?

»Mein Gott, das Letzte, was ich will, ist, dass jemand uns die Stimmung verdirbt. Also halte ich wohl lieber den Mund.«

»Es ist sicher ein sehr schwieriges Thema für sie.«

»Denn wenn ich einmal den Mund aufmache und wirklich sage, was ich denke, dann ist das selten angenehm«, erklärte Annie.

13

Die Kraft des Faustschlages ließ seinen ganzen Körper erzittern. *Sie war ein Stück Dreck, jawohl, das war sie.*
Er hörte Larrys Stimme. »Mach dich locker. Nicht so heftig.«
Mark ignorierte Larry und drosch zuerst mit der Rechten und dann mit der Linken auf den schweren Sack ein. Larry hielt den Sack mit seinen behaarten Pranken fest. Der ganze Rücken dieses Kerls war voller Haare. So eine verdammte Schande. Mark wechselte die Seite. Ein schneller Schlag rechts, ein schneller Schlag links. Sie hatte ein Hausmädchen und ein Kindermädchen, während er sich den Arsch aufriss, um den Lebensunterhalt zu verdienen. Sein Gesicht, seine Arme und sein ganzer Körper glänzten vom Schweiß, während er weiterboxte. Er spürte den Aufprall in seinem Magen, in seinem Kiefer. Schweiß rann seinen Hals hinunter. Die Handschuhe waren glänzend rot. In dem Laden stank es wie in einem verdammten Schuppen. Ein Treffer. Und noch einer. Der Schweiß spritzte von seinem Körper wie bei einem Hund, der sich nach dem Baden schüttelte. Und ihr Gesichtsausdruck. Sie beherrschte die Rolle des Opfers hervorragend. Ein Treffer. Und noch einer.
Larry umklammerte den Sack fester. »Mach dich locker, Mann. Du brichst dir noch die Knöchel.«
Er trank nicht. Und er vögelte nicht herum, obwohl sich immer wieder Möglichkeiten auftaten. Mark drosch auf den Sack ein. Eins, zwei. Eins, zwei. Er war ein glücklicher Mann. Ja, das war er, verdammt noch mal. Mark stieß einen dumpfen Schrei aus, und Larry ließ den Sack los und trat zurück. Mark drosch immer weiter auf den Sack ein. Er hatte die Kontrolle verloren.
»Was zum Teufel ist los mit dir?«, fragte Larry.

Er war glücklich. Mark war verdammt noch mal glücklich mit dem, was er hatte, und sie zerstörte alles.

Lia, Maxence, Laurent und Paul traten durch das Schultor, und Lola folgte den vier Rucksäcken auf Beinen, bis sie schließlich in den Schulhof abbogen. Lia drehte sich um und winkte ihr zu, und einen Augenblick später war sie verschwunden. Lia war heute wieder ohne das kleinste Drama zur Schule gegangen. War es möglich, dass Annies strenge Vorschriften und die unabwendbaren Konsequenzen Lia mehr entsprachen als der respektvolle und freie Umgang, den sie gewohnt war? Lola kniete neben dem Kinderwagen nieder. »Und du«, sagte sie, während sie Simons Hut zurechtrückte, »du wirst noch zu einem Musterkind.« Sie drückte Simon einen Kuss auf die kalte Wange. »Du hast Mummy eine ganze Nacht lang durchschlafen lassen.«
Sie schob den Kinderwagen vor sich her, und er glitt wie schwerelos über den Bürgersteig. Sie hatte alle Prinzipien – Marks Prinzipien – über Bord geworfen und Simon erlaubt, in ihrem Bett zu schlafen. Annie hatte gemeint, dass Frauen das schon seit Ewigkeiten so praktizierten, und sie gefragt, was denn schon dabei war. Gestern Abend hatte sie ihm also schließlich seinen Pyjama angezogen und sich neben ihm ins Bett gelegt, bloß um acht Stunden später ungläubig aus einem erholsamen Schlaf zu erwachen. Keine Schreie, keine bösen Träume, kein nächtlicher Terror, bloß ungestörter, süßer Schlaf. Sie hätte bereits früher auf ihren Instinkt hören und auf ihr Recht pochen sollen, ihr eigenes Kind zu beruhigen. Na und, dann war das eben für ein Kind »keine normale Art«, zu schlafen. Aber war das nicht bisher ebenfalls der Fall gewesen? Sie schob den Kinderwagen in Richtung des Postamtes in der Rue Singer, holte einen Umschlag aus ihrer Tasche und öffnete ihn. Sie las die Postkarte im Inneren ein letztes Mal.

Lieber Mark, hier in New York wird es langsam wärmer. Ich hoffe, diese Postkarte erreicht Dich bei bester Gesundheit. Den Kindern geht es gut. Simon hat letzte Nacht durchgeschlafen! Wir vermissen Dich, doch ich brauche noch etwas Zeit.
Ich werde Dir weiterhin wöchentlich von den Neuigkeiten berichten. In Liebe, L.

Sie ließ die Postkarte in den Umschlag zurückgleiten und legte eine kleine Notiz für Alyssa bei.

Liebe A., bitte wie immer verschicken. Wie kann ich Dir nur jemals für Deine Hilfe danken?! Alles Liebe, L.

Sie kritzelte Alyssas Adresse in Manhattan auf den Umschlag und warf ihn in den Schlitz, bevor sie sich von dem Postkasten abwandte. Sie spürte eine komplexe Mischung aus Schuldgefühlen und Befriedigung. Als sie schließlich die Rue Duban erreichten, war Lolas Postkarte an Mark nur noch eine vage, unangenehme Erinnerung, die sich zu den anderen unangenehmen Erinnerungen gesellte, die sie unbedingt ignorieren wollte.
Sie betrat die Markthalle in der Rue Duban, in der es landwirtschaftliche Produkte zu kaufen gab, und schlenderte an den übervollen Marktständen vorbei. Sie genoss den Anblick der farbenfrohen Waren und die lebendige Atmosphäre. Sie wollte Blumen für das Haus besorgen und ließ sich Zeit bei der Auswahl. Schließlich entschied sie sich für einen großen Strauß rosafarbener Pfingstrosen. Einige der Blüten waren noch geschlossen, andere waren bereits aufgeblüht und sahen so flauschig aus wie Zuckerwatte. Sie kosteten eine Unsumme. Mark wäre überrascht gewesen, hätte er gewusst, dass sie aus ihrer Zeit als Model noch Geld zur Seite geschafft hatte.

Sie wartete in der Schlange vor der *Crèmerie* und holte schließlich die leeren, ausgewaschenen Joghurtgläser aus ihrem Weidenkorb. Simon sah zu, wie seine Mutter die Gläser übergab und im Gegenzug ihre Tagesration Joghurt wiederbekam. Er deutete auf die Gläser. »*Yaourt! Yaourt!*«

»Simon! Das war dein erstes französisches Wort!«, rief Lola.

Sie ließ sich auf einer Bank vor der Markthalle nieder, zog den dünnen Metalldeckel von dem Joghurtglas, suchte in ihrem Rucksack nach dem Plastiklöffel und schleckte ihn sauber. Dann kostete sie einen Löffel Himbeerjoghurt. »Jetzt hast du dir deinen *Yaourt* wirklich verdient, Liebling.« Hier saß sie also im sechzehnten Arrondissement von Paris an einem kalten, aber klaren Wintertag und fütterte ihr kleines Kind mit Himbeerjoghurt. Hier saß sie also ohne Make-up, ohne künstliche Nägel. Sie saß auf einer Steinbank und sah den Parisern zu, die, beladen mit Lebensmitteln und Brot, an ihr vorbeieilten. Hier saß sie also und fühlte sich vollkommen frei. So, als würde sie schweben. Sie spürte einen Kloß im Hals, das Bedürfnis, gleich loszuheulen. War es die Traurigkeit oder die Erleichterung? Konnte es womöglich beides sein?

Sie hatte kein Bild von sich selbst, das nicht von Marks Bild von ihr beeinflusst war. Und von den Konsequenzen daraus, aufgrund derer sie sich verletzt, vernachlässigt und unwürdig fühlte. Doch Mark war nicht derjenige, der ihr das antat. Meistens war sie es selbst. Es war eine seltsame Angewohnheit, ein Zwang. Jede Entscheidung, jedes Gefühl begann immer mit dem Gedanken daran, was Mark dazu sagen oder was Mark davon halten würde. Aber trug Mark die Schuld daran? Jetzt, da sie mit Annie zusammenlebte, stellte sie sich diese Frage immer wieder, denn nun hatte der Zwang andere Formen angenommen. Mittlerweile lautete die Frage: Wie würde Annie reagieren? Was würde Annie sagen? Doch sie musste herausfinden, was sie selbst von gewissen Dingen

hielt. Was *sie selbst* tun würde. Und dann konnte sie sich schließlich die ultimative Frage stellen: Wer bin ich?
In diesem Augenblick fühlte sie sich nicht wie die Lola, die Mark gewohnt war. Sie fühlte sich freier. Doch natürlich war dieses Gefühl der Freiheit vergänglich. Diese Auszeit von dem ständigen Gefühl der Angst, Mark zu enttäuschen. Dieser Ausbruch aus den Mauern ihres Hauses in Bel Air. Es war vergänglich, doch sie musste sich nun auf die Gegenwart konzentrieren und die Tatsache genießen, dass sie hier anders atmen konnte. Sie sah sogar anders aus. Ihre Haare waren mittlerweile zweifarbig. Die Spitzen waren noch schwarz, der Ansatz blond. Sie sah aus wie ein Punk, und ihr gefiel dieses rebellische Aussehen. Sie hatte aufgehört, ihre Augenbrauen zu zupfen, diese perfekten Bögen, die ihrem Gegenüber Interesse und Anteilnahme vorgaukelten. Hier wurden ihr keine Entscheidungen entrissen. Hier konnte sie ihrem Baby erlauben, zu ihr ins Bett zu kriechen, um als Dank dafür die ganze Nacht durchzuschlafen. Hier kochte sie und machte den Abwasch und fühlte sich dabei nicht wie ein Schwachkopf. Hier kümmerte sie sich selbst um ihre Kinder, und es ging ihnen besser als mit ihrer Nanny!
Sie war sich bewusst, dass sie bei weitem nicht an alles gedacht hatte, als sie Mark aus ihrem Leben verbannt hatte, und dass sie es seltsamerweise erfolgreich schaffte, nicht an die Ungereimtheiten zu denken, wie etwa daran, welche Konsequenzen ihr Verschwinden nach sich ziehen und wie die Zukunft aussehen würde.

Mars

14

Es war Vormittag, und Annie brachte gerade ihre Einkäufe nach Hause, als ihr auffiel, dass etwas anders war: Die Temperatur war auf über zwanzig Grad gestiegen, es hatte aufgehört zu regnen, und die Gärten der Cafés und Restaurants waren geöffnet. Allerorts strömten die Pariser aus ihren Büros hinaus auf die Straße. Die Säume der Röcke waren nach oben gewandert, und es waren keine Mäntel mehr zu sehen. Die Männer trugen hungrige Blicke zur Schau, und die Frauen sahen so lebendig aus wie nie zuvor. Es war Frühling! Ihr Herz wurde schwer. Allzu bald würde sie die dicken Winterklamotten ablegen und ihren Winterspeck offenbaren müssen. Der Winter entsprach ihr mehr. Sweatshirts, Jogginghosen und kein Grund, den Bauch einzuziehen. Diesen Frühling würde es noch schwerer werden, denn nun teilte sie sich das Haus mit zwei spindeldürren Frauen.

Sie betrat das Haus und lauschte nach einem Lebenszeichen, doch sie hörte nur das leise Summen der Waschmaschine. Die Kinder waren in der Schule, und Lola, die ganze Nachmittage mit Simon in der U-Bahn, in Museen und Parks verbrachte und die Straßen der unterschiedlichen Arrondissements durchstreifte, hatte es schon lange aufgegeben, Annie zu fragen, ob sie sie begleiten wollte. Annie betrat, mit Lebensmitteln beladen, die Küche und stieß überraschenderweise auf Lola und Simon.

»Es ist ein wunderschöner Tag. Wir sollten hinausgehen«, sagte Lola.

»Bis später!«

»Mit ›wir‹ meinte ich uns alle.«

»Ich weiß nicht«, erwiderte Annie, doch sie klang nicht sehr bestimmt.

Sie stiegen am Place Saint Germain des Prés aus der U-Bahn. Annies Blick wanderte hinüber zum *Café Les Deux Magots.* Hier gab es die beste heiße Schokolade in ganz Paris. Johnny hatte immer einen Espresso bestellt, sie heiße Schokolade. Sie hatten die *Parisiennes,* die an ihnen vorbeiflanierten, genau unter die Lupe genommen, und Annie hatte sich immer gefragt, wie sie *»es«* wohl schafften. Sie hatte sich an ihrer eigenen Handtasche festgeklammert und sich gefragt, wie die gleiche Tasche für andere Frauen ein Modeaccessoire sein konnte.

Sie schlenderten eine Zeitlang die Kopfsteinpflasterstraßen von Saint Germain des Prés entlang, besuchten einige Geschäfte und bewunderten die umliegenden Gebäude. Lola entdeckte einen leeren Tisch im Garten des *Café de Flore.* Sie bahnten sich ihren Weg zur Mitte des Gartens. Neben ihrem Tisch befand sich ein Tisch, an dem vier Männer saßen, und ein weiterer mit sechs Frauen Mitte dreißig. An beiden Tischen verebbten plötzlich die Gespräche, und alle nahmen sich Zeit, Lola ausführlich anzustarren. Wieder einmal. Annie starrte wütend zurück und setzte sich.

»Als ich Mitte zwanzig und – im Nachhinein betrachtet – ziemlich süß war, hat es mir gefallen, wie mich die Pariser Männer ansahen. Diese geballte sexuelle Energie.«

Lola hob Simon aus seinem Kinderwagen und ließ ihn zwischen und unter den Tischen umherlaufen. »Wo wir gerade von sexueller Energie sprechen. Der Testosteronspiegel im Haus ist ja regelrecht in die Höhe geschossen, seit Jared hier ist.«

»Wem sagst du das«, erwiderte Annie kummervoll. »Aber ich würde mich nicht zu sehr auf Jared einlassen.«

»Ich will mich nicht auf ihn einlassen, ich meinte bloß …«

»Er bringt sich ständig in Schwierigkeiten.«

»Tatsächlich?«

»Er hatte eine schwierige Kindheit. Der Mörder seines Vaters wurde nie gefunden. Er wuchs in *Sarcelles* auf, das ist einer der wirklich schlimmen Vororte, wo sich nicht einmal die Polizei gerne blicken lässt. Es heißt, sein Vater sei ermordet worden, weil er Schulden bei einem Drogendealer hatte. Jared war damals noch ein kleines Kind. Das war, bevor ich ihn kennenlernte. Seine Mutter hat ihn und seine Schwester alleine großgezogen. Nun, nicht ganz alleine. Sie kannte Lucas und fragte ihn, ob er Jareds Pate werden wollte. Und Lucas ist vermutlich der einzige Mensch auf der ganzen Welt, der diese Aufgabe tatsächlich ernst nimmt. Lucas griff ihnen also finanziell unter die Arme. Und ich vermute, dass er es immer noch tut.«

»Lucas ist wirklich ein guter Mensch«, sagte Lola.

»Ja, das ist er«, stimmte Annie ihr zu und merkte vielleicht zum ersten Mal, wie wahr das war. »Jared war etwa elf Jahre alt, als seine fünfjährige Schwester an Leukämie erkrankte. Sie starb kurz darauf. Das war der Zeitpunkt, als Jareds Mutter endgültig mit dem Leben abschloss. Jared reagierte darauf, indem er die Rolle des Mannes im Haus übernahm. Er beschützte sie und kümmerte sich um sie, obwohl er selbst noch ein kleiner Junge war. Er verließ die Schule und begann zu malen. Er war sehr erfolgreich und hatte viele Ausstellungen. Doch letztes Jahr starb seine Mutter schließlich.«

»Hat Jared deshalb aufgehört zu malen?«

»Das meint zumindest Lucas. Er ließ einfach alles stehen und liegen.«

»Sind seine Bilder gut?«

»Sie sind nicht wirklich dekorativ und haben eine gequälte Ausstrahlung. Seine sterbende Mutter war sein Lieblingsmotiv.«

Sie sahen zu, wie Simon herumtapste. Er ging von Tisch zu Tisch und suchte neben den Kaffeetassen der anderen Gäste nach vergessenen Zuckerstückchen. Die Menschen lächelten ihn an und schenkten ihm ihre in Papier verpackten Zuckerwürfel, bloß um die Freude in seinem Gesicht zu sehen.

»Es war sehr großzügig von dir, ihn aufzunehmen«, sagte Lola.

Annie winkte ab. »Ich brauche das Geld.«

»Mir gefällt es aus rein egoistischen Gründen, ihn im Haus zu haben. Er ist eine Augenweide. Gerade als ich dachte, dass das Leben in Frankreich nicht mehr besser werden kann, zog plötzlich *Brun Ténébreux* bei uns ein.«

Annie warf Lola einen finsteren Blick zu. »Ach komm, dein Leben in Beverly Hills muss doch ziemlich toll gewesen sein. Das ganze Geld und dreihundert Tage im Jahr Sonnenschein.«

»Ich fühlte mich wie in einem Gefängnis«, erwiderte Lola. »Sowohl außerhalb des Hauses als auch im Haus selbst. Ich glaube, wir sind uns des tieferen Sinns unserer Handlungen nicht immer bewusst. Ich war der Meinung, dass der Umzug nach Paris eine Kurzschlussreaktion war. Aber mittlerweile glaube ich, dass ich die Entscheidung dem Schicksal überlassen habe. Ich bat das Universum um eine Lösung, und das Universum schickte mir die Antwort.«

Annie schüttelte ungläubig den Kopf und rollte mit den Augen. »Das ist doch Hokuspokus.«

»Du hast die Verbindung zu deinem spirituellen Ich verloren«, erklärte Lola. »Ich glaube, ich war auf dem besten Weg, in eine schwere Depression abzugleiten.« Ein Schatten zog über Lolas Gesicht. Sie hob Simon auf ihren Schoß und drückte ihn fest an sich. »Ich bin gerade noch rechtzeitig fort.«

Annie merkte überrascht, dass sie plötzlich den Wunsch verspürte, Lola aufzuheitern. »Nun, wohin auch immer du jetzt unterwegs bist, du wirst deinen Platz finden. Die Männer liegen dir zu Füßen. Alles, was ich habe, ist der Fleischer in der *Boucherie Roger* in der Rue de l'Annonciation«, scherzte sie.

»Dann gibst du es also zu!«, lachte Lola.

»Nein, es ist mir gerade bewusst geworden.« Das stimmte natürlich nicht ganz. Der Fleischer machte Annie seit Jahren den Hof, und obwohl seine Wangen seinem Hackfleisch glichen, hatte sie sich ein- oder zweimal vorgestellt, wie sie sich zwischen *rotis de porc* und *côtelettes d'agneau* auf dem Fleischertisch liebten.

»Vielleicht macht das der Frühling«, schlug Lola vor. »Sieh dich doch um.«

Im Garten flirteten mittlerweile die vier Männer am Nebentisch ungehemmt mit den Frauen am Nachbartisch. An den kleineren Tischen saßen händchenhaltende Pärchen, die einander tief in die Augen sahen.

»Ja, wird wohl der Frühling sein«, seufzte Annie.

Lolas Gesichtsausdruck wirkte äußerst komisch. Annie hatte ihr gerade gezeigt, wie man Eiklar unterhob, ohne die Luftbläschen zu zerstören, und nun stand sie wie versteinert vor der Schüssel. Auf ihrem T-Shirt fanden sich Spuren jeder Zutat in dem Rezept, und sie wirkte so besorgt, als müsste sie eine Bombe entschärfen. Lola hob um Annies Bestätigung heischend den Blick, doch Annie deutete kaum merklich mit dem Kopf in Richtung Althea, die das klein geschnittene Gemüse und die dazugehörigen Schalen zu zwei säuberlichen kleinen Türmen gestapelt hatte. Lola nickte, als wäre sie mit Annies Vorhaben einverstanden. Die ganze Woche über hatte Annie Lola mit Kommentaren über Altheas seltsames Verhalten und ihren spindeldürren Körper genervt, und schließlich hatte auch Lola das Problem erkannt. So schien es zumindest. Annie brauchte keine weitere Ermunterung, um endlich loszulegen.

»Althea, wie kommt es eigentlich, dass du so dünn bist?«, fragte sie. Sie hatte den Satz kaum ausgesprochen, als Lola ihr bereits

einen schockierten Blick zuwarf und eindringlich den Kopf schüttelte.
»So dünn bin ich doch gar nicht«, antwortete Althea, während sie elegant die Schale einer Kartoffel in einem Stück entfernte, ohne dabei das Messer abzusetzen. »Und ich habe auch Cellulite«, sprach sie mit ausdrucksloser Stimme weiter. »Zum Beispiel an der Innenseite meiner Oberschenkel.«
Annie widmete sich weiter der Zubereitung der Paella und bedeckte die Muscheln und die Garnelen gleichmäßig mit Soße, während sie mit der anderen Hand unkontrolliert an einem Baguette herumzupfte. »Wie bitte? Wo?«
Althea trug vermutlich Jeans der Größe Null, die ihr aber dennoch zu weit waren. Sie erhob sich von ihrem Stuhl und packte ihr Hosenbein. »Hier.«
Annie lachte. »Also, wenn du nicht spindeldürr bist, dann bin ich fett.«
Althea dachte einen Augenblick nach. »Ich denke, du bist wohl eher … kurvig«, sagte sie und schaffte es gerade noch, ihren Ekel zu verbergen.
»Mein Gott, danke! Ich bezeichne mich selbst auch gerne als kurvig. Was mich betrifft, ist kurvig wunderbar«, erwiderte Annie. Dennoch war sie verletzt. »Althea, wie viel wiegst du denn genau?«, fragte sie. Plötzlich schaffte sie es nicht mehr, sich zurückzuhalten, und setzte noch im selben Atemzug nach: »Leidest du unter einer Essstörung?«
Lola warf ihr einen äußerst missbilligenden Blick zu. Althea griff wütend nach einer Möhre und begann diese zu schälen. »Du bist nicht meine Mutter«, sagte sie und hielt den Blick stur auf die Möhre gerichtet.
Doch davon ließ sich Annie nicht einschüchtern. »Also?«, fragte sie noch einmal.

»Annie und ich machen uns Sorgen, weil du dich nur von Äpfeln und Tee ernährst«, sagte Lola zaghaft im selben Tonfall, der schon bei Lia nicht funktionierte und mit dem sie auch nicht zu Althea durchdringen konnte. »Der menschliche Körper braucht Proteine und Kohlenhydrate, um gesund zu bleiben.«

»Ich bin sehr gesund.«

»Du siehst aber nicht so aus«, bellte Annie.

»Auch gut!«, erwiderte Althea wütend.

»Nimm es uns doch nicht übel«, sagte Lola. »Es ist bloß so, dass …«

»Ich bin nicht einmal wütend«, sagte Althea. »Ich meine, hungrig.«

»Ich fresse die Salatschleuder, wenn du nicht beides bist«, erwiderte Annie siegessicher.

»Ich bin *nicht wütend*«, antwortete Althea, und ihre Stimme wurde immer lauter. Sie warf Annie einen trotzigen Blick zu.

»Sie ist nicht wütend«, wiederholte Lola leise.

»Und was ist so schlimm daran, wütend zu sein? Ist dir dieses Gefühl zu hässlich? Tatsache ist, Althea, dass es mein gutes Recht ist, zu wissen, wenn du unter meinem Dach etwas tust, das dir selbst schadet.«

»Du bist nicht meine Mum«, wiederholte Althea, und dieses Mal klang ihre Stimme kälter. Sie wischte sich ihre Hände mit einem Geschirrtuch trocken, stand auf und verließ die Küche, während Annie und Lola zurückblieben und einander anstarrten.

»Wut ist etwas Gutes«, sagte Annie und ließ den hölzernen Kochlöffel in die Pfanne fallen. »Ich bin wütend, Althea ist wütend, und du bist es ebenfalls. Wenn man die Wut nicht hinauslässt, dann beginnt sie im Inneren zu verfaulen. Sieh dir nur die Pariser an. Sie suhlen sich in ihrer Wut. Und sie fühlen sich wohl damit. Und ich fühle mich auch wohl mit meiner Wut!«

»Vielleicht stimmt das«, antwortete Lola leise. »Vielleicht lebst du aber auch schon zu lange in Paris.«

Wenn Annie wütend war, spielte sie gerne Scrabble. Lucas hatte lange gebraucht, um das herauszufinden. Nach dem Abendessen fragte Annie in solchen Fällen: »Hast du Lust auf Scrabble?«, und am Ende stand immer ein Streit, der nichts mit dem Spiel an sich, aber alles mit der Tatsache zu tun hatte, dass Annie wütend war und nur einen Grund suchte, um ihren Emotionen freien Lauf zu lassen. Es war Annies Art der Therapie. Der Spielverlauf war vollkommen absurd, und es gab keinerlei Regeln. Annie nannte es »zweisprachiges Scrabble«, und alles war erlaubt: Französisch, Englisch, Rechtschreibfehler, Namen von Menschen, die gar nicht existierten. Es war sinnlos, einen Sinn dahinter zu suchen. Der einzige Sinn bestand Lucas' Meinung nach darin, dass Annie schummeln konnte, um dann furchtbar wütend zu werden, weil sie angeblich Lucas beim Schummeln erwischt hatte. Dieses Mal hatten sie erst zwei Wörter gelegt, als Annie bereits loslegte:
»Worauf wartest du noch? Auf den Weltfrieden?«
»Bist nicht du an der Reihe?«
»Ich spreche von Lola. Warum lässt du dir so lange Zeit?«
»Was bringt dich eigentlich zu der Annahme, dass ich Interesse an ihr habe?«
Annie schob ihre Scrabblesteine energisch von einer Seite zur anderen. »Tot. Boot. Zoot. Ist Zoot ein Wort?«
»Vermutlich auf Chinesisch«, antwortete er und warf ihr über den Rand seiner Lesebrille einen Blick zu. Er suchte nach Anzeichen, dass sie sich gleich selbst in Rage bringen würde. Sie trug ein weißes T-Shirt, das ihr sehr gut stand. Ihre nackten Arme auf dem Tisch waren glatt und stark. Scrabble tat ihr gut, es war wie eine Medizin. Außerdem gefiel es ihm, wenn nur sie beide zusammen

spielten wie ein altes Ehepaar. »Warum bist du so aufgebracht?«, fragte er.

»Wie bitte? Ich bin nicht aufgebracht. Vielleicht wirke ich im Vergleich zu ihr bloß ein wenig ruhelos.«

Lola, dachte er. *Natürlich geht es jetzt wieder einmal um Lola.* »Niemand hier vergleicht euch beide miteinander«, sagte er.

Nun, ich schon. Ich vergleiche mich mit ihr. »Ich bin nicht wie Lola. Du weißt schon: süß, positive Grundeinstellung, ein Gutmensch.« Annie wischte sich eine Haarsträhne aus dem Gesicht, die ihr in die Augen gefallen war. »Ich glaube, ich bin im Moment einfach …« Sie dachte einen Augenblick lang nach. »Ich glaube, das Wort, nach dem ich suche, ist wohl *unzufrieden.*«

Lucas betrachtete das Spielbrett. »Das Wort ist zu lang. Und wo willst du es denn überhaupt unterbringen?«

»*Unzufrieden.* So fühle ich mich gerade«, erklärte sie. »Und das hier«, fuhr sie fort und legte die Buchstaben Z-O-O-T nacheinander auf das Spielbrett, »das hier ist mein Wort.«

Lucas dachte kurz nach und legte die Buchstaben A-N-G unter Annies Z. *Zang.*

»Hey«, rief sie und stemmte die Fäuste in die Hüften.

»Das ist Kantonesisch und bedeutet Betrüger.«

Annie stützte sich mit den Ellbogen auf dem Tisch ab, legte das Gesicht in die Hände und begann nach neuen Buchstaben zu suchen. »Ich meinte doch bloß, dass sie und ich nicht der gleichen Meinung sind, was die Kindererziehung betrifft. Nun, eigentlich erzieht sie ihre Kinder gar nicht. Sie lässt sie einfach wachsen, wie wildes Gras. Und Lias Verhalten färbt bereits auf Maxence ab. Dieser Schuft hat doch tatsächlich die Augen verdreht, als ich ihn gestern Abend bat, den Tisch zu decken.«

Lucas ordnete seine Buchstaben neu. »Du kannst nicht alles kontrollieren.«

»Meinst du etwa, ich bin kontrollsüchtig? Kontrollsüchtig?« Annie legte das Wort »gemein«. »Lia schlägt Lola. Mit Worten und mit Fäusten, und wir müssen dabei zusehen. Auch meine Jungen. Aber Lola ignoriert es einfach. Vielleicht glaubt sie, wenn sie es ignoriert, dann bemerke ich es auch nicht. Es ist ein typischer Fall von … Vermeidungsverhalten! Das ist das richtige Wort: Vermeidungsverhalten.«
»Du bist analytisch wirklich sehr begabt.«
»Du darfst Sigmund zu mir sagen.«
»Vielleicht scheut sie einfach die Konfrontation.«
»Oh nein, das tut sie nicht. Im Vergleich zu ihr wirke ich beinahe manisch.«
Lucas warf ihr über die Gläser seiner Lesebrille einen Blick zu. »Annie, du bist tatsächlich manisch.«
Annie erstarrte und blickte ihn finster an. »Ich?«
Lucas stupste sie sanft mit dem Finger an. »Du.«
»Wann bin ich denn manisch?«
»Meistens«, erwiderte Lucas, legte sorgfältig ein weiteres Wort, nahm den Stift und rechnete automatisch dreiundzwanzig Punkte zu seinem Guthaben dazu.
Annie sah aus, als würde sie jeden Augenblick zu brüllen beginnen oder das Spielbrett durch den Raum schleudern. Doch stattdessen schob sie ihre Buchstaben von sich und vergrub den Kopf in den Händen. »Ich bin unausstehlich«, sagte sie.
Lucas war sprachlos. Er hatte nicht gewollt, dass sie sich mies fühlte. Er wollte einfach bloß das Offensichtliche laut aussprechen. Er akzeptierte ihre manische Seite. Tatsächlich mochte er sie sogar, so wie er alles an ihr mochte. Ihre manische Seite machte ihm nichts aus. Aber wie sollte er ihr das sagen, ohne dass … Er seufzte.
»Du bist natürlich *nicht* unausstehlich. Manisch war das falsche

Wort. Ich meinte einfach, dass du oft übereilt reagierst. Instinktiv. Vielleicht wäre ›unvorhersehbar‹ das richtige Wort. Es ist in etwa so, als befände sich eine Granate im Haus.«

»Dann hast du also Angst vor mir?«

»Ich? Nein, natürlich nicht«, erwiderte er, obwohl ihm gerade der Gedanke kam, dass das in vielerlei Hinsicht durchaus der Fall war. »Ich dachte dabei eher an Lola und Althea. Und auch an die Kinder.«

»An welche Kinder? Doch nicht an *meine* Kinder?«

Lucas konnte sich selbst nicht leiden für das, was er gleich sagen würde.

»Wir haben alle ein wenig Angst vor deinen Reaktionen.«

Annie seufzte laut. Sie erhob sich, doch dann setzte sie sich wieder und brach in Tränen aus.

»Ich bin eine Zicke.«

»Nein, das bist du natürlich nicht, Annie.« Lucas griff nach der Schachtel mit den Taschentüchern. »Du bist einfach ein wenig … intensiv. Woher kommt denn das alles so plötzlich?«

»Lola hat mich eine Zicke genannt.«

»Lola? Sie hat dich *Zicke* genannt?«

»Sie hat es angedeutet. Und sie hat recht. Als Johnny noch lebte, war ich die meiste Zeit über beleidigt.« Lucas versteifte sich jedes Mal, wenn Annie von Johnny sprach. Er hatte sich vor langer Zeit geschworen, nie etwas Schlechtes über Johnny zu sagen. »Ich war unsicher«, fuhr Annie fort. Sie putzte sich die Nase, und er sah, wie sehr sie sich wünschte, nicht mehr zu weinen. »Ich machte mir ständig Sorgen wegen anderer Frauen. Ich war misstrauisch. Vielleicht bin ich einfach kein vertrauensseliger Mensch«, fügte sie hinzu.

Lucas nahm Annies Hand. Er spürte, wie traurig sie war. Es gab so viel zu sagen, so viele Möglichkeiten, ihr zu sagen, was er von

Johnny hielt, von seiner Ehe mit ihr, von seinem Tod, von seiner Art, sein Leben zu leben. So vieles, was er ihr nie gesagt hatte und was er ihr unbedingt sagen wollte. Doch er schwieg aus Angst. Aus Respekt vor einem Toten. Es war ein typischer Fall von Vermeidungsverhalten. »Nein, ganz im Gegenteil. Ich glaube, du bist sehr vertrauensselig«, erklärte er ihr und meinte es auch so.

»Ich stecke verdammt noch mal in der Vergangenheit fest. Ich erlaube mir selbst nicht, Spaß zu haben. Und ich weiß nicht einmal, warum«, sagte sie schluchzend.

»Es ist nicht falsch, Wünsche zu haben und in die Zukunft zu blicken«, flüsterte Lucas und merkte erstaunt, dass sich das Gespräch nun genau dem Thema zugewandt hatte, über das er immer schon mit ihr sprechen wollte, es sich selbst aber nie gestattet hatte.

Annie weinte leise, während Lucas sanft ihre Handfläche mit seinem Daumen massierte. »Ich habe so große Angst davor, enttäuscht zu werden, dass ich nicht einmal mehr weiß, wie oder wo ich es finden kann«, sagte sie.

»Es?«, flüsterte Lucas.

»Das Glück, vermute ich.«

»Manchmal liegt das Glück direkt vor deiner Nase«, sagte Lucas und sah ihr in die Augen.

Annie wischte sich wütend die Tränen von den Wangen. Sie sammelte bereits wieder all ihre Kraft und zwang sich, stark zu sein. Unabhängig. Doch Lucas ließ ihre Hand nicht los. Sie würde den ersten Schritt machen müssen. »Ich will eigentlich nicht mehr länger darüber sprechen«, sagte sie. »Ich will endlich etwas *tun*. Ich merke, dass ich mehr will … mehr für mich selbst.«

»Das ist gut«, sagte er.

Dann läutete das Telefon und zerstörte den Augenblick. Annie sprang auf. Einen Moment später reichte sie Lucas den Hörer.

»Es ist das *Commissariat de Police*. Es scheint, als müssten wir meinen Sieg beim Scrabble auf später verschieben.«

Der Friedhof war schon seit Stunden geschlossen, und Jared wusste genau, wohin das hier führte. Er wusste es und erwartete es, aber es war ihm egal. Er setzte sich auf den Grabstein und legte das kleine, in weißes Papier gewickelte Päckchen neben sich ins Gras. Das Grab seiner Mutter hatte sich noch nicht vollständig gesetzt. Die Schnittlinie zwischen dem Gras auf ihrem Grab und dem Gras, das daneben wuchs, war noch deutlich erkennbar, als wäre seine Mutter noch nicht restlos davon überzeugt, dass sie tatsächlich hierbleiben wollte. Er stellte sich vor, wie sie dort, wo sie jetzt war, überschwenglich und laut lachte, so wie damals, als er und Sophie noch klein waren. Sogar nach dem Mord an seinem Vater war seine Mutter immerfort stark gewesen. Sie war ihm unbesiegbar erschienen. Doch nach Sophies Tod hatte seine Mutter ihren Lebenswillen verloren. Er dachte oft daran, wie befreiend es für seine Mutter gewesen sein musste, ihren Schmerz endlich hinter sich zu lassen.

Vor Sophies Krankheit waren sie glücklich gewesen, auch wenn ihr Vater tot und das Geld knapp war. Am Samstag gab es stets Grillhähnchen und *Macarons* oder *Eclairs* als Dessert. Er und seine kleine Schwester mochten am liebsten Kaffee-*Eclairs,* während ihre Mutter Schokolade liebte. Sie stopften sich ihre *Eclairs* in den Mund, um zu sehen, wer als Erster damit fertig war. Ihre Mutter hingegen aß langsam, und nachdem sie ihre *Macarons* hinuntergeschlungen hatten, teilte sie ihr *Eclair* mit ihnen.

Der größte Wunsch seiner Mutter war, dass Jared sie eines Tages stolz machte, und das hatte er auch getan. Er hatte ihr Verlangen gespürt und hatte für sie nach Erfolg, Anerkennung und Geld gestrebt. Aber er wollte das alles für sie, nicht für sich selbst. Er wollte sie glücklich machen und ihr das Gefühl geben, dass es ihm gutging und sein Leben einen Sinn hatte.

Die Ärzte meinten, dass das fortgeschrittene Alter für die Leiden seiner Mutter verantwortlich war, doch dafür war sie eigentlich noch zu jung. Es gab keinen wirklichen Grund für ihren Tod. Keine zerfressenen Organe, keinen Krebs, keinen Tumor, keine Infektion. Bloß ein müdes Herz, das nicht mehr weiterschlagen wollte. Eines Tages, vor vielen Jahren, kletterte sie einfach ins Bett und hörte auf, sich zu waschen und zu essen. Sie hatte sich aufgegeben, und er konnte ihr deshalb keinen Vorwurf machen. Er war zu ihr gezogen und hatte sie immer wieder gemalt, bis hin zu ihrem letzten Atemzug. Erst nach ihrem Tod verstand er, wie sehr seine Kunst mit ihr verbunden war. Dass seine Mutter und nicht die Kunst in Wahrheit sein Lebensinhalt gewesen war.

Er war nie verliebt gewesen. Sein Leben erlaubte ihm eine derartige Verbundenheit nicht. Nun fragte er sich, ob dieses seltsame Gefühl, die Faszination, die er für Althea empfand, vielleicht Liebe war. Fühlte sich Liebe an wie eine makabre Besessenheit? War er zu einer Besessenheit fähig, die nicht makaber war? Er wusste es nicht. Natürlich sah er, was sie ihrem Körper antat. Es erfüllte ihn mit Wut, doch gleichzeitig wollte er sie retten. Er konnte die Anziehungskraft, die von ihr ausging, nicht akzeptieren, weil er kein sexuelles Verlangen empfand. Sie sah krank aus. Sah er in ihr seine kleine Schwester? Nein, es war etwas anderes. Sie war wunderschön, und sie zu betrachten war wie ein Schlag in die Magengrube. Wenn es Leidenschaft ohne Verlangen gab, dann verspürte er sie gerade. Konnte die Abwesenheit von Lust vielleicht sogar eine höhere Form der Liebe sein?

Jared wickelte das weiße Papier von dem Päckchen und holte das Kaffee-*Eclair* heraus. Dann saß er auf dem kalten Stein und aß schweigend. Er spürte die feuchte Luft, den Geruch des heran-

nahenden Frühlings. Aus weiter Ferne das Licht einer Taschenlampe in seine Richtung. Dann sah er die Umrisse der zwei Wachen, finstere Schatten in der Dunkelheit. Einen Moment später standen sie vor ihm und ragten über ihm auf.
»*Monsieur* scheint nicht zu verstehen, dass er wie alle anderen auch während der Öffnungszeiten hierher kommen soll«, sagte der Dünnere der beiden.
»Nein, dafür ist er sich wohl zu fein«, fuhr der Fettere fort.
»Dieses Mal bringen wir *Monsieur* allerdings zur Polizei.«
Jared knüllte das Papier zusammen und steckte es in seine Tasche.
»Bitte nach Ihnen«, sagte er.

15

Es geht uns gut«, erklärte Altheas Mutter abweisend.
»Wissen du und Dad überhaupt, was ihr an den Wochenenden anstellen sollt, jetzt, wo ich in Paris bin?«, fragte Althea.
»Die Wochenenden sind in Ordnung.«
»Nun, meine Wochenenden sind ganz schön stressig. Und laut! Kein Wunder, bei so vielen Kindern im Haus.« Als ihre Mutter nicht fragte, wessen Kinder denn so laut waren, sprach Althea einfach weiter. »Und ich war auf dem Eiffelturm«, sagte sie, obwohl sie noch nicht dort gewesen war. »Er ist so wahnsinnig hoch. Und man sieht von dort oben einfach alles.«
»Das ist ja nett«, antwortete Pamela.
Nett? Althea riss sich zusammen. »Gut, ich muss jetzt auflegen. Jemand anderes braucht das Telefon«, log sie. »Es ist immer so stressig hier, denn wir teilen uns alle ein Telefon und so.«

»Na gut. Dann hören wir uns später. Bis dann.«

»Ich hab dich lieb, Mum.«

»Ja, ja«, antwortete ihre Mutter.

»Und ich vermisse euch! Gib Dad einen Kuss von mir.«

»Also dann. Bis dann.« Und damit legte ihre Mutter auf.

Althea umklammerte den Telefonhörer so fest, dass ihre Knöchel weiß hervortraten. Ihre Mutter hatte ihr nichts zu sagen, und schlimmer noch, sie stellte ihr auch keinerlei Fragen. Sie hatte gehofft, dass ihre Mutter Interesse an ihrem Leben in Frankreich zeigen würde. Oder dass sie sich Sorgen machte. Dass sie sich einmal um sie sorgte. Doch seltsamerweise hatte ihre Mutter sie bisher noch nicht einmal nach ihrer Telefonnummer oder Adresse in Paris gefragt. Hätte Althea sich nicht mehr bei ihr gemeldet, hätte ihre Mutter keine Möglichkeit gehabt, sie jemals wiederzufinden, so einfach war das. Und das wäre schließlich das Ende.

»Ich bin gesund«, hatte sie Annie versichert.

»Du siehst aber nicht so aus«, hatte Annie erwidert.

Am Anfang schien es, als hätte sie alles unter Kontrolle, doch das war nicht mehr länger der Fall. Es ging nicht mehr darum, nichts mehr zu essen, es ging darum, dass das Essen begonnen hatte, sie zu verschlingen. In ihrem Inneren tobte ein Krieg, und Althea war sowohl Täterin als auch Opfer. Sie hatte sich selbst zum Kriegsgebiet ernannt. Doch mittlerweile kämpfte sie nicht mehr nur gegen das Fett. Sie kämpfte ums Überleben. Aufzustehen, einige kleine Wünsche zu hegen, nicht alle zu hassen, jemandem zu vertrauen, eine Banane bei sich zu behalten, einige normale Momente am Tag zu verleben. Wie weit war sie gegangen, bloß um ihrer Mutter eine kleine, kranke Freude zu bereiten oder mütterliche Gefühle in ihr zu wecken, zu denen sie offensichtlich nicht fähig war? Doch mittlerweile steckte sie zu tief drin, um sich selbst zu befreien oder es auch nur zu wollen. Sie war es inzwischen gewohnt, verzweifelt zu sein, und konnte sich nicht mehr daran erinnern, wie es sich anfühlte, glücklich zu sein. Wenn sie es denn jemals gewusst hatte.

Seit Jared zu ihnen gezogen war, hatten sich ihre Gespräche auf ein eiliges *»Bonjour, comment ça va?«* beschränkt, bevor sie sich beide schnell aus dem Staub gemacht hatten, ohne sich in die Augen zu sehen. So reagierte sie immer, wenn sie auf einen Mann traf. Vor allem, wenn sie den Mann mochte und die Möglichkeit bestand, dass mehr daraus wurde. Sie redete sich ein, dass sie es genau so haben wollte. Und außerdem wusste sie, dass diese Möglichkeit, was Jared betraf, nicht bestand. Für jemanden wie ihn würde sie immer unsichtbar bleiben. Es war ihr beinahe lieber, wenn Jared nicht da war, denn dann konnte sie ihn sich vorstellen. Sie konnte von ihm träumen, bis sie wieder einen Blick auf ihn erhaschte. In ihren Tagträumen schlenderten sie gemeinsam Hand in Hand durch die Straßen von Paris.

Es war der letzte Ort, an dem sich Lucas in seinem derzeitigen Gemütszustand wiederfinden wollte. Auf der Rue de Passy vor dem Café rutschten die Autos die spiegelglatte Fahrbahn entlang. Ein eisiger Regen fiel seit vier Tagen vom Himmel. Im Inneren des Cafés war es ohrenbetäubend laut. Die Espressomaschinen dampften, die Kellner brüllten Bestellungen durch den Raum, und das Geschirr und das Besteck klapperten. An der Theke standen die Gäste so dichtgedrängt, dass er nur in extrem aufrechter Haltung an seinem Espresso nippen konnte. Offenbar schien niemand bereit, den dunstigen Raum zu verlassen, in dem sich alle während ihrer zweistündigen Mittagspause versammelt hatten. Die Menschen schienen tatsächlich gerne hier zu sein, obwohl es nach Zigaretten und dem *Plat du Jour* stank und die Fenster vom Dampfen der Maschinen und den menschlichen Ausdünstungen beschlagen waren. Lucas war großgewachsen und hatte lebenslange Übung darin, sich selbst in überfüllten Pariser Cafés Platz zu verschaffen, und es machte ihm üblicherweise nichts aus, wenn ihm jemand zu nahe kam, doch heute war es unerträglich. Und Jareds Anblick hob seine Laune auch nicht gerade. Er war ungewaschen, unrasiert und verschlang gerade sein zweites, fetttriefendes *Croque Monsieur*, wobei sein rechter Arm und die dazugehörige Schulter richtiggehend an Lucas klebten. Lucas bevorzugte es sauber und ordentlich, und sein Magen rebellierte, wenn er sah, wie der fettige Käse von Jareds Sandwich auf den Teller tropfte und sich in seinem Dreitagebart verfing.

»Eines Tages werde ich nicht da sein, um die Kaution zu hinterlegen«, sagte er vorwurfsvoll. »Eines Tages werde ich einfach nicht in der Stadt sein, und du wirst im *Commissariat* verrotten.«

Jared zuckte bloß mit den Schultern und machte sich weiter über sein *Croque Monsieur* her. Lucas zählte leise mit, wie oft einer der Männer zu seiner Linken ihn ohne Entschuldigung mit dem Ellbogen anstieß. Ihre Klamotten hatten absolut keine Klasse, ihre Krawatten waren zu bunt und bissen sich mit ihren Hemden, und die Schnitte ihrer Anzüge waren äußerst primitiv. Seiner Meinung nach sahen sie alle aus wie Zuhälter. Es waren die gleichen schillernden Menschen, mit denen Johnny sich immer umgeben hatte. Es war ihm ein Rätsel, was Annie jemals an diesem Mann gefunden hatte. Die Männer lachten und warfen einer Gruppe Frauen in Frühlingsklamotten Blicke zu. Die Frauen kicherten und schlugen die nackten Beine übereinander, um sie bald darauf wieder zu öffnen. Der Frühlingstanz hatte wieder begonnen.

Diese Erkenntnis deprimierte ihn. Würde er nun einen weiteren Frühling lang hinter den falschen Frauen herjagen, während die eine, die ihm wirklich etwas bedeutete, ihn weiterhin ignorierte? Er kannte den eigentlichen Grund, warum sie ihn ignorierte, nur zu gut, und er hasste den Gedanken daran. Er ließ sich mit wenigen Worten zusammenfassen: Solange er keinen Versuch startete, keinen Schritt auf sie zu machte, so lange hatte er noch eine Chance bei ihr.

Der spitze Ellbogen des bunten Schwachkopfes neben ihm traf ihn einmal zu oft, und er wurde plötzlich wütend. »Annie spielt ständig darauf an, dass ich mich noch nicht an Lola herangewagt habe. Warum beschäftigt sie das so sehr? Heißt das, dass sie möchte, dass ich es tue, oder möchte sie es gerade eben nicht?«

»Sei ein Mann, Lucas. Es wird Zeit, dass du aktiv wirst.«

»Ich … ich bin … noch nicht so weit.«

»Dann versuch es bei Lola und schau, was passiert«, schlug Jared vor.

Lucas tat das mit einer Handbewegung ab. »Wenn ich eine Affäre mit einem Model haben wollte, dann hätte ich längst eine«, sagte er.

Jared lachte, und sein Gesicht hellte sich ungewöhnlich auf. »Du bist so bescheiden. Und warum nimmst du dir nicht genau dieses Model, wenn es dir doch so leichtfällt?«

»Nun, das wäre aus zweierlei Gründen ein riesiger Fehler. Zum Ersten sind Annie und sie mittlerweile beste Freundinnen. Wenn die Affäre in die Brüche geht, dann wird es im Haus ziemlich unangenehm werden.« Er holte tief Luft. »Und außerdem würde ich sie immer bei Annie sehen, wenn die Sache einmal zu Ende geht.«

»Das war zwei Mal der gleiche Grund.«

Lucas winkte verärgert ab. »Ich will mir meine Chancen bei Annie nicht verbauen, indem ich in ihrem eigenen Haus mit ihrer neuen Freundin, dem Supermodel, schlafe.«

»Bien sûr«, erwiderte Jared. Er griff in seine Tasche, um zu bezahlen, doch er schien nichts zu finden. »Wie du weißt, ist sie nicht nur ein Supermodel, sondern auch noch mit einem Millionär ver-

heiratet. Es besteht also durchaus die Möglichkeit, dass sie gar kein Interesse an dir hat.«

»Und wie du weißt, hat sie das laut Annie sehr wohl.« Lucas faltete seine Serviette auseinander, stieß seinen Ellbogen schwungvoll in die Seite des Mannes neben ihm und tupfte sich dann übertrieben gelassen den Mund ab. »Überrascht dich das etwa? Meinst du, sie ist zu gut für mich? Du gehst wohl davon aus, dass Lola mehr Interesse an dir hat. Das ist ja lachhaft«, sagte er und rang sich ein Lachen ab.

»Sie ist nicht mein Typ«, erwiderte Jared.

»Du bist zu jung, um einen Typ zu haben. Als ich in deinem Alter war, ging ich ohne Vorurteile mit jeder Frau ins Bett, die so freundlich war, sich einverstanden zu erklären.«

»Siehst du, da sind wir beide verschieden. Ich mache sehr wohl einen Unterschied«, sagte Jared. Dann beendete er zu Lucas' Erleichterung sein Essen und tupfte sich den Mund sauber. »Wie auch immer«, fuhr Jared fort. »Mir gefällt die andere besser.«

»Annie?«, entfuhr es Lucas.

Jared sah ihn an, als hätte er den Verstand verloren. »Natürlich nicht Annie! Die andere.«

Lucas riss die Augen auf. »Welche andere? Nein! Du meinst doch nicht etwa dieses spindeldürre Mädchen?«

Jared erhob sich und wickelte sich seinen ramponierten orangefarbenen Schal um den Hals. »Warum denn nicht das spindeldürre Mädchen?«

Lucas lachte los. »Du machst also sehr wohl einen Unterschied?« Er öffnete seine Geldbörse aus Krokodilleder, holte einen Zwanzig-Euro-Schein hervor und legte ihn auf den Tresen. Das reichte für beide Mittagessen.

»Du bist schon ein komischer Junge«, sagte er und klopfte Jared auf die Schulter. Dann verließ er laut lachend das Café.

Der Regen durchnässte seine Haare und lief ihm in die Augen, während Jared mit großen Schritten auf Annies Haus zueilte. Unter seinem Mantel umklammerte er ein großes, flaches, in braunes Papier gewickeltes Paket. Er ging durch die Wohnsiedlung und bog in die Straße ein, in der sich Annies Haus befand. Die Straße war leer, abgesehen von einem Mann in einem grauen Trenchcoat und mit einem Burberry-Regenschirm, der an der Leine einer Deutschen Dogge zerrte und den großen Haufen, den sein Hund gerade auf dem Bürgersteig hinterlassen hatte, beharrlich ignorierte. Warum wirkten die wohlhabenden Wohnsiedlungen in Paris immer so ausgestorben?
Er lief die wenigen Stufen zur Eingangstür hoch und rutschte auf den nassen Steinstufen aus. Er fiel beinahe hin und fluchte. Dann steckte er den Schlüssel ins Schloss und kämpfte mit der Tür, wobei er weiterhin versuchte, das Paket vor dem Regen zu schützen. Im Haus war es still, und es brannte nirgendwo Licht. Annie musste beim Einkaufen sein, und die Kinder waren vermutlich in der Schule. Jared entspannte sich, schlüpfte aus dem Mantel und hängte ihn zum Trocknen an die Garderobe. Dann schlich er auf Zehenspitzen in sein Zimmer, so wie er es sich angewöhnt hatte, wenn er mitten in der Nacht nach Hause kam. In seinem Zimmer angekommen, legte er das Paket auf sein Bett, atmete tief ein und trat auf den Flur im dritten Stock hinaus. Der fensterlose Gang war lang und schmal und stockdunkel. Er wartete, bis sich seine Augen an die Dunkelheit gewöhnt hatten, dann trat er vor Altheas Tür und wartete. Er lauschte an der Tür und hörte Geräusche im Inneren. Sie war also zu Hause. Er klopfte.
Nach einer gefühlten Ewigkeit öffnete sich langsam die Tür, und Altheas Gesicht tauchte auf. Sie hatte ein weißes Handtuch auf dem Kopf und blickte hinaus in den dunklen Flur. Sie reckte den Hals, um den Flur hinunterzusehen, ohne dabei das Zimmer zu

verlassen. Seine Augen hatten sich bereits an die Dunkelheit gewöhnt, weshalb er sie sehr deutlich erkennen konnte. Sie sah aus, als käme sie direkt aus der Dusche, und trug einen weißen Frotteebademantel, der um die Taille festgezurrt war. Sie blickte nach rechts und dann nach links, und plötzlich stand er nur wenige Zentimeter von ihr entfernt. Sie erstarrte. Im nächsten Augenblick zog sie sich so ruckartig in ihr Zimmer zurück wie ein Einsiedlerkrebs und knallte ihm beinahe die Tür ins Gesicht, bevor er auch nur ein Wort sagen konnte.

Er blieb sprachlos im Flur zurück. Das hier war äußerst peinlich, aber er wusste dennoch nicht, ob er loslachen oder wütend sein sollte. Er wollte die Sache schon auf sich beruhen lassen, doch dann dachte er an seinen eigenen Ratschlag, den er Lucas gegeben hatte. »Sei ein Mann. Werde aktiv.« Er trat einen Schritt zurück und kehrte in sein Zimmer zurück. Er griff nach dem Paket, riss das braune Papier auf und zog die weiße Leinwand hervor. Dann trat er wieder vor Altheas Tür und klopfte energisch. *»Ouvre la porte«*, sagte er. *Öffne die Tür.*

Kein einziger Laut drang aus Altheas Zimmer, doch er spürte, dass sie sich gegen die Tür presste. Würde sie ihn enttäuschen? Die meisten Frauen hatten ihn enttäuscht. Bloß seine Träume, die er auf die Leinwand gebracht hatte, vermochten ihn zufriedenzustellen.

»C'est moi, Jared«, sagte er noch einmal. *»Ouvre, s'il te plaît.«*
Ich bin's, Jared. Bitte mach auf.

Plötzlich öffnete Althea die Tür sperrangelweit. Das überraschte ihn, nachdem sie ihn vorhin so einfach hatte stehenlassen. Sie stand vor ihm im Türrahmen und hielt den Blick gesenkt, während ihre Arme zu beiden Seiten hinunterhingen. Das Zimmer hinter ihr versank im Chaos. Kleider lagen auf dem Boden verstreut, und die Bettlaken und Decken waren ein einziges Durch-

einander. Jared hatte eigentlich erwartet, dass sie mittlerweile angezogen sein würde, doch sie trug noch immer den weißen Bademantel. Er fragte sich, ob ihr wohl bewusst war, dass die Tatsache, dass sie unter dem Bademantel nackt war, das Haus vollkommen im Stillen lag und das Bett hinter ihr ungemacht war, als Einladung verstanden werden konnte.
Ihr Gesicht blieb ausdruckslos, doch sie wurde furchtbar rot. Sie stand vollkommen still, und er wusste nicht, ob sie gleich losbrüllen, sich in Staub verwandeln oder ihm wieder die Tür vor der Nase zuschlagen würde.
»Ich möchte … dich … malen«, sagte er in gebrochenem Englisch.
»Nein, danke. *Merci.* Danke vielmals«, antwortete sie umgehend. Sie schien einfach alles abschmettern zu wollen, was er ihr vorschlug. Dennoch rührte sie sich nicht vom Fleck, und ihre Tür blieb offen.
»Darf ich reinkommen?«, fragte er.
»Nein«, antwortete sie schwach und wurde noch röter, als sie schließlich einen Blick in ihr Zimmer warf. Sie hatte ihm noch kein einziges Mal in die Augen gesehen. Und nun erkannte er, dass auch er es die ganze Zeit vermieden hatte, sie anzusehen. Ruhe zu bewahren war die einzige Art, wie er ihr helfen konnte. Althea, die vom Hals abwärts wie zu Eis erstarrt wirkte und deren Kopf wie Lava brannte, starrte weiterhin hinunter auf ihre Füße, und ihre Lippen zitterten leicht. Es war eine Schande, wie leicht er sie durchschaute, und Jared wurde sich plötzlich der immensen Verantwortung bewusst, die er einging, indem er sich in die geschützte Atmosphäre ihrer Existenz zwängte. Wenn sie ihn nun hineinließ, dann machte sie sich womöglich von ihm abhängig. Und er wäre an sie gebunden, was eine Bürde war, von der er nicht wusste, ob er schon bereit dafür war. Doch er wusste auch,

dass dieser Augenblick unwiederbringlich vorüber sein würde, wenn er jetzt ging.
Also trat Jared ohne ein weiteres Wort in ihr Zimmer und schloss sanft die Tür hinter ihnen.

Althea spannte jeden Muskel in ihrem Körper an, um nicht unkontrolliert zu zittern. Sobald er ihr Zimmer betreten hatte, nahm er es vollkommen ein. Sein Geruch, der so verwirrend fremd und wunderbar war, veränderte die Textur der Wände, des Bettes, der Luft. Er war groß und hatte breite Schultern, und als er seinen Sweater auszog, seine tätowierten, muskulösen, unbehaarten Arme zum Vorschein kamen und er noch mehr von seinem Geruch verströmte, war sie plötzlich vollkommen verwirrt. Die Frage, was er eigentlich von ihr wollte, stellte sie sich nicht. Er war hier, und sie wurde von einer Panik gepackt. Einer Panik, in die sich auch Freude mischte.
»Attends!«, sagte er und hielt die Hand in die Höhe, als wollte er den Verkehr regeln. *Warte.* Sie sah zu, wie er wieder im Flur verschwand, und hörte, dass er sein Zimmer betrat. Überwältigt ließ sie sich neben seinem zur Seite geworfenen schwarzen Wollsweater auf dem Bett nieder und wartete. Sie überlegte kurz, ob sie ihr Zimmer aufräumen und sich etwas anziehen sollte. Bildete sie sich das hier bloß ein? Hatte sie es sich nicht schon einmal genau so vorgestellt? Vielleicht war das hier bloß die Fortsetzung eines Traumes. Doch der Sweater lag tatsächlich hier neben ihr und roch stark nach Terpentin. Es war ein Geruch, den sie schon einmal wahrgenommen hatte, als sie wieder einmal vor seiner Zimmertür stand. Der Geruch schockierte sie, und sie war entsetzt, wie gut er ihr gefiel. Sie streckte die Hand nach dem Sweater aus und strich mit der Fingerspitze sanft über die kratzige Wolle.
Einen Moment später betrat Jared das Zimmer erneut mit einer

Pappschachtel und einer großen Leinwand. *»Attends«*, sagte er wieder. Er stellte die Pappschachtel auf den Boden, bloß Zentimeter von ihr entfernt, und kniete sich daneben nieder. Sie musterte sein unrasiertes Kinn und seinen Hals. Seine Haare fielen ihm in die Augen, während er Pinsel, schmutzige Tücher und Farbtuben aus der Schachtel holte. Das brauchte seine Zeit, doch Jared schien nicht in Eile. Als er fertig war, legte er einige der Dinge, die er aus seiner Schachtel geholt hatte, auf ihren Tisch und betrachtete sie. Sie spürte, wie ihr Herz gegen ihren Brustkorb hämmerte. Sie saß immer noch auf dem Bett. Er lächelte zaghaft und trat zu ihr. Sie war zum Zerreißen gespannt und hoffte, dass er bald etwas sagte und das Schweigen brach, denn sonst würde sie vermutlich explodieren. Doch Jared schien kein Verlangen zu verspüren, zu sprechen oder das Schweigen zu brechen, und als sie schließlich begriff – nicht mit dem Verstand, sondern tief im Inneren –, dass nicht von ihr erwartet wurde, dass sie etwas sagte, ja dass es nicht einmal erwünscht war, dass keine weiteren Erklärungen notwendig waren, fiel plötzlich eine furchtbare Last von ihren Schultern, und ihr Körper begann sich zu entspannen. Er wollte sie *malen!*

Seine sanften Hände drückten sie aufs Bett und halfen ihr in eine liegende Position. Ihr Körper war nicht so verkrampft, wie sie erwartet hatte, er wirkte bloß zögerlich. Jared schob ihr ein Kissen unter den Kopf, und dort lag sie nun auf der Seite. Sie hatte sich mit etwas einverstanden erklärt, von dem sie keine Ahnung hatte. Er deutete auf das Handtuch auf ihrem Kopf. *»Tu peux retirer ça?« Kannst du es bitte abnehmen?* Sie nahm das Handtuch ab, und ihre Haare fielen auf ihre Schultern. Sie wirkten roter und dunkler, weil sie noch feucht waren. Er stellte die Leinwand auf den Stuhl und öffnete die verschiedenen Tuben. Dann ließ er große Farbklumpen auf eine Zeitschrift fallen. Er kniete vor der Leinwand nieder und sah sie an. »*Tu ne bouges pas.* Nicht bewegen, *d'accord?*«

Althea nickte. Jared mischte die Farben und begann sofort zu malen. Er konzentrierte sich vollkommen auf die schweigsame Aufgabe, sie zu betrachten und ihr Inneres zu sehen. Er war so konzentriert auf Althea, dass sie sich nach einigen Augenblicken, in denen sie sich ihrer selbst nur allzu bewusst war, entspannte, und ihn ihrerseits zu mustern begann. Seine Arme waren sehnig und stark, und seine Tattoos jagten ihr Angst ein, so intensiv wirkten sie. Er hatte wunderbar dünne Finger. Und unter seinem Adamsapfel gab es einen Punkt, der sie vollkommen hypnotisierte und an dem sie am liebsten ihr Gesicht vergraben hätte.

Jared malte, und das einzige Anzeichen, dass die Zeit verging, waren Altheas Haare, die langsam zu einem Dickicht aus roten Locken trockneten, dem ein eigenes Leben innezuwohnen schien. Immer wieder trat Jared zu ihr und fuhr sanft mit den Fingern durch ihre Haare, um sie neu anzuordnen. Wenn seine Finger ihr Gesicht streiften, erzitterte Althea und fühlte sich in der Stille lebendiger, als sie es jemals für möglich gehalten hätte. So wie ein längst vergessenes Samenkorn, das endlich von einem Wassertropfen erlöst wird und unaufhaltsam zu wachsen beginnt.

Avril

16

Die Fahrt auf der *Péniche* war schmerzhafter, als sie es sich jemals vorgestellt hätte. Annie kämpfte gegen ein klaustrophobisches Gefühl an, das jedoch nichts mit den Bewegungen des Schiffes zu tun hatte. Sie bereute bereits, dass sie sich zu der Touristenfahrt auf der *Bateaux Mouche* hatte überreden lassen.

Es war der erste April, und das Wetter war wunderbar. Das Schiff bewegte sich langsam die Seine entlang, während Annie auf einer der ungemütlichen Holzbänke im menschenleeren Unterdeck saß und nicht einmal aus dem Fenster blickte. Lola und Simon befanden sich an Deck, doch sie brauchte etwas Zeit für sich und hatte Übelkeit als Entschuldigung vorgeschoben. Eigentlich war ihr gar nicht übel, sie hatte bloß Angst. Es war ein vages Gefühl in ihrer Brust, das ihr sagte, dass etwas vollkommen schieflief. Etwas in ihrem Leben lief vollkommen schief.

Überall, auf dem Schiff und an den Ufern, sah man Pärchen, die sich umarmten, sich küssten und Händchen hielten. Vielleicht war der Anblick der verliebten Paare schuld an ihrer Übelkeit. Sie und Johnny waren einmal ähnlich verliebt gewesen. Sie fragte sich, ob diese hoffnungslos verliebten Paare Paris auch gerade als zauberhaften, magischen Ort erlebten, bloß um in ein paar Jahren zu erkennen, dass sich alles verändert hatte und die Erinnerungen an die Liebe und die Leidenschaft bereits verblasst waren.

»Alles in Ordnung? Du bist ein wenig grün um die Nase«, fragte Lola.

»Ich gerate immer in Panik, wenn die Jungen nicht in der Nähe sind«, erklärte sie, und es stimmte zum Teil sogar.

»Geht dir das seit dem Unfall so?«

»Ich habe mich schon immer zu Hause am wohlsten gefühlt.«

»Und ich habe mich in meinem eigenen Haus immer wie in einem Gefängnis gefühlt«, erwiderte Lola und beobachtete Simon, der gerade zwischen den Bankreihen herumspazierte. »Warum war mir das eigentlich nie möglich? Ein glückliches Zuhause zu haben?«

»Ich würde sagen, dass dir vermutlich dein teuflischer Ehemann im Weg stand.«

»Es sind die typischen Erwartungen, die man eben hat«, sagte Lola. »Ein einladendes Zuhause, glückliche Kinder, einen Ehemann, der einen unterstützt.«

»Und großartigen Sex!«, fügte Annie wie aus dem Zusammenhang gerissen hinzu.

Lola betrachtete sie aufmerksam. »Ich muss dich jetzt etwas fragen«, sagte Lola und stellte schnell sicher, dass Simon außer Hörweite war. »Aber du musst absolut ehrlich sein.«

Annie zuckte mit den Schultern. »Ich werde es versuchen.«

Lola zögerte. »Hättest du gerne, dass sich zwischen dir und Lucas mehr entwickelt?«

Annie sah sie an, als hätte sie den Verstand verloren. »Natürlich nicht, du Dummerchen. Wie kommst du denn darauf?«

Lola lächelte wissend. »Ich habe wohl einfach beobachtet, wir ihr beiden miteinander umgeht.«

Annie runzelte die Stirn, schüttelte den Kopf und lachte. »Kannst du dir mich und den guten alten Lucas zusammen vorstellen?«

»Ja, durchaus.«

»Ihh, ich aber nicht!«

Lola warf ihr einen verschwörerischen Blick zu. »Dann hast du also noch nie darüber nachgedacht? Ihr beide habt noch nie … du weißt schon?«

Es war wirklich ärgerlich, wie beharrlich Lola sein konnte. »Nie«, antwortete Annie in einem Ton, der keine Zweifel übrigließ.

»Und ich hätte tatsächlich darauf gewettet. Und weißt du, was das Witzige daran ist? Althea war derselben Meinung.«

Lola und Althea unterhielten sich also hinter ihrem Rücken über sie? Mit Althea konnte sich doch niemand unterhalten. »Warum fragst du eigentlich? Hast du Interesse an ihm?«

»Ich finde Lucas tatsächlich sehr attraktiv«, antwortete Lola ehrlich.

Annie hatte Lucas bei einem Pärchenabend kennengelernt. Sie und Johnny und Lucas und seine damalige Freundin. Sie saßen im *Rothonde de Passy* und aßen sündhaft teure *assiette de fruits de mer.* Lucas war warmherzig und charmant, und sie fühlte sich von Anfang an wohl in seiner Gegenwart. Lucas' Verabredung war eine elegante *Parisienne* mit feinen Haaren und ebensolchen Manieren gewesen. Annie hatte bei sich gedacht, dass die beiden wirklich ein glamouröses Paar abgaben. Das nächste und das übernächste Mal, als sie Lucas traf, hatte er jedes Mal eine neue, wunderschöne *Parisienne* im Schlepptau. Im Laufe der Jahre wurde Lucas für sie und Johnny zu einem unverzichtbaren Freund, und er stellte ihnen Dutzende seiner *petite amies* vor. Erst nach Johnnys Tod fand Annie endlich den Mut, ihn zu bitten, ihr seine diversen Frauenbekanntschaften besser vorzuenthalten. Vielleicht schaffte er es tatsächlich nicht, endlich erwachsen zu werden, doch sie war es leid, andauernd so zu tun, als kenne sie den Namen der aktuellen Flamme noch. Seitdem hatte ihr Lucas nie wieder eine seiner Freundinnen vorgestellt und war äußerst diskret, was seine Frauengeschichten betraf.

»Ich muss dich warnen«, erklärte sie Lola. »Lucas geht jeden Tag mit einer anderen aus. Er ist *Monsieur Papillon*, ein Schmetterling, der von Mädchen zu Mädchen fliegt. Glaub mir, ich habe ihn einmal in Aktion erlebt, als wir ihn in seinem Haus in Saint-Tropez besuchten.«

»Er hat ein Haus in Saint-Tropez?«, fragte Lola. »Jetzt finde ich ihn sogar *extrem* attraktiv.« Lola schnappte sich Simon, kletterte die Treppe hoch und trat hinaus an Deck.
»Aber bevor ich mich allzu sehr auf Lucas einlasse«, flüsterte Lola, »solltet ihr beide einige Dinge klären.«
»Was meinst du damit?«
»Nun, es ist ziemlich offensichtlich, dass er dich sehr mag.«
Schockiert registrierte Annie, wie sich plötzlich eine Röte, von ihrem Hals ausgehend, über ihr ganzes Gesicht ausbreitete. Sie wandte schnell den Kopf ab, um ihr Gesicht zu verstecken. »Das kann ich mir absolut nicht vorstellen.«
»Ich wette, er ist ein wunderbarer Liebhaber«, fügte Lola hinzu.
Annie lachte. »Nun, zumindest hat er ein enormes Selbstbewusstsein, was das betrifft.«
»Er ist so heiß, wie es nur Franzosen sein können.«
»Es gibt nur einen Weg, herauszufinden, ob er hält, was er verspricht«, sagte Annie und seufzte.
»Aber vorher musst du schwören, dass du absolut kein Interesse an ihm hast.«
»Ich?«
Lola sah ihr fest in die Augen. »Ja, du.«
In diesem Moment fühlte sie sich plötzlich wieder unwohl. Oben an Deck war es zu windig, zu sonnig, und das Licht war zu grell.
»Hör zu, ich weiß nicht, was ich noch sagen soll, um dich zu überzeugen.«
»Abgesehen davon«, fuhr Lola fort, »muss sich Lucas erst einmal für mich interessieren.«
Annie kniff die Augen zusammen. »Wie könnte sich ein Mann nicht für dich interessieren?«
»Nun, das kommt schon auch vor, weißt du«, erwiderte Lola strahlend.

»Lucas hat selbst zu mir gesagt, dass du eine der attraktivsten Frauen bist, die er jemals zu Gesicht bekommen hat. Du kannst also beruhigt sein.« Lola schien diese Enthüllung kaum zu überraschen. Annie biss die Zähne zusammen, als ihr in den Sinn kam, wie leicht Lola alles in den Schoß fiel, während die wunderschöne, nichtsahnende Lola ihr Gesicht in den Wind hielt und dabei selig lächelte. Vermutlich stellte sie sich gerade vor, wie es zusammen mit Lucas wäre, und überlegte, wie sie weiter vorgehen sollte.

»Ich habe noch nie mit dem Gedanken gespielt, meinen Mann zu betrügen. Aber vielleicht sollte ich es einmal versuchen«, sagte Lola.

»Ja, vielleicht solltest du es versuchen«, erwiderte Annie schnippisch. »Weißt du was, mir wird schon wieder übel. Ich gehe wieder unter Deck.«

»Sollen wir mitkommen?«

»Nein, bitte bleibt hier.«

Annie kletterte die Metalltreppe hinunter und setzte sich auf eine der Bänke im Unterdeck, das menschenleer war, abgesehen von einem jungen Pärchen, das abwechselnd kicherte und sich leidenschaftlich küsste. Sie konnte nicht hinsehen. Würde sie jemals wieder die Leidenschaft eines Mannes erwecken? Wollte sie es überhaupt? Vor zehn Jahren war es ihr vorgekommen, als wären Johnny und sie alleine auf der *Bateaux Mouche.* Sie hatten sich die ganze Nacht über geliebt, und untertags waren sie durch Paris geschlendert und hatten die Romantik und die Schönheit der Stadt in sich aufgesogen. Paris war ihr damals heller erschienen, es hatte besser gerochen und nur so vor Lebensfreude und Möglichkeiten gestrotzt. Hell und strahlend vor Liebe. Doch jetzt wirkte Paris grau und unbedeutend. Die *Bateaux Mouche* war grau und unbedeutend. Sie selbst fühlte sich grau und unbedeutend.

Sie erhob sich von ihrer Bank und beschloss, dass das sich küssende Pärchen alles nur noch schlimmer machte. Sie stieg die Treppe hoch und trat hinaus ins Licht. Die Aprilsonne, die sich im Wasser der Seine spiegelte, blendete sie, und sie musste die Augen mit der Hand abschirmen. Sie schlenderte zum Heck des Schiffes. Vor ihr breiteten sich die Ufer der Seine aus, und sie sah das *Hôtel des Invalides* und bald darauf das *Musée d'Orsay*. Ein kalter Windstoß schlug ihr die Haare so heftig ins Gesicht, dass es schmerzte. Sie öffnete ihren Mantel und wickelte sich das teure Tuch von Hermès vom Hals, das ihr Johnny zu ihrem dreißigsten Geburtstag mit der Auflage geschenkt hatte, dass sie endlich begann, sich wie eine Pariserin zu kleiden. Es war sein letztes Geschenk gewesen. Sie band sich das Tuch um den Kopf und betrachtete ihr Spiegelbild in einem der Fenster. Sie ähnelte eher einem Flüchtling aus Bosnien als einer schicken Pariserin. *Falsch. Falsch.* Sie sah einfach falsch aus. Sie drängte sich an einigen japanischen Touristen vorbei, bis sie Lola entdeckte. Ihre großgewachsene Silhouette hob sich vom blauen Himmel ab, während sie mit Simon auf dem Arm an der Reling stand und ihm die anderen *Péniches* zeigte. Lola sah äußerst glücklich aus, und Annie erkannte, dass das auch auf Simon zutraf. Mittlerweile hatte er aufgehört, in der Nacht zu weinen. Vielleicht wirkte Lola deshalb so entspannt und gelöst.
Sie lehnte sich gegen die Reling und atmete tief durch. Die Luft war kalt und frisch. Sie nahm das Tuch vom Kopf und betrachtete zum ersten Mal die Bilder auf dem bedruckten Seidenstoff. Muschelschalen. Warum gerade Muschelschalen? Warum keine Walrösser oder Kolibris? Sie hielt das Tuch an einer Ecke fest und ließ es im Wind wehen. Simon beobachtete sie aufmerksam und ließ das Tuch nicht aus den Augen. Sie lächelte ihn an und ließ es los. Dann beobachteten sie beide, wie das Tuch mehrere Minuten

lang durch die Luft schwebte. Simon folgte seinen Bewegungen schweigend mit dem Finger. Schließlich landete es auf der Wasseroberfläche und war nur noch als winziger Punkt in der Ferne zu erkennen. Sie wandte sich ab und ging zum Bug der *Péniche.* Überrascht bemerkte sie, dass sie plötzlich ganz alleine war. Wie Kate Winslet, nur ohne Leonardo. Die *Péniche* glitt über die Seine, vorbei an der *Pont du Carrousel,* wo sie schließlich wendete. Und dann stürzte Paris plötzlich und vollkommen unerwartet auf sie ein. Es war so wunderschön, und sie war vollkommen überrascht. Die Farben wirkten plötzlich lebendiger, und die Seine zog sich wie ein seidenes Band zwischen den Silhouetten von *Notre Dame* und dem *Hôtel de Ville* hindurch. In weiter Ferne glänzte die *Pont Neuf* im Morgenlicht, als bestünde sie aus feinster Spitze, und Annie fühlte sich plötzlich und aus keinem besonderen Grund einfach lebendig. Lebendig und voller Hoffnung.

Mark klappte seinen Laptop zu, bat die Stewardess um einen Scotch und schlüpfte aus dem verdammten Rollkragenpullover aus Kaschmir, den er und Lola erst vor wenigen Wochen bei *Fred Segal* gekauft hatten und der ihm beinahe die Luft abschnürte. Damals war noch alles in Ordnung gewesen, und es hatte noch nicht die kleinsten Anzeichen gegeben, dass Lola etwas nicht passte, keine Hinweise, rein gar nichts.

Die Frau auf der anderen Seite des Mittelganges musterte mehr oder weniger diskret seine nackten Unterarme und seinen Oberkörper in dem Diesel-Shirt, doch er war gerade nicht in der Stimmung. Wäre er in der richtigen Stimmung gewesen, hätte er wohl mit ihr geflirtet, aber mehr nicht. In Wahrheit hatte er sich absolut nichts vorzuwerfen.

Lola war ein Schussel, und das trieb ihn in den Wahnsinn. Und sie hatte immer eine Ausrede parat, warum sie dieses oder jenes

nicht erledigt hatte. Aber seit wann gefiel sie sich in der Opferrolle? Na und, dann war er eben aufbrausend. Sie wäre es auch, hätte sie seine Verantwortung. Trotzdem war sie die Frau, die er liebte, war es immer gewesen und würde es immer sein.
Mark steckte seinen Laptop in die Aktentasche und umklammerte die Sitzlehne. Er hatte sich nichts vorzuwerfen. Lola war so leicht zu durchschauen. Offensichtlich wollte sie, dass er sie fand, oder warum schickte sie ihm ausgerechnet aus Manhattan Postkarten, wo er doch wusste, dass ihre Freundin Alyssa dort wohnte? Es war, als hätte sie Brotkrumen ausgestreut, damit er sie fand. Und nun war er auf dem Weg nach Manhattan. Aus geschäftlichen Gründen. Wenn es ihr tatsächlich ernst war, hätte sie ihm wohl kaum Postkarten geschickt, nicht wahr?
Wie lange glaubte Lola eigentlich, dass das Geld, das sie dabeihatte, für den aufwendigen Lebensstil reichen würde, an den sie gewohnt war? Sie hatte noch keine ihrer Kreditkarten benutzt. Er war beinahe beeindruckt, dass sie bis jetzt durchgehalten hatte. Er hatte ihr genügend Freiraum gegeben, um die Dinge zu überdenken, hatte bei ihrer Postkartenscharade mitgespielt und nichts unternommen.
Doch mittlerweile stand sie auf der Verliererseite. Ihre Manipulationen hatten sich als Bumerang erwiesen, und sie befand sich nun an dem Punkt, an dem sie nicht wusste, was sie tun konnte, um wieder zu ihm zurückzukehren. Er war aus geschäftlichen Gründen auf dem Weg nach New York City und würde sie und die Kinder zurückholen. Er würde ihr den Ausrutscher verzeihen, und sie durfte wieder nach Hause kommen. Sie hatte Glück, dass er sie zurücknahm, ohne weitere Fragen zu stellen.

Das Wohnzimmer drehte sich, und kein Wort kam über ihre Lippen. Lola ließ sich auf die Couch sinken und presste den Telefonhörer an ihre brennende Wange, während sie Alyssas wunderbarem jamaikanischem Akzent am Telefon lauschte. Hätte Annie bloß nicht abgehoben und anschließend beobachtet, wie sie weiß wurde und die Tränen zu fließen begannen. Nun stand Annie mit vor der Brust verschränkten Armen und Topfhandschuhen an den Händen vor ihr. Bald schon würde sie die ganze Wahrheit kennen.

»Mark ist echt davon ausgegangen, dich und die Kinder hier in Soho zu finden, Liebes«, sagte Alyssa gerade. »Er war sich sicher, dass ihr bei mir untergekommen seid. Doch dann hat er natürlich eins und eins zusammengezählt und wusste gleich, dass ich bloß Postkarten weitergeleitet habe, die du mir geschickt hast. Ich dachte, er schlägt mein Loft kurz und klein. Es war furchtbar. Ich meine, ich hatte gerade Freunde zu Besuch. Ich habe mich zu Tode geschämt. Es war so peinlich, vor allem für Mark. Du hättest sein Gesicht sehen sollen.«

Alyssa war jünger als Lola und arbeitete noch immer als Model. Sie hatte keine Kinder und auch nie den Wunsch danach verspürt. Lola erwartete kein Verständnis von ihr. Doch der Druck, den ihr die Tatsache bereitete, dass Annie vor ihr stand und darauf wartete, endlich herauszufinden, warum ihre Freundin angerufen hatte und sie unbedingt sprechen wollte, wurde ihr beinahe zu viel. »Auf der anderen Seite war es auch irgendwie süß«, erklärte Alyssa. »Du weißt schon, romantisch eben. Er hat immerhin das ganze Land durchquert, bloß um nach dir zu suchen.«

»Hast du ihm gesagt, wo ich bin?«

»Er meinte, er würde zur Polizei gehen.« Der schrille Unterton in Alyssas Stimme verriet ihr, dass sie eigentlich nicht besorgt, sondern bloß verärgert war. »Ich habe ihm gesagt, dass ich nicht weiß, wo du bist, Liebes. Ich habe versucht, deinen Arsch zu retten. Aber ich will mit der Sache nichts mehr zu tun haben. Ich meine, er hat von Kindesentführung, gerichtlichen Vorladungen und Zeugenaussagen gesprochen.«

Lola warf Annie einen entschuldigenden Blick zu. »Alyssa, bitte sag ihm nichts«, flüsterte sie.

»Ich verstehe ihn aber«, erwiderte Alyssa kühl.

»Bitte warte noch.«

»Hör zu«, erklärte Alyssa mit scharfer Stimme. »Du solltest ihn anrufen. Entweder im *Hotel Vier Jahreszeiten* oder auf dem Handy. Sag ihm selbst, wo du bist. Wenn du es nicht tust, dann mach ich es, so leid es mir tut, Süße.«

Lucas öffnete Annies Haustür und fand Lola zusammengekrümmt auf der Couch im Wohnzimmer. Annie saß neben ihr und sah aus, als erlebte sie gerade die beste Zeit ihres Lebens. Er warf den beiden stumm einen überraschten Blick zu, und Annie hob die Augenbrauen, wie um ihm zu verstehen zu geben, dass sie das alles hatte kommen sehen.

»Mark ist wieder zurück im Spiel«, erklärte sie. »Er hat sie gefunden. Zumindest glaubt er das, dieser Narr!«

Lola, die Lucas stets heiter und entspannt kennengelernt hatte, saß zusammengekauert auf der Couch, hatte die Arme um die Beine geschlungen und schwankte leicht hin und her.

»Ist er hier?«

»Schlimmer. Er ist in New York und sucht nach ihr. Er dachte nämlich, dass er sie dort finden würde.« Annie rollte übertrieben mit den Augen. »Und nun ist er natürlich erst recht *furchtbar* wütend.«

»Was sollen wir jetzt bloß tun?«, fragte Lola leise.

»Wir?«, erwiderte Annie.

»Bleib einfach hier und ruf die Polizei. Erzähl ihnen deine Geschichte, und sie werden dich vor ihm beschützen«, sagte Lucas, bevor er plötzlich Annies selbstgefälliges Lächeln sah, das absolut keinen Sinn ergab.

»Es gibt keine Gesetze, die mich vor ihm schützen können«, erwiderte Lola schwach.

»Aber genau dafür sind einstweilige Verfügungen doch da«, versicherte er ihr.

»Das ist ja das Problem«, seufzte Lola und vergrub das Gesicht in den Händen.

»Das ist ja das Problem«, wiederholte Annie und sah ihn aufgeregt an.

»Es gibt nicht wirklich eine einstweilige Verfügung«, erklärte Lola furchtbar leise.

»Nicht wirklich?«, fragte er.

»Es gibt gar keine«, erklärte Annie.

Er warf Annie einen missbilligenden Blick zu, und sie schüttelte den Kopf, um ihm zu verstehen zu geben, dass sie auch erst davon erfahren hatte.

Er versuchte zu begreifen, was er gerade gehört hatte. »Aber du hast doch gesagt, dass …«

»Ich habe nicht ganz die Wahrheit gesagt«, gestand Lola.

»Ich wusste es!«, rief er.

»Aber es ist dein gutes Recht, dich und die Kinder zu schützen«, sagte Annie. »Du hast ihn doch bloß verlassen, um dich selbst zu schützen und du selbst zu bleiben.«

»Aber er ist nicht gewalttätig«, schluchzte Lola. »Zumindest nicht körperlich.«

»Du hast also gelogen?«, fragte Lucas vollkommen schockiert.

»Hättest du meine Angst vor ihm ernst genommen, wenn ich nicht behauptet hätte, dass er gewalttätig ist?«, fragte sie Annie. »Du hast mich dazu gebracht, das zu behaupten.«

Annie riss empört die Augen auf. »Dann ist es also meine Schuld?«

Lucas kratzte sich am Kopf. »Aber ist es denn nicht gewissermaßen illegal, die Kinder ohne sein Wissen außer Landes zu bringen?«

»Sie werden mich ins Gefängnis stecken«, schluchzte Lola. »Sie werden mir die Kinder wegnehmen!«

Annie schüttelte den Kopf. »Ich wünschte bloß, du hättest dir über diese unwichtigen, kleinen Details Gedanken gemacht, *bevor* du die Kinder entführt hast.«

Daraufhin brach Lola erneut in Tränen aus. »Ich habe die Kinder nicht entführt. Mein Gott, natürlich nicht! Ich ... ich habe ihm Postkarten geschickt.«

»Ist dir bewusst, in welche Situation du mich gebracht hast?«, fragte Annie.

Lucas hörte den beiden zu, während er in Gedanken bereits den nächsten Tag neu organisierte, um Lola und ihre Kinder am Morgen zurück zum Flughafen zu bringen. Mit ein bisschen Glück bekamen sie sogar noch diese Nacht einen Flug.

»Aber du hast doch mit ihm über deine Pläne gesprochen, nicht wahr? Ihm ein Ultimatum gestellt oder so?«, fragte Annie. »Du hast ihm gesagt, dass du ihn verlässt. Du hast nur nicht gesagt, wohin du gehst, nicht wahr?«

»Nun ... nicht wirklich. Ich bin fort, während er auf Geschäftsreise war. Als er zurückkam, war das Haus leer.«

Annie vergrub den Kopf in den Händen. *»Merde.«*

»Merde«, wiederholte Lucas.

»Und hast du ihm seitdem einen Brief geschrieben? Ihm alles erklärt?«

»Ich habe es versucht ... ich schwöre es euch ... ich habe es viele Male versucht ... aber ich konnte ... ich konnte es nicht in Worte fassen. Ich wollte nicht, dass er wütend ist. Ich wollte seine Gefühle nicht verletzen, deshalb habe ich bloß Postkarten geschickt. Ich habe sie in einem Umschlag an Alyssa geschickt, und sie hat sie sofort von Manhattan aus weiterversendet.«

»Du hast also eine falsche Fährte gelegt«, stellte Lucas fest.

»Ich wollte nicht, dass er sich Sorgen macht. Und ich wollte, dass er weiß, wie gut es den Kindern geht. Simon schläft die Nacht durch, und Lia hat neue Freunde in … New York gefunden. Ihr wisst schon … ich wollte ihn auf dem Laufenden halten.«

Lucas' Blick wanderte zwischen Annie und Lola hin und her, als verfolgte er gerade ein Tischtennisspiel in Zeitlupe. »Dann ist sie also einfach verschwunden?«, fragte er Annie.

»Wie hast du das jetzt bloß so schnell herausgefunden?«, entgegnete Annie lachend.

Doch Lucas fand die Sache absolut nicht komisch, und er verspürte nicht das geringste Mitleid für Lola. Hinter der schönen Fassade verbarg sich … was eigentlich? Mittlerweile verstand er, warum Annie sich bestätigt fühlte. Er warf ihr einen bedeutungsvollen Blick zu.

»Alle glauben, dass ich es so gut und einfach habe«, weinte Lola. »Die Leute – selbst ihr beide – glauben, dass man die Dinge einfach durch ein Gespräch regeln kann, aber ihr kennt Mark nicht. Ihr kennt *mich* nicht. Er hat diese … Macht über mich. Ich kann nicht mit ihm sprechen. Egal, was ich zu ihm sage, es verhallt ungehört.«

»Aber wie um alles in der Welt dachtest du, dass diese Sache ausgehen würde?«, fragte Annie, und Lucas bemerkte überrascht, dass ihre Stimme mittlerweile einfühlsamer klang. Lola antwortete nicht, sondern murmelte bloß leise vor sich hin.

»Selbst wenn ich mir vorher genau überlege, was ich sagen werde, und wenn ich ganz genau weiß, dass ich recht habe, hört er mir einfach nicht zu. Er schleudert mich zu Boden, er schlägt mich in Stücke … ich meine, bildlich gesprochen. Er muss mich nicht körperlich verletzen, um mir weh zu tun. Aber das versteht ihr nicht.«

Sie schwiegen einen Moment lang, und man hörte bloß Lolas Schniefen. Schließlich ergriff Annie das Wort. »Vielleicht liegt es nicht an ihm. Konflikte machen dir Angst. Genau das habe ich gemeint, als ich zu dir sagte, dass du dich deiner Wut stellen musst. Aber du hast es einfach abgetan.«

Lucas hielt es nicht mehr länger aus. Er wandte sich an Lola und deutete mit dem Finger auf sie. »Du behauptest also, du wolltest seine Gefühle nicht verletzen? Nun, ich glaube, du wolltest ihn sehr wohl verletzen, und du hast dich für die grausamste Art entschieden! Und für die feigste.« Lola vergrub den Kopf in ihren Händen und begann leise zu schluchzen, während er weitersprach. »Ich verstehe euch Frauen einfach nicht. Ihr glaubt, wir Männer sind bloß emotionslose Idioten.«

Annie brachte ihn zum Schweigen, indem sie ihn am Arm packte und hinaus in den Flur zerrte, wo Lola sie nicht mehr hören konnte. Sie lehnte sich an die Wand und sah ihn lächelnd an. »Natürlich wissen wir, dass ihr Männer auch Gefühle habt«, flüsterte sie. »Sie sind nur nicht so bedeutend wie unsere eigenen.« Annie schien die Situation tatsächlich Freude zu bereiten. Nein, er verstand die Frauen wirklich nicht.

»Es ist einfach widerwärtig. Vielleicht solltest du sie nicht lehren, wie man kocht«, sagte er. »Vielleicht solltest du sie lehren, wie man … ich weiß auch nicht … ein Rückgrat entwickelt.«

»Aber, aber. Wer braucht bei diesem Aussehen schon Rückgrat?«, lachte Annie.

»Nun, ich persönlich finde Menschen ohne Rückgrat absolut unattraktiv.«

Annie sah ihn an, als sähe sie ihn gerade zum ersten Mal. »Dann ziehst du also nicht das Äußere den inneren Werten vor?«

Dort im dunklen Flur hielt Lucas plötzlich inne, stemmte eine Handfläche gegen die Wand und beugte sich so nahe und plötzlich zu Annie hinunter, dass es sogar ihn selbst überraschte. »Einige wenige Frauen bringen das ganze Paket mit«, flüsterte er und sah ihr in die Augen.

Annie betrachtete ihn, als wartete sie darauf, dass sich ihr die Ironie hinter seiner Aussage offenbarte. Er hingegen wartete darauf, dass sie etwas entgegnete, doch sie sagte nichts. Stattdessen sah sie ihn bloß weiter eindringlich an.

»Möchtest du, dass ich Flugtickets organisiere?«, fragte er, um das unangenehme Schweigen zu brechen.

»Flugtickets? Wozu?«

»Für die Flitterwochen auf den Bahamas *bien sûr.*«

»Glaubst du wirklich, ich schicke sie zurück? Damit dieser Irre sie in der Luft zerreißen kann?«

»Ja.«

Annie öffnete die Tür und begleitete ihn hinaus. »Das würde ich niemals tun. Lola ist meine Freundin, Lucas.«

Nachdem Annie und Lola die Kinder zu Bett gebracht und schweigend die Küche aufgeräumt hatten, gingen sie gemeinsam ins Wohnzimmer. Es war bereits nach zehn Uhr abends.

Annie schlichtete die Holzscheite im Kamin neu auf und wartete darauf, dass Lola Marks Nummer wählte. Doch Lola wählte nicht. Sie saß bloß stocksteif auf der Armlehne der Couch, hielt das Blatt Papier mit Marks Telefonnummer im Hotel in den zitternden Fingern und starrte das Telefon an, als wollte es ihr jeden Moment an die Kehle springen.

»Wolltest du ihn nicht anrufen?«

»Ich weiß nicht, ob ich es kann«, sagte Lola.

Sie war so weiß im Gesicht, dass Annie sich fragte, ob sie sich womöglich bald übergeben musste. »Jetzt mal im Ernst, wie schlimm kann es schon werden?«

»Sehr schlimm«, wimmerte Lola.

Sie hatten einen Plan. Lola würde Paris mit keinem Wort erwähnen, da Mark ja ohnehin annahm, dass sie in New York war, und sie keinen Vorteil darin sahen, wenn er die Wahrheit erfuhr. Annie würde das Gespräch über den schnurlosen Anschluss mitverfolgen, um Lola moralisch zu unterstützen. Sie würde Lola helfen, stark, überlegt und bestimmt zu bleiben. Es war ein wunderbarer Plan.

»Soll ich für dich wählen?«

»Ja, wähl du.«

Annie wählte die Nummer und gab Lola den Hörer. Sie selbst nahm das Schnurlostelefon zur Hand, überzeugt davon, dass der Plan funktionieren würde. Doch als sie hörte, wie Lola der Empfangsdame im *Hotel Vier Jahreszeiten* Marks Namen und Zimmernummer nannte und dabei klang wie eine Sechsjährige, überkam sie langsam ein ungutes Gefühl. Nach einer endlos langen Wartezeit, während der nur Stille und etwas Berieselungsmusik zu hören waren, meldete sich eine Männerstimme am anderen Ende der Leitung. »Ja?«

»Mark?«, fragte Lola mit piepsender Stimme. Sie sah aus, als würde sie bald in Ohnmacht fallen.

Annie machte sich gerade mit dem Schnurlostelefon in der Hand auf den Weg zurück ins Wohnzimmer, als Mark zum ersten Mal seit Wochen wieder mit seiner Frau sprach.

»Lola, wo ZUM TEUFEL steckst du?«

Das war irgendwie nicht das, was Annie erwartet hatte. Aber was hatte sie eigentlich erwartet? Sie erkannte in diesem Augenblick, dass sie absolut keine Erfahrung mit gewalttätigen, brüllenden Ehemännern hatte. In ihrer Ehe war immer sie diejenige gewesen, die gebrüllt hatte. Johnny war der Ruhige, Besonnenere gewesen. Sie eilte, ohne zu zögern, auf die Couch zu, setzte sich neben Lola und drückte ihre freie Hand. Lola riss die Augen auf, in denen bereits Tränen standen, und schüttelte den Kopf, als wollte sie sagen, dass sie noch nicht bereit für diesen Anruf war. Annie warf ihr einen Blick zu, der ihr zu verstehen geben sollte, dass alles gut werden würde.

»Hallo, Liebling«, sagte Lola, und ihre Stimme klang immer noch unendlich leise.

»Gib mir deine verdammte Adresse«, erwiderte Mark kühl. »Ich nehme mir ein Taxi.«

Lolas Stimme wurde traurig. Sie klang wie ein verängstigtes kleines Mädchen. »Ich bin nicht …«

»Gib mir deine Adresse.«

Das Adrenalin schoss durch Annies Adern, und sie wusste von einem Augenblick auf den anderen, dass sie diesen Kerl abgrundtief hasste. Sie wünschte sich, etwas gegen den geplagten Ausdruck auf Lolas Gesicht unternehmen zu können, aber was hätte sie schon tun können, wo sie doch selbst wie vor den Kopf gestoßen war? Lola hatte womöglich recht gehabt. Das hier konnte wirklich hässlich werden.

Lola versuchte, weiterzusprechen. »Ich wollte nur sagen, dass …«

Mark unterbrach sie. Seine Stimme klang kühl und sachlich. »Du hast hier gar nichts zu sagen. Du bist nicht in der Position dazu. Hör mir zu, Lola. Ich habe genug von dir und dem Scheiß, den du hier abziehst. Gib mir deine Adresse. Langsam werde ich richtig wütend, und glaube mir, du willst nicht, dass ich richtig wütend werde.«

»Ich wollte nur sagen«, fuhr Lola fort, »dass ich nicht … in New York bin.«

Was war mit ihrem Plan? Lola hielt sich nicht an den Plan! Annie wischte sich ihre schweißnassen Hände an ihrer Jeans trocken. Aber solange sie Frankreich nicht erwähnte …

»Und wo *zum Teufel* bist du dann?«, brüllte Mark.

»Ich bin … in Frankreich, Liebling«, antwortete Lola zwitschernd. Es folgte ein Augenblick Stille, bevor Mark und Annie gleichzeitig die Sprache wiederfanden: »Wie bitte?«

»Lia gefällt es an ihrer neuen Schule«, zirpte Lola. Am anderen Ende der Leitung herrschte Schweigen, und Annie glaubte beinahe zu hören, wie Marks Gehirnwindungen schmerzhaft versuchten, sich auf das Gehörte einen Reim zu machen. Dann sprach Lola zaghaft weiter. »Sie lernt wirklich außergewöhnlich schnell Französisch. Und du solltest Simon hören!«

»Hör zu«, sagte Mark und bemühte sich nicht länger, seinen Ärger im Zaum zu halten. »Du kannst die Kinder nicht einfach außer Landes bringen. Das kommt einer Entführung gleich. Gibt es einen anderen Kerl? Ist es das? Es gibt einen anderen Kerl? Einen französischen Waschlappen mit Barett?«

Annie musste plötzlich kichern. Das hier entwickelte sich immer mehr zu einer furchtbar schlechten Seifenoper.

»Nein, natürlich nicht«, erwiderte Lola.

»Das ist doch Schwachsinn!«

»Ehrlich, Mark. Es ist einfach so, dass ich … ich musste … ich brauchte eine Auszeit.«

»Eine Auszeit wovon, verdammt? Dein Leben ist doch eine einzige Auszeit. Das ist verdammt noch mal alles, was du in letzter Zeit getan hast. Dir eine Auszeit zu nehmen und dich vor deinen verdammten Pflichten und der Verantwortung zu drücken.«

Annie war auch nicht gerade zimperlich, wenn es ums Streiten ging, aber die Tatsache, dass Mark so dermaßen loslegte und dreimal innerhalb weniger Sätze geflucht hatte, jagte ihr einen Schauer über den Rücken. Lola schluckte und sah sie verzweifelt an.

Mittlerweile war Annies Blut vom Adrenalin gesättigt. Sie kritzelte hektisch etwas auf einen Zettel und gab ihn Lola. Diese warf einen Blick darauf und runzelte die Stirn, bevor sie ihn Mark wortwörtlich vorlas.

»Eine Auszeit von deinem tyrannischen Verhalten«, las Lola mit ausdrucksloser Stimme.

»Von meinem verdammten was …?!«

»Von deinem tyrannischen Verhalten«, wiederholte Lola und ließ sich die Worte auf der Zunge zergehen wie ein Stück Schokolade. Sie lächelte Annie zu. Das musste sich gerade wirklich gut angefühlt haben.

Annie lächelte zurück, bevor sie beide aus Angst vor dem, was gleich kommen würde, den Kopf einzogen. Doch Mark hatte aufgehört, herumzubrüllen.

»Wovon sprichst du?«, fragte er. Er hatte sich wieder beruhigt und klang sogar ein wenig überrascht.

»Nun«, stotterte Lola. »Das ist schwer zu sagen …« Sie warf Annie einen entschuldigenden Blick zu, und Annie spürte, dass Lola kurz davor stand, etwas Furchtbares zu sagen, wie etwa »Du kaufst mir nie Blumen«, wenn sie nicht eingriff. Es war jedoch nicht mehr genügend Zeit, also überlegte sie, dass sie im Gegensatz zu Mark den Vorteil hatte, im selben Raum wie Lola zu sein. Und immerhin ließ sich Lola offensichtlich leicht einschüchtern. Sie warf Lola einen furchtbar wütenden Blick zu.

Und es funktionierte. Lola schluckte, dann sprudelte es aus ihr heraus: »Du, du … machst mich nieder, du misshandelst mich emotional, du behandelst mich wie … einen Idioten. Du … brüllst mich an.«

Mark schwieg erneut, bevor er weitersprach. »Wer ist da gerade bei dir und sagt dir, was du sagen sollst?«

Lola und Annie stießen beide ein lautloses, nervöses Lachen aus.

Dieser Kerl war nicht dumm. Oder er kannte seine Frau zumindest sehr gut. Annie spürte eine unangemessene Bewunderung für ihn aufkeimen.
»Niemand«, versicherte ihm Lola. Die Tatsache, dass er nicht mehr brüllte, schien ihr neue Kraft zu geben. »Ich … ich musste gehen, weil ich die Misshandlungen einfach nicht länger ausgehalten habe.«
Darauf wusste Mark keine Antwort. »Jetzt sag mir genau, wo du bist.«
Lola begann zu stottern, und Annie kritzelte hektisch etwas auf einen Zettel, den sie ihr schließlich unter die Nase hielt.
»Ich habe natürlich vor, zurückzukommen«, las Lola. »Aber wenn du dich nicht änderst, dann ist es aus zwischen uns. Denk darüber nach. Ich rufe morgen um dieselbe Zeit wieder an.«
»Morgen bin ich schon wieder zurück in L. A.«, erklärte Mark sachlich. »Ich habe einige Meetings.«
Annie schnitt sich in einer lautlosen Geste mit der Handfläche die Kehle durch.
»Ich rufe morgen um dieselbe Zeit wieder an«, wiederholte Lola wie ein Roboter und sah dabei zu Annie. Und bevor irgendetwas diesen perfekten Augenblick zerstören konnte, riss Annie Lola das Telefon aus der Hand und unterbrach die Verbindung für sie. Sie sahen einander einen Moment mit versteinerten Mienen an, bevor sie erleichtert aufatmeten. Annie fuhr sich mit der Hand über die Stirn. Sie war schweißnass.

In Altheas Zimmer standen mittlerweile Dutzende Leinwände an die Wand gelehnt auf dem Boden und nahmen jeden freien Zentimeter ein. Sie kniete neben einem Gemälde nieder, das eine trostlose Stadtlandschaft zeigte, die sie an ihr Zuhause erinnerte. Am unteren Rand des Bildes sah man die Silhouette eines auf der

Seite liegenden, schmächtigen Mädchens mit blonden Haaren. Was hatte dieses Bild mit ihr zu tun?
In der vergangenen Woche hatte Jared jeden Abend, nachdem die anderen Hausbewohner längst schlafen gegangen waren, an ihre Tür geklopft. Sie hatte ihn jedes Mal hereingebeten, und er hatte sich entschuldigt, dass er so spät kam, was absolut keinen Sinn ergab. Er brauchte immer etwas Zeit, bis er sich für eine Pose entschieden hatte. Er brachte sie in die richtige Position, und sie fühlte sich wie Ton in seinen wundervollen Händen. Sobald er sich seinen Farben zuwandte und zu mischen begann, war es ihre einzige Aufgabe, ihre Position beizubehalten. Solange er nicht zu ihr kam und sie in eine andere Position brachte, würde sie sich mehrere Stunden lang nicht bewegen. Nach außen wirkte ihr Körper vollkommen regungslos, doch unter der Oberfläche brodelte es. Sie verzog keine Miene, während ihre Gedanken rasten und sie zwischen einem Gefühl der Euphorie und der brennenden Frage, warum das alles geschah, hin und her gerissen wurde.
Jared murmelte auf Französisch vor sich hin und stellte ihr in seinem furchtbaren Englisch Dutzende Fragen. Lag sie bequem? War ihr kalt, hatte sie Hunger oder Durst, war sie müde? Doch er wurde nie persönlich, und sie redete sich ein, dass ihr das lieber war. Manchmal erklärte er ihr seine Bilder auf Französisch und fragte: »*Tu comprends?*«, und sie nickte zustimmend. Er fragte nicht nach, wie viel Französisch sie tatsächlich verstand, und sie klärte ihn auch nicht auf, denn dann hätte sie etwas sagen müssen, und das wollte sie nicht, aus Angst, den Zauber zu brechen.
Manchmal zeichnete Jared, anstatt zu malen. Er skizzierte ihren Nacken oder ihre Hand. Manchmal mischte er die Farben und sah wütend aus. Und manchmal mischte er die Farben, doch dann konnte oder wollte er nichts malen. Nach einer Stunde, oder auch fünf, beendete Jared schließlich seine Arbeit. Er be-

dankte sich bei ihr und wirkte dabei stets schüchtern. Dann entschuldigte er sich bei ihr und schlich sich wie ein Krimineller aus ihrem Zimmer. Althea fühlte sich danach immer vollkommen durcheinander und schämte sich. Doch in der darauffolgenden Nacht hoffte sie erneut, dass er wiederkommen würde, und das tat er auch. Und er brachte stets den Geruch nach Terpentin mit, der sie immer schwindlig werden ließ.
Und auf ihrem Schlafzimmerfenster bildeten sich Kondenstropfen als Zeichen der uneingestandenen Hitze, die ihre beiden Körper ausstrahlten.

17

Annie und Lola schlossen die Haustür hinter sich und traten über die Treppe hinaus in die kalte Morgenluft, die bereits nach Frühling roch. Lola hatte nach dem Telefonat mit Mark lange und verzweifelt geweint, doch an diesem Morgen hatte sie wieder zurück zu ihrem alten, ruhigen Ich gefunden, und Annie fragte sich, ob sie gerade miterlebte, wie wunderbar es ihre Freundin verstand, Dinge zu verdrängen.
Das Wort mache ihr Angst. Ein Freund war für sie jemand, dem man vertraute, und auf gewisse Weise vertraute sie Lola. Sie vertraute ihr in dem Sinn, als dass sie daran glaubte, dass Lola ihr absolut wohlwollend gegenüberstand. Wohlwollend und bewundernd, was sie noch mehr erstaunte. Vielleicht war das hier nicht die Art von Freundschaft, in der sie ihre innersten Gedanken preisgeben konnte. Nein, das war etwas, das Lucas, diesem armen Kerl, vorbehalten war. Natürlich erzählte sie auch ihm nicht alles,

aber in Lucas' Gegenwart zeigte sie sich verletzlicher. In Lolas Gegenwart war sie die Erwachsene. Die Mutter. Immer die Mutter. Vermutlich wäre sie auch Lucas gegenüber in die Mutterrolle geschlüpft, doch das ließ er nicht zu. Er ließ zu, dass sie ihn bekochte, das ja, aber er ließ sich nicht von ihr bemuttern.

Lola war vermutlich ihre erste Freundin seit zehn Jahren. Sie misstraute den Pariserinnen. Eigentlich misstraute sie allen Frauen. Und den meisten Männern.

Während sie dahinspazierten, öffnete Annie ihren Poncho, um mehr Luft und Licht an ihre Haut zu lassen. »Wie schaffst du es, bei der ganzen Sache mit Mark auch noch zum Yoga zu gehen?«

»Ich kann nicht klar denken, wenn ich nicht meditiere. Ich muss zuerst meine innere Ruhe wiederfinden.«

»Ich meinte damit eigentlich die Tatsache, dass du Simon in einer Kinderkrippe angemeldet hast und Yogaunterricht nimmst. Es wirkt, als würdest du deine Zukunft hier planen. Aber du weißt doch, dass das nicht so einfach werden wird, oder?«

Lola umklammerte ihre Yogamatte. »Willst du etwa sagen, dass ich zu ihm zurückgehen soll?«

Nein, Annie wollte nicht, dass Lola wieder zurückging. Sie wollte, dass Lola blieb. Doch sie machte sich sehr wohl Gedanken darüber, warum sie das wollte. »Ich weiß nicht, was ich damit sagen wollte«, erwiderte sie.

»Es hat mich aus einem bestimmten Grund nach Frankreich verschlagen«, erklärte Lola, während sie weitergingen. »Ich kann nicht einfach zurückkehren und so tun, als wäre nichts geschehen. Und ich bin furchtbar schlecht darin, Entscheidungen zu treffen.«

»Aber du hast doch bereits eine schwerwiegende Entscheidung getroffen. Frankreich ist dir nicht einfach bloß passiert.«

Lola blieb vor der Tür des Yogastudios stehen und sah Annie in die Augen. Sie sah ihr immer so eindringlich in die Augen, es war nervenaufreibend. »Was soll ich deiner Meinung nach tun?«

»Sieh zu, dass das, was du tust, auf legalem Weg passiert und nicht weiter illegal ist«, sagte Annie. »Sieh zu, dass dieser *Cretin* Unterhalt für die Kinder bezahlt.«

»Du hast recht«, erwiderte Lola kleinlaut.

»Du sagst immer, dass ich recht habe, doch dann machst du genau das Gegenteil. Wie gestern, als du ihm verraten hast, dass du in Frankreich bist. Und jetzt haben wir den Salat.«

Lola trat von einem Fuß auf den anderen. »Du hast recht, ich sollte wirklich eine Scheidung in Erwägung ziehen.«

»Sollte, sollte.«

»Aber ich tue es nicht. Was ich wirklich will, ist, dass Mark sich ändert. Er soll wieder so werden wie früher. Ich weiß, dass er es in sich hat. Am Beginn unserer Ehe war er vollkommen anders.«

»Dann stell ihm ein Ultimatum.« Eigentlich wollte sie Lola raten, sich endlich ein Rückgrat zuzulegen, doch sie schluckte den Kommentar hinunter.

»Ich möchte nichts überstürzen. Manche Menschen verteilen Ultimaten wie Schokolade. Aber ich bin nicht so. Ich kann kein Ultimatum stellen, wenn ich nicht vorhabe, es bis zum Ende durchzuziehen.« Lola hielt einen Moment lang inne, bevor sie weitersprach. »Und ich möchte nicht von hier fort. Noch nicht. Ich bin hier glücklich, Annie. Meine Wunden heilen. Unter deinem Dach zu leben ist für uns alle eine heilende Erfahrung. Es tut mir gut, es tut Lia gut, und Simon tut es ebenfalls gut. Sieh sie dir doch nur einmal an. Ich lasse Simon zum ersten Mal in seinem Leben in einer Kinderkrippe zurück, und er gibt keinen Mucks von sich!« Lola legte die Hand auf die Türklinke zum Studio, bevor sie hinzufügte: »Und selbst Althea ist nicht mehr länger die arme, kleine Althea.«

»Nicht?«
Lola lächelte geheimnisvoll. »Meiner Meinung nach sieht es so aus, als hätte sie sich verliebt.«
»Verliebt? Wovon redest du?«
»Althea und Jared verbringen sehr viel Zeit zusammen in ihrem Zimmer.«
Und wieder einmal habe ich keine Ahnung, was vor sich geht. Annie trat auf den Bürgersteig. »Wie bitte? Das glaube ich nicht.«
»Gestern waren sie drei Stunden lang in ihrem Zimmer.«
»Wovon redest du? Jared ist doch scharf auf dich.«
»Ach, komm schon«, lachte Lola. »Zuerst Lucas und jetzt auch noch Jared? Du bist paranoid.«
»Um paranoid zu sein, müsste es mir etwas ausmachen. Aber ich mache mir bloß Sorgen um Althea.«
»Sie ist jung, hübsch und hat ihr Leben noch vor sich.«
»Ich weiß nicht, was er an ihr findet«, murmelte Annie vor sich hin, während sie davonging.

Annie eilte die Straße hinunter, doch bereits einige Straßen weiter stellte sie ihre Korbtaschen ab, zog ihren Poncho aus, rollte ihn zusammen und stopfte ihn in eine der Taschen. Die kühle Luft drang unter ihr Hemd. Es war ein altes Flanellhemd, das Johnny immer nur an den Wochenenden getragen hatte. Sie hätte nicht gedacht, dass es so warm werden würde. Selbst das Flanellhemd war ihr mittlerweile zu warm.
Sie blieb erneut stehen, stellte ihre Taschen ab, schlüpfte aus Johnnys Hemd und rollte es zusammen. Wenn sie das Hemd auch in der Tasche verstaute, blieb kein Platz mehr für ihre Einkäufe. Sie überlegte, sich das Hemd um die Hüfte zu binden. Viel zu warm. Sie hielt das Hemd weiter in der Hand und sah sich um. Dort drüben stand ein öffentlicher Mülleimer. Sie hob ihre

Taschen hoch, öffnete den Deckel des Eimers und warf das Hemd hinein.

Lola hatte die ganze Nacht damit verbracht, zukünftige Unterhaltungen mit Mark und das Gespräch, das sie bereits miteinander geführt hatten, in Gedanken durchzuspielen. Sie war völlig erschöpft, fühlte sich außerordentlich schwach und war vollkommen verwirrt. Dennoch wollte sie weitermachen wie geplant und mit dem ersten Teil ihrer Ausbildung zur Yogalehrerin beginnen. Es war ein Programm für Fortgeschrittene, in dem sie fünf bis sechs Stunden am Tag Yoga praktizierte. Schon in ein paar Wochen würde sie mit einem Diplom abschließen und hätte damit eine Zulassung als Yogalehrerin. Und egal, wohin sie ihr Leben auch führte, diese Ausbildung konnte ihr niemand mehr nehmen. Es war vermutlich das erste Mal in ihrem bisherigen Leben, dass sie vollkommen alleine eine Entscheidung getroffen hatte, ohne auf die Ratschläge ihres Agenten, ihres Managers oder ihres Ehemanns gehört zu haben. Ja, nicht einmal auf Annies Ratschläge. Sie tat das hier nur für sich selbst und hatte dabei durchaus größere Ziele im Kopf.
Am Ende der ersten Unterrichtseinheit fühlte sie sich irgendwie stärker und selbständiger. Nach dem Unterricht hatte sie das Gefühl, dass sich ihr gänzlich neue Möglichkeiten eröffneten und sie näher dran war, selbst die Initiative in ihrem Leben zu ergreifen. Doch als es schließlich Abend und Zeit wurde, Mark anzurufen, fühlte sie sich plötzlich wieder schwach.
»Sag ihm, was du willst. Aber weißt du eigentlich selbst, was du willst?«, fragte Annie.
Lola war sich bewusst, dass sie sich noch keine Gedanken darüber gemacht hatte, wie es weitergehen sollte. »Ich will nicht mehr mit ihm zusammen sein. Zumindest nicht, wenn er so ist wie jetzt.«

»Dann sag ihm das. Stell einige Grundregeln auf. Wenn er nicht direkt vor dir steht, kannst du ruhig etwas aggressiver sein.«
»Ist passiv-aggressiv denn nicht genug?«
Annie tätschelte ihr den Rücken. »Mach dir keine Sorgen. Ich höre wieder mit und helfe dir.«
Wie sollte sie Annie bloß sagen, dass sie genau das nicht wollte? Sie zögerte. »Ich bin mir ziemlich sicher, dass ich es auch alleine hinbekomme.«
»Nein, wirklich. Lass mich dir helfen«, erwiderte Annie aufgeregt. »Ich sorge dafür, dass du hart bleibst.«
Lola zögerte erneut. »Ich ... schaffe das schon.«
»Du hast es gestern auch nicht geschafft und konntest es kaum erwarten, endlich den Schwanz einzuziehen und ihm von Frankreich zu erzählen. Vertrau mir. Ich werde dir genau sagen, was du sagen sollst.«
»Ehrlich gesagt möchte ich nicht gleich von zwei Seiten unter Druck gesetzt werden«, erwiderte Lola. Das war vermutlich das Gefühlloseste, das sie jemals zu einem anderen Menschen gesagt hatte, doch Annie tat es bloß mit einem Schulterzucken ab.
»Wie du willst. Ich schnappe mir in der Zwischenzeit eine Schaufel und hebe im Hinterhof schon mal dein Grab aus.«
Lolas Hände zitterten furchtbar, als sie schließlich ihre eigene Telefonnummer in Bel Air wählte. Die Nummer jenes Hauses, in dem sie vor vielen, vielen Jahren in einem anderen Leben einmal zu Hause gewesen war. Es klingelte einmal, dann war Mark in der Leitung. »Wie geht es dir?«, fragte sie sofort, als sie seine Stimme hörte, denn es waren die einzigen Worte, die sie über die Lippen brachte.
»Es geht so«, grunzte Mark von irgendwo in seinem Herrenhaus. Vermutlich befand er sich im Schlafzimmer. Kam das Hausmädchen nun, wo sie nicht mehr da war, jeden Tag? Das war sicher

nicht notwendig. Im Hintergrund hörte Lola einen Fernseher. Es klang nach einem Footballspiel.

»Wie geht es den Kindern?«, fragte Mark.

Sie hätten genau dieses Gespräch auch vor einem Monat führen können. Sie verging beinahe vor Freude, wie normal sich alles anfühlte.

»Es geht ihnen blendend.«

»Wie gut kann es ihnen ohne ihren Vater schon gehen?«, fuhr er sie an. Was sollte sie darauf bloß erwidern, ohne ihn zu verletzen? Doch Mark sprach ohnehin weiter, bevor sie ihm antworten konnte. »Die Kinder wissen, dass ich leicht die Beherrschung verliere, na und!« Lola wurde schwer ums Herz. Mark wusste es. Er *wusste* es. »Wie glaubst du, dass ich aufgewachsen bin?«, fuhr er fort. »Bis ins Erwachsenenalter wurde mir immer bloß ein Arschtritt nach dem anderen verpasst. Wenn du glaubst, ihnen einen Gefallen zu tun, indem du sie vor dem wahren Leben beschützt, dann liegst du falsch! Das Leben – und ich spreche jetzt vom wahren Leben, nicht von dem geschützten Kokon, in dem du lebst – ist nun einmal verdammt hart.«

»Ja, und du bist der Grund dafür«, antwortete sie und stellte sich vor, wie begeistert Annie von dieser Antwort gewesen wäre.

»Das heißt aber nicht, dass ich die Kinder nicht liebe«, erwiderte Mark.

Lola spürte, wie die Tränen in ihr hochstiegen, und konnte nichts dagegen tun. »Ich weiß, dass du sie liebst«, sagte sie sanft. »Und ich weiß, dass du mich liebst. Aber du zeigst uns deine Liebe nicht.«

»Lia hasst uns beide gleichermaßen, das muss dir doch klar sein. Und Simon – dem Jungen fehlt doch nichts, verdammt noch mal. Die beiden brauchen einen richtigen Mann als Vater. Und keine französische Schwuchtel, die … treibst du es mit einem

Franzosen?« Seine Stimme wurde immer lauter. »Hast du mich deshalb verlassen? Wegen eines Franzosen?«

Lola konnte es kaum glauben. »Nein, natürlich nicht.«

»Was soll das Ganze dann überhaupt? Was willst du, Lola?«

»Ich will … es ist unbedingt notwendig, dass sich gewisse Dinge ändern.«

»Wie zum Beispiel?«

»Ich … ich möchte der Gesellschaft wieder von Nutzen sein. Einen Job finden.« Sie dachte daran, dass Annie sicher gewollt hätte, dass sie ihm alles sagte. Die ganze Wahrheit. »Aber vor allem … quält mich unsere Ehe.« Sie wartete darauf, dass Mark etwas dazu sagte, doch er schwieg. »Mark, es tut mir so leid. Ich brauche jetzt Zeit. Ich habe den Boden unter den Füßen verloren. Ich war so … unglücklich und verwirrt.« Lola wollte Mark sagen, wie uneingeschränkt und frei sie sich in Frankreich fühlte. Wie sie kochte, aß, trank, lachte, flirtete und Paris erkundete. Wie leicht und ausgelassen sie war und wie glücklich sie sich mit den Kindern fühlte. Stattdessen ließ sie sich von Marks Schweigen ermutigen und sprach weiter. »Hier entdecke ich, wer ich wirklich bin, was mir gefällt und worin ich gut bin.«

»Und was soll das sein?«, erwiderte er frostig.

Meinte er damit, wer sie war oder worin sie gut war? »Ich mache gerade eine Ausbildung«, antwortete sie schwach. »Und danach bin ich ausgebildete Yogalehrerin.«

»Du machst eine Ausbildung, wie man sich am besten die Beine hinter dem Kopf verknotet?«

Bemerkungen wie diese waren der Grund, warum sie Mark verlassen hatte. Sie ließ es auf sich beruhen, bereute es aber im nächsten Augenblick bereits. »Danach kann ich auch ganz einfach in L. A. als Yogalehrerin arbeiten«, sagte sie.

»Und einen Pappenstiel verdienen? Nur zu.«

»Ich musste diesen materialistischen Lebensstil, die Fassade, die Arroganz hinter mir lassen.«

»Und dafür hast du dir ausgerechnet Frankreich ausgesucht?«, kicherte Mark.

»Mein Selbstbewusstsein war vollkommen am Boden.«

»Mach mich nicht verantwortlich für dein geringes Selbstbewusstsein«, erwiderte Mark. »Das hat schon begonnen, lange bevor wir uns kennengelernt haben, mein Schatz.«

Da hatte Mark vermutlich recht. Aber er war auf alle Fälle nicht unschuldig daran. Lola war von sich selbst überrascht, als sie ihn plötzlich anfuhr: »Und warum fühle ich mich dann nur minderwertig, wenn ich in deiner Nähe bin?«

»Sag du es mir.«

Lola atmete tief durch, starrte zuerst auf ihre Füße und dann an die Wand, bevor sie antwortete: »Du bist ein Nörgler.«

»*Du* bist hier der Nörgler«, erwiderte Mark. »Das hast du gerade bewiesen. Du bist eine Heuchlerin.«

»Ich bin eine Heuchlerin?«, fragte Lola ängstlich.

»Du hast nie etwas gesagt.«

»Ich hatte Angst, dass du mich dann womöglich nicht mehr liebst. Ich hatte Angst, dass du mich verlässt.«

»Also hast du stattdessen lieber mich verlassen? Das ist doch ein Scherz.«

»Es tut mir leid.«

»Es passt zu dir, dass du dich selbst in der Rolle des Opfers und mich als Tyrann erlebst. Aber du unterstellst mir ständig, dass ich ein schlechter Vater und ein schlechter Ehemann bin.«

»Das habe ich nie gesagt.«

»Ach, komm schon. Ich habe es in deinen Augen gesehen.«

Lola war sprachlos, dass Mark es sich selbst erlaubte, so offen zu sein. »Aber ich …«

»Und der Sex«, unterbrach sie Mark. Dann hielt er inne. »Du hattest ständig eine Entschuldigung parat. Deine Libido.«

Plötzlich fiel die Last von Lolas Schultern. Sex, die älteste Waffe in sämtlichen Ehestreitigkeiten. »Vielleicht war ich einfach nachtragend.«

»Nun, ich bin froh, dass du es endlich zugibst. Ich wusste, dass das alles Blödsinn war.«

»Weißt du, es ist nicht so, dass ich dich nicht liebe.«

»Was soll ich also tun, Lola? Willst du, dass ich auf den Knien zu dir zurückgekrochen komme? Dafür kennst du mich doch zu gut.«

»Wir müssen miteinander reden.«

»*Freundinnen* reden miteinander.«

Lolas Herz wurde schwer. »Und was machen wir stattdessen?«, murmelte sie.

»Ich werde dir nicht hinterherlaufen, falls du darauf aus bist. Und ich werde nicht allzu lange auf dich warten. Du bist nicht die einzige Meerjungfrau in Malibu, wie du sehr wohl weißt.«

»Willst du damit sagen, dass du dich … auch mit anderen verabreden möchtest?«

»Hey, das ist gar kein schlechter Vorschlag! Weißt du was, versuch es doch einmal mit einem Franzosen.« Er lachte nervös.

»Es gibt keinen Franzosen.«

»Vielleicht kannst du mit dem Schlappschwanz deiner Träume deine herzzerreißenden Gespräche führen.«

»Aber das will ich doch gar nicht.«

»Ich bin, wer ich bin«, sagte Mark. »Es läuft, so wie ich es will …«

»… oder gar nicht, ich weiß.«

»Weißt du was? Zum Teufel mit dir. Ich lege jetzt auf«, sagte Mark und tat es auch.

Lola starrte auf den Hörer und brach in Tränen aus. Im nächsten

Augenblick stand Annie neben ihr und legte ihr einen Arm um die Schulter, damit sich Lola bei ihr ausweinen konnte. »Ich habe das ganze Gespräch belauscht«, gestand Annie. »Du machst wirklich Fortschritte.«

»Glaubst du, er begreift langsam, worum es mir geht?«

»Nein, eigentlich nicht. Ich meinte bloß, dass du es immer besser schaffst, für dich selbst einzutreten.«

»Weißt du, was ihn an der Tatsache, dass wir einfach so verschwunden sind, am meisten stört?«, schluchzte Lola. »Dass er es anderen Leuten gegenüber nicht erklären kann, ohne wie ein kompletter Verlierer dazustehen. Er macht sich nicht wirklich etwas aus uns … oder aus mir.«

In Bel Air hatte Mark gerade den Hörer aufgelegt. Mittlerweile war es dunkel geworden, und er hatte sich nicht die Mühe gemacht, das Licht im Wohnzimmer einzuschalten. Als also plötzlich ein Auto vorbeifuhr und das Licht der Scheinwerfer den Raum kurz erhellte, hob Mark überrascht den Kopf. Einen Moment lang wusste er nicht mehr, was gerade geschehen war, und glaubte, dass Lolas Wagen jeden Moment in die Auffahrt einbiegen würde, doch das war absurd. Im Haus roch es mittlerweile anders, und auch die Geräusche hatten sich verändert. Mark saß auf der Couch und beobachtete die blinkende Alarmanlage, die ein rotes Licht auf die Wand warf, dann fiel sein Blick auf das grüne Licht des Anrufbeantworters, der dreißig neue Nachrichten vermeldete. Vermutlich war es besser, einen Arzt aufzusuchen, damit sich dieser um das dumpfe Gefühl in seinem Bauch kümmerte, das sich wie Sodbrennen anfühlte, aber dann auch wieder nicht. Aus der Küche hörte er das weit entfernte Brummen des Kühlschranks. Seine Augen wanderten auf der Suche nach einem Lebenszeichen durch den dunklen Raum, doch er entdeckte nichts. Nichts bewegte sich, alles war ruhig, und er hörte bloß das Echo seines eigenen Atems, das von den Wänden zurückgeworfen wurde. Er erhob sich von der Couch und machte einige Lampen an, bevor er die meisten von ihnen wieder ausmachte. Er stieg die Treppe hinauf und wanderte durch das blitzblanke Haus – so blitzblank, wie er es sich eigentlich immer gewünscht hatte. Seine Schritte wurden vom Teppich gedämpft, doch als er eines der Badezimmer betrat, hallten sie durch das Haus wie in einem Museum. Er öffnete die beiden Kinderzimmertüren und sog auf der Suche nach ihrem Geruch die Luft ein. Er war ein guter Mann. Im Gegensatz zu seinem eigenen Vater hätte Mark nie die Hand gegen seine Kinder oder seine Frau erhoben. Er erhob bloß seine Stimme. Bloß seine Stimme.

18

In der Küche war es heiß, und es dampfte, als Lucas eintrat. Annie leerte gerade einen Topf kochendes Wasser von der Größe eines Kleinwagens in ein riesiges Abtropfsieb. Von Lucas' Position aus gesehen schien es, als würde der Dampf, der über der Engelshaarpasta aufstieg, direkt aus Annies Körper austreten, und sie sah wirklich zum Anbeißen aus.

Annie warf einen Blick über ihre Schulter und sah ihm in die Augen. Wusste sie, dass er gerade ihren Rücken und ihren wundervollen Hintern angestarrt hatte?

»Wo ist Jared?«, fragte sie.

»Woher soll ich wissen, wo Jared ist?«

Sie leerte die Pasta in eine Schüssel und tupfte sich mit einem

Küchentuch den Schweiß vom Dekolleté und von der Stirn. »Ich habe ihn schon seit drei Tagen nicht mehr gesehen.«

»Und jetzt kannst du plötzlich nicht mehr ohne ihn leben?«

»Hier geht es nicht um mich …«

Annie verstummte, als plötzlich Althea in der Tür auftauchte. Sie hielt einen riesigen grauen Keramikbecher in den knochigen Händen und klammerte sich daran, als wäre es ein Rettungsring. Lucas fühlte sich, ohne es zu wollen, in der Gegenwart dieser seltsamen Frau äußerst unwohl. Vielleicht lag es an dem weißen Pullover und der weißen Hose, die sie irgendwie durchsichtig wirken ließen, aber heute sah sie noch mehr als sonst wie ein Geist aus. *»Bonjour!«*, rief er freundlich, um sein Entsetzen zu verbergen. Wieder kam ihm der Gedanke, dass er womöglich etwas missverstanden hatte. Es war unmöglich, dass Jared Gefallen an ihr fand.

»Hallo«, murmelte Althea, ohne ihm in die Augen zu sehen. Sie bewegte sich so langsam wie eine Schlafwandlerin auf den Herd zu, griff mit ihren langen Fingern nach dem Wasserkessel, füllte kochendes Wasser in ihren Becher, in dem ein gebrauchter Teebeutel hing, und verschwand durch die Glastür, die aus der Küche in den Garten hinter dem Haus führte.

Annie nickte in Richtung Tür. »Genau deshalb muss Jared schnell wieder zurückkommen.«

»Glaubst du, da läuft etwas zwischen den beiden?«

»Natürlich. Wie konntest du das bloß übersehen?«

»Nun, Jared hat einmal etwas in der Art erwähnt.«

Annie runzelte die Stirn. »Dann stimmt es also? Warum hast du mir nichts davon gesagt? Wie auch immer, er ist jetzt schon seit drei Tagen und drei Nächten verschwunden, und Althea wartet auf ihn, das weiß ich ganz sicher. Aber natürlich darf sie niemand darauf ansprechen. Oh nein! Und auch nicht auf die Art, wie sie isst. Ich habe sie gefragt, warum sie so ruhelos ist. Sie meinte, es gehe ihr gut und sie habe keine Ahnung, wovon ich eigentlich spreche. Es ist, als stünde ein verdammter, vierhundert Kilo schwerer Elefant mitten im Zimmer, und alle tun so, als wäre er nicht da.«

»In ihrem Fall ist es wohl eher ein vierzig Kilo schwerer Elefant.«

»Seit Jared verschwunden ist, verlässt sie tagsüber kaum ihr Zimmer, dafür streift sie die ganze Nacht durchs Haus. Und sie ruft nicht einmal mehr ihre Mutter an. Ich habe gehört, wie sie um vier Uhr morgens in ihrem Zimmer geheult hat.«

Lucas trat auf den Herd zu. »Was riecht denn hier so gut?«

»Und Lola geht es seit dem letzten Telefonat mit ihrem Mann vor drei Tagen auch nicht viel besser. Er hat ihr mehr oder weniger zu verstehen gegeben, dass sie entweder zurück ins Ehebett kommen oder sich verpissen soll. Sie weint bloß noch. Ich habe schon überlegt, ob ich eine Zusatzgebühr für den erhöhten Taschentuchverbrauch einführen soll.«

»Was gibt es denn heute?«

»Fischeintopf.«

Plötzlich erklang Jareds Stimme hinter ihnen. »Ich nehme auch ein wenig davon.«

»Sieh mal, wer wieder da ist!«, rief Annie. »Gottes Geschenk an die Menschheit! Wo warst du?«

Jared winkte ab. »Ist es in Ordnung, wenn ich das Essen mit auf mein Zimmer nehme?«

Annie warf Jared einen vernichtenden Blick zu, doch dann zuckte sie mit den Schultern und holte eine große Schüssel aus dem Regal. Lucas sah zu, wie sie die Pasta in der Schüssel anrichtete und den Fischeintopf mit Unmengen an Muscheln, Garnelen und roter Soße darauf verteilte. Dann streute sie etwas Petersilie darüber und gab Jared die Schüssel.

»Möchtest du sonst noch etwas? Ein Dessert vielleicht? Oder Brot?«

»*Non, c'est parfait*«, sagte er. Dann bedankte er sich bei ihr und verließ die Küche wie ein Dieb mit seiner Beute, wobei er den Duft nach Meeresfrüchten, Weißwein und Tomatensoße hinter sich das dunkle Treppenhaus hinaufzog.

»Zum Teufel mit diesen Leuten«, erklärte Annie.

Lucas öffnete eine Flasche *Pouilly-Fuissé*, schenkte ein Glas ein und gab es Annie. »Mich eingeschlossen?«

Annie legte das Küchentuch zur Seite und nahm das Weinglas. Dann lehnte sie sich gegen die Anrichte und nahm einen kleinen Schluck.

»Nein, du hast etwas bei mir gut, weil du mich immer so gut unterhältst. Ich hoffe, du kannst mir einige Kisten von diesem wunderbaren Wein besorgen, Lucas. Ich schmeiße nämlich eine Party«, erklärte Annie, bevor sie ihr Glas leerte und es Lucas gab, damit er nachfüllte.

»Eine Party?«, fragte er überrascht. Annie hatte keine Party erwähnt, geschweige denn in den letzten drei Jahren eine besucht. »Was hat das zu bedeuten?«

»Es bedeutet, dass ich wieder zurück bin, Schätzchen!«

»Sie ist wieder zurück!«, johlte Lola und begann zu lachen.

War das dieselbe Frau, die laut Annie die letzten drei Tage durchgeheult hatte? Lucas dachte über die Unberechenbarkeit der Frauen nach. Wissenschaftler hatten herausgefunden, dass Frauen, die zusammenlebten, sich hormonell aneinander anpassten. Passierte das hier gerade? Durchlebten die beiden gerade ihre *emotionale Phase?*

Annie erklärte Lola, was sie sich vorgestellt hatte, und es wurde offensichtlich, dass ihr der Einfall nicht gerade eben gekommen war, sondern dass sie schon eine ganze Weile Planungen anstellte.

Vielleicht war sie gar nicht betrunken oder von Hormonen beeinflusst, vielleicht war das hier die Wiederauferstehung jenes Enthusiasmus, den Annie seit Johnnys Tod nicht mehr gezeigt hatte. Vielleicht kroch sie nun tatsächlich aus ihrem Schneckenhaus. »Es beginnt mit einer Party für die Kinder, die sich am Abend dann in eine Party für die erwachsenen Gäste verwandelt. Sie wird den ganzen Tag und die ganze Nacht dauern. Das wird etwas ganz Großes«, erklärte Annie. »Kannst du dich noch an meine Partys erinnern, Lucas?«

Lucas stöhnte. »Ich dachte, die wären mittlerweile gesetzlich verboten.«

»Was Partys betrifft, bist du echt ein Hosenschisser!«, sagte Annie.

»Dann erlaube mir bitte, Lola zu erzählen, was in der Vergangenheit so alles passiert ist«, schlug Lucas vor. »Zuerst treffen etwa dreißig wohlerzogene Kinder unter zehn Jahren hier ein und verwandeln sich innerhalb weniger Augenblicke in rasende Verrückte. So etwas vergisst man tatsächlich nie mehr. Irgendwann denken sie vermutlich daran zurück und sagen Dinge wie: ›Kannst du dich noch an die Party bei Annie erinnern? Damals, als ich mein linkes Auge verloren habe?‹«

»Weißt du, Lola«, fuhr Annie fort, »du hast noch nie wirklich Party gemacht, bevor du nicht einmal mit Franzosen gefeiert hast. Wir werden die ganze Nacht lang tanzen, trinken und essen. Und es endet erst in den frühen Morgenstunden mit frischen Croissants vom Bäcker, Espresso, verschmiertem Make-up und einem Kater für alle.«

»Das klingt nach Spaß!«, rief Lola.

»Während deiner Partys haben schon viele Paare zusammengefunden, aber es haben sich auch genauso viele getrennt, Annie.«

»Ach, es ist wie auf einer Fleischbeschau. Leute bringen andere Leute mit, und ich schließe ein paar neue Freundschaften.«

»Und verlierst nebenbei ein oder zwei alte.«

»Lasst uns feiern!«, jubelte Lola.

Gerade in diesem Moment wurde die Tür zum Esszimmer geöffnet. Im Türrahmen stand Jared, seine wirren Haare waren vollkommen zerzaust und sein schwarzes Hemd von Motten zerfressen, vielleicht hatte aber auch Säure die Löcher in den Stoff gefressen.

»Hat dir das Essen geschmeckt? Warum bist du …?«, begann Annie, doch bevor sie die Frage ganz ausgesprochen hatte, war Jared bereits um den Tisch herum neben Althea getreten. Er nahm ihre Hand voller Rote-Rüben-Flecken, schnappte sich einige Stücke Brot aus dem Brotkorb und zog sie vom Tisch hoch und aus dem Zimmer, ohne auch nur ein Wort zu sagen. Althea hatte tatsächlich äußerst überrascht ausgesehen und war so rot geworden, dass sogar die roten Rüben bei ihrem Anblick vor Neid erblassten. Nachdem die Tür hinter ihnen wieder ins Schloss gefallen war, begannen die Kinder hysterisch zu kichern. Lucas warf Lola und Annie einen Blick zu, die ihn ihrerseits vollkommen verwirrt ansahen.

»Warum hat mir niemand gesagt, dass Frankenstein und seine Verlobte hier im Haus wohnen?«, fragte er die Kinder, die daraufhin zu lachen begannen. Selbst Simon, der gar nicht wusste, worum es ging, lachte so laut, dass man bis ins Innere seines mit Brot vollgestopften Mundes sah.

»Was zum Teufel sollte das denn?«, flüsterte Annie Lola zu.

Althea hatte ihre plötzliche Entführung vom Esstisch so aus der Fassung gebracht, dass sie kaum verstand, was sie vor sich sah. Jared hatte den kleinen Tisch aus Pinienholz in seinem Zimmer für zwei Personen gedeckt. Sie sah Rotwein in Kaffeebechern, zwei Teller, neben denen jeweils eine Gabel, ein Löffel und ein

Messer lagen, und eine große, mit einem dritten Teller bedeckte Schüssel in der Mitte. In einem hohen Glas steckten zwei langstielige weiße Rosen, die das Gleichgewicht zu verlieren drohten. Jared legte das Brot, das er aus dem Esszimmer mitgenommen hatte, neben einem übervollen Aschenbecher ab, bevor er merkte, dass der Aschenbecher nicht zum Rest des Tisches passte, den Inhalt in den Mülleimer leerte und ihn schließlich wieder auf den Tisch stellte. Er holte eine Zigarette heraus, zündete sie an, steckte sie sich in den Mundwinkel, hob den Teller von der Schüssel mit Annies Abendessen und meinte »Ta-Da!«, wobei seine Stimme irgendwie entschuldigend klang.

Sie sah ihn an und verstand immer noch nicht. Beim Anblick des Essens wurde Althea übel. Sie hatte es vorhin während des Abendessens nicht angerührt, ja nicht einmal angesehen, und jetzt stand es vor ihr und starrte sie vorwurfsvoll an. Die Garnelen, die Muscheln und die Pasta sahen aus wie erstarrt, wie bei den Gerichten aus Plastik, die man immer in den Schaufenstern japanischer Restaurants sah. Wollte er, dass sie das hier aß? Aber im Grunde war es etwas anderes, das sie am meisten in Panik versetzte. Sie konnte den Blick nicht von den Blumen am Tisch abwenden. Hatte er diese Rosen eigens für sie in einem Laden besorgt?

Jared bot Althea den einzigen Stuhl im Raum an und setzte sich mit überkreuzten Beinen ihr gegenüber aufs Bett, so dass der Tisch mit dem Essen zwischen ihnen stand. Er war so nah, näher, als wenn er sie malte, und sah ihr direkt in die Augen. Sie konnte sich hier absolut nirgendwo verstecken. Jared zog die Schüssel mit dem Essen zu sich, und sie atmete erleichtert auf. Sie sah zu, wie er die Pasta mit der eleganten Leichtigkeit, die Franzosen an den Tag legten, wenn es um Tischmanieren ging, auf die Gabel wickelte. Sie folgte der Gabel mit dem Blick, während er sie zuerst aus dem Topf hob und schließlich hochhielt. Die Gabel schien

einen Moment in der Luft zu schweben, bevor sie sich auf ihren Mund zubewegte.
Sie riss die Augen auf, als Jared schließlich einige Zentimeter von ihrem Mund entfernt innehielt. »Nein, nein. *Merci, non*«, sagte sie und schüttelte verzweifelt den Kopf.
Jared sah ihr direkt in die Augen und flüsterte in einem ruhigen Befehlston. *»Mange. C'est bon.«*
Althea wurde furchtbar rot. Er hatte sie in die Ecke getrieben. Sie öffnete ihre Lippen ein wenig.
»*Plus grand.* Weiter«, sagte er sanft und klang dabei unendlich ernst.
Sie wusste, dass sie keine andere Wahl hatte, als ihre Lippen zu öffnen und ihm zu erlauben, ihr die Pasta in den Mund zu schieben. Ihre Geschmacksknospen sendeten ihrem Gehirn widersprüchliche Informationen. Salz, Tomaten, Gefahr. Sie spürte auf den Lippen, dass das Essen immer noch warm war. Ihr Gaumen und ihre Zunge erinnerten sich noch an das sinnliche Gefühl, verbotenes Essen zu sich zu nehmen. Sie kaute langsam und wusste nicht, wohin sie schauen sollte, während Jared ihr Gesicht musterte. Sie kaute, während sie immer wieder zur Tür blickte und ihre Flucht plante. Doch Jared hatte bereits erneut Pasta auf die Gabel gewickelt und führte sie an ihren Mund, während er konzentriert eine Augenbraue hob. Und wieder. Und wieder. Althea kaute und schluckte willenlos, während ihr Körper rebellierte, während sie unter dem Tisch ihre Hände zu Fäusten ballte und ihre Beine nur noch aufspringen und aus dem Zimmer laufen wollten. Doch zu dem Gefühl der Wut gesellte sich die Sehnsucht, ihn weiter dabei zu beobachten, wie er die Pasta aufwickelte und beim Füttern selbst den Mund öffnete, wie es Mütter immer taten. Ihm zuzuhören, wie er aufmunternde Worte flüsterte, und zu sehen, wie er anerkennend lächelte, wenn sie schluckte.

Nach der fünften Gabel begann sie zu würgen, und ihre Augen tränten.

»Genug für heute. *Très bien.*« Er schien zufrieden. »*Demain aussi, d'accord?*«

Althea nickte.

Nachdem Jared gegangen war, wartete Althea noch fünf Minuten, bevor sie ins Badezimmer lief, wo sie vor der Toilette auf die Knie fiel und sich zwei Finger in den Hals steckte.

Am nächsten Tag saßen sie in der Küche und bereiteten das Abendessen vor, während die Kinder ihre Hausaufgaben erledigten.

Das hier war also ihr neues Leben, grübelte Annie, während sie kleine Stückchen von dem Baguette vor ihr abzupfte. Sie genoss gerade das Spektakel, Lola bei ihrem verzweifelten Versuch zuzusehen, ein Soufflé zuzubereiten, während ihr eigenes Estragonhühnchen sanft auf dem Herd vor sich hin blubberte. Wie vertraut ihr diese Fremden mittlerweile doch waren und wie surreal es ihr erschien, dass ihr dieses neue Leben tatsächlich gefiel. Es machte wirklich Spaß, Lola dabei zu beobachten, wie sie ängstlich das Soufflé-Rezept beäugte. Die Zutaten standen bereits alle auf dem Tisch. Alles, was Lola noch tun musste, war lesen, wiegen und die Zutaten vermischen, doch ihrem Gesichtsausdruck nach zu urteilen konnte man meinen, sie durchquerte gerade einen Sumpf voller Krokodile. Lia und Maxence saßen ebenfalls am Tisch und lernten mehr oder weniger halbherzig, während Althea die Karotten schälte, die sie für die *carottes rapées* benötigten, was Annie wieder zu der Frage brachte, warum Althea darauf bestand, ihnen bei der Vorbereitung des Essens zu helfen, das sie dann doch nicht aß. In der Zwischenzeit rannten Paul, Laurent und Simon durch die Küche und bewarfen sich mit unförmigen

Papierflugzeugen, die ausnahmslos alle auf Althea landeten, die ihnen jedoch ohne eine Regung auswich.

Plötzlich fuhr Lola wie von einer Tarantel gestochen herum. »Ich kann das hier gar nicht kochen. Wir haben keinen Parmesan.«

»Dann ersetz ihn durch etwas anderes«, sagte Annie.

»Und womit?«

»Vielleicht mit Zement. Wenn das Soufflé dann aufgeht, hast du einen praktischen Türstopper.«

Plötzlich schwiegen alle. »Was? Was habe ich denn gesagt?« Sie drehte sich um und sah, dass Jared die Küche betreten hatte.

Er murmelte ein Hallo und durchquerte den Raum, um Teller, Besteck, Brot und Obst zusammenzusammeln. Annie warf Lola einen vielsagenden Blick zu, brachte den kichernden Paul mit einem bösen Blick zum Schweigen und erhob sich. Ohne noch weiter zu zögern, nahm sie einen Schöpflöffel und eine mittelgroße Servierschüssel zur Hand, in der sie eine großzügige Portion Estragonhühnchen anrichtete. Dann reichte sie Jared die Schüssel, als wäre es das Natürlichste auf der Welt. Sie starb zwar vor Neugierde, aber sie würde verdammt sein, das auch zu zeigen.

»Komm doch später noch einmal vorbei«, sagte sie zu ihm »Lola macht Zement zum Dessert.«

Jared murmelte lautlos etwas vor sich hin und verschwand mit einem Tablett, auf dem sich Besteck für *zwei Personen* befand.

Niemand erwähnte den Vorfall weiter. Einige Minuten später hörte Althea auf zu schälen, räumte den Tisch auf und verschwand.

Lola trat an den Herd und flüsterte, damit die Kinder sie nicht hören konnten. »Glaubst du, dass er Althea vielleicht hilft, ihre Magersucht zu überwinden?«

»Welche Magersucht?«, fragte Annie mit dem Mund voller Brot.

»Sie hat eine seltsame Beziehung zum Essen und ist zu dünn, aber sie ist eine erwachsene Frau. Wenn jeder magersüchtig ist, der sich über seine Oberschenkel beschwert, dann bin ich es auch.«

Lola dachte kurz nach, dann meinte sie: »Ich würde sagen, dein Ding wäre eher Bulimie.«

Annie hörte auf zu kauen und riss den Mund auf. »Glaaauuuubst duuuu wiiiirkliiich?«

»Wer bin ich, über jemand anderen zu urteilen?«, seufzte Lola.

»Du bist der Meinung, ich esse wie ein Schwein, nicht wahr?«

Lola warf ihr einen entschuldigenden Blick zu. »Manchmal.«

Annie betrachtete das Baguette vor ihr. Es fehlte bereits gut die Hälfte, und sie hatten noch nicht einmal zu Abend gegessen. Sie war unersättlich. Essen: das Einkaufen, die Zubereitung, der Verzehr – das war die Therapie, die sie sich selbst verschrieben hatte.

»Ich bin ein verdammter Fettwanst«, sagte sie und drückte das verbleibende Baguette an ihre Brust.

Lola rang ihr das Baguette aus der Hand. »Tut mir leid, aber das war's. Bis auf Weiteres gibt es kein Brot mehr, *Madame.*«

Mai

19

Es war überraschend heiß, und der Himmel war strahlend blau. Annie fragte sich, wie die Menschen in den Bürogebäuden wohl solche Tage überstanden. Sie war schweißgebadet, obwohl sie nur drei Straßen weit gegangen war. Zugegeben, sie ging ziemlich schnell. Okay. Sie *trainierte.* Zu Beginn der Woche hatte sie ein Paar gebrauchte, lange in Vergessenheit geratene Laufschuhe aus dem Schrank geholt und begonnen, in schnellem Tempo durch die Nachbarschaft zu spazieren. Doch sie behielt es für sich. Sie machte es immer nur, wenn Lola gerade beim Yogaunterricht und die Kinder in der Schule waren. Es hatte keinen Sinn, eine große Sache daraus zu machen, da sie noch nicht garantieren konnte, ob sie es auch tatsächlich beibehielt. Außerdem hatte sie beschlossen, auf Pasta und Brot zu verzichten, und fühlte sich deshalb alles in allem beinahe wie eine Heilige.

Heute war der erste Mai, und durch die Rue de Passy schwebte der süße Duft nach Maiglöckchen. Straßenverkäufer standen mit Körben voller kleiner weißer Blumen vor den Füßen herum, und nachdem Annie noch keine gekauft hatte, konnte sie keinen Schritt tun, ohne dass ihr jemand einen kleinen Strauß unter die Nase hielt.

Die Schaufenster, an denen sie vorbeiging, waren dem Frühling entsprechend dekoriert. Offensichtlich war dieses Jahr der Marinelook in Mode. Das war auch bereits auf den Straßen zu bemerken. *Französische Frauen gehen nie ohne Lippenstift aus dem Haus,* dachte sie sich immer wieder. Sie selbst sah gerade nicht sehr französisch aus. Ihre Haare waren eine Katastrophe. Kein Schnitt, keine Farbe. Sie wurde langsamer und blieb schließlich stehen, um die Schaufensterpuppen im Fenster einer Boutique zu betrachten.

Das T-Shirt mit den blauen und weißen Streifen sah frisch und jugendlich aus. Sie hatte sich in den letzten drei Jahren nicht einmal ein neues T-Shirt gekauft. Sie strich sich die Haare mit der Hand glatt und betrat die Boutique.
Welche Größe hatte sie mittlerweile? Sie betrachtete einen Stapel Jeans, Unmengen davon. Wo sollte sie anfangen?
Plötzlich trat eine junge Frau in einem geblümten Kleid hinter einem Vorhang hervor und musterte Annie missbilligend von Kopf bis Fuß. Annie machte auf dem Absatz kehrt und eilte auf den Ausgang zu.
»Je peux vous aider?«, fragte die Frau.
»Non, je regardais, c'est tout. Wie auch immer, *Ciao* und *Sayonara*, wie man in Bangladesch sagen würde.«
»Ich spreche Englisch«, erwiderte die Verkäuferin. Sie hatte ein nettes Lächeln und wirkte nicht wie die typisch französischen Eisprinzessinnen.
Annie wurde langsamer.
»Ich würde Ihnen gerne behilflich sein«, blieb die Frau beharrlich.
»Mir behilflich sein?«, seufzte Annie. »Führen Sie denn hier auch Lobotomien durch?«
Die Verkäuferin betrachtete sie nachdenklich. »Da weiß ich etwas viel Besseres.«
Mein Gott, die Macht einer guten Verkäuferin war einfach unbeschreiblich. Eine Stunde später verließ Annie den Laden mit einer Tüte voller hübscher Klamotten auf dem Arm und der Adresse eines Friseurs in der Hand.

Althea hatte sämtliche Kerzen in ihrem Zimmer entzündet und sie um ihren Tisch herum aufgestellt. Vor ihr lag ein Stück Papier, das sie im Haus gefunden hatte, und sie hielt einen Permanentmaker in der Hand, den sie sich aus der Küche geborgt hatte.

Langsam entstand eine Pariser Stadtszene in Schwarzweiß: ein Café, Spaziergänger mit Regenschirmen, die Silhouetten einer Frau und eines Mannes in dunklen Mänteln, die sich an der Hand hielten. Es war beinahe elf Uhr abends, und Althea hatte sich zum Ausgehen zurechtgemacht. Sie hatte die letzte Stunde mit dem Make-up verbracht und ihren Lidstrich perfektioniert. Ihr Mantel lag bereits auf dem Bett bereit. Sie hoffte, dass Jared schon in ein paar Minuten an ihre Tür klopfen würde, um sie auszuführen. Vor zwei Stunden hatte er wieder Essen für sie beide hochgebracht, es war ein seltsames Ritual, das sie nun teilten. Schließlich war er mit dem Versprechen verschwunden, bald wiederzukommen.

Nun, da Jared sie fütterte, sie malte und aus irgendeinem wundersamen Grund beschlossen hatte, ihr die Stadt bei Nacht zu zeigen, verbrachte sie jede Minute, die sie alleine war, damit, auf ihn zu warten. Sie zählte die Stunden, sie zählte die Minuten, und sie zählte die Atemzüge innerhalb dieser Minuten.

Altheas Leben hatte sich in dem knappen Monat, seit Jared beschlossen hatte, sie zu malen, vollkommen verändert. Sie konnte sich kaum noch daran erinnern, was sie mit ihren Gedanken angefangen hatte, bevor sie ihn kennengelernt hatte. Sie liebte jeden Augenblick dieser Nächte, selbst wenn sie bis auf die Knochen durchgefroren und hundemüde war, selbst wenn Jared nie tat, wonach sie sich am meisten sehnte: sie küssen.

In manchen Nächten, die sie mit Jared verbrachte, wehte der eisigkalte Wind ihnen gnadenlos um die Ohren. In anderen Nächten fühlte sich die Luft jedoch weich an und roch nach Flieder. Jared trug einen langen schwarzen Mantel, der wie ein Segel durch die Nacht wehte, und schien unbeeindruckt von sämtlichen Wetterkapriolen. Er hielt ihre Hand, und sie schwebte neben ihm her, während ihre Füße kaum den Asphalt berührten.

Paris und Jared wurden für sie zu einer Einheit, deren Einzelteile ohne einander unvorstellbar waren.
Dennoch fürchtete sie sich ständig davor, dass Jared sich plötzlich zu ihr umdrehen und seinen Fehler bemerken würde. Es gab keinen bestimmten Grund, warum er gerne Zeit mit ihr verbrachte, zumindest keinen, den er ihr verraten hätte. Nichtsdestotrotz träumte, hoffte und betete Althea an jeder Straßenecke und jedes Mal, wenn er auf seiner fieberhaften Suche nach dem Unbekannten innehielt, zu allen neuen und alten Göttern, dass Jared sie küsste. Doch obwohl er unglaublicherweise ihre Hand hielt und in der U-Bahn nahe an sie heranrückte, tat er es nie. Sie verbrachte die Nächte mit Jared in einem traumähnlichen Zustand, der erst endete, wenn er sie schließlich zurück zu Annies Haus brachte, ihr die Tür öffnete, sie die Treppe hinaufführte, sie zu ihrem Zimmer begleitete, zurück in ihre Welt, und schließlich ging. Als er sie eines Nachts zum ersten Mal ausgeführt hatte, war es ihr wie ein einmaliger Glücksfall erschienen. Doch am nächsten Abend war er wiedergekommen. Seitdem fragte sie sich jede Nacht nach ihrem Ausflug, ob es das letzte Mal gewesen war, doch er kam jedes Mal wieder.
Althea saß in ihrem Zimmer. Ihre Zeichnung war mittlerweile fertig. Sie warf sie in den Mülleimer. Sie hatte kein Papier mehr. Sie sah auf die Uhr. Zehn Uhr. Sie hoffte, dass Jared bald kommen und sie von ihrer Hauptbeschäftigung abbringen würde, nämlich an dem Vorsatz festzuhalten, auf keinen Fall ihre Mum anzurufen. Diese Besessenheit nahm beinahe ihre ganze wache Zeit in Anspruch, raubte ihr den Schlaf und ließ ihre Gedanken im Kreis wandern. Sie war abwechselnd todunglücklich und furchtbar wütend auf ihre Mutter, und diese Gefühle verwandelten sich bald darauf in Selbsthass und Verwirrung, während sie darauf wartete, dass endlich die Sonne unterging. Und genau in

diesen Stunden, in denen sie sich so sehr quälte und kaum noch Lebensmut verspürte, zählte sie schließlich die Minuten, bis Jared wieder in ihr Leben trat.

Annie schlüpfte in ihre neuen Jeans, und es fühlte sich wunderbar an. Der Reißverschluss glitt problemlos zu. Sie musste nicht einmal den Bauch einziehen. Annie hatte niemandem von ihren neuen Klamotten erzählt, von dem hübschen gestreiften T-Shirt, den neuen Sandalen, der Pediküre. Und sie hatte auch nicht mit Lola über ihren Vorsatz gesprochen, leichteres Essen zu kochen, weil diese ihrer Meinung nach ohnehin etwas zu selbstbezogen war, um kleine Veränderungen bei anderen Menschen zu bemerken. Sie stand in der Küche und schleuderte ein Kochbuch nach dem anderen auf den Tisch. Wie war es möglich, dass kein einziges dieser Bücher Rezepte enthielt, in denen nicht Unmengen an Butter, Sahne, Stärke und Kohlenhydraten enthalten waren? Sie würde nie wieder mit leerem Magen ein Kochbuch kaufen.

Sie hörte das unverwechselbare Geräusch der sich öffnenden Haustür und kurz darauf ein leises Fluchen *en français,* das ihr verriet, dass Lucas gerade das Haus betreten und sie wieder einmal vergessen hatte, die Vordertür abzuschließen. Wie berechenbar dieser Mann doch war, wie berechenbar die Frau, wie berechenbar die sich daraus ergebende Situation. Das Essen war vergessen, nun stand ihr ein Kampf anderer Natur ins Haus. Sie bereitete sich innerlich darauf vor, während sie so tat, als wäre sie vollkommen in ihrem Kochbuch versunken.

Lucas betrat schnaubend die Küche. »Deine Eingangstür war offen.«

»Ebenfalls hallo«, gurrte sie.

»Du hast sie nicht abgesperrt! Schon wieder!«

»Na und?«

Wenn Lucas wütend war, klang sein Akzent noch süßer. »Es ist gefährlich, wenn du die Eingangstür zu deinem *'Aus* nie absperrst.«
Sie hielt den Blick weiter auf das Kochbuch gerichtet. »Es ist mein *'Aus*, also mache ich, was mir gefällt!«
Lucas wanderte durch die Küche. »Sind die neu?«, fragte er.
»Was soll neu sein?«
»Deine Klamotten?«
Sie schüttelte den Kopf, denn es war ihr furchtbar peinlich, als hätte man sie dabei erwischt, wie sie etwas schrecklich Eitles tat. »Ach wo«, erwiderte sie. Lucas ging mit fortschreitendem Alter ein wenig gebückt, doch objektiv betrachtet war er immer noch ein ziemlich attraktiver Kerl. Die Natur war so unfair. Sie nannte es das »Sean-Connery-Syndrom«. Manche Dinge wurden besser, während andere verfielen. Das war der ungerechte Vorteil der Männer gegenüber den Frauen, denn das Alter ließ die einen reifen und die anderen verdorren.
»Du könntest einmal richtig Pech haben, wenn du immer die Tür offen lässt«, sagte er. »Du könntest tatsächlich einmal Pech haben! Und was dann?«
»In diesem Haus gibt es nichts Wertvolles, außer deinem gottverdammten Fernseher.«
»*Meinem* Fernseher?« Lucas musste schlucken, so ungerecht erschien es ihm. Er fuchtelte mit den Armen. »Ich mache mir keine Sorgen, dass jemand dich bestehlen könnte, ich habe Angst, dass ein Irrer hier einfallen könnte und dich … ich weiß auch nicht …«
»Ein Vergewaltiger?«, überlegte Annie. »Nun, das hätte zumindest den Vorteil, dass ich wieder einmal flachgelegt würde.«
»Sag doch so etwas nicht!«, erwiderte Lucas entsetzt.
Sie sah endlich von ihrem Kochbuch auf und warf ihm einen vollkommen unschuldigen Blick zu. »Was habe ich denn gesagt?«
Lucas hörte auf, durch die Küche zu wandern, und verschränkte

die Arme. »Willst du etwa sagen, dass der einzige Grund, warum du die Tür nicht versperrst, Sex ist?«

Sie zuckte mit den Schultern. »Es klopft ja niemand an meine Tür, um mich mal wieder … durchzuklopfen. Warum also nicht?«

Das Gespräch entwickelte sich mittlerweile in eine Richtung, die sehr wenig mit der unversperrten Tür zu tun hatte.

Lucas breitete die Arme aus und klopfte sich mit dem Finger an die Wange, als wäre er tief in Gedanken versunken. »Willst du damit sagen, dass alles, was zwischen der Gefahr und einer verschlossenen Tür steht, Sex ist?«

Annie beschloss, ihn herauszufordern, und hob offensichtlich erleichtert den Kopf. »Bietest du mir etwa deine Hilfe an? Na endlich! Ich dachte schon, du würdest nie darauf kommen!«

Der warme Frühlingswind wehte in die Küche und ließ die Musselingardinen sanft flattern, und Annie hörte die Vögel zwitschern, die ihren blühenden Garten bereits in Beschlag genommen hatten.

Was um alles in der Welt hatte sie da gerade gesagt?

Lucas' Augen blitzten amüsiert auf, und er warf ihr einen feurigen Blick zu, den nur Franzosen wagen konnten, ohne gleich eine Ohrfeige zu riskieren. »Mit dem größten Vergnügen«, erwiderte er.

Die Art, wie er es sagte, die Tonlage und das schiefe Grinsen bewirkten, dass ihr plötzlich am ganzen Körper heiß wurde. Sie wurde so dunkelrot, dass sie damit sogar Althea in den Schatten stellte.

Annie sprang auf und eilte auf die Spüle zu, um die dämliche Röte in ihrem Gesicht zu verbergen. »Ja, super, jederzeit gerne!«, murmelte sie.

Lucas ging rückwärts aus der Küche. »Ich … muss jetzt gehen. Ich schließe die Tür hinter mir ab, *d'accord?*«

»*D'accord.* Wie auch immer«, rief sie ihm nach.

Dann setzte sie sich wieder und las dieselbe Zeile in ihrem Kochbuch etwa zwanzig Mal, während sie wie ein Vollidiot vor sich hin grinste.

20

Wie eine Mutter, die sich damit abfindet, nur zu schlafen, wenn auch ihr Baby schläft, passte Althea sich nach und nach instinktiv Jareds Rhythmus an.

Eigentlich sollte sie ihre Mutter anrufen, während sie auf Jared wartete, doch sie schaffte es einfach nicht. Also stellte sie sich bloß vor, wie es wäre, ihre Mutter anzurufen, um dann das Gefühl der Erleichterung zu genießen, das sie überkam, wenn sie es doch nicht tat.

Sobald das Haus wieder zum Leben erwachte, zog sie sich in ihr Zimmer zurück, setzte sich an ihren Tisch und kritzelte auf Post-its, auf den Resten der Bastelversuche der Kinder, ja sogar auf Zigarettenpapier und der Rückseite von U-Bahn-Tickets herum.

Einige Abende zuvor war sie mit Jared in einer Bar gewesen. Während Jared mit einer Selbstverständlichkeit Französisch sprach, das viel zu schnell für sie war, kritzelte sie etwas auf die Rückseite seines Bierdeckels. Sie spürte, dass Jareds Blick auf ihrer Hand ruhte. *»Tu dessines bien«*, sagte er. *Du kannst gut zeichnen.* Es war eine Feststellung, nicht unbedingt ein Kompliment, und es klang auch nicht wirklich überrascht. Sie bemerkte nicht, dass er ihre Zeichnung, die einige auf Ästen sitzende Vögel zeigte, in seine Tasche steckte, und war schockiert, als sie sie am nächsten

Tag an der Wand über ihrem Tisch hängen sah. *»Tu ne jettes rien, d'accord?«*, sagte er zu ihr. *Wirf nichts davon weg.* »Von nun an stellst du deine Zeichnungen aus.« Und so bewahrte sie mittlerweile ihre Kritzeleien auf, befestigte sie mit Klebeband neben jener ersten Zeichnung und beobachtete mit einem gewissen Stolz, wie die Wand zum Leben erwachte.

Immer, wenn es Zeit für das Abendessen wurde, folgten sie einem bestimmten Ritual. Sie wartete in ihrem Zimmer, bis Jared an die Tür klopfte. Er wirkte glücklich, wenn er schließlich eintrat, roch nach Zigaretten und Kaffee und hatte stets ein Tablett mit dem Abendessen bei sich. Auch in dieser Beziehung hatte sie sich ihm angepasst. Es war das einzige Essen, das sie am Tag zu sich nahm. Sie saßen mit verschränkten Beinen und dem Tablett zwischen sich auf dem Bett und aßen. Jared aß auch, doch vor allem beobachtete er sie, während sie aß. Wenn er nicht zufrieden war, wie die Dinge liefen, wenn sie zum Beispiel zu kleine Bissen nahm oder zu langsam aß, dann nahm er seine Gabel und führte das Essen an ihre Lippen. Sie quälte sich bei jedem Bissen und überlegte, wie viel von dem Essen sie wohl bereits verdaut haben würde, bevor sie es nachher im Badezimmer wieder loswerden konnte.

Sie fragte sich, was es mit Jareds Besessenheit mit dem Essen auf sich hatte, und hegte die Hoffnung, dass es vielleicht bedeutete, dass er sie liebte. Und sie fragte sich, was wohl passieren würde, wenn er einmal nicht kam. Würde sie sich zu sehr schämen, um nach unten in die Küche zu gehen und selbst um einen Teller Essen zu bitten?

»Warum fliegen wir nicht wieder nach Hause? Warum treffen wir uns nicht einmal mit Daddy? Warum ruft Daddy nicht an? Warum rufst du ihn nicht an?«

Nun ist es also so weit, dachte Lola. Die Worte drängten an die

Oberfläche. Lia musste wissen, dass Lola das Opfer war! Lia musste wissen, dass es eigentlich Mark gewesen war, der sie im Stich gelassen hatte und sie nicht so liebte, wie sie es brauchten.

»Ich will nach Hause. Warum fliegen wir nicht nach Hause? Wir bleiben doch nicht für immer hier, oder?«, weinte Lia.

Theoretisch hatte Lola Mark nie die Möglichkeit gegeben, sie in Frankreich zu erreichen, doch wenn er seine Familie tatsächlich sprechen wollte, wenn er tatsächlich mit *ihr* sprechen wollte … Ein Mann mit seinen Mitteln und seinem Einfluss fand doch sicher einen Weg. Mittlerweile hatte Lola erkannt, dass sie immer gehofft hatte, Mark würde schließlich nachgeben. Dass er nachgeben und ihr nachlaufen würde. Sie hatte wohl zu viele Liebesromane gelesen. Marks Distanziertheit brach ihr das Herz. Sie war seine Wutanfälle gewohnt, die ihr zumindest das Gefühl gaben, dass sie ihm etwas bedeutete. Auf mehr als eine Art war wohl sie diejenige, die hier gerade dabei war, nachzugeben.

»Das hier ist eine Sache zwischen deinem Dad und mir, Lia. Wir kommen nicht miteinander aus, aber wir beide lieben euch Kinder sehr.« Lola zuckte zusammen, so klischeehaft klang ihre eigene Entschuldigung. »Aber wir haben uns doch zu Hause nur noch angebrüllt und gestritten.«

»Daddy schreit dich andauernd an«, erklärte Lia, die plötzlich nicht mehr weinte. »Lässt du dich scheiden?«

Lola schluckte. »Eine Scheidung stand noch nie im Raum«, log sie. »Wir nehmen uns eine Auszeit, um die Dinge zu überdenken.« Lügen und Klischees.

»Die Eltern von Rebecca aus meiner Schule sind geschieden«, erklärte Lia nüchtern.

»Tatsächlich?«

»Aber sie sieht ihre Mum jedes Wochenende.«

»Also kümmert sich ihr Dad um sie?«

»Ich will nicht, dass Daddy sich um mich kümmert. Ich will, dass du dich um mich kümmerst, und um Simon. Ich will nicht wieder nach Hause nach Bel Air und dich nie mehr wiedersehen.« Sie brach erneut in Tränen aus. »Wird das passieren?«

Lia hatte gerade Lolas größte Angst angesprochen. Ihre Kehle zog sich zusammen, und sie brachte nur ein leises »Du … du wirst mich jeden Tag sehen« zustande.

»Aber ich will Daddy auch jeden Tag sehen.«

»Natürlich Liebling, natürlich möchtest du das. Und er möchte dich sehen.«

»Ich glaube nicht, dass er sich viel aus mir macht«, schluchzte Lia.

»Aber das ist doch Unsinn. Er ist verrückt nach dir!«

»Aber er ist nicht verrückt nach dir, nicht wahr?«

Dieser Kommentar verletzte Lola sehr. Sie war lange Zeit der Meinung gewesen, dass Mark und sie nicht ohne einander leben konnten, dass sie sich trotz der Demütigungen liebten und brauchten, dass für sie beide die Familie an oberster Stelle stand.

»Ich … ich weiß nicht … ich weiß nicht, was er denkt. Manchmal ist es zwar viel wert, wenn man jemanden liebt, aber es ist trotzdem nicht genug. Man muss die Menschen, die man liebt, gut behandeln. Das ist, was ich mir von Daddy wünsche. Dass er mich gut behandelt.«

»Ich hasse es, wenn er herumbrüllt.«

»Es macht einem Angst«, stimmte Lola ihr zu.

»Hast du ihm das schon mal gesagt?« Lia hob die Schultern und verzog den Mund zu einer geringschätzigen Grimasse, wodurch sie aussah wie der Teenager, der sie einmal werden würde. »Aber was bringt das schon? Er hört ja eh nie zu.«

Lola fühlte sich klein und unbedeutend. »Nicht so, wie ich es mir wünschen würde«, flüsterte sie.

»Dann sage *ich* es ihm.« Lia sprang auf und sah ihre Mum an. Ihr

angespanntes Gesicht spiegelte Entschlossenheit wider. »Genau das werde ich tun. Ich werde ihm sagen, dass wir zurückkommen, wenn er aufhört, ständig herumzubrüllen. Genau das sollte ich ihm sagen.« Lola war so überwältigt, dass ihr keine Antwort darauf einfiel. Doch Lia sprach bereits weiter: »Ich schreibe ihm einen Brief, dann kann er mich nicht unterbrechen!«
Obwohl sie so furchtbar traurig war, begann Lola zu lachen. »Du kennst deinen Vater wirklich gut.«
»Und ich kann gut verhandeln. Erinnerst du dich, als er mich nicht zu der Übernachtungsparty bei Joshua gehen lassen wollte und ich ihn schließlich doch überzeugt habe? Da hat er gesagt, dass ich gut verhandeln kann, erinnerst du dich?«
»Ja, ich erinnere mich.«
»Okay, dann fange ich jetzt gleich an.«
Lia ging zu Lolas Schreibtisch, nahm einen Stift und ein Blatt Papier und begann zu schreiben. Lola betrachtete sie stolz. Sie hatten gerade ein richtiges Gespräch geführt. Das hier geschah gerade wirklich. Doch während sie Lia beobachtete, die sich über den Tisch gebeugte hatte und schrieb, erkannte Lola, was sie als Nächstes zu tun hatte. Sie musste dem Beispiel des Kindes folgen und sich Mark stellen.

Eine regelrechte Ameisenautobahn zog sich vom Garagentor durch die Küche bis zur Spüle, wo die Tiere emsig jeden Zentimeter der schmutzigen Teller bedeckten, die sich im Spülbecken und auf der Anrichte stapelten. Mark beobachtete die Ameisen, während er an der Kücheninsel saß und auf seiner Tiefkühlpizza herumkaute. Selena hatte vor zwei Wochen gekündigt, und der Haushalt ging vor die Hunde, aber es war ihm egal. Er schluckte das letzte Stück Pizza hinunter, nahm die Dose mit dem Insektenspray und sprühte einen gewaltigen Strahl Ameisen-und-Kaker-

laken-Vernichter in Richtung Spüle. Er sah zu, wie sich die Ameisen krümmten und schließlich starben, und fragte sich, ob das bereits genug war, um dafür in der Hölle zu schmoren.
Seine Grippe hatte sich offensichtlich in etwas anderes verwandelt. Er ging nicht mehr ins Büro, und wenn das Büro anrief, dann schaffte er es kaum, den Hörer abzuheben. Er hatte beschlossen, zu Hause zu bleiben, sich nicht mehr zu duschen und sich auch einige Tage lang nicht mehr zu rasieren. Das Telefon klingelte. Wieder einmal hoffte er, dass es Lola und nicht das Büro war. Doch es war nie Lola und immer nur das Büro. Er hob ab.
»Ich glaube, ich habe sie gefunden«, hörte er die Stimme eines Mannes.
Mark sprang auf. »Wie? Wo ist sie?«
»Sie ist auf alle Fälle in Paris«, erklärte die Stimme. »Ich habe eine Adresse. Wollen Sie, dass ich hinfliege und Fotos mache?«
»Nein, nein … jetzt noch nicht. Ich muss erst nachdenken. Ich rufe Sie zurück.«
Mark legte auf und fühlte sich plötzlich so frei wie seit Wochen nicht mehr. Er stellte sich vor, wie er in irgendeinem französischen Hotel vor ihrer Zimmertür stand, sie ihm in die Arme fiel und die Kinder … doch dann fiel ihm ihr letztes Telefonat wieder ein, und sein Herz wurde schwer. Er hatte versucht, cool zu bleiben, doch er hatte bloß die falschen Dinge gesagt. Es hatte damit begonnen, dass Lola ihn gefragt hatte, ob es ihm »gutgehe«, und er war sehr wütend geworden, denn wie konnte sie so etwas furchtbar Falsches und Selbstsüchtiges tun und dann eine Bestätigung verlangen, dass ihm das alles nichts ausmachte?
Er hatte versucht, witzig zu sein. »Ach, mir geht es wunderbar«, hatte er erwidert. »Du weißt schon, ich scheffle Geld und spiele mit meinen Geliebten Strip-Poker.«
Es folgte alltägliches Geplänkel, bis Lola schließlich meinte: »Ich

habe über die Gründe nachgedacht, warum ich fort bin. Ich glaube, es hat damit zu tun, dass ich etwas Nützliches mit meinem Leben anfangen möchte.«

»Das ist doch lächerlich«, antwortete er. »Du tust doch nützliche Dinge.«

»Ich kümmere mich nicht einmal selbst um meine Kinder.«

»Was soll denn jetzt *der* Blödsinn?«

»Die Kindermädchen. Du glaubst, dass sie es besser können als ich. Du bist nicht einmal der Meinung, dass ich es schaffe, meinen Kindern eine gute Mutter zu sein.«

Mark verdrehte die Augen. »Das ist mit Abstand die lächerlichste Anschuldigung, die ich jemals gehört habe. Die Kindermädchen sind doch für dich da, Lola, und nicht für mich. Jeder hat welche. Und du hast mehr Zeit, um …«

»… um dich auf deinen Geschäftsreisen zu begleiten?«, unterbrach sie ihn. »Ich habe die Kinder tagelang alleine gelassen. Und du weißt gar nicht, wie oft ich weinend in einem Hotelzimmer saß, während du deinen Geschäften nachgegangen bist.«

»Aber du hast nie etwas gesagt!«

»Es geht immer nur darum, was *du* willst und was *du* denkst, Mark. Ich hatte Angst, dich zu enttäuschen.«

»Es scheint, als hättest du diese Angst ganz gut überwunden. Aber ich habe gute Neuigkeiten: Das Kindermädchen hat gekündigt und das Hausmädchen ebenfalls. Wenn du wieder nach Hause kommst, wird niemand mehr da sein, dem du die Schuld zuschieben kannst!«

»Willst du wissen, warum ich fort bin? Genau deshalb! Wegen solcher Aussagen!«

»Was? Was habe ich denn gesagt?«

»Hörst du dir überhaupt selbst zu?«, fragte Lola verärgert. »Du bezeichnest mich ständig als Parasiten.«

»Ich habe dich doch nicht als …«
»Und dann brüllst du mich an und machst mich nieder.«
Lola klang kaum noch wie sie selbst.
Er wusste nicht, wie er ihrer aggressiven Art begegnen sollte. »Ist das alles?«, fragte er.
»Du wirst dich nicht ändern«, erklärte Lola ausdruckslos.
»Dafür bin ich wohl zu dämlich, nicht wahr?«
»Um dich zu ändern, müsstest du erst einmal einsehen, dass die Art, wie du die Dinge angehst, nicht funktioniert.«
»Ach, erspar mir diesen Psychokram.«
»Es geht ständig darum, was die anderen falsch gemacht haben. Köpfe müssen rollen.«
»Wenn du unglücklich warst, warum hast du dann nichts gesagt?«
»Ich hatte Angst davor, mit dir zu reden.«
»Was hat dich davon abgehalten?«
»Was mich davon abgehalten hat?«, fragte Lola ungläubig. Sie atmete tief ein. »Das ist doch nicht dein Ernst! Wie wäre es mit deinen unkontrollierten, gewaltigen Wutanfällen? Mit den Schimpfworten, die du mir an den Kopf geworfen hast? Weißt du eigentlich, wie absolut unverzeihlich dein Verhalten war und wie viel ich dir dennoch verziehen habe?«
»Ach!«, antwortete er und war nun ebenfalls wütend. »Und du selbst hast nicht auch immer wieder mal die Nerven verloren?«
»Du hast ein Problem mit deiner Aggressivität. Natürlich habe ich die Nerven verloren«, erklärte Lola.
»Du bist einfach verschwunden, und jetzt kommst du mit diesem Schwachsinn an, dass du Angst hattest und keine Kindermädchen wolltest? Sag verdammt noch mal endlich, was los ist, Lola.«
»Du hast dich nicht mehr unter Kontrolle, und ich halte es nicht mehr aus!«, erwiderte sie.
Dieses Miststück! Er spürte, wie die Wut in ihm hochstieg wie die-

ser verdammte Godzilla aus dem Meer. »Dann willst du also die Scheidung? Sag es, verdammt noch mal!«, brüllte er.
»Ich will mich nicht von dir scheiden lassen«, schluchzte Lola. »Ich will eine gute Ehe führen.«
Doch er hörte ihr gar nicht mehr zu. Er brüllte nur noch. »Wir führen doch eine gute Ehe! Wir haben ein verdammtes Herrenhaus, wir …« Mark suchte nach einem Beweis. »Dein Leben ist wie ein einziger, endloser Urlaub!«
»Du willst es einfach nicht wahrhaben, Mark«, erwiderte Lola kühl.
»Du musst zurückkommen, Lola. Für solche Dinge gibt es Gesetze. Ich zerre deinen Arsch vor Gericht!«, war alles, was er noch sagen konnte.
Mittlerweile hatte Lola am anderen Ende der Leitung zu schluchzen begonnen. »Ich … ich bin noch nicht so weit. Und mit einer solchen Einstellung weiß ich nicht, ob ich es jemals sein werde.«
»Dann scheiß auf die verdammte Einstellung!«, brüllte er. »Scheiß auf dich, Lola!«
Als er schließlich merkte, dass Lola bereits aufgelegt hatte, schleuderte er das Telefon an die Wand. Das Geräusch war ohrenbetäubend, und das Telefon zersprang in tausend Stücke, die sich auf dem Küchenboden verteilten.
Nun, Tage später, lagen die Trümmer noch immer auf dem Boden verstreut und verrieten ihm mehr über sich selbst, als er eigentlich wissen wollte. Er hätte die Trümmer natürlich einsammeln können, doch einen Teil von ihm interessierte es, was sie ihm zu sagen hatten. Die Ameisen spielten keine Rolle, genau hierfür würde er schließlich in der Hölle landen. Wegen dieses zertrümmerten Telefons. Für die Wut, die ihn überkommen hatte und die er nicht mehr kontrollieren konnte.
Bis zu diesem Moment hatte er all seine Aufmerksamkeit dem

Privatdetektiv und der Aufgabe gewidmet, Lola ausfindig zu machen. Doch nun, da er sie gefunden hatte, kam ihm der Gedanke, dass es vielleicht schon zu spät war. Er hatte sie ausfindig gemacht, doch er hatte sie nicht *gefunden*. Es war sogar möglich, dass sie für immer für ihn verloren war.

Mark öffnete seine Geldbörse und holte eine Visitenkarte heraus. Larry hatte sie ihm gegeben. Ausgerechnet Larry, sein Boxtrainer. Die Ironie dahinter blieb ihm nicht verborgen. Wenn man von seinem Boxtrainer die Visitenkarte eines Seelenklempners bekam, der sich mit Aggressionstherapie beschäftigte, dann war das ein untrügliches Zeichen dafür, dass man ein Problem hatte. Mark rieb sich die Augen und massierte seinen Nacken, dann wählte der die Nummer des Seelenklempners.

21

Althea kaufte sich einen Block Pergamentpapier und eine Schachtel teurer Pastellkreiden. Sie achtete nicht weiter auf die Hitze, als sie zum Haus zurückeilte und sich dabei die Papiertüte wie ein Schild vor die Brust hielt. Im Haus angekommen, wählte sie sofort die Nummer. In Cincinnati war es mitten in der Nacht.

Sie hörte die Stimme ihrer Mum, die besorgt und desorientiert klang. »Hallo?«

»Ich bin's.«

Die Besorgnis wich aus der Stimme ihrer Mutter, und Wut trat an ihre Stelle. »Warum rufst du um drei Uhr nachts an?«

Althea ballte die Hände zu Fäusten. »Hi.«

»Ich hoffe nicht, dass du uns mitten in der Nacht weckst, bloß um hallo zu sagen.«

»Ich. Sagte. Hi«, presste Althea zwischen den Zähnen hervor.

Die Stimme ihrer Mutter verwandelte sich zu Eis. »Was ist dein Problem?«

»Du stirbst nicht. *Das ist das Problem!*«, schrie Althea.

»Was *stimmt bloß nicht* mit dir?«

Althea betrachtete ihr Gesicht im Spiegel, während sie ihre Mutter anschrie. »*Nichts* stimmt mit mir, und es kümmert dich einen Scheiß.«

»Um drei Uhr morgens …«

»Ich habe mir mein ganzes Leben lang Sorgen um dich gemacht. Ich habe mein ganzes Leben lang geglaubt, dass du sterben würdest, wenn ich nicht bei dir bin. Aber jetzt bin ich in Paris, und du stirbst nicht. Dir geht es gut ohne mich. Du hast dir nie die Mühe gemacht, mich nach meiner Pariser Telefonnummer zu fragen. Du denkst bloß an dich selbst.«

»Ich dulde diesen Ton nicht länger.«

Althea war sich nicht sicher, warum sie weinte. War sie traurig, erleichtert oder wütend? »Ich bin's, Mum. *ICH!* Ich existiere nämlich, weißt du?«

»Ich habe keine Ahnung, wovon du sprichst.«

»Davon, wie traurig ich bin? Wie deprimiert? Wie einsam? Ich bin doch bloß unsichtbar für dich. Und für Dad ebenfalls.«

Annie betrat mit einem Stapel Teller den Raum, doch das war Althea egal. Annie stellte die Teller in den Schrank, hielt schnell anerkennend beide Daumen in die Höhe und verließ das Zimmer wieder.

»Haben dir die Franzosen diese Flausen in den Kopf gesetzt?«, kreischte ihre Mutter. »Hasst du Amerika jetzt? Und deine Eltern? Warum überrascht mich das nicht?«

»Nun, zumindest bin ich hier nicht unsichtbar.« Und plötzlich verstand Althea. Es war nicht bloß wegen Jared. Hier wurde sie akzeptiert. Mehr, als ihre Mutter es jemals getan hatte. Hier konnte sie sie selbst sein. Sie musste niemandem gefallen. Sie konnte auch einmal eine Szene machen. Das konnten sie alle. Und es war in Ordnung.
»Wie schön für dich. Dann bleib doch dort. Mit einer solchen Einstellung brauchen wir dich hier in Amerika ohnehin nicht.«
»Hier kann ich den ganzen Tag im Pyjama herumlaufen und mein Zimmer nicht aufräumen. Ich kann faul sein. Und unnütz!« Althea wusste, wie lächerlich das alles war, aber auch, wie sehr es der Wahrheit entsprach.
Die pingelige Stimme ihrer Mutter drang aus dem Telefon. »Unnütz? Warst du das nicht dein ganzes Leben lang, Althea?«
Althea wurde sich plötzlich bewusst, dass es sich hier um keinen gewöhnlichen Schlagabtausch handelte. Zum ersten Mal hatte sie sich in einen Kampf mit ihrer Mutter begeben, und es war ein Kampf, in dem sie auch zurückschlagen konnte. »Ich bin froh, dass du das sagst, Mum. Ich bin sehr froh. Denn es zeigt mir, dass du ein gemeines Miststück bist. Und eine beschissene Mutter.«
»Du, du … sieh dich doch einmal im Spiegel an.«
»Tatsächlich sehe ich mich gerade jetzt im Spiegel an«, erwiderte Althea. »Ich sehe mich selbst im Spiegel, und ich halte den Kopf hoch erhoben. Ich sehe mir direkt in die Augen und fasse in diesem Moment den Entschluss, nicht mehr länger mit dir zu sprechen.«
Dann legte Althea auf.

Nachdem sie Simon in die Kinderkrippe gebracht hatte, eilte Lola die Rue de la Pompe entlang. Sie betrat das Gebäude durch das gewölbte Eingangstor, und kalte Luft schlug ihr entgegen. Sie stieg die Treppe hoch in Richtung Yogastudio und sagte *Bonjour* zu zwei Frauen, die bereits früher gekommen waren, um sich einen besseren Platz zu sichern. Sie fragte sich, ob *er* heute wohl auch kommen würde. Sie öffnete die Tür des Studios mit ihrem eigenen Schlüssel. Es war das erste Mal, dass sie das tat, und sie spürte, wie es ihr die Kehle zuschnürte. Wie lange war es her, seit sie das letzte Mal das Gefühl gehabt hatte, ihr Leben selbst unter Kontrolle zu haben? Wie lange, seit sie das letzte Mal ihr Leben mit eigenen Augen gesehen hatte und nicht so, wie Mark es wahrnahm? Nun, da sie einen Schlüssel zum Studio besaß, arbeitete sie offiziell als Yogalehrerin. Als Vertretungslehrerin zwar, aber dennoch als Lehrerin. Sie gehörte hierher. Selbst als Model war sie immer das Werkzeug anderer Menschen gewesen. Doch wenn sie Yoga unterrichtete, gehörte sie nicht bloß zur Gemeinschaft, sie trug auch etwas dazu bei. Zum ersten Mal seit Jahren hatte sie das Gefühl, zu etwas in der Lage und wichtig zu sein.

Die Yogaschüler betraten hinter ihr den Raum und rollten ihre Matten im vorderen Teil des Raumes auf, ganz in der Nähe des Platzes, wo sich Lola niederlassen würde. Sie begrüßten sich mit dem typisch französischen Kuss auf die Wange und einigen geflüsterten Worten.

Lola machte das Licht an. Der riesige Kristallkronleuchter in der Mitte der mit Stuck verzierten Zimmerdecke, die noch aus einer Zeit stammte, als das Entbehrliche unentbehrlich erschien, reflektierte das Licht wie Tausende zarte Sonnenstrahlen. Sie öffnete ein Fenster, damit die warme Luft sich mit dem schweren Geruch im Raum vermischen konnte. Es war eine Mischung aus Holzpolitur, Weihrauch und Feuchtigkeit, ein zeitloser Duft, den sie nun für immer mit Yoga und ihrer Zeit in Paris in Verbindung bringen würde.

Der Raum war riesig, und der Walnussboden, den die Lehrer abwechselnd mit größter Sorgfalt mit Wachs einließen, war vermutlich so alt wie das Gebäude selbst. Er schimmerte unter ihren nackten Füßen und fühlte sich beinahe lebendig an. Lola liebte diesen Raum, seit sie hier vor über drei Monaten zum ersten Mal eine Yogastunde besucht hatte. Und nun war sie diejenige, die eine Stunde abhielt. Das lange Üben und die Jahre, in denen ihr Yoga wie ein Anker erschienen war, an den sie sich klammern konnte, hatten letztendlich einen Zweck gehabt.

Der Raum füllte sich mit Schülern und ihren Matten. Diskret ließ Lola ihren Blick immer wieder über die vielen Gesichter wandern und sah viel zu oft zur Tür. Sie steckte eine CD mit indischen Gesängen in den CD-Player, und ihr Herz machte einen Sprung, als *er* schließlich den Raum betrat. Er war Deutscher, und sie hatte herausgefunden, dass er Gunter hieß. Er sah gute zehn Jahre jünger aus als sie, und seine Muskeln wirkten so geschmeidig wie die einer Katze. Das Erste, was ihr an ihm aufgefallen war, waren die blonden Härchen auf seinen Armen. Er sah einfach zum Anbeißen aus. Die zahlreichen Blicke, die sie sich zugeworfen hatten, hatten ihr gezeigt, dass er sie ebenso attraktiv fand wie sie ihn. Wann immer sie den Blick seiner stechend blauen Augen auffing, warf er ihr ein leicht ironisches Lächeln zu, das ihre Knie weich werden ließ.

Einmal hatte er sie gefragt, ob sie nach der Stunde mit ihm einen Kaffee trinken wolle. Sie hatte dankend abgelehnt, und er meinte: »Vielleicht ein anderes Mal.« Sie war auf den Flirt eingegangen – »Vielleicht!« –, bevor sie fluchtartig den Raum verlassen hatte. Seit damals war er nach der Stunde immer bereits verschwunden, bevor sie weiterhin so tun konnte, als wäre sie schwer zu erobern.

Sie las einige Worte auf Französisch von einem Zettel, den Annie für sie übersetzt hatte.

»Schön, dass Sie heute wieder die Yogastunde besuchen.«

Sie begann die Stunde damit, die erste Position vorzuführen, bevor sie zwischen den Matten umherging, um die Schüler zu korrigieren. Sie kam an Gunters Matte vorbei und hielt kurz inne, wie hypnotisiert von den Schweißtropfen auf seinem biegsamen Rücken. Dann begab sie sich zum nächsten *Asana.*

Nach dem Ende der Stunde rollten die Schüler ihre Matten wieder ein, schnappten sich ihre Schuhe vom Boden und winkten zum Abschied. Lola sammelte ihre CDs ein und schloss das Fenster. Als sie sich schließlich der Tür zuwandte, machte ihr Herz plötzlich einen Sprung.

Gunter stand neben der offenen Tür und betrachtete sie mit einem Lächeln in den Augen. Ihr Herz klopfte viel zu schnell. Er streckte einen Arm aus und schloss die Tür. Nun waren sie alleine in diesem wunderbaren Raum. Er drehte den Schlüssel im Schloss und ging auf sie zu. Er ließ sie nicht aus den Augen, bis sie sich schließlich von Angesicht zu Angesicht gegenüberstanden.

Ihr gefiel, dass er größer war als sie selbst. Sie rührte sich nicht. *Einatmen, ausatmen*, wiederholte sie stumm, doch ihr Atem ging schwer. Sie standen mitten im Zimmer, umgeben von den weißen Wänden und in sanftes Licht getaucht, und der Raum schien ihr mit einem Mal riesig. Er küsste ihren Hals. Sie hörte auf zu atmen. Dann begann er langsam, sie auszuziehen, genau dort, in der Mitte des leeren Zimmers, und sie hatte es noch nie so sehr genossen, nackt zu sein. Er liebkoste ihren Körper mit seinen Fingerspitzen und ließ sich Zeit, während sie atemlos darauf wartete, was als Nächstes passieren würde.

Draußen vor dem *Bistro de l'Aval* gingen Blitz und Donner zugleich nieder, und der Regen stürzte mit der Heftigkeit eines Wasserfalls vom Himmel. Die Feuchtigkeit verwandelte das Lokal schnell in eine Sauna, während immer mehr Pariser Zuflucht vor dem Regen suchten. Von ihrem Tisch neben dem beschlagenen Fenster aus beobachtete Annie die Kellner, den *Maître,* den Besitzer und seine Frau, die sie alle beim Namen kannte und die versuchten, alle Gäste unterzubringen. Innerhalb weniger Minuten waren Tische für vier Personen mit sechs Gästen besetzt, der Boden sah gefährlich rutschig aus, und der Geruch nach nassen Mänteln und nassen Haaren überlagerte den Duft des *Plat du Jour.*

Lola pickte gerade mit der Gabel die kleinen Oliven- und Sardellenstücke aus ihrem *Salade Niçoise,* denn der Chefkoch hatte sich geweigert, sie einfach wegzulassen. Dabei erzählte sie Annie leise, was mit Gunter im Yogastudio passiert war. Um sich abzureagieren, erstach Annie ihre *Grillade* mit der Gabel, doch es half nichts. Also gab sie das Essen auf, hielt mit dem Kauen inne und ließ ihre Gabel und das Messer neben den Teller fallen, während Lola immer weiter sprach. Sie kicherte, während sie erzählte, und versuchte nicht einmal, zu verbergen, wie aufgeregt sie war.

»Ich glaube nicht, dass dein Mann es wirklich ernst gemeint hat, als er vorschlug, du solltest dir einen Liebhaber suchen«, sagte Annie.

Lola strahlte sie an. »Glaubst du etwa, ich habe das alles geplant?«

»Du hast deinen Ehering abgenommen!«, erwiderte Annie anklagend.

»Ich muss wohl unbewusst Signale ausgesandt haben, dass ich noch zu haben bin.«

Annie wurde nachdenklich. Wenn das alles war, was nötig war, dann waren ihre eigenen Signale wohl ziemlich schwach. »Aber was ist mit Lucas? Du hast doch gesagt, dass dir Lucas gefällt?«, fragte sie atemlos.

»Aber Gunter gefällt mir besser.«

»Aber du kennst ihn doch gar nicht!«, erwiderte sie aufgebracht.

Lola lachte. »Glaub mir. Ich kenne ihn mittlerweile gut genug! Und das Beste daran ist, dass es so wunderbar unkompliziert ist.« Lola schlug die Hände vors Gesicht. »Und, mein Gott … wenn du wüsstest, was er … mit mir angestellt hat …«
»Erzähl mir alles«, erwiderte Annie mürrisch, während sie ein Stück von dem gegrillten Fleisch abschnitt und es sich in den Mund schob. Ihre *Grillade* schmeckte mittlerweile wie Pappe.
»Ich weiß nicht, ob ich das wirklich tun soll. Ich bin eine verheiratete Frau«, zierte sich Lola.
»Ach, *jetzt* fühlst du dich plötzlich als verheiratete Frau?«
Immer mehr Menschen drängten in das Lokal. War es denn nicht offensichtlich, dass nicht alle Platz finden würden? Gab es denn keine gesetzlichen Regeln, die ein Restaurant in einem solchen Fall einzuhalten hatte? Annie suchte nach einem Schild mit der maximalen Gästeanzahl. Ihr Hals juckte unter ihrem Wollpullover. Draußen krachte der Donner.
Lola lehnte sich über den Tisch. »Es war das Heißeste und Verrückteste, was ich in meinem Leben erlebt habe!«
Annie antwortete, ohne es zu wollen. »Aua!«
Lola riss die Augen auf und sah sie unschuldig an. Hatte sie endlich bemerkt, wie unsensibel sie sich verhielt? »Was ist los mit dir?«, fragte sie. Sie hatte tatsächlich keine Ahnung.
»Nein, bitte, mach nur weiter. Reib es mir unter die Nase. Dir ist ja bewusst, dass ich bloß stellvertretend flachgelegt werden kann.«
Lola runzelte die Stirn. »Annie, du kannst flachgelegt werden, wann immer du willst.«
»Eine Witwe mit drei Kindern, einer Hypothek und einem Arsch von der Größe des Triumphbogens kann es sich nicht aussuchen, wann sie flachgelegt werden möchte, Lola.«
»Das hier ist Paris, die Stadt der Liebe. Hier werden Frauen wie Göttinnen behandelt. Du kannst jeden Mann haben!«

»Lass mich eines klarstellen, Lola. *Du* kannst jeden Mann haben, den du willst.«
Annie stand gefährlich kurz davor, loszuheulen. Und zwar aus einem absolut schwachsinnigen Grund. Monsieur François, der Besitzer des *Bistro de l'Aval,* war ein fröhlicher Mann mit einem riesigen Bauch und einem prächtigen Schnurrbart, der das Platzproblem gelöst hatte, indem er Gläser mit Wein und kleine Teller mit Oliven verteilte. Nun standen die restlichen Gäste gemütlich beisammen, unterhielten sich und tranken zufrieden. Annie schnitt wütend ihr Fleisch in Stücke und erhob, ohne es zu wollen, ihre Stimme. »Ich hatte mit vier Männern Sex. Vier! Eins, zwei, drei, *vier.* Einen habe ich geheiratet, und die anderen waren furchtbare One-Night-Stands in meinen Zwanzigern. Und nun werde ich immer älter und schwabbeliger.« Die letzten Worte gingen in einem lauten Schluchzen unter. »Und niemand würdigt mich auch nur eines Blickes!«
Lola zuckte in ihrem Stuhl zusammen, und ihr Blick huschte hinüber zu den anderen Gästen. Tränen liefen über Annies Wangen, so unbändig wie der Sturm vor dem Fenster. Es schien, als wollte sich Lola unter dem Tisch verstecken, doch sie holte bloß ihre Handtasche hervor. Sie kramte nach einem Taschentuch und flüsterte hektisch: »Ruhig, ganz ruhig. Ich würde im Gegenteil sogar sagen, dass mittlerweile das gesamte Restaurant zu dir herübersieht.«
»Die verstehen doch ohnehin kein Englisch«, heulte Annie.
Lola sah sie flehentlich an. »Bitte … ich hasse es, Aufsehen zu erregen.«
Annie streckte ihr anklagend den Finger entgegen und erhob erneut die Stimme. »Du lässt dich mitten in deinem Yogaübungsraum flachlegen, und *ich* errege hier Aufsehen?«
Lola warf einen Blick über die Schulter und merkte, dass sie das

halbe Restaurant anstarrte. »Psst … Annie, wir waren doch vollkommen alleine!«
Annie gab den Versuch auf, ständig alles kontrollieren zu wollen. Sie begann vor den gesamten Restaurantgästen zu brüllen. »Aber was ist mit miiiiir?«
Lola stand kurz davor, davonzulaufen, doch stattdessen meinte sie: »Hör zu, ich wette um ein Kilo *Gascogne foie gras*, dass dich der Besitzer scharf findet.«
»Ich bin doch erst fünfunddreißig!«, schluchzte Annie leise. »Ich könnte noch immer Kinder haben.«
»Und ich wette, er würde nichts lieber tun, als dir an die Wäsche zu gehen.«
Annie putzte sich die Nase, doch die Tränen liefen ihr immer noch unkontrolliert über die Wangen. »Ich bin noch nicht tot dort unten, weißt du?«
»Monsieur François!«, rief Lola verzweifelt.
»Hör auf damit«, sagte Annie und wischte sich schnell die Tränen von den Wangen. »Ich dachte, du hasst es, Aufsehen zu erregen.«
»Nun, das hier ist ein Notfall.« Lola winkte mit beiden Händen. *»Monsieur François!«*
»Ach, sei still, Lola! Nein! Tu das nicht! Ich verbiete es dir!« Annie tupfte sich die Augen trocken und strich sich mit den Händen die Haare glatt, als Monsieur François schließlich an ihren Tisch trat und lächelnd seine Krawatte zurechtrückte.
»Wir brauchen Ihren Expertenrat«, erklärte Lola. »Meine Freundin hier denkt, dass kein Mann sie mehr attraktiv findet.«
Annies Augen waren rot und verschwollen, und sie erkannte, wie absurd die Situation gerade war. Dennoch sah sie zu Monsieur François hoch, als hätte er alleine auf dieser Welt das Sagen.
Monsieur François richtete sich auf und sah sich um, als wäre er

auf der Suche nach einer versteckten Kamera. *»C'est une blague?«* *Soll das ein Scherz sein?*

»Sie sehen doch jeden Tag eine Menge Menschen«, erklärte Lola in ihrem besten Französisch. »Also, als Mann, was meinen Sie?«

Monsieur François rückte sein Jackett zurecht. »Ich kann hier nicht für alle Männer sprechen, *bien sûr* …«

Lola warf ihm ein aufmunterndes Lächeln zu. »Natürlich nicht.«

Er lehnte sich nach vorne, so dass ihre Gesichter auf gleicher Höhe waren, und flüsterte mit verführerischer Stimme, die nach Zigaretten und Rotwein roch: »Ich kann hier nicht für alle Männer sprechen, aber ich persönlich wäre mehr als erfreut, *Madame l'Américaine, heu…«*

»Annie«, bot Lola an.

»… Madame Annie kann sich darauf verlassen, dass ich ihr als … *Chevalier Servant* zur Verfügung stehe. Es wäre mir eine Freude. Natürlich nur, solange *ma femme* nichts davon mitbekommt.« Er richtete sich wieder auf, strich seinen Schnurrbart glatt, wandte sich ab und meinte schwungvoll: »Zwei *Moelleux au Chocolat*, Gérard. Aufs Haus.«

Annie und Lola tauchten im selben Moment mit dem Kopf unter den Tisch, um ihr Lachen zu verbergen.

22

Althea stand neben Jared in der Métro-Station Beaumesnil, und er umfasste ihre eiskalte Hand mit seinen warmen Fingern. Die Morgendämmerung war bereits hereingebrochen, und sie waren die ganze Nacht über herumspaziert. Zumindest kam es ihr so vor. Die schlaflosen Nächte in den Straßen von Paris machten sich langsam bemerkbar. Sie war ausgelaugt, erschöpft und bis auf die Knochen durchgefroren. Jared, dem die niedrigen Temperaturen und die frühe Stunde nichts auszumachen schienen, war in Gedanken versunken. Aber woran dachte er gerade? Die U-Bahn-Station war mehr oder weniger menschenleer, abgesehen von etwa einem Dutzend Männern und Frauen, die bereits auf dem Weg zur Arbeit waren. Es roch nach Kaffee und Parfum, nach warmen Laken und einer heißen Dusche und nach Träumen, die sich langsam wieder zusammenfügten wie Puzzleteile. Obwohl sie vollkommen erschöpft war, konnte sie die Folgen ihrer neugewonnenen Fähigkeit spüren. Des Fluches, der über sie gekommen war. Sie konnte die Dinge jetzt *fühlen*. Sie hatte nun Sehnsüchte und Wünsche. Gerade sie, der ihr ganzes Erwachsenenleben lang alles egal gewesen war. Selbst während sie dort schweigend und erschöpft zusammenstanden, wurde sie beinahe von dem dringenden Bedürfnis überwältigt, endlich zu erfahren, warum Jared so gerne Zeit mit ihr verbrachte. Wer oder was war sie für ihn? Natürlich wagte sie nicht, ihn danach zu fragen. Sie wünschte sich so sehr, dass Jared sie küsste. Warum küsste er sie nicht? Wollte er es nicht? Aber warum ließ er dann nie ihre Hand los? Ein eiskalter Windstoß wehte durch den U-Bahn-Tunnel, bahnte sich den Weg durch ihre Kleider, und sie begann furchtbar zu zittern.

»*Tu as froid?*«, fragte Jared und drehte sich zu ihr um. Sie nickte. Und dann tat Jared etwas Wunderbares und Fantastisches. Er öffnete seinen Mantel und ließ sie an seiner Brust Zuflucht suchen. Dann wickelte er seinen Mantel um sie und hielt sie fest. Von einem Moment auf den anderen versank sie in der unglaublichen Freude, seinen Geruch in sich aufzunehmen, die Muskeln an seiner Brust und seine Wärme zu spüren. Von einem Moment auf den anderen hielt sie es nicht mehr länger aus. Sie hob den Kopf, wagte es, ihren Körper an seinen zu drücken, wagte es, ihm direkt in die Augen zu sehen. »Du bist wunderschön«, sagte er.

Sie schloss die Augen, hob das Kinn und flüsterte. *»Embrasse moi.« Küss mich.*

Als sie schließlich seine Lippen auf ihren spürte, schwoll ihr Herz vor Freude an, stieg in luftige Höhen und drehte sich im Kreis.

Als der Zug einfuhr, ließ sie sich von Jared wie eine leblose Puppe in den Waggon ziehen, wo sie sich weiterküssten, bis sie im sechzehnten Arrondissement angekommen waren.

In der darauffolgenden Woche schmeckte und roch nichts mehr so wie früher: der Espresso, den sie in einem kleinen Café trank, während sie in Jareds Zigarettenrauch versank. Der feuchte Geruch in den menschenleeren Parks. Das warme Brot, mit dem Jared sie im Morgengrauen fütterte, sobald die *Boulangeries* geöffnet hatten. Sie spürte die Welt, und sie sah die Welt auf eine unbekannte Weise, die sie überraschte. Wenn Jared sie auf eine seltsame Person, ein Plakat, eine Schlagzeile in einer Zeitung, eine Werbung, ein Gebäude oder einen Baum aufmerksam machte, dann sah Althea das alles wie zum ersten Mal. Das, was Jared tat, sah, dachte, aß und trank, existierte plötzlich auch für sie. Und die Freude. Manchmal überraschte sie der Klang ihres eigenen Lachens, und sie war erstaunt, dass sie fähig war, glücklich zu sein. Sie, Althea, hatte einen Freund, der sie wunderschön fand, sie stundenlang malte, sie küsste, sie fütterte. Sie verlor sich selbst in seinem Anblick. Die Art, wie er seinen Dreitagebart kratzte, wie er ging, wie er ein Glas, eine Gabel oder den Pinsel in der Hand hielt. Sie verlor sich in seinem Körper neben ihrem eigenen, in seinem Geruch und nun auch in seinen Küssen. Doch bald schon war das alles nicht mehr genug. Bald schon wünschte sie sich, er würde ihren Körper berühren, doch das tat er nicht. Warum tat er es nicht? Wollte er nicht? Was stimmte nicht mit ihr?

Und dann hatten sie plötzlich ihren ersten Streit. Es war schon spät, und es brach beinahe schon die Dämmerung herein, während sie auf dem *Cimetière du Père Lachaise* umherspazierten. Jared blieb vor den Gräbern von Méliès, Piaf und Balzac stehen und erzählte ihr von deren Genialität, während Althea beobachtete, wie sich sein Mund bewegte. Als sie an Jim Morrisons Grabstein vorbeikamen, vor dem gerade etwa ein Dutzend Menschen Fotos schossen, fragte sie Jared, ob Jim Morrison Franzose gewesen war. Er lachte. »*Français?* Kennst du ihn denn nicht? Du bist doch Amerikanerin.«

»Ich war mir nicht sicher«, erwiderte sie ungeduldig. Jared hätte wissen müssen, dass sie kein normales Leben geführt hatte, wo man Freunde hatte, Musik hörte, sich um irgendetwas kümmerte und Freude empfand. Sie hatte ihm in einfachen Sätzen von sich erzählt, und er hatte ihr zugehört. Er wusste, dass sie ihr Leben lang nichts gefühlt hatte, er kannte das Gefängnis, in das sie sich begeben hatte, er wusste von ihrer Mutter, die sie nie mehr wiedersehen wollte, und von ihrem Vater, der sich so sehr aus dem Leben zurückgezogen hatte, dass ihn nichts mehr kümmerte. Jared wusste beinahe alles. Beinahe. Er wusste bloß nicht, dass es noch ein weiteres Gefängnis in ihrem Inneren gab. Und wenn sie mit ihm zusammen war, dann vergaß sie beinahe, dass sie selbst ebenfalls ein Ungeheuer war.

Der Friedhof würde bald schließen, und Jared zog sie in eine Ecke, um sich zu verstecken. Sie warteten schweigend, bis die anderen Besucher gegangen waren und die Wachen ihre Runden gedreht und die Tore geschlossen hatten. »Warum bist du eigentlich so gerne in der Nacht auf Friedhöfen?«, fragte sie, als sie schließlich alleine waren und ihr Versteck verlassen konnten. Sie setzten sich auf eine der Parkbänke.

»Ich mag die Stille«, antwortete er. »Und die Katzen.« Er sah sie an und zwinkerte ihr zu. »*C'est plus romantique. Non?*« Sie beobachtete, wie Jared eine kleine Gebäckschachtel aus seiner Tasche zog. »*On mange*«, sagte er, öffnete die Schachtel und stellte sie zwischen ihnen auf die Bank. Sie warf einen Blick auf den Inhalt. Es waren zwei Kaffee-*Eclairs* mit einer glänzenden hellbraunen Glasur. Sie spürte, wie die Wut von ihr Besitz ergriff. »Ich will das nicht essen«, sagte sie.

Jared ignorierte sie, nahm ein *Eclair* und bewegte es behutsam auf ihren Mund zu. »Die hier mag ich am liebsten«, erklärte er. Sie riss den Kopf zurück, und er betrachtete sie amüsiert. »Nimm einen Bissen.«

Althea spürte die vertraute Abneigung in ihr hochsteigen und ballte die Hände zu Fäusten. »Und was passiert, wenn ich das hier nicht esse?«, fragte sie wütend.

»Dann esse ich eben alle beide«, antwortete er schulterzuckend.

Sie kämpfte gegen die Tränen an. »Eigentlich wollte ich damit sagen, dass du mich nicht immer zum Essen überreden sollst.«

Jared legte das *Eclair* zur Seite und leckte sich die Finger sauber. »Du willst nicht, dass ich das tue?«

Sie musste ihm die Wahrheit sagen. »Ich habe Angst davor, fett zu werden.«

Er sah sie an und runzelte die Stirn. »*Tu es trop maigre*«, sagte er und schüttelte den Kopf. »Viel zu dünn«, fügte er noch überzeugter hinzu. »*C'est pas bon ça.*«

»Manchmal habe ich das Gefühl, dass mein dünner Körper alles ist, was ich auf dieser Welt habe«, flüsterte Althea.

Jared wandte den Blick ab. »Das ist sehr seltsam.«

Althea traten die Tränen in die Augen. »Hasst du mich jetzt?«

Jared kratzte seinen Dreitagebart und sah sie unsicher an. »Nein, warum?« Dann fragte er sie: »Bist du schon einmal auf den Gedanken gekommen, dass du vielleicht krank bist?«

Altheas Körper summte wie elektrisiert. Das hatte sie schon einmal gehört. »Ich will einfach bloß dünn sein. Was ist so falsch daran? Jeder will doch dünn sein, aber wenn ich es will, heißt es plötzlich, dass ich krank bin.«
»Ich küsse dich, wenn du mir versprichst, dass du ein *Eclair* isst. Vielleicht nicht heute, aber irgendwann einmal.« Jared beugte sich zu ihr und nahm ihr Gesicht in die Hände.
»Du verstehst das nicht. Ich habe Angst davor, fett zu werden. Wirklich sehr große Angst«, flüsterte sie, während Jareds Lippen nur noch wenige Zentimeter vor ihrem Mund schwebten. Jetzt, wo sie ihr Geheimnis verraten hatte, hielt sie die Tränen nicht mehr zurück, und sie flossen ihr über die Wangen.
»Versprich mir, dass du es eines Tages versuchen wirst«, sagte er. »Sonst küsse ich dich nicht.«
»Aber nicht heute, in Ordnung?«
»Nein, heute bin ich derjenige, der fett davon wird«, sagte er.

Lucas merkte, dass Annie nicht gerade bester Laune war. Wenn es von einem Tag auf den anderen so heiß wurde wie gerade eben, dann war es am vernünftigsten, Paris zu verlassen. Sein Häuschen in Honfleur war nur eine kurze, eineinhalbstündige Zugfahrt entfernt. Doch statt seine Tasche zu packen und sich in einem Hochgeschwindigkeitszug in der ersten Klasse auf den Weg in Richtung Norden zu machen, anstatt sich auf ein paar Tage zu freuen, in denen er einfach bloß die Küste entlangsegelte, hatte er sich zu Annies Haus aufgemacht, um sie zu einem Spaziergang durch den Bois de Boulogne einzuladen. Annie hatte die Einladung angenommen, doch mittlerweile machte sie ihn für das Wetter verantwortlich.
»Ich bekomme sicher gleich einen Herzinfarkt«, erklärte Annie, obwohl sie sich erst einige Schritte vom Haus entfernt hatten.

Lucas umfasste ihren Ellbogen. »Am See ist es sicher kühler.«
Sie gingen die Rue de Passy entlang in Richtung La Muette.
»Wind, ich brauche Wind«, flehte Annie. »Du hast mir Wind versprochen!« Die Feuchtigkeit umfing sie mit ihren Tentakeln, doch als sie schließlich die Ahorn- und Kastanienwälder des Bois de Boulogne erreichten, schienen der Druck und der Abgasgeruch der Stadt nachzulassen.
»Das Motto der Party wird ›Tausendundeine Nacht‹ sein«, erklärte Annie, und er fragte sich zum wiederholten Mal, wen sie eigentlich einladen wollte, nachdem sie alles darangesetzt hatte, jeden zu verprellen, den sie und Johnny gekannt hatten. Ihm war natürlich der Gedanke gekommen, dass sie die Verbindung zu Johnnys Freunden damals mit voller Absicht abgebrochen hatte. Sie hatte sich unmöglich und feindselig benommen und jede Gelegenheit genutzt, eine Freundschaft nach der anderen zu beenden. Er traf sich nach wie vor mit sehr vielen dieser Leute, aber Annie hatte unmissverständlich klargestellt, dass sie nicht wissen wollte, wer mit wem ins Bett ging oder wer gerade wen betrog. Zu viele Erinnerungen, zu viele schlechte Gedanken.
Für jemanden, dem es zu heiß war, ging Annie erstaunlich schnell. Sie wollte von A nach B kommen, statt den Spaziergang zu genießen. Sie schien in Gedanken versunken. Ihm fiel auf, dass ihre Kleider scheinbar neu waren. Und hatte sie abgenommen? Sie trug eine wallende weiße Bluse mit einem volkstümlichen Muster, irgendetwas Russisches, und süße Shorts. Ihre glänzend rotlackierten Zehennägel leuchteten aus ihren Sandalen hervor. Sie ging weiter schnell neben ihm her und redete über die Party, aber es fühlte sich so an, als täte sie es nur, um nicht über etwas anderes sprechen zu müssen. Tatsächlich schien sie wütend auf ihn zu sein. »Ich habe am *Marché Saint-Pierre* Stoffreste gekauft«, erklärte sie. »Und jetzt nähe ich seit Februar Kissen daraus. Ich will,

dass wir draußen im Garten hinter dem Haus auf den Kissen am Boden sitzen und mit den Händen essen.«

»Wegen der Hitzewelle?«, fragte er gedankenverloren.

»Ich brauche ein verdammtes Projekt. Meine neuentdeckte sexuelle Frustration ist so riesig, dass man schon eine Machete benötigen würde, um sie niederzumetzeln.«

Lucas war froh, dass sie ihn nicht ansah, während er stammelnd nach einer Antwort suchte. »W-wegen der Hitzewelle?«

»Während Lola es lustig mit ihrem hübschen Deutschen treibt. *Gunter!* Gunter, verdammt! Es ist so geschmacklos! Kannst du dir einen klischeehafteren Namen vorstellen?«

Offensichtlich ging es wieder einmal um Lola. »Was ist mit ihrem Mann?«

»Mit welchem Mann? Er stellt sich tot. Wir stellen uns alle tot. Und Lola beschäftigt sich intensiv mit Tantra-Yoga. Die Hundestellung, weißt du? Kopf hinunter, Hintern in die Höhe. Und das seit einer Woche. Sie steckt den Kopf in den Sand und lässt es sich dabei täglich von ihrem strammen Jungen besorgen.«

Lucas versuchte, sich das bildlich vorzustellen. »Ich habe ein schlechtes Gefühl bei der ganzen Sache«, sagte er. »Jemand sollte mit ihrem Mann sprechen.«

Als sie den Bois de Boulogne betraten, fiel die Temperatur um einige Grade, und die Luft roch plötzlich nach Laub und verfaulender Rinde.

Annie stieg über einen abgestorbenen Ast hinweg.

»Warum? Er ist ein Arsch.«

»Das ist schlimm, aber kein Verbrechen. Bin ich hier der Einzige mit moralischen Bedenken?«

»Natürlich nicht«, antwortete Annie. Sie bückte sich, um eine blaue Glockenblume zu pflücken, und steckte sie sich hinters Ohr. »Also, um noch einmal auf die Party zu sprechen zu kom-

men. Du bist doch noch mit allen in Kontakt. Kennen wir Pärchen, bei denen es nicht mehr allzu heiß hergeht?«
»Sollte ich mir über die moralischen Aspekte Gedanken machen?«
»Über welche moralischen Aspekte?«
»Dass du dich an die Ehemänner deiner Gäste heranmachen willst.«
Annie drehte sich zu ihm um. In dem gesprenkelten Licht, das durch das Blätterdach fiel, schien ihr Gesicht zu leuchten. »Es wird Zeit, dass die ganze Welt erfährt, dass diese ehrenwerte Witwe hier ihre Trauerzeit beendet hat.« Sie lächelte kaum merklich. »Ich dachte, du freust dich für mich.«
Sie traten aus dem Wald, und er wurde plötzlich vom Sonnenlicht geblendet, das sich auf der Seeoberfläche spiegelte. Seine Augen gewöhnten sich nur langsam an die helle Umgebung. Die weitläufigen Wiesen um den See leuchteten grün. Sein entsetzter Blick fiel auf Dutzende Pärchen, Männer und Frauen in Bürokleidung, die ineinander verschlungen auf dem Rasen lagen. Der ganze Park war zu einem einzigen Schlupfwinkel für Erwachsene mutiert. Die Geschäftsleute aus den umliegenden Bürogebäuden hatten am Ufer des Sees im Bois de Boulogne Zuflucht vor der Hitze gesucht und genossen ihre zweistündige Mittagspause ganz offensichtlich in vollen Zügen. Diejenigen, die sich nicht bereits küssten oder befummelten, saßen im Gras, bissen in ihre belegten Baguettes und flirteten miteinander. Überall sah man küssende Paare: unter den schattenspendenden Bäumen, auf dem frischgemähten Rasen, auf den Parkbänken. Lucas war äußerst beschämt. Annie wimmerte. »Ich muss aufhören, über meine Einsamkeit nachzudenken, und kann es nicht gebrauchen, in einer so sensiblen Phase auch noch daran erinnert zu werden, vielen Dank auch.«
Lucas führte sie zu einem schmalen, mit Erde bedeckten Pfad, der um den See herumführte. Würde Annie ihm erlauben, für eine

Stunde ein Ruderboot zu mieten, oder war das zu romantisch? Vermutlich würde sie ihn auslachen. Was hatte sie damit gemeint, dass sie »ihre Trauerzeit beendet« hatte? Doch Annie legte schon wieder an Tempo zu. Er musste sich beeilen, um zu ihr aufzuschließen.

Sie gingen an einem Pärchen vorbei, das im Gras lag. Die Frau war Mitte vierzig, hübsch, aber nicht atemberaubend schön, und hatte den Rock ihres Kostüms so weit hochgeschoben, wie es der Anstand in einem öffentlichen Park gerade noch erlaubte. Sie starrte zum Himmel empor, während der Mann im weißen Hemd mit den Fingerspitzen ihre Oberschenkel liebkoste und ihr ins Ohr flüsterte.

»Die Franzosen und die Hitze!«, murmelte Annie, nachdem sie die beiden hinter sich gelassen hatten. »Ich verstehe einfach nicht, wie Männer so selbstzufrieden sein können.« Annie war offensichtlich nicht mehr bloß gereizt, sondern aus irgendeinem nichtigen Grund furchtbar wütend. Es war eine Sache, sofort zu bemerken, dass Annie ihn bloß in einen Streit verwickeln wollte, aber eine vollkommen andere, sich nicht darauf einzulassen.

Einige Kindermädchen mit verschlossenen Gesichtern, kamen ihnen mit ihren Kinderwagen in hohem Tempo auf dem Pfad entgegen. Die Babys in den Wagen sahen direkt durch sie hindurch. Annie und Lucas traten auf den Rasen, um nicht überrollt zu werden.

»Sieh dir das an!«, rief Annie. »Wo sind denn die Mütter? Kannst du mir sagen, wo die Mütter dieser armen Babys sind? Ich weiß es ganz genau: Sie vergnügen sich gerade in einem Park wie diesem hier. Sie sind damit beschäftigt, ihre Ehemänner zu betrügen, während sich ihre Babys in Zombies verwandeln.«

Lucas glaubte, Tränen in Annies Augen schimmern zu sehen, doch sie hatte bereits wieder an Tempo zugelegt. Schlechte Laune oder nicht, er freute sich dennoch, an einem heißen Tag wie diesem mit ihr im Park zu sein. Er genoss ihre Gesellschaft, auch wenn sie wütend war, den mittlerweile etwas kühleren Wind, das frische Blätterdach über ihren Köpfen, die winzigen wilden Gänseblümchen im Gras, die Babyentchen auf dem See, den Pfad, der das Geräusch ihrer Schritte verschluckte, den Geruch von Annies Shampoo, wenn sie ihm nahe genug kam. Sie hatte »ihre Trauerzeit beendet«.

Plötzlich blieb Annie stehen, drehte sich zu ihm um und stemmte ihm schwungvoll ihre flachen Hände gegen die Brust. Es fühlte sich tatsächlich an, als wollte sie ihn verprügeln. »Was ist los mit dir?«, murmelte sie rasend vor Wut vor sich hin. »Hat es dir die Sprache verschlagen? Bist du auch zu einem dieser verdammten Zombies mutiert?« In ihren Augen schimmerten Tränen. Ihre Wangen waren gerötet, und ihre Oberlippe war von einem Schweißfilm überzogen. Ihre Stirnfransen waren wie immer zu lang und fielen ihr in die Augen. Sie war wunderschön. Die Tatsache, dass ihre Hände auf seiner Brust lagen, ließ sein Herz schneller schlagen.

»Ich bin mir nicht sicher, worum es hier eigentlich geht«, flüsterte er.

»Natürlich nicht, du hörst mir ja nie zu, wenn ich mit dir rede.«

»Männer sind selbstzufrieden, Babys sind Zombies, und die Mütter sind … unverantwortlich?«

»Genau!«, rief sie. Sie stand aufrecht vor ihm und sah ihm ins Gesicht, trotzdem war sie mehr als dreißig Zentimeter kleiner als er. Die Stirnfransen bedeckten ihre Augen nun vollständig.

Lucas hatte nicht vorgehabt, seine Hand zu bewegen. Seine Hand bewegte sich wie von selbst, hob sich langsam und bewegte sich auf Annies Gesicht zu. Dann strichen seine Finger die Haarsträhnen aus ihren Augen. Annie bewegte sich nicht. Sie sah ihn bloß

an. Und die Art, wie sie ihn ansah … er wusste nicht, was dieser Blick zu bedeuten hatte. Doch sein Daumen blieb auf ihrer Stirn liegen, bevor er sanft über ihre Wange strich. Ihre feuchten Augen leuchteten verwirrt, wütend und vielleicht auch erwartungsvoll. Lucas wusste, dass alles so sein würde wie immer, wenn er jetzt einfach innehielt. Seine Beziehung zu Annie würde so sein wie bisher, ungeheuer wichtig, beruhigend, unvollendet. Doch er war gerade nicht in der Stimmung, vernünftig zu sein. Er umfasste ihr Kinn mit seiner Hand. Annie rührte sich nicht und sah ihn immer noch mit Tränen in den Augen an. Er legte die andere Hand auf ihren Nacken und spürte, wie Annie nachgab. Nur ein wenig, aber es war zu spüren. Er trat auf sie zu und ließ dabei weder ihr Kinn noch ihren Nacken los. Er bewegte sich mit einer unglaublichen Geschmeidigkeit. Und als er schließlich seinen Mund auf ihren drückte, geschah das Unmögliche. Annie versteifte sich nicht oder wich vor ihm zurück, stattdessen wurde sie leichter und weicher und gab sich ihm auf eine Art hin, die ihm sehr vertraut war. Er küsste sie, und sie schmolz immer weiter. Sein Herz klopfte wie wild, so wild, wie er es sich immer erhofft hatte, beim Gedanken an den Tag, an dem er sie endlich küssen würde.
Er war derjenige, der sich schließlich von ihr löste. Sie standen vollkommen regungslos mitten auf dem Pfad. Annie schien einen Augenblick lang weit fort. Er hingegen wusste, dass er sie für den Rest seines Lebens küssen durfte, wenn er jetzt alles richtig machte. Er hatte immerhin mehr oder weniger lebenslange Erfahrung im Verführen von Frauen. Also führte er die mittlerweile beinahe schwerelose Annie vom Pfad fort und legte sie auf den mit Gänseblümchen übersäten Rasen. Dann streckte er sich neben ihr aus und küsste sie erneut, und sie erwiderte es. Und nun waren sie wie jedes andere Pärchen auf dem Rasen am Ufer des Sees im Bois de Boulogne.

Juin

23

Am nächsten Morgen konnte absolut nichts Lucas' Stimmung trüben, nicht einmal Jareds Fünftagebart und die blutunterlaufenen Augen. Im Vergleich zum Vortag hatte es um etwa dreißig Grad abgekühlt, und die allgemeine Stimmung in dem Café war am Boden. Es war der erste Juni, doch es fühlte sich an wie im Januar. Der strömende Regen ließ die Wildlederschuhe der Passanten, die mittlerweile im Schmutz versanken, lächerlich wirken und ruinierte ihre Leinenanzüge. Die Hitzewelle hatte so abrupt geendet, wie sie begonnen hatte, aber das spielte keine Rolle. Es hatte lange genug gedauert, bis er Annie endlich geküsst hatte! Jared sah aus, als wäre er noch nicht im Bett gewesen. Mittlerweile trank er bereits seinen zweiten Espresso, ohne auch nur ein Wort gesagt zu haben. Es erschien Lucas unmöglich, dass die anderen Gäste so schlechter Laune waren, während er selbst am liebsten auf den Tresen geklettert wäre und seine Liebe lauthals verkündet hätte. Er wandte sich an Jared und meinte strahlend: »Du solltest in den nächsten Tagen vielleicht einmal eine Dusche in Erwägung ziehen.«

Jared starrte in seinen Kaffee. »Und du solltest in Erwägung ziehen, mich endlich mal in Ruhe zu lassen.«

Lucas pfiff leise die Melodie von *Singing in the Rain* vor sich hin. »Noch eine Runde Espresso, Monsieur Jean. Sonst übersteht mein Freund hier womöglich die nächste Stunde nicht. Und wie läuft das Geschäft heute? Bei all dem Regen?«

Monsieur Jean machte sich nicht die Mühe, ihm zu antworten, und trat vor seine Kaffeemaschine. Nun ja, dann zeigten sie ihm eben alle die kalte Schulter, weil er an einem Tag, an dem die ganze Nation Trübsal blies, sämtliche Vernunft über Bord warf

und einfach bloß glücklich war. »Willst du gar nicht wissen, warum ich heute so gut drauf bin?«, fragte er Jared.
Jared klatschte etwas Kleingeld auf den Tresen. »Ich muss gehen.«
»Frag mich«, sagte Lucas aufgeregt.
Jared warf Lucas einen entnervten Blick zu. »Du hast Annie flachgelegt?«
Damit hätte Lucas nicht gerechnet. »Nun, es ist um einiges komplizierter.«
»Du hast Lola flachgelegt?«
Lucas' gute Laune begann sich zu verflüchtigen. »Willst du wissen, was passiert ist, oder nicht?«
»Eigentlich nicht.«
»Wir haben uns geküsst! Gestern! Wir haben es getan! Wir haben herumgemacht wie Teenager. Es war unglaublich.«
»Und dann?«
»Sie war schon spät dran und musste noch die Kinder von der Schule abholen, also ist sie mit dem Taxi nach Hause.«
»Und das war's?«, fragte Jared bissig.
»Man sollte nichts überstürzen, wenn alles perfekt sein soll.«
Jared zuckte bloß mit den Schultern. »Du hast deine Chance vertan, Mann.«
»Gl-glaubst du wirklich?«, stotterte Lucas bestürzt.
»Frauen sind etwa einen Tag pro Monat scharf, maximal zwei. Gestern war ihr Tag, und du hast es vermasselt.«
»Es war sehr innig. Der beste Kuss, den ich jemals jemandem gegeben habe … und auch der beste, den ich jemals bekommen habe. Ich bin verliebt! Ich bin total verliebt.«
»Du bist bloß scharf auf sie.«
»Menschen über fünfundvierzig sind sehr wohl auch zu anderen menschlichen Gefühlen in der Lage.« Lucas warf einen Blick auf Jareds blasse Haut und auf die zitternde Hand, in der er seine

Kaffeetasse hielt. »Ich hoffe bloß, du erreichst dieses reife Alter der Erkenntnis, bevor du an Leberzirrhose oder einer anderen alkoholbedingten Krankheit zugrunde gehst. Oder schlimmer noch, an deinem Zynismus.«

Jared steckte sich eine Zigarette in den Mund. »Du hast jetzt nur eine Chance, du musst dich vollkommen cool verhalten.« Er zündete die Zigarette an und inhalierte. »Und wenn du Glück hast, vergisst sie vielleicht, was zwischen euch passiert ist.«

»Die Rechnung geht auf mich«, erwiderte Lucas. Er schob einen Geldschein unter die Untertasse und wandte sich ab. Dann verließ er das Café und hielt sich zum Schutz eine Zeitung über den Kopf. Er trat hinaus in den Regen und legte einige Tanzschritte auf den Bürgersteig, falls Jared ihm zufällig nachsah.

Die morgendliche Hektik war vorüber. Dicke Regentropfen klatschten schwallartig gegen jedes Fenster. Die Kinder waren in Begleitung einer Nachbarin und deren Kinder auf dem Weg zur Schule. Annie und Lola hatten dem Gefolge aus bunten Regenmänteln zum Abschied nachgewinkt, doch sobald die Haustür ins Schloss gefallen war, liefen die beiden kichernd in die Küche. Lola setzte Simon auf den Küchenboden und gab ihm Töpfe und Pfannen, die er stapeln, und Holzlöffel und Metallschöpfer, mit denen er drauf herumtrommeln konnte. Sie schenkten sich Kaffee ein, und dann widmeten sie sich dem Thema, das sie der Einfachheit halber als »der Kuss« bezeichneten.

»Dann hat er dich gestern also nach all dem Geküsse einfach in ein Taxi gesetzt, und seitdem hast du nichts mehr von ihm gehört?«, fragte Lola.

»So lange haben wir uns auch wieder nicht geküsst. Maximal fünfundvierzig Minuten oder so.«

»Das ist ganz schön viel Geküsse.«

»Wir haben kein Wort miteinander gesprochen. Ich meine, wir haben stattdessen etwas anderes getan. Und ich war auch zu beschämt, um etwas zu sagen.«

»Wäre er normalerweise um diese Zeit nicht bereits hier?«

»Er kommt jeden Tag irgendwann einmal vorbei. Und dann wieder tagelang nicht. Es ist ja nicht so, als hätten wir eine Beziehung. Er schuldet mir nicht eine gewisse Zeit am Tag.«

»Trotzdem«, erwiderte Lola und umfasste ihren Kaffeebecher. »Das hier ist keine alltägliche Situation.«

»Das ist die Untertreibung des Jahrhunderts.« Annie stellte ihren Becher auf den Tisch und wanderte in der Küche herum. »Ich sage dir jetzt, was los ist: Er hat einen Fehler gemacht. Er schämt sich und weiß nicht, wie er aus der Sache wieder herauskommt. Er wagt es nicht, einfach so hier aufzutauchen, aber er kann mich auch nicht abservieren, weil offiziell ja gar nichts passiert ist.«

»Zieh keine voreiligen Schlüsse.«

»Ich ziehe immer voreilige Schlüsse. So bin ich nun mal«, erklärte Annie und schlurfte in ihren löchrigen Hausschuhen durch die Küche. Die Hosenbeine ihres Pyjamas waren zu lang, und sie stolperte beinahe darüber. Wenigstens war Lucas nicht hier und sah, dass sie aussah wie ein Landstreicher. Dann dämmerte es ihr langsam, dass er sie vermutlich bereits viele Male so gesehen hatte, ungewaschen und unfrisiert. Dieser Gedanke gefiel ihr absolut nicht. »Ich schäme mich noch zu Tode«, sagte sie. Dann hielt sie vor dem Tisch inne, warf ein drittes Stück Zucker in ihren Becher und bot Lola ebenfalls etwas davon an. Diese hielt schützend eine Hand über ihren Becher. »Ich kann nicht richtig denken. Was soll ich bloß denken?«

»Du musst positiv denken.«

Annie verdrehte die Augen. »Es war einfach die Hitze des Augenblicks. Ich bin so ein Idiot. Lucas bereut es ganz sicher.«

»Vielleicht aber auch nicht.«
»Sieh mich doch an.« Annie deutete auf ihre zerzausten Haare und ihren schlechtsitzenden Pyjama, als wäre das Beweis genug.
»Ich wette, Lucas wusste ganz genau, was er tat.«
»Ich kenne ihn seit mittlerweile zehn Jahren, und er hat mich nie eines Blickes gewürdigt!«
»Du bist wirklich vollkommen blind.«
»Bin ich das?« Annie ließ sich auf den Küchenstuhl fallen. »Es ist beinahe drei Jahre her, seit ich zum letzten Mal Sex hatte«, sagte sie. »Und das sind viele Jahre ohne Orgasmus.«
»Psst!« Lola deutete in Simons Richtung, der glücklich auf seine Töpfe einschlug. »Du hattest gar keinen?«
»Zumindest keinen, bei dem ein anderes menschliches Wesen anwesend war.«
»Zumindest hattest du einen Du-weißt-schon-was, als du noch mit Johnny zusammen warst, während ich mit Mark schon seit Jahren keinen Du-weißt-schon-was mehr hatte.«
»Keinen einzigen Du-weißt-schon-was?«
»Am Anfang schon, aber er ist immer so hektisch. Und ich mag es nicht, wenn man mich drängt. Ich habe es nicht wirklich vermisst, aber jetzt weiß ich, was mir entgangen ist. Gunter ist ein Meister des Du-weißt-schon-was.«
Annie seufzte schwer. »Ich wüsste nicht einmal, wie ich mich vor einem Mann« – sie formte mit den Lippen das Wort *nackt* – »zeigen soll, und der Gedanke, vor einem Mann, den ich so gut kenne« – sie formte erneut das Wort *nackt* – »zu sein, jagt mir fürchterliche Angst ein. Weißt du, wie makellos die Frauen, mit denen er sonst ausgeht, aussehen? Trotzdem sollte es wieder einen Mann in meinem Leben geben, ich meine, auch zum Wohle der Kinder.«
»Lucas scheint mir ein Meister des Du-weißt-schon-was zu sein«, überlegte Lola.

»Ich mag es, wenn die Dinge so laufen, wie ich es will. Und ich bin wohl kaum ein guter Fang.«

»Hör auf, dich selbst herabzusetzen!«, sagte Lola. »Du bist ein guter Fang. Du flirtest seit Jahren mit ihm. Das hier war nur eine Frage der Zeit, und das weißt du ganz genau.«

Annie konnte nichts gegen das Lächeln unternehmen, das sich langsam auf ihrem Gesicht ausbreitete. »Ich flirte doch nicht mit Lucas!«

»Nicht nur mit Lucas. Du flirtest ständig.«

»Aber nicht mit Lucas.«

»Auf alle Fälle mit Lucas.«

Annie schlug die Hände vors Gesicht. Es waren Dinge geschehen, die sie nicht mehr rückgängig machen konnte. Dinge, die ihr unmöglich erschienen waren. Andererseits … »Und sag jetzt bloß nicht, dass das Leben weitergehen muss.«

»Das Leben muss weitergehen«, erwiderte Lola.

Annie stapelte die Brotkrümel auf dem Tisch zu einem kleinen Haufen. »Aber mit Lucas?«

»Es gibt viele Gründe, warum gerade mit ihm«, überlegte Lola.

»Nun, er ist süß, er unterstützt mich, und er ist ein wunderbarer Freund.« Annie sah Lola an. »Und er ist lustig, findest du nicht auch?«

»Sehr lustig.«

»Und findest du ihn nicht auch süß?«

»Ja, er ist süß«, stimmte Lola ihr zu.

»Und gefällt dir die Art, wie er sich kleidet, auch so gut?«

»Klar.«

»Und die Kinder mögen ihn sehr.«

»Das tun sie.«

Annie spürte, wie die Tränen in ihr hochstiegen, und versuchte, dagegen anzukämpfen.

»Aber er kann jede Frau haben, die er möchte«, sagte sie.
»Vielleicht kann er das, vielleicht aber auch nicht. Tatsache ist, dass er *dich* geküsst hat.«
Dann sprach Annie aus, was sie bisher nicht auszusprechen gewagt hatte, und heulte einfach drauflos. »Ach Lola, ich habe solche Angst davor, mir Hoffnungen zu machen.«
Lola nickte. Sie schien genau zu wissen, was Annie meinte.
»Hör zu, ich erwarte mir einfach nicht zu viel. Na gut, dann hat er mich eben geküsst. Er wird bald merken, dass das unsere Freundschaft aufs Spiel setzen könnte. Und uns verbindet eine ganz besondere Freundschaft.« Annie putzte sich lautstark die Nase. Ihre Tränen versiegten so schnell, wie sie gekommen waren.
Lola schüttelte ungläubig den Kopf. »Ist dir nie in den Sinn gekommen, dass ein alleinstehender, attraktiver, heterosexueller Mann nie so viel Zeit mit dir verbracht hätte, hätte er dich nicht von Anfang an begehrt?«
Begehrt? Nun, das war ein großes Wort. Aber hatte Lola womöglich recht? »Dann glaubst du also, dass er mich vielleicht wirklich mag? Wow«, fügte sie hinzu. »Das ist ja nicht zu fassen!« Sie lachte laut auf.
»Und du magst ihn auch!«, erklärte Lola. »Du hast ihn immer gemocht! Natürlich! Sogar die Kinder haben das bemerkt. Und ich habe im ersten Monat tatsächlich geglaubt, dass ihr zusammen seid, erinnerst du dich?«
»Dann glaubst du also, dass er mich mag, und du glaubst, dass ich ihn vielleicht auch mögen könnte?«
»Diese Unterhaltung ist irgendwie seltsam. Die Frage, die ich mir eigentlich stelle, ist, warum ihr euch eigentlich nicht schon viel früher geküsst habt.«
»Nein, nein. Die wirkliche Frage ist, wie ich es schaffe, dass er mich wieder küsst, ohne wie ein Schlampe dazustehen.«

Gerade als sie das Wort »Schlampe« ausgesprochen hatte, betrat Althea die Küche. Annie warf Lola einen Blick zu, und sie warteten schweigend, während Althea ein zusammengefaltetes Taschentuch auseinanderklappte, einen gebrauchten Teebeutel herausholte und ihn in einen Becher mit kaltem Wasser gab. Seltsam. Das Mädchen war einfach bloß seltsam. Sie sahen zu, wie Althea den Becher in die Mikrowelle stellte, und alle drei starrten auf die Anzeige, während die Mikrowellenuhr eine volle Minute lang die Sekunden herunterzählte. Als die Mikrowelle schließlich piepte, bemerkte Annie, dass sie den Atem angehalten hatte.

»Darf ich?«, fragte Althea und nahm zwei Äpfel aus der Obstschale.

Annie zuckte zustimmend mit den Schultern. Sie warteten, bis Althea die Küche verlassen hatte, dann meinte Lola: »Ich habe mein ganzes Leben lang versucht, mich nicht wie eine Schlampe zu benehmen. Und wozu?«

»Ja, wozu? Eine Schlampe zu sein ist toll!«, erwiderte Annie und lachte laut auf.

»Aber du gehst es trotzdem langsam an, nicht wahr?«

»Was glaubst du, was ich bin? Eine Schlampe? Ich habe alle Zeit der Welt.«

Da wusste sie noch nicht, wie wenig Zeit ihr tatsächlich blieb und wie hektisch die nächsten vierundzwanzig Stunden verlaufen würden.

Jared lag mit hinter dem Kopf verschränkten Armen und einer Zigarette im Mund auf Altheas Bett und beobachtete, wie Althea über die Leinwände, die Farbtuben, die schmutzigen Gläser und den überfüllten Aschenbecher hinwegstieg und ihre Kleider vom Boden aufsammelte. Draußen schüttete es, und der Wind schlug die Äste des Baumes gegen das Schlafzimmerfenster. »Ich hole uns

Frühstück«, sagte sie und verließ das Zimmer. Es war mittlerweile acht Uhr morgens, und sie hatten noch nicht geschlafen. Sie waren bis fünf Uhr unterwegs gewesen, und danach wollte er sie malen. Ihm war bewusst, dass das Althea gegenüber gleich aus zwei Gründen unfair gewesen war: Erstens wusste er, dass sie nicht nein sagen konnte, und zweitens wusste sie nicht, dass er am Abend zuvor Speed genommen hatte. Doch nun, am Morgen danach, hasste er sich selbst dafür, dass er in ihr Leben eingedrungen war, dass er sie benutzte, dass er sie nicht schlafen ließ. Er wollte sie malen, um ihre Schönheit einzufangen, bei der sich einem beinahe der Magen umdrehte, und ihr Lächeln, das immer so schnell wieder verschwand. Als kleiner Junge hatte er immer versucht, seine kleine Schwester zum Lächeln zu bringen und dann seine Mutter, und es hatte einige Zeit lang funktioniert, bis die beiden zu krank geworden waren, um noch zu lächeln. Er war immer von kranken Frauen umgeben gewesen. Mittlerweile erkannte er, dass es mit Althea nicht anders war, und er war furchtbar wütend auf sie und auf sich selbst.

Althea betrat das Zimmer mit einem Tablett, auf dem sich ein Becher Tee und drei Äpfel befanden.

»Ist das da unser Frühstück?«, fragte er und merkte, wie gemein er war.

»Sie waren da«, erklärte Althea.

»Wer?«

»Annie und Lola. Und sie haben gelacht. Sie lachen immer. Ich meine, ich bin in die Küche hinein und wieder raus, aber ich glaube nicht, dass sie mich überhaupt bemerkt haben.«

Althea sah vollkommen erschöpft aus. Was für ein selbstsüchtiger Mistkerl war er eigentlich, sie nicht schlafen zu lassen? War das Liebe? Würde er sie lieben, wenn es ihr gutginge?

»Ich falle ihnen bloß zur Last«, sagte Althea. Sie wurde rot und

wandte den Blick ab. »Und manchmal glaube ich, ich falle auch dir bloß zur Last. Als hättest du das Gefühl, dich um mich kümmern zu müssen, oder so.«
War er ein Todesengel, der nacheinander alle Frauen in den Tod riss, die er liebte? »Was meinst du mit zur Last fallen?«
Sie setzte sich aufs Bett und sah ihn an. »Ich weiß jeden Tag im Vorhinein, dass du mich wieder füttern wirst, und ich will dir einfach keinen Korb geben.«
Er fragte sich, wie lange sie noch so weitermachen konnten, ohne auszusprechen, was endlich ausgesprochen werden musste. »Du musst essen.« Er deutete mit dem Kinn in Richtung Tablett. »Und zwar nicht bloß Äpfel.«
Althea sah ihn trotzig an. »Wenn du mich fütterst, dann esse ich zu viel. Also esse ich den Rest des Tages nichts mehr, oder ich …« Sie unterbrach sich selbst.
Jared suchte nach dem passenden Wort auf Englisch. »Übergibst du dich?«, fragte er.
»Ja, manchmal. Wenn ich wie ein Schwein gefressen habe.«
Er sah ihre Rippen unter dem dicken Pullover, halb verborgen unter ihrer dichten roten Haarmähne. Ihm wurde übel. Seine Feigheit machte ihn krank. Er hatte sie die ganze Zeit über gefüttert, ohne über das Warum zu sprechen, und er hatte sie weiterhin verrückt sein lassen.
»Althea, du darfst dir das nicht antun. Du bist viel zu dünn«, sagte er und wusste, dass er wieder nur feige war.
Als Althea antwortete, sprach sie mehr mit sich selbst als mit ihm. »Models sind dünn. Aber sie haben nicht solche durchscheinenden Adern und Knochen wie ich. Ich fühle mich nicht dünn. Ich fühle mich fett.« Sie sah ihn kraftlos an. »Ich bin zu fett und gleichzeitig zu dünn.«
Jared sprang auf, und bevor er wusste, was er tat, saß er neben ihr

und packte sie an den Schultern. »Das hier muss aufhören, Althea«, knurrte er.
Althea riss entsetzt die Augen auf. »Was ich mache, ist doch nicht falsch.«
»Du weißt verdammt gut, dass es falsch ist. Lüg mich nicht an.«
Sie schüttelte den Kopf und begann zu weinen. »Ich lüge nicht.«
»Ich kann nicht immer für dich da sein und darauf achten, dass du dich nicht zu Tode hungerst!«, brüllte er.
»Dann geh doch«, brüllte sie zurück. »Ich brauche niemanden. Ich habe es satt, zu essen und nicht mehr zu essen, hungrig zu sein und mich zu übergeben. Und Lola und Annie ist alles egal. Sie essen kiloweise Butter. Und sie kochen immer nur fettes Essen, wie meine Mum. Sie sind so egoistisch.« Trotzig hob Althea den Kopf und sagte unter Tränen: »Jetzt weiß ich, warum sie mich an meine Mum erinnern. Ich könnte bereits eine Woche tot sein, bevor sie es merken. Aber vielleicht erkennen sie dann, dass sie mir mehr Beachtung hätten schenken sollen.«
»Ist es das, was du willst? Dich zu Tode hungern?«, brüllte er. Dann ließ er sie los.
Althea brach auf dem Bett zusammen, und plötzlich verstand er. Sein Verlangen, Althea zu malen, unterschied sich nicht von dem Verlangen, sie zu füttern. Es war bloß der Wunsch, sie am Leben zu halten. Jared hatte das schon einmal erlebt. Bis zu dem Tag, an dem seine Mutter starb, hatte er auch sie verzweifelt gemalt. Er hatte sie gemalt, damit etwas von ihr zurückblieb. Es war wie eine Versicherung gewesen.
Jared erhob sich, und ihm wurde schwindelig. Er war nicht mit Althea zusammen, weil er sie liebte. Er war mit ihr zusammen, weil er dazu bestimmt war, neben ihr zu sitzen und zuzusehen, wie sie sich langsam selbst zugrunde richtete. »Ich kann mich nicht um dich kümmern, Althea«, flüsterte er.

Althea schluchzte leise vor sich hin, während Jared seine Klamotten zusammensammelte. Er fand keine Worte und auch nicht den Mut, ihr alles zu erklären. Er verließ das Zimmer, rannte die Treppe hinunter, verließ das Haus und hatte das Gefühl, als würde er einen Gestank hinter sich herziehen, einen Gestank nach Dunkelheit und Krankheit, den er überallhin mitschleppte. Er verschwand, und sein zerstörerischer Einfluss folgte ihm.

24

Es war vier Uhr fünfzig am nächsten Morgen, als Annie die Augen öffnete. Dann presste sie sie wieder fest zusammen. Was um alles in der Welt war geschehen? Die Unabänderlichkeit der letzten paar Stunden, ihr schamloses und lüsternes Verhalten und die furchtbare Deutlichkeit, mit der man zu solch früher Stunde alles um sich herum sah, stürzten auf sie ein. Es war schrecklich! Sie wagte es, noch einmal ihre Augen zu öffnen. Dem letzten Rest Mondlicht nach zu schließen, das Muster auf die Zimmerdecke über ihr malte, hatte der Regen sich verzogen, und der Himmel hatte aufgeklart. Es würde also ein schöner Tag werden. Sie richtete den Blick langsam nach rechts und konnte kaum ein Kichern unterdrücken. Da war er! Neben ihr im Bett lag Lucas auf dem Bauch, hatte den Kopf in seinem – in Johnnys – Kissen vergraben und sah aus wie ein schlafender, sanfter Riese.
Ohne auch nur einen Muskel zu bewegen, betrachtete Annie Lucas' nackten Rücken, der eigentlich ziemlich behaart war. Sie fand es furchtbar komisch, dass ihr das einige Stunden zuvor überhaupt nichts ausgemacht hatte.

Sie ließ ein Bein unter dem Laken hervorgleiten, betrachtete ihre hübschen, lackierten Zehennägel und ihren frischgewachsten Unterschenkel und musste zugeben, dass das, was passiert war, nicht gänzlich ohne Vorsatz geschehen war. Die Cellulite auf ihren Oberschenkeln glänzte im Licht des frühen Morgens, und sie dankte dem Schicksal dafür, dass sie die Chance hatte, sich ein wenig zu fangen, bevor Lucas sie *au naturel* sah. Bei dem Gedanken daran, dass ein nackter Mann in ihrem Ehebett lag und sie ihn gerade betrachtete, fühlte sie sich schwindelig wie ein Teenager. Sie hatte es getan! Junge, sie war nach all den Jahren der erzwungenen Abstinenz tatsächlich am Ende ihrer Kräfte gewesen. Aber mit Lucas? Sie war froh, dass es Lucas gewesen war. Natürlich musste es er sein. Ihre eigene Ahnungslosigkeit verblüffte sie, und sie hätte beinahe laut losgelacht. Sie zog sich das Laken bis unters Kinn hoch und fühlte sich abwechselnd beschämt und beschwingt.

Was würde passieren, wenn Lucas schließlich aufwachte? Sowohl im wörtlichen als auch im übertragenen Sinn? Würde er sich wünschen, er wäre ihr nach dem Abendessen nicht nach oben gefolgt? Nachdem sie die Küche aufgeräumt und ein paar Gläser zu viel getrunken hatten? Würde er sich wünschen, er hätte sie nicht in die dunkle Ecke des Treppenhauses gedrückt?

Nachdem er sich einen nervenaufreibenden Tag lang nicht gemeldet hatte, hatte sich Lucas schließlich selbst zum Abendessen eingeladen. Er hatte so getan, als wäre nichts Außergewöhnliches zwischen ihnen geschehen. Zuerst war sie erleichtert gewesen, doch dann war Wut in ihr hochgestiegen. Wie konnte er es wagen, einfach zu schweigen? Die Demütigung brannte höllisch. Lucas verhielt sich das gesamte Abendessen auf taktlose Art vollkommen normal. Dieses Arschloch war so grausam, ihr nicht einmal in die Augen zu sehen.

Sie hatte vorgehabt, sich ebenfalls distanziert zu geben, doch sie hielt das Spiel keine dreißig Minuten lang durch. Es war eine Sache, so zu tun, als ob ihr der Kuss im Park nichts bedeutete, aber zu sehen, dass er auch für Lucas bedeutungslos gewesen war, brachte sie so durcheinander, dass sie sich nicht mehr unter Kontrolle hatte. Sie trank zu viel Wein zum Abendessen, redete zu laut und trat noch vehementer für ihre Meinung ein als üblich, bis sie bemerkte, dass sogar Maxence bereits schmollend sein Missfallen zum Ausdruck brachte.

Nach dem Abendessen hatte sie die Jungen zu Bett gebracht, und als sie wieder hinunterkam, saßen Lucas und Lola nebeneinander auf dem Zweiersofa. Auf dem Zweiersofa! Sie waren so vertieft in eines ihrer üblichen Gespräche, das mehr einem Flirt glich, dass sie gar nicht bemerkten, wie sie das Zimmer betrat. Sie hätte die beiden am liebsten umgebracht. Vielleicht war das letztlich der Auslöser gewesen. Sie würde und konnte nicht zulassen, dass die beiden sie zum Narren hielten.

Dann tranken sie zu dritt Wodka. Viel zu viel Wodka. Und sie begann vielleicht ein wenig zu flirten. Nicht allzu offensichtlich, obwohl sie eigentlich nicht sagen konnte, wie offensichtlich sie tatsächlich gewesen war. Sie konnte sich nicht mehr genau erinnern. Sie konnte sich jedoch genau daran erinnern, dass sie gegen Mitternacht in die Küche verschwunden war, um die obersten zwei Knöpfe ihrer Bluse zu öffnen. Als sie zurück ins Wohnzimmer kam, gab ihr Lola mit ein paar Blicken zu verstehen, dass ihr nagelneuer schwarzer Spitzen-BH hervorblitzte.

Sie tranken noch mehr, scherzten, flirteten wie besessen, und plötzlich erhob sich Lola wie aus heiterem Himmel, schwankte ein wenig und erklärte, dass sie zu Bett gehen werde, bevor sie das Zimmer verließ. Annie war noch genügend bei Verstand, um die Gefahr zu spüren. Sie erhob sich ebenfalls und erklärte den Abend für beendet, doch Lucas wollte nicht nach Hause gehen. Stattdessen folgte er ihr in den Flur, und bevor sie noch die Küche erreicht hatte, schlang er seine Arme um ihre Hüften und zog sie in eine Ecke unter der Treppe, wo sie Wachs in seinen Händen wurde.

Sollte sie so tun, als schliefe sie noch, um zu sehen, wie sich Lucas benahm, wenn er aufwachte? Sollte sie sich von seinem Verhalten leiten lassen oder sich auf ihn stürzen wie eine verhungernde Wölfin, die sie ja tatsächlich war? Sie setzte sich auf und zog das Laken über das Negligé, das sie am Vortag gekauft hatte, als sie sich noch über sämtliche Vorsätze erhaben gefühlt hatte. Lucas hatte eine schöne Haut. Und er war ein wunderbar aufmerksamer Liebhaber. Besser als Johnny. Alleine der Gedanke, dass sie Lucas beschuldigt hatte, sich selbst zur Legende hochzuspielen. Sie blickte zur Uhr und sah zu, wie es langsam fünf Uhr wurde.

Dann zerriss das schrille Klingeln des Telefons die Stille und hallte durch das schlafende Haus.

Althea war wach und hatte sich am Fußende ihres Bettes zusammengerollt, als irgendwo im schlafenden Haus das Telefon klingelte. Nachdem er sie angebrüllt und sitzengelassen hatte, war sie in ihre Klamotten geschlüpft, hatte sich in ihren Mantel gehüllt und sich auf das Bettende gesetzt, direkt zwischen die frischbemalten Leinwände und die schmutzigen Strümpfe. Sie war immer wieder eingeschlafen und wieder aufgewacht und hatte die Stunden gezählt, bis Jared wiederkommen würde. Doch dieses Mal war er zum ersten Mal nicht wiedergekommen.

Ihr Make-up war von den Tränen verschmiert, und ihre Nase und ihr Mund waren geschwollen. Nachdem das Telefon aufgehört hatte zu klingeln, herrschte eine schier endlose Stille, dann hörte sie, wie im ganzen Haus Türen aufflogen und wieder geschlossen

wurden. Eilige Schritte im Flur. Althea stand auf und drückte ein Ohr gegen die Schlafzimmertür. Sie begann am ganzen Körper unkontrolliert zu zittern. Schritte eilten die Treppe hoch. Ein lautes Klopfen an ihrer Tür. Ihr wurde übel. Sie öffnete die Tür und stand Annie gegenüber, die barfuß war und nur ein kurzes, spitzenbesetztes Nachthemd trug. Annie warf einen ungläubigen Blick auf das unglaubliche Chaos in Altheas Zimmer und runzelte überrascht die Stirn, als sie sah, dass diese angezogen war und einen Mantel anhatte. »Weißt du es schon?«, fragte sie.
Althea fühlte sich schwach. »Nein! Was ist passiert?«
»Jared.« Sie legte eine Hand auf Altheas Arm. »Er liegt im Krankenhaus. Sie glauben, dass er vielleicht eine Überdosis Drogen genommen hat.«
Althea presste eine Hand auf den Mund. Ihre Beine gaben unter ihr nach, und sie hielt sich am Türknopf fest.
Annie warf ihr einen argwöhnischen Blick zu. »Habt ihr euch gestritten?«
Althea antwortete wahrheitsgemäß: »Ich weiß es nicht.«
»Hör zu, du bist ja bereits angezogen. Du solltest vorfahren. Er liegt in der Notaufnahme des *Hôpital Bichat* im achtzehnten Arrondissement.«
»Geht es ihm gut?«
»Schätzchen, sie meinten, er sei in einem kritischen Zustand.«
Die Neuigkeiten trafen Althea wie ein Faustschlag. Doch Annie sprach bereits weiter. »Lola bleibt hier bei den Kindern. Lucas und ich … er ist hier. Er hat die Nacht hier verbracht, aber wir müssen uns erst anziehen. Nimm dir ein Taxi. Wir treffen uns dann dort. Beeil dich, Schätzchen, in Ordnung?«
Eine *Überdosis?* Aber Jared nahm doch keine Drogen. Das musste Althea den Ärzten unbedingt sagen. Vielleicht hatten sie eine falsche Diagnose gestellt. Althea rannte, obwohl ihre Beine eigent-

lich nicht dazu fähig waren, und ihr Gehirn raste, obwohl sie keinen richtigen Gedanken fassen konnte. Ihr Körper verließ das Haus und trat hinaus auf die Straße. Sie warf sich beinahe vor ein vorbeifahrendes Taxi. *»Hôpital Bichat. Urgences s'il vous plaît. Vite!«* Das Taxi, ein BMW, beschleunigte innerhalb weniger Sekunden auf sechzig Stundenkilometer. »Anhalten! Anhalten!«, schrie sie. Die Räder des Taxis quietschten, und das Auto hielt gerade noch rechtzeitig an, so dass Althea die Tür öffnen und Galle erbrechen konnte.

Althea stand in ihrem Mantel im Krankenzimmer und umklammerte ihre Handtasche. Ihr Blick wanderte auf der Suche nach einer Decke durch den Raum, die sie Jared überwerfen konnte. Im Moment hatte man bloß ein dünnes weißes Laken über ihn gebreitet. Er war bewusstlos und sah aus wie eine Wachsfigur. Er war sehr blass. Die sehnigen Muskeln auf seinen Unterarmen wirkten irgendwie schlaff. Über ihm hingen durchsichtige Plastikbeutel mit verschiedenen Flüssigkeiten, die ihm über eine Infusionsnadel verabreicht wurden. Das einzige Geräusch im Raum, das rhythmische Piepen des Herzmonitors, schaffte es nicht, sie zu beruhigen.

Sie hörte Stimmen vor dem Zimmer. Durch das kleine Fenster in der Tür sah sie, wie der Arzt mit Annie und Lucas sprach. Es war derselbe Arzt, der dieselben Worte wiederholte, die er bereits zu ihr gesagt hatte. Es gab keine Anzeichen, dass Jared sie im Augenblick hören konnte, dennoch sollte sie mit ihm sprechen.

Lucas und Annie würden jeden Moment den Raum betreten, und dann wäre sie nicht mehr länger mit Jared alleine. Sie wagte einen kleinen Schritt auf das Bett zu und zwang ihren Körper verzweifelt, ihr zu gehorchen. Sie warf einen schnellen Blick über die Schulter und durch das Fenster. Annie und Lucas waren ge-

rade erst gekommen und sprachen noch immer mit dem Arzt. Sie beugte sich nach unten und brachte ihr Gesicht dicht an Jareds. Er roch nicht wie er selbst. Sie lehnte sich nahe genug zu ihm, um seinen Atem auf ihrem Gesicht zu spüren. Sie hatte sich selbst weisgemacht, dass er sie liebte, aber die grausame Wahrheit war, dass sie nichts über ihn wusste. Er hatte ihr nie genug vertraut, um sie an sich heranzulassen. Sie führten keine Beziehung. Sie hätte sich selbst nicht noch mehr hassen können. Dann flüsterte sie ihm die aufrichtigsten Worte ins Ohr, die ihr in den Sinn kamen. »Ich liebe dich. Und ich hoffe, dass du mich auch liebst.«
Sie richtete sich auf, als Annie und Lucas den Raum betraten. Auf ihren Gesichtern zeigte sich die gleiche Angst, die die Worte des Arztes auch in ihr ausgelöst hatten. Jared lag im Koma. Es gab keine Anzeichen, dass er sie hörte, und auch keine, dass er es jemals wieder tun würde. Althea wehrte Annies Umarmung ab, drängte sich an ihr und Lucas vorbei und eilte aus dem Krankenzimmer.

Lucas konnte sich nicht vorstellen, noch einen Augenblick länger auf Jareds regungsloses, wächsernes Gesicht hinunterzustarren. »Warum ist Althea so schnell abgehauen?«, fragte er Annie. »Ist sie nicht seine Freundin? Wie kann es sein, dass wir hier sind und sie nicht?«

Annie saß auf einem grauen Stuhl neben dem Bett, hatte die Hände ineinander verschlungen und hielt den Blick starr auf Jareds Herzmonitor gerichtet. »Du kannst gehen«, sagte sie.

»Gehen? Wohin denn? Warum sollte ich gehen wollen? Es hilft Jared doch nicht, wenn ich jetzt gehe.« Lucas wanderte in dem kleinen Zimmer umher, in dem es furchtbar nach Krankenhaus stank. Alles in dem Raum war grau, die Wände, der Stuhl, Jareds Gesicht. »Ich muss gehen«, sagte er.

Annie sah ihn an. »Und? Dann geh.«
»Ich muss eine Antwort finden«, erklärte er.
»Ich bleibe hier.«
Eine Antwort? Ja, er musste eine Antwort finden. Aber er war sich nicht sicher, worauf.
Eine Überdosis Drogen erschien ihm absolut unwahrscheinlich. Als Kind war Jared auf bezaubernde, äußerst geistreiche Art neugierig gewesen und hatte vielversprechendes künstlerisches Talent gezeigt. Und als Teenager, nach dem Mord an seinem Vater, dem Tod seiner Schwester und der Krankheit seiner Mutter, hatte er sich in sich selbst zurückgezogen und nach außen immer gleichgültiger gewirkt. Er war ein Geheimnistuer, das ja. Aber ein Junkie? Nein.
Obwohl das, was Jared zugestoßen war, weder seine Schuld war noch in seiner Verantwortung lag, fühlte Lucas sich schuldig. Er hatte Jareds Mutter versprochen, auf ihren Sohn aufzupassen. Ihre Bitte war keine Belastung für ihn gewesen, absolut nicht. Dennoch, er hatte es ihr versprochen. Das, was ihn wirklich verstörte, war ein einziger Satz gewesen, den der Arzt zu ihnen gesagt hatte. Die Kombination aus Drogen und Alkohol könnte absichtlich erfolgt sein. Diese Unterstellung machte ihn furchtbar wütend. Doch als er schließlich erfuhr, dass Jared von den Nachtwächtern im *Cimetière de Montmartre* gefunden worden war, jenem Friedhof, auf dem Jareds Mutter und Schwester begraben lagen, bekam Lucas ein ungutes Gefühl.
Jahre vor dem Tod seiner Mutter, als Jared gerade achtzehn geworden war, war er einmal vor Lucas' Tür aufgetaucht. Er hatte ihm erklärt, dass er mittlerweile von seiner Kunst leben konnte und dass er und seine Mutter Lucas' finanzielle Unterstützung nicht mehr länger benötigten. Seit jenem Tag hatte sich eine Freundschaft zwischen ihnen entwickelt, eine Freundschaft, die

auf dem gegenseitigen Einvernehmen beruhte, dass Jared, soweit es Lucas betraf, keine Erwartungen erfüllen, um seine Zustimmung heischen oder überhaupt ein Lebenszeichen von sich geben musste. Außerdem wussten beide, dass Jared jederzeit auf Lucas zählen konnte.

Nein, Jared war ein guter Junge. Und das brachte Lucas zu dem einzigen möglichen Schluss: Es war Althea gewesen, die Jared mit Drogen in Kontakt gebracht hatte. Es ergab durchaus Sinn: Sie war unkommunikativ, sah keinesfalls gesund aus und schien sozial zurückgezogen. Sie barg offensichtlich ein dunkles, selbstzerstörerisches Geheimnis. Er würde persönlich dafür sorgen, dass sie wieder in ihr Land zurückkehrte und ihre Drogen gleich mitnahm.

Lucas wanderte die leeren Straßen entlang und spürte die Hitze der Sonne. Althea hatte alles zerstört. Diese furchtbare Tragödie war zu einem äußerst vielversprechenden Zeitpunkt passiert. Er fühlte sich schuldig, als er plötzlich lächeln musste. *Annie!*

Am Abend zuvor hatten sich die Ereignisse überschlagen, was absolut nicht seine Absicht gewesen war. Nachdem sie sich geküsst hatten, hatte er ihre weitere Eroberung genau geplant. Er hatte sich vorgestellt, dass sie es langsam und romantisch angehen würden, um ihre Gefühle neu zu entdecken. Tête-a-Têtes, Abendessen, Verabredungen, Küsse. Und nach einiger Zeit hätte Lola sich idealerweise bereit erklärt, zu Hause bei den Jungen zu bleiben, damit er und Annie in die Normandie fahren und dort einige Tage in seinem *Maîson* am Strand von Honfleur verbringen konnten. Sie hätten *plateaux de fruits de mer*, Austern, Garnelen und Krabben gegessen und wären Hand in Hand den Strand entlangspaziert. Austern waren ja ein Aphrodisiakum.

Aber was die Frauen betraf, musste man wissen, wann man sich dem Lauf der Dinge einfach fügen musste. Als er am Abend zuvor

Annies Haus betreten hatte, war er nervös gewesen. Er musste wissen, wie sie zu dem Kuss im Park stand, bevor er ihre romantische Eroberung plante. Offensichtlich war Annie jedoch nicht in romantischer Stimmung. Also hatte er sich dem Lauf der Dinge gefügt und war auf sie eingegangen, und es war fantastisch gewesen.

Er entdeckte ein Taxi und winkte es zu sich. Was sollte er jetzt tun? Es gab mehrere Möglichkeiten. Eine davon war, dass Jared nicht mehr aufwachte und Annie ihn zurückwies. Eine andere, dass Jared aufwachte und Annie so tat, als wäre nichts zwischen ihnen geschehen. Lucas entfernte sich immer weiter von dem Krankenhaus. Immer weiter von den beiden Menschen, die ihm am meisten bedeuteten und deren Leben in den nächsten Stunden Auswirkungen auf sein eigenes Schicksal haben würde.

Lola durchlebte die letzten beiden Stunden in Gedanken immer wieder, und sie erschienen ihr wie ein unzusammenhängender Film, in dem die Handlungsstränge keinen Sinn ergaben und die Protagonisten sich seltsam und nicht ihren Rollen entsprechend verhielten: Annie, die an ihre Tür geklopft und ihr, ohne Atem zu holen, von Jared, dem Krankenhaus und der Tatsache erzählt hatte, dass sie neben Lucas aufgewacht war. Althea, die plötzlich im Flur aufgetaucht und die Treppe hinuntergeeilt war, bevor sie aus dem Haus lief, wobei ihr schwarzer Mantel wie Batmans Umhang hinter ihr herwehte. Lucas und Annie, die sich wie Einbrecher im Morgengrauen aus dem Haus schlichen, um ins Krankenhaus zu rasen.

Und dann Stille. Lola war alleine mit den schlafenden Kindern zurückgeblieben. Und sie hatte getan, was getan werden musste. Alleine weckte sie nacheinander die Kinder, ihre und Annies, alles in allem fünf an der Zahl. Fünfmal Frühstück, fünfmal Zähneputzen, verstreute Klamotten, Schuhe, die sie in den einzelnen Zimmern und Schränken zusammensammeln musste, fünf unterschiedliche passive oder aktive Vermeidungsstrategien, um nicht in die Schule oder in Simons Fall in die Kinderkrippe gehen zu müssen. Sie erklärte den Kindern, dass Jared krank geworden war und alle bei ihm im Krankenhaus waren.

Um acht Uhr hatte Lola schließlich vier Kinder pünktlich zur Schule gebracht, ordentlich gekleidet und mit vollem Magen. Nachdem sie sich von den Kindern verabschiedet und den Lehrern mitgeteilt hatte, dass diese zum Mittagessen in der Schule bleiben würden, brachte sie Simon in die Kinderkrippe, damit sie ebenfalls ins Krankenhaus fahren oder andere notwendige Dinge erledigen konnte. Während sie Simon in seinem Kinderwagen zur Kinderkrippe schob, war sie unangemessen stolz auf sich. Es war ein ausgesprochen schöner Morgen, und sie fühlte sich trotz dem, was Jared zugestoßen war, glücklich. Doch es war nicht wirklich Glück, was sie empfand, sondern eher ein Gefühl des Selbstwertes. Mark hätte sicher Dinge gefunden, für die er sie kritisiert hätte, und ihrem ohnehin schon schlechten Zeugnis noch einige Punkte hinzugefügt, doch ohne sich Marks Urteil stellen zu müssen, sah sie plötzlich, wie wunderbar sie alles schaffte, und das war besser als jede Collagen-Injektion, besser als Bikram-Yoga, besser als Pilates, ja sogar besser als der Sex mit Gunter! Als sie wieder nach Hause kam, genoss sie einige Augenblicke lang das Gefühl, bis Annie anrief und ihr erzählte, wie schlimm es um Jared stand.

»Wie geht es Althea?«

»Althea hat offensichtlich die Nerven verloren«, erwiderte Annie nervös. »Sie ist aus dem Krankenhaus abgehauen. Sie sah aus, als wäre sie vollkommen durchgeknallt. Ich hatte gehofft, dass du etwas von ihr gehört hast.«

»Nein, habe ich nicht. Und wie geht es Lucas?«
»Es scheint, als hätte er ebenfalls die Nerven verloren. Ich glaube, er hat sich im selben Zimmer mit mir nicht sehr wohl gefühlt. Hier flippen gerade alle aus.«
»Und wie geht es dir?«
»Mir geht es natürlich gut«, fuhr Annie sie an. »Irgendjemand muss ja die Nerven bewahren.«
»Du klingst angespannt.«
»Mir geht es ausgezeichnet.«
Lola legte auf und wunderte sich über Annies Wortwahl.

Althea ließ sich durch die Drehtür aus der fensterlosen Krankenhauslobby schwemmen, fort von dem gedämpften Licht und der abgestandenen Luft und hinaus auf die Straße. Im Krankenhaus war es kühl gewesen, weshalb ihr die Hitze draußen einen regelrechten Schock versetzte. Sie fuhr zurück, stürzte auf die Drehtür zu und zurück in die Lobby. Dort blieb sie keuchend stehen. Jared wollte sie nicht und liebte sie nicht. Was auch immer sie getan hatte, es hatte ihn dazu gebracht, fortzulaufen, Drogen zu nehmen und sich schließlich eine Überdosis zu verpassen. Wenn er starb, dann war es ihre Schuld, denn sie hatte ihm keinen Grund gegeben, am Leben zu bleiben. Er hingegen hatte *ihr* einen Grund gegeben, am Leben zu bleiben. Aber wenn er sie nicht mehr wollte oder wenn er starb, dann hatte auch sie keinen Grund mehr, weiterzuleben. Sie stürzte auf die Toilette. In der Kabine begann sie schließlich zu würgen, doch es war nichts mehr in ihrem Magen. Sie trat ans Waschbecken, legte beide Hände auf den kalten, glatten Marmor und wartete darauf, dass die Übelkeit vorüberging. Sie warf einen Blick auf ihr Spiegelbild, betrachtete sich eine schonungslose Minute lang selbst und spürte einen solchen Schmerz in ihrem Herzen, ihrem Magen, ihrem Kopf und ihren

Gliedmaßen, dass sie dachte, sterben zu müssen. Panik ergriff von ihr Besitz. Sie rannte aus der Toilette, stürzte durch die Drehtür hinaus aus dem Krankenhaus und auf die Straße.

In ihrem schwarzen Mantel, dem schwarzen Schal und der schwarzen Hose, die an ihren Beinen klebte, rannte sie den Boulevard entlang. Sie rannte durch die schmalen Straßen, zwischen den Autos hindurch und vorbei an den hohen, reich verzierten Häusern. Als ihr Körper schließlich nicht mehr fähig war, weiterzulaufen, drosselte sie ihr Tempo. Keine der Straßen kam ihr bekannt vor, und obwohl sie gerade dabei war, die Orientierung zu verlieren, ging sie weiter. Sie war furchtbar durstig. Ihr Körper würde es nicht mehr viel länger ohne Nahrung, Wasser und Hoffnung aushalten. Sie brauchte nur noch einen Ort, an dem sie sich zusammenrollen und auf den Tod warten konnte.

Als sie merkte, dass sie sich vollends verlaufen hatte, beschloss sie, einfach der Straße zu folgen, bis sie zu einem Fluss oder einem Bahngleis kam, an dem sie ihrem Leben ein Ende setzen konnte. Aber die Straße und die Stadt schienen kein Ende zu nehmen. Sie ging mit zitternden Beinen auf einen Horizont zu, der nicht existierte.

Dann glaubte sie, in der Ferne etwas zu sehen. Es war seltsam. Es befand sich am anderen Ende der schier endlosen Straße. Von ihrem Standpunkt aus wirkte es wie ein Zirkuszelt, wie eine Vielzahl weißer Markisen oder Zelte, über denen farbenfrohe Fahnen und Ballons in Rot, Gelb und Pink in der Luft schwebten. Sie ging auf die schwebenden Farben zu, die sich immer weiter zu entfernen schienen, je näher sie kam. Sie dachte an den Becher Schwarztee, der noch immer im Haus stand. Er war mittlerweile kalt geworden. Sie brauchte ihn. Sie musste zurück zum Haus und ihren Schwarztee trinken. Doch zuerst musste sie zu den Fahnen und den Zelten. Doch die Fahnen waren so weit entfernt, und ihr Körper war so schwach, dass sich die Entfernung kaum noch zu verringern schien. Sie weinte vor sich hin, obwohl sie keine Tränen mehr übrig hatte, und streckte die Hand nach den Zelten aus.

Dann plötzlich schienen sich die Zelte und Fahnen auszudehnen und sich auf sie zuzubewegen, und einen Augenblick später wurde sie von ihnen verschluckt. Wo auch immer sie war, es war laut und blendete sie in den Augen, und überall waren Menschen und exotische Läden. Aus den Türen drang der starke Geruch nach Ramsch und Gewürzen auf die Straße. Einige Kinder spielten auf dem Bürgersteig. War sie in Afrika? Oder vielleicht in China oder Ägypten? Überall eilten Menschen herum. Emsige, zielgerichtete Menschen, die aus keinem bestimmten Land und doch aus allen Ländern der Welt zu stammen schienen.

Die Sonne stand genau über ihr und brannte gnadenlos auf sie herab. Ihr Herz klopfte laut. Es war so laut wie Jareds Herzmonitor. Doch dann merkte sie, dass das Klopfen nicht aus ihrem Körper kam, sondern ein weit entferntes, rhythmisches Trommeln war. Die Menschenmenge um sie herum wurde immer dichter und schien auf ein Ziel zuzutreiben, und sie wurde von ihr davongetragen. Ihre Bewegungen wurden leichter, und sie war nicht mehr länger eine eigenständige Person, sondern Teil einer menschlichen Welle, die aus ganzen Familien bestand. Sie sah verschleierte Frauen, die Kinderwagen vor sich herschoben, und Babys mit dunklen Haaren und einer Haut wie goldene Seide. Überall rannten aufgeregte Kinder umher und riefen einander etwas zu. Männer gingen in Gruppen nebeneinander her, einige trugen Turbane, andere Kippot, und alle gestikulierten, fuchtelten mit den Händen und sprachen laut in seltsamen Sprachen miteinander. Sie sah Frauen in Saris, Frauen in Miniröcken, Frauen mit kleinen Kindern auf dem Arm und großen Beuteln.

Wie immer schenkte niemand Althea Beachtung. Also verschmolz sie mit der Menge und hatte dabei kein anderes Ziel vor Augen und keinen anderen Gedanken, als endlich Wasser zu finden. Plötzlich stand sie genau unter den Fahnen und den farbenfrohen Markisen, umgeben von den Gerüchen nach exotischem Essen, gegrilltem Fleisch, Gewürzen und Minze. Und es roch nach Parfum, nach Moschus und Patschuli. War das hier ein Markt? Das Trommeln wurde eindringlicher, und andere Instrumente fielen in die rhythmische, arabische Melodie ein, die immer lauter und ausgelassener wurde, je näher Althea kam. Sie sah haufenweise Obst, mächtige Lammkeulen, die sich auf Fleischspießen drehten, die aussahen wie Schwerter, und von denen der Saft in die Flammen tropfte, die daran leckten. Gemüseeintöpfe in riesigen Kesseln. Männer und Frauen, die in einer Schlange warteten, bis sie bedient wurden. Dann sah sie einen Topf mit Couscous. Annie hatte es einmal gekocht, und damals hatte sie sich nicht getraut, es zu probieren, doch heute würde sie es tun. Sie würde in der Schlange warten, bis sie von dem dampfenden Couscous bekam, und vielleicht auch eine dieser dünnen, würzigen Würste probieren. Doch bevor sie näher an die Imbissstände herankam, wurde sie erneut von der Menge davongetragen. Sie landete in einem Teil des Marktes, der vor Farben überfloss. Sie sah Teppiche, Gold, Edelsteine, Perlen und haufenweise indische Stoffe, die von einer Frau in einem Sari glatt gestrichen wurden, der so grün war, dass er beinahe leuchtete. Die runzeligen Hände der Frau wirkten wie Leder auf der Seide. Überall waren Kinder mit Zuckerwatte in der Hand, die um ihre Mütter herumwirbelten wie kleine Blitze.

Und überall Essen: Kebab in Pita-Brot. Ein Obstsalat, den eine Frau gerade vor ihren Augen zubereitete, die Pfirsiche, die sie gerade in Spalten schnitt, in den nassen Händen. Zitronenlimonade und Zitronen, die zwischen den Eiswürfeln schwammen. In ihrem Kopf drehte sich alles. Das hier war das pulsierende Leben, zu dem der Rest der Menschheit seit jeher Zugang gehabt hatte. Es existierte tatsächlich. Es war real. Und sie brauchte Jared nicht, um es zu erleben. Es gefiel ihr, und sie wollte mehr davon. Sie wollte es berühren und von ihm berührt werden. Sie wollte schmecken und fühlen. Sie wollte die immense Sinnlichkeit des Lebens spüren, sie wollte lernen, wie man das, was sie gerade erlebte, jeden Tag erleben konnte.

Ihr Herz raste und passte sich unwillkürlich dem Rhythmus der Trommeln an. Die sengende Sonne brannte auf ihre Haare, auf ihre Schultern, auf ihren Rücken herab. Ihre Zunge fühlte sich geschwollen an, und ihr Haar klebte an ihrem Gesicht und ihrem Nacken. Unter ihrem Mantel vergoss sie gerade den letzten Tropfen Schweiß, den ihr Körper noch in sich hatte. Die Menge wurde mit jedem Schritt dichter und fröhlicher. Sie musste zurück ins Krankenhaus und zu Jared. Aber wo war das Krankenhaus? In diesem blendenden Licht und der sengenden Hitze konnte sie nichts erkennen.

Dann stand sie plötzlich im Schatten. Sie hielt inne und hob den Kopf. Der Schatten unter dem dichten Dach der Ahornbäume breitete sich wie ein flüssiges Laken über ihr aus. Plötzlich wehte auch ein Wind, ein wunderbarer Wind. Althea begann sich zu drehen, während sie zu den Blättern emporblickte, die im Wind tanzten. Der Schatten des Baumes schien nur ihr alleine zu gehören, als wäre das hier ihre private Oase. Bald schon würde es Pfirsiche und Zitronen in Eiswasser geben und Liebe. Sie lachte. Doch zuerst musste sie ihren Körper aus diesem Mantel befreien, der ihr wie eine Rüstung erschien und ihr den Atem nahm. Ihre Arme fanden beinahe nicht aus den Ärmeln, während sie sich immer weiter drehte und hinauf zum Blätterdach sah. Als sie sich schließlich aus dem Mantel geschält hatte, ließ sie ihn einfach zu Boden fallen.

Sie sah Gesichter. Menschen, die sie beobachteten. Manche blickten überrascht, manche lachten. Sie drehte sich immer weiter und zog ihren Rollkragenpullover und danach das durchnässte T-Shirt aus, das an ihrer Brust klebte, bis nur noch ihr winziger BH und ihr furchtbarer, ausgemergelter Körper übrig waren. Sie spürte die kalte Luft, die erfrischende Bewegung und das seltsame Wohlbefinden, das sie überkam. Sie hielt inne und blickte zu Boden, wo sie ihre Kleider wie schwarze, zerbrochene Flügel abgelegt hatte. Der Boden tanzte unter ihr. Die Menge tanzte und lachte. Eine leuchtende weiße Wolke breitete sich vor ihren Augen aus wie Verbandsmull, dann nur noch Dunkelheit.

25

Dem Himmel sei Dank! Du lebst!«, sagte Annie.

Jared schüttelte kraftlos den Kopf, ohne ihn vom Kissen zu heben, und flüsterte. *»Je suis désolé!«*

Es tat ihm leid? Sie sah ihn entsetzt an, und Wut stieg in ihr hoch. Sie öffnete den Mund, um etwas zu sagen, doch dann entschied sie sich anders. »Ich rufe besser gleich Lucas an«, erklärte sie, bevor sie auf dem Absatz kehrtmachte und das Zimmer verließ. Sie fragte nach einem Münztelefon und rief Lucas auf seinem Handy an.

»Jared wird wieder gesund«, sagte sie.

Langes Schweigen, gefolgt von einem noch längeren Seufzen. »Gott sei Dank.«

»›*Je suis désolé*‹, das war alles, was er zu sagen hatte. Und du weißt, was das heißt?«

»Nein, was heißt es denn?«

»Es heißt, dass er sich umbringen wollte. Das heißt es. Dieses Arschloch hat versucht, sich umzubringen.«

»Das muss es nicht heißen.«

»Und warum wollte er dann nicht wissen, was passiert ist oder warum er im Krankenhaus liegt?«

Lucas dachte über ihren Einwand nach. »Da hast du recht.«

»Bitte schaff deinen Arsch hierher, bevor ich ihn gleich noch einmal umbringe.«

»Du bist verärgert.«

»Du hast mich dazu gebracht, einen Junkie in meinem Haus aufzunehmen, der nebenbei auch noch selbstmordgefährdet ist. Wie glaubst du, dass es mir dabei geht?«

»Von wem sprichst du gerade?«

»Von Jared natürlich.«

»Ich kenne Jared beinahe sein ganzes Leben lang, aber erst, nachdem diese bizarre junge Frau in sein Leben getreten ist, hat er Probleme mit Drogen bekommen.«

»Was willst du damit sagen?«

»Ich will damit sagen, dass sie diejenige ist, die ihn in diese Schwierigkeiten gebracht hat. *Sie* ist hier der Junkie.«

Annie ließ seinen Einwand wirken. Altheas unberechenbares Verhalten, die seltsamen Stimmungsschwankungen, die körperlichen Anzeichen, dass etwas mit ihr nicht stimmte. Hatte Lucas vielleicht recht? Aber wenn Lucas recht hatte, dann war Annie diejenige, die einen Junkie in ihr Haus gelassen hatte.

»Ich bin bereits mit dem Taxi auf dem Weg zu euch«, erklärte Lucas.

Annie ging zurück zu Jareds Zimmer und hatte dabei das Gefühl, etwas vergessen zu haben. Sie lief die Flure entlang und hielt den Atem an, während sie versuchte, all die furchtbaren, kranken Menschen zu ignorieren. Den ganzen Morgen über hatten sich die Schwingtüren der Notaufnahme unablässig geöffnet und den Lärm der Sirenen und eine endlose Abfolge an menschlichen Wesen auf Tragen ins Krankenhaus gespült. Sie ging zum Empfang der Notaufnahme und bat, mit der diensthabenden Schwester sprechen zu dürfen.

»Er ist aufgewacht. Sehen Sie?«

»Ja.«

»Er hat hier also nichts mehr verloren. Er ist kein Notfall mehr.«

Die Schwester hob gelangweilt eine Augenbraue. »Die Ärzte entscheiden, wer ein Notfall ist und wer nicht.«

»Aber nimmt er denn nicht wichtige Zeit und Ressourcen in Anspruch?«

»Es gibt genügend Platz und genügend Personal.«

»Aber in Amerika …«

»Ich weiß, was ich tue, *Madame,* also setzen Sie sich bitte oder gehen Sie.«

Annie entfernte sich murrend vom Empfangstresen, bloß um einige Minuten später noch einmal zurückzukehren und auf eine hübsche, algerische Krankenschwester mit einem netten Lächeln zu treffen. »Hören Sie«, sagte sie. »Ich will wirklich keine Schwierigkeiten machen, aber ich kenne diese Notaufnahme. Ich weiß, wie es hier zugeht. Denn genau hier habe ich vor drei Jahren mitten in der Nacht erfahren, dass mein Mann tot ist.«

Jared wurde sofort auf die normale Station verlegt. Sie folgte Jareds Bett, als er zum Aufzug und in den vierten Stock gerollt wurde. Sie warf einen Blick den Flur hinunter, in den man sie in jener Nacht gebracht hatte. Am Ende des Flurs befand sich ein sehr kalter Raum. Dort, in diesem kalten Zimmer, hatte sie Johnnys

Leiche identifiziert. Dort, in diesem Zimmer, hatte sie so stark zu zittern begonnen, dass sie gestützt werden musste. Dort, in diesem Zimmer, hatte sie geweint und geheult wie ein verwundetes Tier. Sie hatte vor Trauer, aber auch vor mörderischer Wut geweint. Aber vor allem hatte sie um sich selbst geweint. Dort, in diesem Zimmer, hatte sie zum ersten und zum letzten Mal geweint. Und als sie den Leichenschauraum schließlich verlassen hatte, war sie fest entschlossen gewesen, sich zusammenzureißen, sich auf ihre Jungen zu konzentrieren und darauf, wie und wann sie es ihnen sagen sollte.

Jareds neues Zimmer hatte weiße Wände und ein Fenster. Im Bett nebenan lag ein kleiner schwarzer Mann mit einem riesigen Verband um den Kopf und schlief tief und fest. Sie setzte sich neben Jared und wusste nicht, was sie sagen oder nicht sagen sollte. Jared hatte die Augen geschlossen, und sie nahm es als Zeichen, dass er nicht wollte, dass sie hier war. Ihr war bewusst, wie schwierig es für sie war, mit bestimmten Leuten zu sprechen. Diese beängstigenden Partys … Johnny, der mit der Selbstsicherheit eines eitlen Pfaus umherstolzierte, die Frauen, die ihn ständig anstarrten, und wieder Johnny, der Annie einfach links liegen ließ. Warum brach jetzt plötzlich die Verbitterung über sie herein, bloß weil Jared die Augen geschlossen hielt?

»Brauchst du etwas?«, fragte sie plötzlich, ohne die Möglichkeit in Betracht zu ziehen, dass Jared vielleicht schlief.

»Ich bin am Verhungern«, antwortete Jared und behielt die Augen dabei geschlossen.

»Ich frage eine Krankenschwester«, sagte sie.

Sie fragte das Krankenhauspersonal, ob Jared etwas essen durfte, dann fiel ihr ein, dass sie vergessen hatte, Lola anzurufen. Sie machte sich auf den Weg zum Münztelefon und ging gerade am Schwesternzimmer vorbei, als jemand ihren Namen rief.

»Madame Roland?«

Sie ging auf das Schwesternzimmer zu. »Ja, das bin ich«, sagte sie und nahm an, dass Lola vielleicht von sich aus angerufen hatte.

»Sie werden in der Notaufnahme gebraucht«, erklärte die Schwester.

»Aber wir kommen doch von dort«, erklärte Annie freundlich, fest entschlossen, sich mit dem Personal in diesem Stockwerk gut zu stellen. »Er wurde gerade hierher verlegt. Zimmer Nummer 402.«

Die Schwester sprach langsam, damit Annie die Tragweite ihrer Worte verstand. »Es geht hier um jemanden, der gerade eingeliefert wurde«, sagte sie. »Ein *neuer* Notfall.«

Plötzlich sah Annie es vor sich. Das Bild war klarer als alles, was sie sich bisher vorgestellt hatte. Sie sah einen ihrer Jungen, irgendeinen ihrer Jungen, es spielte keine Rolle, wer es tatsächlich war. Sein Schädel war gebrochen und die linke Seite seines Gesichts nur noch eine fleischige Masse aus zermalmten Knochen und verbranntem Fleisch. Als er eingeliefert wurde, war er bereits tot, genau wie Johnny. »Geht es um eines meiner Kinder?«, rief sie.

Die Schwester fuhr hoch, riss die Augen auf und antwortete, so schnell sie konnte: »Das haben sie nicht gesagt.« Sie deutete auf den Fahrstuhl. »Drei Stockwerke runter und dann rechts.«

Annie rannte durch den Flur und drückte den Fahrstuhlknopf, bevor sie es sich anders überlegte und die Metalltreppe nahm, um die drei Stockwerke hinunterzugelangen. Ihr Herz lag wie ein schwerer Felsbrocken in ihrer Brust, und ihr ganzer Körper prickelte vor Panik. Sie sah Maxence vor sich. Tot. Paul. Tot. Laurent. Tot. Alle drei. Tot.

Im Erdgeschoss angekommen, rannte sie sofort zum Empfangstresen der Notaufnahme und brüllte los. »Jemand hat nach mir gerufen. Annie. Annie Roland.«

Die diensthabende Krankenschwester erkannte sie und verdrehte die Augen. »Nicht die schon wieder«, sagte sie zu der hübschen Schwester.

»Na, heute ist ja wirklich ein aufregender Morgen für Sie«, sagte die Schwester lächelnd, und Annie erkannte sofort an ihrer lockeren Antwort, dass keiner ihrer Jungen in Gefahr war. Erleichterung brach über sie herein. Tränen liefen ihr über die Wangen, und sie dachte nicht einmal daran, sie fortzuwischen. Die Erleichterung erreichte ihren Höhepunkt, als sie erfuhr, dass einige Minuten zuvor eine *Demoiselle* auf einer Trage eingeliefert worden war. Nachdem sie aufgewacht war und erkannte hatte, wo sie war, hatte sie nach Annie gefragt. Die *Demoiselle* war Althea. Althea, die nur eine Straße vom Krankenhaus entfernt zusammengebrochen war, nachdem sie, wie in dem Bericht stand, einen Straßenmarkt besucht hatte und sich ausgerechnet dort beinahe vollständig ihrer Kleider entledigt hatte.

Annie betrat das Zimmer, und das Adrenalin schoss noch immer durch ihren Körper. Altheas Anblick brachte sie jedoch schnell auf den Boden der Realität zurück. Sie lag auf einer Krankenhauspritsche und sah so zerbrechlich und verletzlich aus wie ein frischgeschlüpftes Küken. Über eine Infusionskanüle floss eine durchsichtige Flüssigkeit in ihren Arm. Annie hatte sich bereits gefragt, warum sie Althea noch nie ohne Pullover oder Jacke gesehen hatte, doch nun wusste sie, warum. Der kurze, ärmellose Krankenhauskittel bedeckte sie kaum, und Annie wurde beinahe übel, als sie sah, wie unglaublich dünn Altheas Arme waren. Über dem Verband, der die Infusionsnadel fixierte, ragte ein spitzer Ellbogen hervor. Im Krankenzimmer stand bereits eine Krankenschwester, die so groß und stark war wie ein Holzfäller und gerade etwas in der Krankenakte notierte. Vielleicht hätte Annie Mitleid empfinden sollen, und vielleicht tat sie es sogar, doch vor allem fühlte sie sich betrogen und wütend. Vermutlich war es die Wirkung des Adrenalins, die gerade nachließ, aber sie hatte das Gefühl, als müsste sie Althea zu Tode prügeln. Lucas' Theorie, dass Jared wegen Althea begonnen hatte, Drogen zu nehmen, ergab nun einen Sinn. Jared und Althea waren zwei junge Leute, die noch so viel vor sich hatten und dennoch um negative Aufmerksamkeit heischten wie zwei Neunjährige. Sie hatte sie bei sich aufgenommen und versucht, sich um sie zu kümmern, und was hatte sie dafür bekommen? Die beiden taten so, als wäre sie schwierig, als wäre *sie* die Nervensäge.

»Was zur Hölle machst du hier?«, fragte sie kühl.

Die stämmige Krankenschwester trat auf Annie zu und verschränkte die Arme vor ihren riesigen Brüsten. *»Doucement«,* knurrte sie.

»Es war ein schlimmer Morgen«, erklärte sie der Schwester mit zusammengebissenen Zähnen, doch diese blieb weiterhin vor ihr stehen und schien nicht sehr überzeugt. »Ich schaffe das schon«, erklärte Annie, bevor die Krankenschwester endlich Einsicht zeigte und zur Seite trat. Sie ging um die Krankenschwester herum, setzte sich auf Altheas Bett und bemühte sich, entgegenkommend zu klingen. »Was ist passiert?«

Althea starrte sie abwesend an. »Jared?«

»Jared ist schon wieder auf den Beinen«, sagte sie. Altheas grüne Augen begann zu leuchten, und plötzlich tat sie Annie leid. »Es geht ihm gut«, erklärte sie weiter. »Das Koma war nicht von Dauer. Dieser verdammte Glückspilz. Er hat uns einen ganz schönen Schrecken eingejagt.« Sie rang sich ein Lächeln ab. »Er genießt gerade das Krankenhausessen, während wir uns hier unterhalten.«

Althea sagte nichts. Sie begann zu schluchzen, doch es flossen keine Tränen. Annie tätschelte widerstrebend ihre knochige Hand. »Aber, aber. Es geht doch allen gut«, sagte sie, doch Althea ging es absolut nicht gut, so viel stand fest. Altheas Arme, ihre

Schultern und ihre Brust sahen furchtbar aus. Das waren die Auswirkungen der Drogen auf ihren Körper. Altheas Anblick war ihr von Anfang an so furchtbar, so anders, so falsch erschienen, doch sie hatte es einfach nicht besser gewusst oder wollte es einfach nicht wahrhaben. »Jareds Ärzte wollen noch einige Tests machen und ihn für eine Weile hierbehalten. Und dann geht es sofort auf Entziehungskur, wenn ich dabei ein Wörtchen mitzureden hätte«, sagte sie. Sie suchte auf Altheas Unterarmen nach Einstichstellen. Aber wie sollte man das erkennen? Nicht alle Drogen wurden über Injektionsnadeln verabreicht. Hatte sie die Drogen irgendwo in ihrem Haus versteckt, bloß eine Schublade entfernt von ihren Jungen? Ein Teil ihres Gehirns überlegte bereits fieberhaft, wie sie Althea und Jared mit allen Mitteln aus ihrem Haus schaffen konnte.

Doch der andere Teil ihres Gehirns brüllte ihr ebenfalls etwas zu. Etwas, das sie nicht hören konnte. Gleichzeitig spürte sie eine furchtbare Leere in ihrer Brust. »Das war ein Warnsignal für euch beide«, sagte sie. »Ihr müsst beide auf Entzug.«

»Ich nehme keine Drogen«, flüsterte Althea.

Annie grinste. »Ja, na klar!«

»Keine Drogen«, sagte die Krankenschwester, die aussah wie ein Feldwebel. Sie las aus ihrer Krankenakte vor. »Dehydrierung und Erschöpfung, aber vor allem massive Unterernährung. Sie sieht aus, als käme sie direkt aus einem Konzentrationslager.«

Annie drehte sich zur Krankenschwester um und warf ihr einen tödlichen Blick zu, bevor sie sich wieder Althea zuwandte. Sie atmete tief ein, dann wiederholte sie: »Keine Drogen.« Sie begann, entsetzt zu stottern. »Aber mein Haus … ist wohl kaum ein Konzentrationslager!« Ihre Stimme brach, und sie versuchte, die Tränen zurückzuhalten, doch sie flossen unaufhaltsam.

»Sie wiegt nur noch vierzig Kilo«, fuhr die Krankenschwester fort.

»Ein klarer Fall von Anorexia nervosa. Und zwar ein ziemlich schlimmer. Das Mädchen hier ist sehr krank. Und das schon eine ganze Weile.«

»Ich dachte, du bist auf Diät. Ich wollte nicht …«, sagte Annie. Mittlerweile heulte sie und konnte nichts dagegen machen.

»Es ist nicht deine Schuld«, versuchte Althea sie mit erschöpfter Stimme zu beruhigen.

»Aber ich wusste, dass du nichts isst. Ich *wusste* es.«

»Es ist ganz alleine meine Schuld.«

»Ich habe es gesehen«, schluchzte Annie. »Ich habe es gesehen und dich nicht dazu gebracht, etwas zu essen.«

»So geht das nicht.«

»Ich … verstehe nicht«, schluchzte Annie, und ihre Schultern bebten.

»Ich auch nicht«, erwiderte Althea und schüttelte den Kopf. »Ich auch nicht.«

»Aber du hast es gewusst.«

Althea zögerte. »Irgendwie schon.«

Die beiden schwiegen eine Weile. Dann griff Annie nach Altheas Hand. »Es tut mir leid.«

»Aber Jared kommt wieder in Ordnung?«

Annie putzte sich die Nase. »Es hat sich herausgestellt, dass es bloß die Auswirkungen der Drogen waren. Er ist vermutlich der Gesündere von euch beiden.«

»Ich habe nachgedacht, und …«, Althea hielt inne und wandte den Blick ab. »Vielleicht sollte ich wieder nach Hause zurück.«

»Sicher, natürlich!« Annie sprang auf. »Ich bringe dich jetzt sofort nach Hause. Lass uns von hier verschwinden.«

»Sie muss hier im Krankenhaus bleiben«, mischte sich die Krankenschwester ein, die offensichtlich sadistisch veranlagt war und keinen Augenblick des Gespräches versäumen wollte.

»Ich meinte, ich sollte *nach Hause*. Nach Amerika.«

Annie ließ sich wieder auf das Bett sinken. Sie wusste, was sie als Nächstes sagen würde, genauso, wie sie wusste, dass sie es noch bereuen würde. »Dein Zuhause ist jetzt hier«, erklärte sie mit fester Stimme und ruhigem Blick. »Wir sind deine Familie. Wir haben unsere Probleme, das ja, aber wir sind trotzdem eine Familie.«

»Ich habe Angst davor, zu meiner Mutter zurückzukehren. Ich glaube nicht, dass ich dort wieder gesund werden würde.«

Annie dachte bei sich, dass sie sich gerade in eine furchtbare Lage manövrierte, doch manche Dinge mussten einfach getan werden und konnten nicht mehr ungeschehen gemacht werden. Und manche Worte mussten einfach ausgesprochen werden und konnten nicht wieder zurückgenommen werden. Also versuchte sie es mit einem Scherz. »Nun, ich bin zwar viel zu jung, aber du kannst mich ab sofort als deine einstweilige, wenn auch etwas gestörte Mutter betrachten.«

Althea sah sie mit klaren Augen an, die hoffnungsvoll leuchteten. »Danke«, sagte sie.

Lola saß alleine zu Hause und dachte daran, dass Jareds Gehirn mit jeder Minute, die verstrich, vielleicht irreparable Schäden davontrug. Sie konnte bloß noch für ihn beten. Sie ließ heißes Wasser in die Badewanne ein und gab ein wenig Schaumbad hinzu, dann trug sie einige Kerzen ins Badezimmer und entzündete sie eine nach der anderen für Jared, während sie Gebete auf Sanskrit dazu sprach. Sie stellte die Kerzen um die Badewanne herum auf, legte das Telefon auf das Waschbecken, zog sich aus und stieg in das dampfende Wasser. Während sie im Wasser trieb, konzentrierte sie sich auf ihre Atmung und stellte sich vor, wie Jared sich wieder erholte, indem sie sich auf die Farben Blau und Grün fokussierte und ihm heilende Gedanken schickte. Ihre Hände trieben auf der Wasseroberfläche. Sie hob sie aus dem Wasser und betrachtete ihre Nägel, die nun von der Tyrannei des Acryls befreit waren. Die krankhaft aussehenden Stummel auf ihren Fingerspitzen waren bloß noch eine unangenehme Erinnerung, und mittlerweile waren ihre Nägel kurz, sauber und echt.

Sie fragte sich, warum sie das Bedürfnis gehabt hatte, für Mark perfekt auszusehen. Hatte er tatsächlich danach verlangt? Nun entsprach sie ihrer eigenen Vorstellung einer perfekten Frau jedenfalls nicht mehr. Nachdem sie einige Monate lang Annies Essen genossen hatte, hatte sie mindestens fünf Kilo zugenommen – fünf Kilo, die Lola gebraucht hatte, damit sich ihr Körper wieder normal und real anfühlte.

Real war das Wort, das ihr immer wieder in den Sinn kam. Real im Gegensatz zu *perfekt*.

Annie hatte ihr geholfen, die Reste ihrer gefärbten schwarzen Haare abzuschneiden, und ohne die Farbe, die ihren Haaren scheinbar zusätzliches Gewicht verliehen hatte, wuchsen sie nun wie Heu in alle Richtungen. Es war interessant, wie sich ihr Gesicht ohne die künstlichen Verschönerungsmaßnahmen wieder zu dem androgynen Abbild ihrer Jugendtage zurückentwickelt hatte. Die feinen Falten um ihre Augen und um den Mund waren immer noch da, doch sie störten sie nicht länger. »Falten verleihen einem Menschen Charme«, hatte Annie gesagt. Ihr Gesicht war nun runder, und auch ihre Augenbrauen waren mittlerweile blond, was ihr Gesicht weicher wirken ließ. Sie sah nun vielleicht durchschnittlicher aus, aber auf alle Fälle auch sehr viel entspannter. Es gab wenig an ihrem früheren Aussehen, dem sie nachtrauerte. Sie gefiel sich so, wie sie jetzt war. Aber würde sie Mark ebenfalls gefallen?

Doch nicht nur ihr Aussehen hatte sich verändert. Sie *fühlte* sich auch anders. Hier in Paris fühlte sie sich fähiger, zentrierter, stärker, unabhängiger. Vielleicht hatte es etwas damit zu tun, dass sie im reifen Alter von neununddreißig noch einmal sexuelle Ekstase erlebte. Mit einem Mann, der offensichtlich bloß aus einem Grund vom Himmel herabgestiegen war, nämlich um ihr Freude zu bereiten.

Und das würde Mark sicher auch nicht gefallen.

Nachdem sie aus der Wanne gestiegen war, blieb sie noch in dem dampfenden Badezimmer, um sich abzutrocknen, und stahl ein wenig von Annies *Chanel N° 5 Crème pour le Corps,* die diese erst am Vortag gekauft hatte, als alles noch in Ordnung gewesen war, als es noch akzeptabel gewesen war, sich frivol zu fühlen. Sie schlüpfte in ihre lavendelfarbenen Lieblingsleggins und ein dazu passendes T-Shirt. Ihre Garderobe bestand mittlerweile nur noch aus Klamotten, die sie auch im Lotussitz tragen konnte. Sie schlüpfte gerade in ihre Strümpfe, als das Telefon klingelte.

»Jared kommt wieder in Ordnung«, erklärte Annie schnell. »Es tut mir leid, dass ich dich nicht schon früher angerufen habe. Er ist vor etwa einer Stunde aus dem Koma aufgewacht, aber hier tut sich ein Problem nach dem anderen auf.«

Lola spürte, wie die Anspannung in ihrem Rücken nachließ. »Wie geht es ihm?«

»Sie machen einige Tests, aber es sieht bis jetzt ganz gut aus.« Annie klang erschöpft. »Du wirst es nicht glauben, aber die Frage ist momentan nicht, wie es ihm geht, sondern *ihr.*«

»Wem?«

»Althea«, erwiderte Annie schwach. »Sie liegt ebenfalls im Krankenhaus. Ich glaube, die Aufregung um Jared hat das Fass wohl zum Überlaufen gebracht. Hör zu«, sie hielt kurz inne, bevor sie weitersprach. »Der Arzt meinte, dass Althea es nicht mehr lange geschafft hätte. Sie ist auf einer Straße in der Nähe des Krankenhauses zusammengebrochen. Sie meinten, sie hätten kaum je einen schwereren Fall von Dehydrierung gesehen. Außerdem ist sie unterernährt. Lola, ich …«

»Das ist die Magersucht. So etwas musste früher oder später passieren. Das haben wir doch geahnt.«

»Das haben wir eben nicht geahnt! Ich habe es ganz sicher nicht geahnt!«, rief Annie. »Ich wusste nichts von alldem.«

»Ich habe wohl schon öfter gesehen, wohin Magersucht führen kann. Es gibt kaum etwas, was man dagegen unternehmen kann.«

»Es gab Unmengen von Dingen, die wir hätten unternehmen können«, rief Annie. »Und noch mehr, was wir hätten unternehmen sollen.«

Es folgte ein langes Schweigen. »Du hast recht«, erklärte Annie schließlich. »Ich *wusste*, dass sie unter einer Essstörung leidet. Aber wie konnte ich wissentlich zulassen, dass sie sich das antut?«

Lola suchte nach den richtigen Worten. Es war ein schwerer Tag gewesen. Annie tat so, als wäre sie hart wie Granit, dabei war sie butterweich.

Am anderen Ende der Leitung putzte sich Annie gerade die Nase.

»Ich war zu sehr mit meinem eigenen Scheiß beschäftigt«, sagte Annie.

»Denk doch einmal an all die Dinge, um die du dich kümmern musst. Jared und Althea sind erwachsene Menschen. Wir werden ihr helfen. Ich weiß zwar nicht, wie, aber wir werden ihr helfen, und sie wird wieder gesund. Ich kenne Unmengen von Leuten mit Magers…«

»Die gute Nachricht ist jedoch«, unterbrach Annie sie, »dass Lucas und ich die Nacht miteinander verbracht haben!«

»Ihr beide habt heute Morgen tatsächlich ziemlich verdächtig gewirkt.« Sie hörte Annie kichern und war erneut erstaunt über deren Fähigkeit, Freude zu empfinden, sich von den negativen

Emotionen einfach abzuwenden oder aber sich ganz auf sie einzulassen. »Wie ist es dazu gekommen? Wie war es?«

»Ich muss dir so viel erzählen. Aber die Lage hier ist ein wenig angespannt. Lucas ist gerade gekommen. Er wirkt verwirrt und beschämt, und du solltest mich einmal sehen. Wie auch immer, wir haben den ganzen Vormittag damit verbracht, zwischen Jared und Althea hin und her zu laufen, es gab ein Problem nach dem anderen, und wir haben noch kein Wort zu dem Thema verloren.«

»Das ist so romantisch!«

»In unserem Fall war es durch und durch pornographisch.«

»Noch besser.«

»Ich möchte hier im Krankenhaus bei Althea bleiben. Ich habe ihr gesagt, dass ich hierbleiben werde.«

»Kein Problem. Ich hole die Kinder um vier von der Schule ab und besuche Jared und Althea dann später. Ich freue mich so für dich und Lucas.« Sie wurde von einem lauten Klopfen an der Eingangstür unterbrochen. »Warte«, sagte sie. »Da ist jemand an der Tür. Erwartest du ein Paket?« Lola klemmte sich das Telefon zwischen Ohr und Schulter und lief die Treppe hinunter. »Wir helfen Jared und Althea wieder auf die Beine, und dann sind alle wieder glücklich, du wirst schon sehen.« Sie brauchte beide Hände, um die Eingangstür zu öffnen, und drückte das Telefon fest an ihre Wange. »Und jetzt erzähl mir von deiner wilden Nacht«, sagte sie kichernd, während sie mit aller Kraft an der Haustür rüttelte. »Erzähl mir all die schmutzigen …« Lola blickte zur offenen Tür hinaus, und ihr Körper verwandelte sich zu Stein.

Annies Stimme drang an ihr Ohr. »Lola?«

Aber Lola konnte nicht mehr sprechen. Sie hörte nur noch leise Annies Stimme am anderen Ende der Leitung. *»Lola? Was ist los?«*

»Ich … ich muss jetzt auflegen«, war alles, was Lola gerade noch hervorbrachte.

Am anderen Ende der Leitung begann Annie zu schreien: »*Was ist da los? Wer steht da gerade vor der verdammten Tür? Rede mit mir!*«
Lola hatte vergessen, wie groß er war. So groß, dass sie zu ihm aufsehen musste, wenn er vor ihr stand. »Annie … es ist mein Mann«, sagte sie. »Mark. Er ist hier … *Mark* … Wie bist du …? Annie, ich muss jetzt auflegen«, stotterte sie, bevor sie die Verbindung unterbrach.

Jared versuchte, seinen Arm zu heben, doch er hing noch am Infusionsschlauch, weshalb er ihn wieder sinken ließ. Seine Stimme klang schwach. Lucas musste sich zu ihm hinunterbeugen, um zu verstehen, was er ihm gerade erklären wollte. »Es hat eines zum anderen geführt«, sagte Jared.
Lucas beschloss, einfach zu fragen: »Hast du es absichtlich getan?«
»Was?«
»Die Überdosis, Jared. Wolltest du dich umbringen?«
»Ich hatte einen schlechten Tag.«
»Einen schlechten Tag!«, fuhr Lucas ihn an, und Jared schloss die Augen. Lucas bemühte sich, sich wieder zu beruhigen, und sprach flüsternd weiter. »Was genau ist denn passiert?«
»Na ja, da war diese … Sache mit Althea. Ich habe viel zu viel getrunken und dann noch etwas Koks genommen und noch ein wenig anderes Zeug, das irgendwie in meine Hände gelangt ist. Ich weiß für gewöhnlich, wann ich aufhören muss. Ich hab es vermasselt.«
»Wer hat dich dazu gebracht, Drogen zu nehmen? Althea?«
»Glaub mir, ich schaffe es ganz alleine, mich in Schwierigkeiten zu bringen.«
»Aber warum?«
»Du weiß ja, wie das so ist.«

»Nein, ich habe nicht die geringste Ahnung, wie das so ist, Jared.« Lucas rieb sich die Augen. »Erklär es mir.«
»Nach Mums Tod war es wohl eine Art Lernprozess. Aber ich bin kein Junkie.«
Lucas schnürte es die Kehle zu. »Das hätte deine Mutter nicht gewollt.«
»Mum ist tot.« Jared wandte den Blick ab. »Das ist nun mal eine Tatsache. Das hier geht nur mich etwas an. Ich bin niemandem Rechenschaft schuldig.«
Lucas drückte Jareds Arm. »Doch, du bist mittlerweile einer Menge Menschen Rechenschaft schuldig. Du hättest sterben können.«
»Hör zu, es ist ja nicht so, dass ich unbedingt sterben möchte, aber welchen Unterschied macht es, ob ich jetzt sterbe oder später?«
»Dein Vater ist früh gestorben, und ich glaube, es machte einen sehr großen Unterschied für die Menschen, die ihn geliebt und sich auf ihn verlassen haben.«
Jared schwieg, und eine Zeitlang sagten beide kein Wort. Lucas brachte es nicht über sich, ihm zu gestehen, wie nahe ihm das alles ging. Und es wäre auch nicht angebracht gewesen, Jared zu erklären, dass er sich keinen schlechteren Zeitpunkt hätte aussuchen können. Lucas' Schultern wurden schwer. Annie und er hatten noch keine Zeit gefunden, über ihre gemeinsame Nacht zu sprechen, und er hatte das Gefühl, dass Annie ihm aus dem Weg ging. »Jared, das hier zieht bereits Konsequenzen nach sich. Althea ist … ihr geht es im Moment nicht so gut. Hör zu, es fällt mir schwer, dir das zu sagen, aber sie ist auf der Straße zusammengebrochen. Sie liegt in der Notaufnahme.«
Jared ballte die Hand zur Faust, aber er war zu schwach, um noch einen weiteren Muskel zu bewegen. »Was ist passiert?«, fragte er leise.

Lucas wollte nicht näher darauf eingehen. »Das … wissen wir noch nicht. Wir warten noch auf Neuigkeiten.«

»Hör zu«, sagte Jared. »Ich bin nicht drogenabhängig.«

»Noch nicht.«

»Das stimmt. Noch nicht.«

Lucas wurde von einem Gefühl der Trauer überwältigt. »Ich helfe dir da raus, Jared. Das weißt du doch?«

»Ja, ich weiß. Danke.«

Annie steckte den Kopf zur Tür herein und hüstelte. »Lucas, darf ich dich einen Moment lang entführen?«

»Geht es Althea gut?«, fragte Jared schwach. Er war kreidebleich.

»Ihr Zustand ist stabil. Sie haben ihr ein Schlafmittel verabreicht, während sie sie mit Flüssigkeit und anderen Dingen versorgen, die ihr Körper braucht. Im Moment geht es ihr gut. Lucas, kommst du bitte einen Augenblick lang mit nach draußen?«

Sobald sie im Flur standen, flüsterte Annie aufgeregt. »Du wirst es nicht glauben. Jetzt ist die Kacke wirklich am Dampfen! Lolas *Ehemann* ist wieder aufgetaucht. Er ist hier, in meinem Haus!«

Lucas hob anerkennend die Augenbraue. »Na endlich! Warum hat das so lange gedauert?«

»Was um alles in der Welt meinst du damit? Es ist ein vollkommenes Chaos! Sie kann sich ihm nicht alleine stellen. Sie kann sich so gut verteidigen wie ein neugeborenes Kätzchen. Ich muss sofort nach Hause. Kannst du Jared und Althea im Auge behalten? Ich fahre nach Hause, um zu sehen, ob Lola meine Hilfe benötigt, und …« Annie riss die Augen auf. »Die Kinder! Das hat uns jetzt gerade noch gefehlt.«

Lucas sah sie an und wartete darauf, was als Nächstes kommen würde. Dann dämmerte es ihm. »Was soll ich tun?«, fragte er resigniert.

»Hol die Kinder um vier von der Schule ab und geh mit ihnen zur

Kinderkrippe, um Simon abzuholen. Die Kinder werden dir schon sagen, wo genau du hinmusst. Und egal, was passiert, *bring sie auf keinen Fall nach Hause.*«

»*Vraiment?* Und wo soll ich sie deiner Meinung nach sonst hinbringen?«

»Ich weiß nicht. Zu dir?«

»Alle fünf? *Je ne peux pas.*« Seine Mutlosigkeit war ihm wohl anzusehen, denn Annie blickte ihm direkt in die Augen.

»Du schuldest mir etwas«, flüsterte sie. »Oder habe ich dir etwa nicht gerade zu der unvergesslichsten Nacht deines Lebens verholfen?« Sie strahlte ihn an.

»Moment mal«, erwiderte Lucas, und seine Laune stieg sprunghaft. Er versuchte, extrem beleidigt zu klingen. »Ich dachte, ich hätte *dir* zu der …«

Doch Annie eilte bereits davon.

26

Mark stand in der Tür und lächelte zwar nicht gerade, sah aber auch nicht wirklich wütend aus. Er war glatt rasiert und schien seine Klamotten mit äußerster Sorgfalt ausgewählt zu haben. Hatte er nur seine kleine Hermès-Tasche dabei, die er für gewöhnlich im Gepäckfach über seinem Platz in der ersten Klasse verstaute? Hatte er ihren Rückflug bereits gebucht? Hatte er vor, bloß die Kinder mitzunehmen und sie in Paris zurückzulassen? Sie suchte instinktiv nach Anzeichen, dass er seinen Ärger gerade noch im Zaum halten konnte, nach einer Anspannung in seinem Kiefer, nach dem kalten Leuchten in seinen Augen, doch eigentlich sah er bloß erschöpft aus. Das war ein Anblick, den sie nicht gewohnt war, und sie schob es auf den Jetlag. Seltsamerweise wirkte er nicht siegessicher, sondern eher froh, sie zu sehen. Ihr Herz klopfte bis zum Hals.

»Willst du mich nicht reinlassen?«, sagte Mark, und es klang nicht wie eine Frage.

Lola trat langsam aus der Tür, um ihn vorbeizulassen. Plötzlich wurde ihr bewusst, wie absurd die Situation war. Sie hatte sich immer wieder sehr genau vorgestellt, wie Mark nach ihr suchte, trotzdem war sie vollkommen unvorbereitet auf den Moment gewesen, in dem er sie schließlich fand.

Sie folgte ihm ins Haus und konnte keinen klaren Gedanken fassen. Er stand im Flur und betrachtete die Sammlung kleiner, alter Spiegel in allen möglichen Formen und die gelben Wände mit den naiv anmutenden Sonnen. Er wartete, bis ihr der Gedanke kam, ihn wohl besser ins Wohnzimmer zu bitten. Sofort sah sie das Haus mit seinen Augen. Das Wohnzimmer war zu dunkel, zu überladen mit Antiquitäten und Samtgardinen, zu provinziell französisch. »Möchtest du etwas trinken?«, fragte sie. Ob er sie um einen Drink bitten und welcher Drink es sein würde, der Klang seiner Stimme – das alles waren versteckte Zeichen, die sie verzweifelt zu deuten versuchte. Sie starrte an die Wand und wünschte sich Annies Stärke und gesunden Menschenverstand herbei. Sie selbst hatte diese Eigenschaften verloren.

Mark wanderte durchs Wohnzimmer und ließ sich Zeit dabei. Er betrachtete die Einrichtung mit einer Distanz, die sowohl körperlich als auch emotional zu sein schien, als besuchte er gerade ein zweitklassiges Museum. Er berührte nichts, und dafür war sie dankbar, denn es wäre für sie einem Eindringen in Annies Welt gleichgekommen. Sie wünschte sich sehnlichst, sie hätte ihn nicht hereingelassen. Es war furchtbar, wie sehr sie seine unausgesprochene Missbilligung bereits jetzt belastete. Er wandte sich zu ihr um und starrte sie an. Dann schüttelte er amüsiert den Kopf. »Du siehst fremd aus.«

Es klang weder wie eine Kritik noch wie ein Kompliment. Sie war sich ihrer selbst plötzlich furchtbar bewusst. »Ich hoffe, das da ist eine Perücke«, sagte er und deutete auf ihre Haare. Sie spürte, wie sich Erleichterung in ihr breitmachte, und lächelte. Das war seine Art von Humor. Sie fuhr sich durch ihre mittlerweile blonden Haare. »Ich habe sie auswachsen lassen. Das hier ist meine richtige Haarfarbe.«

»Wer lebt sonst noch hier?«, fragte Mark.

»Nun, zunächst einmal Annie, sie ist eine ... gute Freundin, und ihre drei Söhne, Maxence, Paul und ...«

»Irgendwelche Kerle?«

Sie wollte schon versuchen, sich irgendwie aus der Sache herauszureden, als sie sich an etwas erinnerte, das Annie einmal zu ihr gesagt hatte. *»Du schuldest ihm keine Erklärung. Denk immer daran, dass* er *der Mistkerl ist und nicht du.«* Also tat Lola etwas, das gar nicht zu ihr passte. Sie antwortete mit einer Gegenfrage und ahmte dabei seinen Tonfall nach.

»Wohnen denn in *deinem* Haus irgendwelche Frauen?«

Sie hatte das Wort »deinem« spontan gewählt, und es fühlte sich gut an. Mark ignorierte die Frage und sah sich weiter um. Ihre Schultern waren mittlerweile hart und schwer wie Stein, und ihr Mund fühlte sich wund an, so fest biss sie die Zähne zusammen. Sie schaffte es, genug Abstand zu der Situation herzustellen, um zu verstehen, dass ihr Körper sich bereits auf Marks Ausbruch vorbereitete.

Noch hatte sich Mark unter Kontrolle, doch die Explosion stand kurz bevor, denn so war es immer schon gewesen. In ihr regte sich etwas. Wut und Entschlossenheit. Das war doch keine Art zu leben, sich ständig wie auf Eierschalen zu bewegen, immer voller Angst vor dieser tickenden menschlichen Zeitbombe.

»Welches Geld hast du benutzt?«, fragte Mark sanft. »Du hast dein Konto nicht angerührt.«

Als sie vorhin mit Annie telefoniert hatte, hätte sie ihre Freundin am liebsten schreiend um Hilfe angefleht, doch nachdem Mark bereits vor ihr gestanden hatte, war das unmöglich gewesen. Also stellte sie sich einfach vor, dass Annie bei ihr war und ihr Kraft gab.

»Ich habe meine eigenen Ersparnisse. Aus der Zeit vor uns.«

»Kluges Mädchen«, sagte er. »Du hattest die ganze Zeit über ein geheimes Konto? Ich wusste gar nicht, dass du so eine Geheimnistuerin bist.«

Irgendetwas war anders an ihm, aber sie konnte nicht genau sagen, was es war. Er schien … nicht *demütig*, nein, das nicht gerade, aber doch weniger selbstsicher und gereizt. Sie fragte sich, ob er womöglich krank war.

»Ich dachte, ich würde dich kennen, aber da habe ich mich wohl geirrt«, fuhr er fort.

»Möchtest du dich nicht setzen?«, fragte sie und beobachtete überrascht, wie er sich sofort auf die Couch sinken ließ, als hätte er bloß auf ihre Erlaubnis gewartet. Er schlug die Beine übereinander, so dass ein Fuß auf dem anderen Knie lag, und breitete die Arme zu beiden Seiten der Couch aus. Sie kannte seine Körpersprache und hatte gelernt, auf die kleinsten Signale zu reagieren. Mark versuchte gerade, entspannt zu wirken, obwohl sein Körper ihr deutlich zu verstehen gab, dass er es absolut nicht war. »Okay«, sagte er und versuchte zu lächeln, »also, was hast du jetzt vor, nachdem ich schon mal hier bin?«

Sie hatte das hier schon Hunderte Male erlebt – er ließ sein Gegenüber reden, sich in Widersprüche verstricken, emotional wer-

den. Er würde nichts von sich selbst oder seinen Wünschen preisgeben, bis er die Situation vollkommen unter Kontrolle hatte. »Wissen ist Macht«, sagte er immer. Doch sie musste ihm nicht in die Falle gehen. Sie musste bloß das Gegenteil von dem tun, was sie sonst immer getan hatte. Keine Entschuldigungen, keine oberflächlichen Erklärungen, keine mitleiderregenden Gefühlsausbrüche. Anstatt sich also zu setzen, verschränkte sie die Arme und erwiderte relativ entschieden und so emotionslos wie möglich: »Sag *du* mir doch, wie es weitergehen soll.«
Mark betrachtete Lola amüsiert von oben bis unten. »Was hat dir denn an deinen Haaren nicht gefallen? Hast du es gemacht, damit man dich nicht erkennt? Versuchst du, eine andere Identität anzunehmen?« Sein Lachen war etwas zu laut. Sie wollte ihm erklären, dass das hier ihr wahres Ich war, dass die Identität, die sie angenommen hatte, als sie mit ihm zusammen war, falsch gewesen war. Sie merkte, dass er ihrem Blick zur Uhr folgte. Bereits in ein paar Stunden musste sie die Kinder von der Schule abholen. Wie auf ein Stichwort hin fragte Mark: »Wo sind die Kinder? Sind sie hier?«
Er würde ihr die Kinder wegnehmen! Und er hatte jedes Recht dazu. Er hatte zwar sie gefunden, aber sie konnte noch immer die Kinder vor ihm verstecken. Panik ergriff von ihr Besitz, und sie verlor langsam die Kontrolle. Den Anfang machten die Tränen, die langsam ihre Kehle hochstiegen.
»Ich will sie sehen«, sagte Mark.
Sie stand kurz davor, wie eine Fünfjährige in Tränen auszubrechen, als sie plötzlich ein unverwechselbares Geräusch hörte. Jemand kämpfte mit der Haustür, drückte sie auf und ließ die schwere Holztür schließlich wieder ins Schloss fallen.
Mark, der noch immer auf der Couch saß, sah sie fragend an. Die darauffolgende Situation wirkte beinahe komisch. Annie platzte

ins Zimmer. Ihre Haare standen zu Berge, und sie schien gerannt zu sein.
»Hallööööchen!«, sagte sie keuchend. Dann ging sie, ohne im Geringsten überrascht zu wirken, direkt auf Mark zu. »Ich bin Annie. Und das hier ist mein Haus«, schnaubte sie und streckte ihm ihre Hand entgegen.
Mark erhob sich langsam von der Couch und trat ihr gegenüber. Er war etwa dreißig Zentimeter größer als Annie, doch auf Lola wirkte Annie wie ein Fels in der Brandung. Eine scheinbare Ewigkeit lang weigerte sich Mark, Annies Hand zu schütteln, die sie ihm immer noch entgegenstreckte. Als er sie schließlich doch schüttelte, wirkte es auf Lola, als hätte Annie einen Etappensieg errungen. Sie hatte Mark dazu gebracht, etwas zu tun, was er eigentlich nicht wollte!
Doch Lolas Hochgefühl war nicht von Dauer. Statt Annie anzusehen und mit ihr zu sprechen, wandte er sich wieder an Lola und fragte: »Wo sind die Kinder?«
»Sie haben sich noch nicht vorgestellt«, sagte Annie in einem aggressiven Tonfall. Sie stand noch immer vor ihm und hatte die Hände in die Hüften gestemmt.
»Annie, das ist mein Mann Mark ...«
Annie warf Lola einen Blick zu, der sie sofort zum Schweigen brachte.
»Lola, ich möchte Lia und Simon sehen«, sagte Mark. Er wirkte langsam beunruhigt.
»Da haben Sie Pech«, erklärte Annie. »Die Kinder sind nicht in der Stadt.« Lola wusste, dass sie bloß bluffte, dennoch war sie unsinnigerweise erleichtert. »Wie ich schon sagte«, fuhr Annie fort, »ist das hier mein Haus. Und soviel ich weiß, gibt es keinen Grund, warum Sie hier nicht willkommen sein sollten, aber das kann sich schnell ändern.«

»Lola«, presste Mark hervor. »Ich muss unter vier Augen mit dir sprechen.«
Annie wandte sich an Lola, die mittlerweile starr vor Angst war. »Lola, willst du mit diesem Mann unter vier Augen sprechen?«
»Eigentlich nicht«, erwiderte Lola und meinte es auch so.
»Gut«, fuhr Annie fort. »In diesem Fall werde ich bei eurem Gespräch als Vermittlerin anwesend bleiben.«
»Sie träumen wohl«, schmunzelte Mark.
Annie ging auf Mark zu. Bildete sich Lola das nur ein, oder wich Mark tatsächlich ein klein wenig vor ihr zurück? »Dann gehen Sie jetzt wohl besser«, sagte sie. »Oder soll ich die Polizei rufen?«
Mark stieß ein lautes, freundliches Lachen aus und hob beide Hände, wie um sich zu ergeben. »In Ordnung, meine Damen. Lasst uns das friedlich regeln.«
Lolas Gesicht hellte sich vor Erleichterung auf. Annie blieb hingegen weiterhin unnachgiebig, und ihr war scheinbar nicht zum Lachen zumute. »Wollen Sie damit sagen, dass Sie mit mir als Vermittlerin einverstanden sind?«
Mark lächelte sie noch immer strahlend an. »In Ordnung, in Ordnung … was auch immer. Lola, wo hast du denn deine Freundin hier eigentlich aufgegabelt? Ihr beiden Mädels macht mich fertig.«
Lola fiel auf, dass er die Zähne zusammenbiss, doch jeden anderen konnte er damit sicher hinters Licht führen. Zum Glück ließ Annie sich ebenso wenig beeindrucken. Sie hatte genug gehört, um zu wissen, wozu Mark fähig war. Lola ertappte sich dabei, dass sie sich wünschte, Mark würde die Nerven verlieren und einen seiner typischen Wutausbrüche bekommen, damit sie sich bestätigt fühlen konnte. Dann würde Annie sehen, wie furchteinflößend Mark war, und sie hätte eine Entschuldigung für ihre Lügen. Für jede einzelne.

Doch im Moment schien Annie ganz und gar nicht eingeschüchtert. Sie führte Mark in die Küche und bestand darauf, dass er und Lola sich am Küchentisch einander gegenüber hinsetzten. Mark wirkte in Annies Küche, die noch vor kurzem voller Kinder, Müslipackungen und Becher mit heißem Kakao gewesen war, noch deplazierter. Er muss diese Küche doch einfach lieben, dachte Lola bei sich. Jeder liebte Annies Küche. Sie war so französisch, so idyllisch. Doch die Tatsache, dass sie vom Wohnzimmer in die Küche übergesiedelt waren, änderte nichts daran, dass die Zeit unaufhaltsam verging. Die Küchenuhr war ebenso erbarmungslos genau wie die Uhr im Wohnzimmer. Sie bekam immer schwerer Luft. Also hörte sie auf, ständig auf die Uhr zu sehen, und verließ sich einfach voll und ganz auf Annie, während sie darauf wartete, dass jemand den nächsten Schritt machte. Lola und Mark schwiegen, während Annie ihre wirren Haare mit den Händen glatt strich, würdevoll einige Krümel, die noch vom Frühstück übrig geblieben waren, vom Tisch fegte und schließlich die Kaffeemaschine anmachte. Dann öffnete sie die Glastür hinaus in den Garten. Vogelgezwitscher und warme Sommerluft drangen in die Küche. Irgendwo spielte jemand Klavier, ein fröhliches Stück, vielleicht Vivaldi.
»Ich hole mir nur etwas zum Schreiben«, erklärte Annie. Sie verließ die Küche, und Lola und Mark saßen einander schweigend gegenüber. Lola betrachtete ihre Hände und überlegte, wie sanftmütig Mark doch gerade in diesem Augenblick wirkte, während er sich in der Küche umsah und mit dem Stuhl vor und zurück wippte. Eine Minute später kam Annie mit einem Block und einem Stift wieder. Sie ließ sich gegenüber von Mark und neben Lola nieder. Annie war ganz in ihrem Element, in ihrer Küche, in ihrem Haus. Die Sonne und der Geruch nach Kaffee durchfluteten die Küche wie ein Versprechen auf bessere Zeiten.

»Dann fangen wir am besten mal an, oder?«, sagte Annie. »Ach, und Mark. Könnten Sie bitte aufhören, mit dem Stuhl zu wippen? Er ist schon etwas älter, und womöglich landen Sie noch auf dem Hintern.«
Mark hielt inne. Lola sah verzweifelt auf die Uhr. Es war drei Uhr fünfundvierzig. Die Kinder! Sie warf einen panischen Blick auf Annie, die mit den Lippen dezent ein einziges Wort formte. »Lucas.«

Ein unglaublich heller Sonnenstrahl fiel durch einen Spalt zwischen den Gardinen in Altheas Krankenzimmer. Das Licht drang bis in den Schlaf zu ihr hindurch, und sie erwachte widerwillig. Sie hob einen Arm, bewegte ihre Zehen und bemerkte überrascht, dass sie reagierten. Erschöpft ließ sie den Arm wieder sinken. Ihr Kopf tat höllisch weh, und sie hatte das Gefühl, als wäre ihr Gehirn zu groß für ihren Schädel. Sie schaffte es kaum, die Augen zu öffnen.
Die furchteinflößende Krankenschwester, die Annie zum Weinen gebracht hatte, stürzte ins Zimmer und erklärte lautstark:
»Sieh an, Dornröschen ist aufgewacht!«
Althea hatte das Gefühl, sich entschuldigen zu müssen. »Ich kann jetzt nach Hause. Es tut mir leid.«
»Was tut Ihnen leid?«
»Mir geht es gut. Ich muss bloß pinkeln.«
Die Krankenschwester kam auf sie zu. »Sie müssen *nicht* pinkeln. Sie sind an einen Katheter angeschlossen. Daher das unangenehme Gefühl.«
Entsetzt stellte sich Althea vor, was das zu bedeuten hatte.
»Wie auch immer«, fuhr die Schwester fort, ohne sie anzusehen. »Sie gehen nirgendwohin.«
»Ich verstehe nicht.«

Die Krankenschwester zuckte mit den Schultern und sah sie mit kalten Augen an. »Ja, *wenn* hier jemand etwas nicht versteht, dann sind Sie das.« Dann verschwand sie.

Die pochenden Kopfschmerzen überlagerten eine Zeitlang alle Gedanken, doch Althea hatte weder die Kraft noch den Mut, die Schwester um ein Schmerzmittel zu bitten.

Bald darauf betrat ein Arzt das Zimmer. Er war groß und schwarz und trug einen weißen Laborkittel. Ihm folgte eine elegant gekleidete, etwa sechzigjährige, rundliche Frau. Die Frau war so klein, wie der Arzt groß war, und so blass wie er dunkelhäutig. Sie trug einen teuren, perfekt sitzenden grauen Anzug, der nicht in ein Krankenzimmer zu passen schien. Sowohl der Arzt als auch die Frau sahen sie ruhig und freundlich an. Der Arzt fühlte ihren Puls und sprach mit einem leichten afrikanischen Akzent. »Wie fühlen Sie sich?«

»Ich habe furchtbare Kopfschmerzen«, wimmerte Althea und brach beinahe in Tränen aus. Der Arzt rief die Krankenschwester über die Gegensprechanlage zu sich und bat um eine weitere Infusion für Althea. Die Schwester betrat mit einer Ampulle in der Hand den Raum, und ihr Gesicht hellte sich auf, als sie die ältere Frau sah. Die beiden unterhielten sich auf Französisch über ihre Enkelkinder, während der Arzt Althea untersuchte und immer wieder innehielt, um sich Notizen zu machen. Altheas Kopf pochte. Die Krankenschwester spritzte den Inhalt der Ampulle in den Infusionsbeutel und verließ den Raum. Der Arzt schrieb etwas in die Akte, und die rundliche kleine Frau zog einen Stuhl an Altheas Bett heran. »Hallo, mein Kind. Mein Name ist Madame Defloret.« Dann erklärte sie, was offensichtlich war. »Und ich spreche Englisch.«

»Gut«, flüsterte Althea. Sie war froh, dass nun sie die Aufmerksamkeit dieser Fremden genießen konnte. Es hatte so ausgesehen, als hätte sich die unfreundliche Krankenschwester gerne mit ihr unterhalten.

Die Frau nahm Altheas Hand. »Ich werde Ihnen jetzt erklären, was gerade vor sich geht und wie wir uns die weitere Vorgehensweise vorstellen. Und dann bestimmen Sie, ob Sie dem allen zustimmen.« Madame Deflorets Stimme wurde immer sanfter. Althea spürte, wie sich sämtliche Muskeln in ihrem Körper entspannten. »Ich kann wieder nach Hause. Mir geht es gut. Es tut mir so leid, dass ich …«

»Bei Ihnen wurde eine akute Anorexia nervosa diagnostiziert. Wissen Sie, was es bedeutet, unter dieser Krankheit zu leiden?«

Althea hörte irgendwo in einem entfernten Teil ihres Gehirns die Alarmglocken schrillen.

Sie befand sich auf gefährlichem Terrain, aber ihre Kopfschmerzen ließen langsam nach, und sie fühlte sich einfach bloß wohl. Sie antwortete nicht.

»Es ist eine sehr konkrete Krankheit, die eine Behandlung erfordert«, fuhr Madame Defloret fort, ohne Altheas Hand loszulassen. »Für zu viele Patienten verläuft sie tödlich, aber nur wenige erkennen sie als *psychische* Krankheit an. Wurde diese Krankheit in der Vergangenheit bei Ihnen bereits diagnostiziert oder behandelt? Befinden Sie sich derzeit in Behandlung?«

Althea wandte den Kopf ab. Eine psychische Krankheit? Es war egal, was die Frau ihr zu sagen hatte, die Freundlichkeit in ihrer Stimme schnürte Althea die Kehle zu.

»Ist das der Fall, mein Kind?« Madame Defloret blieb beharrlich. »Wurde diese Diagnose bereits gestellt, und befanden Sie sich schon einmal in Behandlung? Vielleicht in Amerika?«

»Nein … nein, ich war noch nie in Behandlung. Mir geht es gut. Ich glaube, ich kann jetzt nach Hause gehen.«

»Wir hier im Krankenhaus sind der Meinung, dass es ein zu großes Risiko wäre, Sie nach Hause zu schicken, bevor es Ihnen besser geht.«

»Aber ich fühle mich bereits besser«, erwiderte Althea. Gerade in diesem Augenblick fühlte sie sich herrlich entspannt.

Madame Defloret sah ihr direkt in die Augen. »Sie müssen mir jetzt ganz genau zuhören, Althea. Die Situation ist sehr ernst. Sie sind vielleicht nicht in der Lage, die Dinge richtig zu bewerten. Ihr Körper ist vollkommen am Ende, und es ist sehr wahrscheinlich, dass Sie auch schwere psychische Schäden davongetragen haben. Meiner Erfahrung nach werden Sie es nicht alleine schaffen, selbst wenn Sie es noch so wollen und Ihre Familie Sie unterstützt.«

Althea blinzelte. Sie wollte nur noch die Augen schließen. »Alleine«, wiederholte sie.

»Ich arbeite in der Abteilung für Essstörungen im Sainte-Anne-Krankenhaus. Wir haben ein wunderbares Programm, das sich speziell mit Fällen wie Ihrem beschäftigt. Es stehen nicht immer freie Plätze zur Verfügung, aber ich hätte zurzeit einen Platz für Sie.«

Althea sah Madame Defloret skeptisch an. Sie wusste nicht, was sie sagen sollte.

»Haben Sie irgendwelche Fragen, meine Liebe?«

Altheas Gedanken rasten, und sie suchte fieberhaft nach den richtigen Worten.

»Woher … woher wissen Sie … so genau, dass ich unter einer psychisch bedingten … Magersucht leide?«

»Schätzchen, Sie wiegen vierzig Kilo bei einer Größe von einem Meter siebzig. Alleine das Verhältnis von Gewicht und Körpergröße ist ein Zeichen für eine Unterernährung. Wann hatten Sie denn das letzte Mal Ihre Periode?

»Ich kann mich nicht mehr daran erinnern.«

»Ich bin hier, um Ihnen zu helfen. Wollen Sie, dass man Ihnen hilft?«
Althea schnürte es erneut die Kehle zu, und Tränen stiegen ihr in die Augen. »Ich glaube nicht, dass Sie mir helfen können.«
»Ach«, erwiderte Madame Defloret lächelnd, »ich habe schon vielen jungen Frauen wie Ihnen geholfen, darunter sogar einigen, deren Leben nur noch an einem seidenen Faden hing. Ich kann Ihnen auf alle Fälle helfen. Aber Sie müssen es wollen. Es steht uns harte Arbeit bevor, aber da ist Licht am Ende des Tunnels, Liebes.«
Althea konnte keinen klaren Gedanken mehr fassen und auch nichts mehr sagen. Sie brachte bloß noch die Kraft für eine kurze Antwort auf. »Ja, bitte.«
»Sie müssen diese Vereinbarung hier unterzeichnen.« Sie drückte Althea einen Stift in die Hand, und Althea sah zu, wie ihre Hand ihre Unterschrift auf die Linie setzte. Wie aus weiter Ferne hörte sie eine Stimme. »Sie ist dabei. Wir sollten Sie sofort ins Sainte-Anne-Krankenhaus verlegen. Das Mädchen hat wirklich Glück gehabt.«
Einen Augenblick später war Althea eingeschlafen.

Lucas lehnte am Schultor und kratzte sich am Kinn. Verwundert stellte er fest, dass seine Bartstoppeln bereits zu jucken begannen. Er hatte sich seit dem letzten Morgen nicht mehr geduscht, die Zähne geputzt oder rasiert und trug noch immer dieselben Klamotten. Er sah aus, als hätte er eine lange Reise hinter sich. Jetzt, wo Jared nicht mehr in unmittelbarer Lebensgefahr schwebte, begann Lucas sich wieder über Annie Sorgen zu machen, oder besser gesagt über die Frage, wie Annie zu ihm stand. Ihr letzter, koketter Wortwechsel, bevor sie aus dem Krankenhaus und nach Hause geeilt war, um Lola beizustehen, hatte ihn nur kurz zu beruhigen vermocht. Er ging den vergangenen Abend und die darauffolgende Nacht noch einmal in Gedanken durch. Zuerst lächelte er noch, als er daran dachte, doch mit der Zeit machte sich Mutlosigkeit breit. Und warum stand er nun vor der Schule der Kinder und ließ sich in die Scharade um Lola und ihren Ehemann hineinziehen? Vielleicht sollte er lieber ebenfalls zu Annies Haus fahren, um sicherzustellen, dass alles in Ordnung war. Selbst wenn Lolas Ehemann nicht gewalttätig war, war es genauso gut möglich, dass Annie die Beherrschung verlor.

Die Kinder kamen heraus. Sie trugen niedliche Schulklamotten und Rucksäcke. Doch der herzliche Empfang, den er erwartet hatte, blieb aus. Die Kinder waren nicht gerade begeistert, dass er beim Schultor auf sie wartete. Maxence warf ihm einen anklagenden Blick zu. »Was machst *du* denn hier?«

»Eure Mütter«, begann Lucas und räusperte sich, »besuchen gerade Jared und Althea im Krankenhaus.«

Maxence sah ihn zweifelnd an. »Ich dachte, es wäre bloß Jared.«

»Was ist denn los mit ihnen?«, fragte Paul.

»Das ist eine lange Geschichte, und …«

»Hat er sie angeschossen?«, fragte Laurent.

Er bemerkte, dass die Kinder bloß eine Frage nach der anderen stellten, ohne die Antwort abzuwarten. »Ich befürchte, es ist nicht annähernd so dramatisch.«

»Aber jetzt sind sie tot, oder wie?«, wollte Paul wissen.

Laurent stieß ihn in die Seite. »Wenn sie tot wären, dann wären sie auf dem Friedhof und nicht im Krankenhaus, Blödmann.«

»Bluten sie wenigstens?«, fragte Paul.

Lia wanderte langsam hinter ihnen her. »Wohin gehen wir?«

»Wir holen jetzt erst einmal deinen kleinen Bruder, und dann gehen wir …«

»Wann kommt Mum denn wieder?«

»… in den Park«, fuhr Lucas fort und machte sich bereits Sorgen um seinen Blutdruck.

Maxence hob eine Augenbraue. »Ach ja? Und warum gehen wir nicht nach Hause?«

Lucas war schon vor langer Zeit aufgefallen, dass dieser Junge außergewöhnlich schlau war. »Weil …«

Paul unterbrach ihn. »In welchen Park?«

Laurent verzog das Gesicht zu einer Grimasse und umklammerte seinen Hals. »Ich habe Durst.«

Lucas bemühte sich um eine Antwort. »Sie … sie haben vergessen, mir den Schlüssel zu geben.«

»Was ist denn mit deinem eigenen Schlüssel?«, fragte Maxence.

»Ich … habe ihn verlegt.«

»Mann, das ist ja wirklich Pech!«, erklärte Maxence, der ihm scheinbar kein Wort glaubte. Bevor er noch weitere unangenehme, bohrende Fragen stellen konnte, nahm Lucas Maxence schnell zur Seite. Das war das Beste in dieser Situation und das einzig Mögliche.

»Ich fürchte, Lias Vater ist ziemlich unerwartet hier aufgetaucht, und ihre Eltern sollten sich alleine unterhalten, bevor …«

Maxence nickte verständnisvoll. »Dann verstecken wir uns also vor ihm?«

»Nun … wir … aber … na ja, in gewisser Weise …«

Maxence tätschelte Lucas' Arm. »Mach dir keine Sorgen, Mann. Ich halte dir den Rücken frei.«

Die kleine Gruppe machte sich langsam auf den Weg zu Simons Kinderkrippe, und Lucas beschloss, dass seine Angst unbegründet gewesen war. In der Kinderkrippe war Simon gerade mit seinen Legosteinen beschäftigt und wollte nicht gehen. Schließlich erhob er sich aber doch vom Teppich und folgte ihnen, doch sobald sie draußen waren, wurde er immer langsamer.

»Was ist denn nun wieder los, *mon petit?*«, fragte Lucas.

Lia zuckte mit den Schultern. »Er will nicht laufen.«

»Du könntest ihn einfach tragen«, schlug Laurent vor. Lucas hob Simon auf seine Schultern. Das Kind wog kaum etwas, dafür erwürgte es ihn beinahe mit seinen kräftigen kleinen Armen.

Sie waren zu viele, weshalb ein Taxi nicht in Frage kam. Gestärkt von den Ereignissen an diesem Morgen, beschloss Lucas, mit der Métro zu fahren. Er reagierte ein wenig verschnupft, als die Kinder lässig ihre Fahrkarten aus den Taschen fischten und so selbstverständlich die U-Bahn-Station betraten wie er den Delikatessenladen *Fauchon.* Lucas studierte den Fahrplan und überlegte sich eine Route. Sie mussten zwar dreimal umsteigen, doch die Station *Buttes Chaumont* hatte den Vorteil, sich sowohl in der Nähe des Parks als auch in der Nähe seiner Wohnung zu befinden. Also fuhren sie mit der Métro von *La Muette* bis nach *Buttes Chaumont.* Jedes Mal, wenn sie umsteigen mussten, hob Lucas Simon auf seine Schultern und eilte schnaufend und keuchend zum nächsten Zug, während sich die Kinder unablässig über die Hitze beschwerten oder über Hunger und Durst klagten.

Als sie die Métro endlich verließen, meinte Laurent: »Warum sind wir eigentlich nicht bis zur Station *Passy* gefahren? Dann hätten wir bloß einmal umsteigen müssen.« Lucas starrte das Kind böse an und fragte sich, ob es womöglich Zeit wurde, seine Weltanschauung in Frage zu stellen. Als sie die Treppe aus der U-Bahn-Station hinaufstiegen, stupste er Simon in die Seite. »Komm schon, Kleiner. Du kannst doch laufen. Ich habe es oft genug gesehen.«

»Mama«, heulte Simon plötzlich.

»Wie schafft deine Mutter das bloß?«, fragte Lucas Lia. »Dieses Riesenbaby wiegt doch sicher über fünfzehn Kilo!«

»Mum?«, fragte Lia. »Sie trägt ihn nicht.«

»Sie nimmt immer den Kinderwagen«, fügte Paul hinzu.
»Welchen Kinderwagen?«, hörte Lucas sich jammern. »Wo ist er denn?«
»In der Kinderkrippe«, antwortete Laurent.
»Und warum habt ihr mir nicht gesagt, dass es einen Kinderwagen gibt?«, jammerte Lucas.
Lia zuckte bloß mit den Schultern, als wollte sie sagen: *»Wo liegt das Problem?«*
Im Park angekommen, sah Lucas sich verzweifelt nach einer Bank um, doch die Kinder hatten bereits einen Eisverkäufer entdeckt. Ab diesem Zeitpunkt begann wirklich alles schiefzulaufen. Lucas kaufte fünf Tüten Eis, doch als das letzte Kind schließlich seine Tüte in der Hand hielt, waren die anderen vier bereits vollkommen bekleckert. Das Eis schmolz schneller, als sie es essen konnten, und ihre Klamotten und Gesichter waren furchtbar verschmiert. Lucas schickte ein stilles Gebet zum Himmel, dass Annie ihn bald anrufen und er nicht gezwungen sein würde, die Kinder mit in seine Wohnung zu nehmen. Der Spielplatz lag im Schatten, und Lucas seufzte erleichtert auf, als er sich endlich auf einer Bank niederlassen konnte.
»Na gut, ihr könnt jetzt spielen«, sagte er und deutete in Richtung der Spielgeräte.
Lia nahm vor ihm Aufstellung.
»Ich muss aufs Klo.«
Die Toilette befand sich in Sichtweite. Er deutete wortlos hinüber.
»Mum begleitet mich immer, wenn ich eine öffentliche Toilette benutze«, erklärte ihm Lia und verzog das Gesicht.
Die Toiletten in den öffentlichen Parks sahen tatsächlich ziemlich heruntergekommen aus, und es gab sicher genügend zwielichtige Gestalten, die womöglich dort herumlungerten. Aber wie sollte er es schaffen, ein Kind auf die Toilette zu begleiten, während die

anderen vier unbeaufsichtigt blieben? Die Jungen vergnügten sich gerade damit, die anderen Kinder auf dem Spielplatz in einen Kampf zu verwickeln. Sie nannten es »spielen«, doch in Wahrheit herrschte Krieg. Lucas fiel auf, dass Kinder scheinbar äußerst aggressiv sein konnten, gleichzeitig bemerkte er jedoch auch mit einer gewissen Zufriedenheit und sogar mit ein wenig Stolz, dass seine Kinder sich zu einer kleinen Gruppe zusammengeschlossen hatten, um gemeinsam gegen die anderen zu bestehen.

Lucas wandte sich an eine Mutter, die auf einer Bank in der Nähe saß und Gott weiß wie viele Kinder beaufsichtigte. »Könnten Sie bitte meine Jungen dort drüben ein wenig im Auge behalten?« Er deutete auf Lia. »Die junge Dame hier muss mal auf die Toilette.«

Kurz darauf stand er vor der Tür der Damentoilette und fühlte sich äußerst unbehaglich. »Das Schloss ist kaputt«, entschuldigte er sich bei der Mutter und der Tochter, die hinter ihm warteten.

Lias Stimme drang aus der Kabine. »Es gibt kein Paaapieeer! Hast du ein Taschentuch?«

»Mein Gott«, flüsterte Lucas. »Ich hab doch nie solche Dinge dabei.«

Die Frau hinter ihm lachte und holte einige Papiertücher aus ihrer Tasche, als wäre sie eine Art Genie. Lucas bedankte sich so freundlich, wie er nur konnte, obwohl er sie am liebsten erwürgt hätte. Auf dem Spielplatz brüllte die Frau, die eigentlich auf seine Kinder hätte aufpassen sollen, gerade mit Paul, weil er eines ihrer Bälger mit einer Plastikschaufel verhauen hatte.

Es wurde immer später, und Annie hatte noch nicht angerufen. Er wusste, dass er sie von sich aus besser nicht anrief. Er wollte die Kinder nur noch nach Hause bringen. Zum Teufel, er würde sie nicht mit zu sich nehmen! Doch der Gedanke daran, wieder mit der Métro zu fahren, war unerträglich. Natürlich war seine Wohnung nur fünf Minuten entfernt, aber die Vorstellung, dass fünf

Kinder mit Schuhen voller Sand und eisverschmierten, klebrigen Händen ihre Spuren auf seinen Perserteppichen hinterließen, jagte ihm einen Schauer über den Rücken.
Die Kinder schienen seine Unsicherheit zu spüren und begannen Forderungen zu stellen.
»Wir haben Hunger!«
»Ihr hattet doch gerade ein Eis.«
Laurent zuckte mit den Schultern. »Eis macht doch nicht satt.«
»Es besteht bloß aus Zucker und vielen leeren Kalorien«, fügte Lia hinzu.
»Leere Kalorien?«, wiederholte Lucas.
»Ich habe eine Idee«, schlug Maxence vor. »Du holst uns etwas zu essen, und wir bleiben hier und spielen.«
»Es tut mir leid, aber das ist unmöglich.«
Laurent deutete mit seinem eisverschmierten Finger auf einen gelben Bogen, der Lucas noch nie aufgefallen war. »Dort drüben ist ein McDonald's«, erklärte er.
»Simon will *Chicken McNuggets*«, platzte Simon heraus, bevor auch die anderen hektisch ihre Bestellung abgaben.
»Ich will einen *Whopper.*«
»Die haben dort doch keinen *Whopper*, Blödmann.«
»Kann ich ein Spielzeug zu meinem *Happy Meal* bekommen?«
Lucas versuchte, ihnen Einhalt zu gebieten, indem er beide Hände hob. »Lasst mich eines klarstellen«, sagte er. »Ich werde ganz sicher keinen Fuß in diesen furchtbaren Laden setzen.«
»Warst du denn noch nie bei McDo?«, fragte Maxence erstaunt.
»Ich war noch nie da und werde nie dort hingehen. Das Essen ist nicht nur vollkommener Mist, sondern auch ein Zeichen des amerikanischen Imperialismus.«
»Was?«
»Frankreich ist in der ganzen Welt bekannt für seine Gastrono-

mie, warum sollte man hier also das Schlimmste essen, das es auf der Welt gibt?«

»Woher willst du wissen, dass du es nicht magst, wenn du es noch nie versucht hast?«

»Und es ist soooo lecker.«

»Und wir sind wirklich hungrig.«

Lucas bemerkte zu spät, dass er gerade einen schmalen Grat entlangwanderte. *»Nein, wir gehen nicht zu McDonald's! Niemals!«*, brüllte er.

Schweigen breitete sich über dem Spielplatz aus. Die Vögel hörten auf zu zwitschern, die Hunde bellten nicht mehr, Mütter und Kinder erstarrten. Er wurde angestarrt wie ein Kinderschänder. Lucas schob die Kinder eilig vom Spielplatz. Eigentlich war er selbst ebenfalls am Verhungern. Inmitten des Durcheinanders im Krankenhaus hatte er weder die Zeit gefunden noch die Lust verspürt, etwas zu frühstücken oder zu Mittag zu essen. Außerdem musste er mittlerweile selbst auf die Toilette, doch er konnte wohl kaum diese ihm bereits feindlich gesinnten Mütter um einen weiteren Gefallen bitten. Er beschloss, die Kinder in seine Wohnung zu bringen. Er würde Pasta kochen. Und vielleicht hatte er genug für einen Salat zu Hause. Er hob Simon auf seine Schultern und trug mittlerweile auch Lias und Pauls Rucksack. Er kochte vor Wut. Die Kinder merkten, dass er es ernst meinte, und kooperierten. Doch vor dem McDonald's blieben sie plötzlich alle stehen, sprangen auf und ab, bettelten ihn an und gaben vor, am Verhungern zu sein. Und in Wahrheit war auch er am Verhungern. Er hatte seit beinahe vierundzwanzig Stunden nichts mehr gegessen. Der doppelte Cheeseburger mit Speck schmeckte überraschend gut.

27

Unter dem Vorwand, auf die Toilette zu müssen, ließ Annie Mark und Lola kurz alleine, um in ihr Schlafzimmer zu eilen und Lucas anzurufen. Sie würde ohnehin nicht viel verpassen. Mark zeigte sich in ihrer Gegenwart bloß von seiner allerbesten Seite und stellte wohlüberlegte Fragen zu den Kindern, die Lola freudig beantwortete. Was auch immer in Mark vor sich ging, er verbarg es sehr gut und klang nicht im Entferntesten wie das A… loch, als das er sich am Telefon gezeigt hatte. Annie ließ sich auf ihr Bett sinken und wählte Lucas' Nummer. Es war mittlerweile nach sechs Uhr abends.

»Gibt es etwas Neues bei Althea und Jared?«, fragte sie sofort.

Lucas klang erschöpft. »Ich habe etwa jede Stunde angerufen. Sie sind beide stabil und bleiben zumindest übers Wochenende zur Beobachtung im Krankenhaus. Und Althea wird in eine andere Klinik verlegt, wo man sich um ihr … Problem … kümmern wird.«

»Das ist eine große Erleichterung.«

»Meine Wohnung versinkt im Chaos, ich habe schreckliche Kopfschmerzen und konnte mich noch nicht einmal duschen.«

Annie lächelte. »Willkommen in den letzten zehn Jahren meines Lebens«, sagte sie.

»Ich bin froh, dass du anrufst«, erwiderte er. »Ich habe nachgedacht, und ich wollte dich fragen, ob …«

»Mark ist so aalglatt. Man könnte meinen, er würde uns hier nur einen kleinen Besuch abstatten. Wenn ich es nicht besser wüsste – was ich ja tue, weil ich mit eigenen Ohren gehört habe, wozu er fähig ist –, würde ich meinen, Lola wäre ein verlogenes Miststück. Aber bis jetzt hat er sich vollkommen unter Kontrolle, und er hat noch keine einzige aggressive Bemerkung gemacht. Ich wette, er wartet nur darauf, alleine mit ihr zu sein, damit er sie so richtig fertigmachen kann.«

»Glaubst du, er ist gefährlich?«

»Ich kann es mir nicht vorstellen, es sei denn, meine Menschenkenntnis trügt mich. Trotzdem solltest du sehen, welche Macht er über Lola hat.«

»Gibt es irgendjemanden, der keine Macht über sie hat?«, seufzte Lucas.

»Mir gefällt die Herausforderung.«

»Ich bin froh, dass du dich mit der Situation so wohl fühlst«, erklärte er niedergeschlagen.

»Ach, komm schon. Wie schlimm kann es schon sein? Es sind doch wundervolle Kinder.«

»Ja, wundervoll. Aber so wahnsinnig verdreckt. Und das auf meinem kurdischen Teppich aus dem neunzehnten Jahrhundert. Mittlerweile sitzen sie vor dem Fernseher.«

Annie holte tief Luft und nahm allen Mut zusammen. »Ich glaube, die Kinder sollten noch nicht nach Hause kommen. Lola und Mark müssen alleine sein, um alles zu klären. Die Anwesenheit der Kinder würde jede Chance auf eine erwachsene Unterhaltung zunichtemachen.« Am anderen Ende der Leitung herrschte Schweigen, dann hörte sie ein herzzerreißendes Stöhnen. Annie wappnete sich für das, was kommen würde. Natürlich wusste Lucas bereits, was sie sagen wollte. »Wir müssen uns eine Lösung für die Nacht überlegen«, fuhr sie fort.

»Ich kann unmöglich …«

»Du *musst.*«

»Aber ich habe nicht genügend Platz und keine Betten. Und ich kann sie ja kaum auf dem Boden schlafen lassen, oder? Außerdem hat dieser Mann doch wohl das Recht, seine Kinder zu sehen.«

»Was mich betrifft, hat er seine Rechte vertan.«
»Und in der Zwischenzeit mache ich mich an einem Verbrechen mitschuldig.«
Sie seufzte. »Das sind große Worte.«
»Annie«, erwiderte Lucas sehr zögerlich. »Ich muss dich etwas fragen.«
»Außerdem wird er sie schon bald wiedersehen. Bloß nicht heute Abend. Hör zu, ich muss zurück zu Lola und Mark.«
»Mein Haus in Honfleur wäre vielleicht eine Möglichkeit. Mit dem Auto wären wir in etwa zwei Stunden dort. Und es gibt genügend Betten. Aber mein Auto ist zu klein. Wir bräuchten deinen Van.«
»Honfleur! Der Strand!«, keuchte sie. »Ach Lucas, ich würde dich jetzt am liebsten umarmen!«
»Wo wir gerade dabei sind, ich wollte dich noch fragen, ob …«
»Ich packe den Minivan, hole dich und die Kinder ab, und dann auf nach Honfleur!«
»Du!? *Du* holst uns ab?«, fragte er.
»Ja, und?«
»Du fährst nicht mehr, weißt du noch?«
»Ich fahre mit dem verdammten Auto zu dir, und dann kannst du ja nach Honfleur weiterfahren.«
»Und Lola kommt nicht mit?«
»Das ist ja der Sinn und Zweck der ganzen Sache. Sie muss hierbleiben und diesen Neandertaler bei Laune halten. Wieso? Hast du Angst davor, mit mir alleine zu sein?«, neckte sie ihn.
»Alleine? Mit fünf Kindern?«, erwiderte Lucas. »Lass mich dir nur eine Frage stellen.«
»Ich packe wohl besser die Badesachen ein!«
»Annie, wir fahren nirgendwo hin, bevor du nicht eine Sekunde lang die Klappe hältst und mir zuhörst!«

Sie wollte unbedingt auflegen, solange sie noch die Oberhand hatte. »Ich höre«, erwiderte sie nach einer langen Pause.
»Bist du …« Lucas räusperte sich. »Nun … hat dir die letzte Nacht etwas bedeutet?«
»Ob sie mir etwas bedeutet hat? Natürlich hat sie mir etwas bedeutet«, murmelte sie.
»Annie, mach es mir nicht so schwer.«
»Wir haben doch das ganze Wochenende Zeit, um darüber zu sprechen.«
»Ja, aber hat sie dir eher im positiven Sinn etwas bedeutet oder im negativen Sinn?«, fragte Lucas.
Ihr Kopf war plötzlich vollkommen leer. Sie war auf eine solche Frage nicht vorbereitet. Auf keine seiner Fragen.
»Annie?«
Ihre Nase juckte. »Du bist ziemlich süß, weißt du.«
»Dann bedeutet das wohl eher im positiven Sinn?«
Ihr Blick wanderte auf der Suche nach einem Taschentuch durch den Raum. Er sollte auf keinen Fall hören, dass sie weinte. »Ja. Ja, absolut.«
»Bist du dir sicher, dass du mit dem Van fahren willst?«
»Hör zu, ich schaffe das mit dem Van, in Ordnung?«
»In Ordnung, in Ordnung. Wir warten auf dich. Und nimm genügend Aspirin mit.«

Althea schlang die Arme um ihren Körper. Sie suchte instinktiv nach einer Fluchtmöglichkeit, während nacheinander andere Mädchen und junge Frauen den Raum betraten. Sie waren allesamt dünn. Viel zu dünn. Sie beobachtete die Frauen, die in den kargen Raum strömten und sich zögernd niederließen, ohne sich gegenseitig eines Blickes zu würdigen. Althea suchte in den Augen und Gesichtern der Mädchen nach einer Verbindung. Doch

ihre Blicke wirkten desinteressiert und ihre Gesichter verschlossen. Was hatte sie mit dem Mädchen mit der zerrissenen schwarzen Strumpfhose und der Haarklammer im Ohr gemeinsam, das aussah wie ein Punk und auf seine Füße hinunterstarrte, offensichtlich fest entschlossen, mit niemandem zu sprechen und niemandem zuzuhören? Was hatte sie mit dem zierlichen Mädchen mit den rosaroten Jeans und dem rosaroten T-Shirt gemeinsam, das mit lodernden Augen geradeaus starrte und aussah, als wollte es am liebsten jemanden umbringen? Diese Mädchen fühlten sich in ihren Körpern gefangen, so viel war sicher. Sie *wollte* nichts mit ihnen gemeinsam haben, dennoch wusste sie, warum man sie hierhergebracht hatte und dass sie aus demselben Grund hier war wie die anderen. Sie hatten etwas gemeinsam, eine gemeinsame Besessenheit: Essen, oder auch die Möglichkeiten, es zu vermeiden. Sie konnte es nicht mehr vor sich selbst leugnen.
Während immer mehr Patientinnen den Raum betraten und sich die Stühle langsam füllten, erkannte sie traurig, dass sie nicht nur Lola, Annie, die Kinder und ihre alltäglichen Sorgen hinter sich gelassen hatte, sondern in gewisser Weise auch die Menschlichkeit. Innerhalb dieser Schwesternschaft gab es kein Mitgefühl und keine Nähe. Hier stand jede Frau für sich. Lola und Annie hatten ihr ihre Freundschaft zu einer Zeit angeboten, als sie sie nicht annehmen konnte. Und während ihrer Zeit mit Jared hatte sie ebenfalls erlebt, wie es war, wenn sich jemand um einen kümmerte und man sich jemandem verbunden fühlte. Hier würde sie nichts dergleichen erfahren. Dennoch war sie froh, zu wissen, dass diese Verbindung zu anderen Menschen einmal existiert hatte und wie gut sie sich angefühlt hatte. Es half ihr, an diesem Gedanken festzuhalten, jetzt, wo sie sich plötzlich in einem Raum voller Frauen wiederfand, die alles daransetzten, nicht dort sein zu müssen. In gewisser Weise gehörte sie nicht in Annies oder

Lolas Leben, und sie gehörte auch nicht hierher zu diesen Frauen. Aber wo gehörte sie sonst hin? Sie hatte gehofft, dass sie zu Jared gehörte, doch mittlerweile war ihr klar, dass er sie die ganze Zeit über bloß ertragen hatte, indem er Drogen nahm. Seltsamerweise machte sie dieser Gedanke eher wütend als traurig.
Sie überlegte, was sie als Entschuldigung vorbringen konnte, um zu verschwinden. Plötzlich verstand sie, warum die Fenster vergittert waren. Das hier war ein psychiatrisches Krankenhaus. Aber man konnte sie doch sicher nicht gegen ihren Willen hier festhalten? Doch wenn sie jetzt ging, dann musste sie ihren Dämonen ohne Hilfe, Unterstützung und Führung entgegentreten. So, wie sie es immer schon getan hatte. Es gab kein Draußen mehr. Draußen war für sie eine Metapher für das Leben, das ihr unzugänglich war. Das hier war ein psychiatrisches Krankenhaus, und sie, Althea, war psychisch krank. Sie wusste, dass sie es alleine nicht schaffen würde, und zum ersten Mal in ihrem Leben *wollte* sie es auch nicht alleine schaffen. Althea saß auf ihrem Stuhl, umgeben von Frauen, die wie sie unvorstellbare Schmerzen erlitten, und fasste die wichtigste Entscheidung ihres Lebens. Sie beschloss, darauf zu vertrauen, dass es ihr wieder besser gehen würde. Für Jared. Für sich selbst.
Dann begann Madame Defloret zu sprechen, und Althea hörte zu.

Lola wusste, dass Annie mit ihrer sogenannten Paar-Mediation bloß Zeit gewinnen wollte. Weder sie selbst noch Annie wussten, was sie eigentlich taten, und falls Mark etwas ahnte, ließ er es sich nicht anmerken. Lola bemühte sich, das Zittern in ihrer Stimme unter Kontrolle zu halten, und stellte ihm banale Fragen zu seinem Flug, wann er angekommen war und wo er übernachtete, und er antwortete auf vollkommen zivilisierte Art und Weise. Sie hätten zwei Fremde sein können, die sich gerade erst kennengelernt hatten. Annie tat, als machte sie sich Notizen, doch sie hatte offensichtlich keine Ahnung, wie eine Mediation funktionierte. Und was Mark betraf, so hatte er vielleicht zugestimmt, dass Annie bei ihrem Gespräch anwesend war, doch das bedeutete nicht, dass er die Absicht hatte, in ihrer Gegenwart irgendetwas über sich selbst oder sein Vorhaben preiszugeben. Mark war nicht der Typ, der vor anderen Menschen Schmutzwäsche wusch. Wut und Gebrüll waren die einzige Art, wie er Emotionen zeigte, weshalb er sich im Augenblick sorgsam bemühte, seine Gefühle für sich zu behalten. Der Ausbruch, die Drohungen und die Beschimpfungen würden schon allzu bald folgen, aber sie sah die Zeit bis dahin als Geschenk. Das und die Tatsache, dass die Kinder fort und Annie hier war, halfen Lola, sich wieder zu fangen.

Als Annie sie schließlich alleine in der Küche zurückließ, saßen sie einander schweigend gegenüber. Sie merkte, dass er etwas sagen wollte, dass er über etwas nachgrübelte, dass er Schwierigkeiten hatte, es auszusprechen. Sie wartete. Als er schließlich sprach, war es nur ein einziger Satz. »Ich habe dich so furchtbar vermisst, Lola.« Sie war zu überrascht, um zu antworten.

Einige Minuten später kam Annie zurück und drückte ihr diskret einen Notizzettel in die Hand. *Ich hole die Kinder und Lucas mit dem Van ab, und wir fahren übers Wochenende ans Meer (hi hi), wenn das in Ordnung für Dich ist??? Ihr beide geht am besten in ein Restaurant, damit ich packen kann.*

Also schlug Lola vor, dass sie und Mark ausgehen sollten, um sich alleine miteinander zu unterhalten. Annie machte ein großes Drama daraus und fragte sie, ob sie sich absolut sicher sei, dass sie das auch wirklich wolle, und ob sie vielleicht mitkommen solle. Schließlich einigten sie sich darauf, in einem Restaurant zu Abend zu essen.

Lola trug noch immer ihre Yogaklamotten, und noch vor ein paar Stunden hatte sie sich in diesem Outfit absolut wohl gefühlt. Sie hatte sich sehr weiblich darin gefühlt. Sie hatte Gunter in diesen Klamotten verführt, doch nun fühlten sie sich vollkommen fehl am Platz an. Sie fragte Mark, ob sie sich fürs Abendessen umziehen dürfe. Dann fiel ihr auf, dass sie ihn tatsächlich um Erlaubnis gefragt hatte.

Mark wartete im Wohnzimmer, während sie nach oben lief und ihren winzigen Schrank durchwühlte. Ihre Wangen brannten. Mark hatte alles stehen und liegen gelassen und war Tausende Kilometer weit geflogen, bloß um sie zu sehen. Bloß um sie zu finden. Die einzigen annehmbaren Kleidungsstücke, die sie hatte, waren die Hose und der Rollkragenpullover, die sie seit ihrer Ankunft in Paris nicht mehr getragen hatte. Sie schlüpfte dennoch hinein. Mark gefielen ihre Brüste in Rollkragenpullovern besonders gut. Darunter trug sie ein Mieder aus Seide, bloß für den Fall. Mark hasste es, auf jemanden zu warten, also eilte sie ins Badezimmer, wo ihre Schminkutensilien fein säuberlich auf dem Schminktisch aufgereiht standen. Sie trug Mascara, pfirsichfarbenen Lippenstift und etwas Puder auf. Ihr Selbstbewusstsein stieg, während sich ihr Spiegelbild immer mehr in die Frau verwandelte, die Mark gewohnt war. Sie hörte ein lautes Klopfen an der Badezimmertür.

»Mach auf, ich bin's!«, sagte Annie.

Lola ließ sie ein, drehte sich um die eigene Achse und warf Annie aus Scherz ihr bestes Filmstarlächeln zu. »Was meinst du?«

Annie sah sie empört an. »Machst du dich etwa hübsch?«

Lola runzelte die Stirn, als sie Annies verärgerten Tonfall bemerkte. »Was ist los?«

»Sag du mir besser, was los ist! Die ganze Zeit bloß Drama und Täuschungsmanöver? Wir haben die Kinder verschleppt und

Althea und Jared auf ihren verdammten Totenbetten zurückgelassen. Und wozu die ganze verdammte Scheiße? Damit du und dieser Arsch ein romantisches Abendessen miteinander verbringen könnt?«

»Was soll ich denn deiner Meinung nach sonst tun?«

Annie konnte ihre Wut kaum noch in Zaum halten. »Du solltest dich ihm auf alle Fälle nicht derart in die Arme werfen.«

»Annie, es tut mir leid. Ich weiß nicht, wie ich mich ihm gegenüber verhalten soll.«

Annie erhob die Stimme. »Kapierst du denn nicht, dass du endlich damit aufhören musst, es alles recht machen zu wollen?

»Nicht so laut …«

»Ich bin es leid, dass alle ständig Dinge tun, die nicht gut für sie sind.«

Lola dachte an die Kinder. Sie dachte an Mark, der vermutlich bereits ziemlich wütend war, weil er auf sie warten musste. Sie dachte an ihr Leben hier, das sie nicht aufgeben wollte. Sie dachte an das Leben, das in Beverly Hills auf sie wartete. An das seelenlose Herrenhaus, die öden Ausflüge in die Lebensmittelläden, das richtige Hemd, das immer gerade in der Reinigung war. Sich jeden Schritt überlegen. Immer auf der Hut sein. Sie bekam kaum noch Luft. Dann spürte sie einen seltsamen Energieschub durch ihren Körper rauschen. »Warum sagst *du* mir nicht, was am besten für mich ist, nachdem du ja alles besser weißt«, presste sie hervor.

»Du willst doch gar nicht wissen, was ich denke«, fuhr Annie sie an.

Lolas Herz raste. »Versuch es doch«, erwiderte sie kühl.

Annie stemmte die Hände in die Hüften und begann: »Wie wäre es, wenn du diese Scharade beendest und ihm die Wahrheit sagst? Sag ihm, dass du dich scheiden lassen möchtest.«

Lola spürte, wie die Hitze in ihr hochstieg. Wer war Annie, dass sie glaubte, ihr sagen zu müssen, wie sie ihr Leben leben sollte? Wer war sie, dass sie glaubte, mit ihr wie mit einem kleinen Mädchen sprechen zu können? Sie erhob die Stimme, ohne es zu wollen. Das sah ihr eigentlich überhaupt nicht ähnlich. »Wie kannst du dir da so sicher sein?«

»Es ist doch offensichtlich!«

»Du kennst ihn doch gar nicht. Du bist nicht ich.«

»*Ein* Leben! Wir haben bloß ein Leben! Wenn du mit ihm zurückgehst, dann weißt du, wie dieses Leben verlaufen wird. *Mein* Leben wird sich dadurch nicht ändern. *Du* bist vor ihm davongelaufen. Du bist verschwunden. Du hast dich monatelang versteckt. Kannst du dir vorstellen, wie schlimm es gewesen sein muss, dass jemand wie *du* einen so drastischen Schritt wagt? Es war die Hölle! Dein Leben war schrecklich!«

Lola wanderte wütend zwischen der Badewanne und der Tür hin und her. Dieser Streit hier im Badezimmer war einfach lächerlich. »Das ist doch egal, ich muss einfach zurück in die Staaten. Denn weißt du, was er sonst tut? Er wird sich die Kinder zurückholen. Ich habe sie entführt. Ich könnte dafür ins Gefängnis wandern!«

»Ha! Und das fällt dir jetzt ein? Monate später?«

»Und die Kinder … Mark liebt mich noch immer. Er hat es mir gesagt. Er hat gesagt, er hätte mich vermisst.«

»Ha! Die berühmten letzten Worte! Er liebt es, dich zu besitzen, verdammt. Ist dir das noch nicht aufgefallen?«

Natürlich war es Lola bereits aufgefallen. Sie versuchte, die Wut zu unterdrücken, die in ihr hochstieg wie Lava. »Nein, es ist mir noch *nicht* aufgefallen!«

Annie stiegen die Tränen in die Augen. Sie machte sich nicht einmal die Mühe, sie fortzuwischen. »Gut, ich bin raus aus dem Spiel. Ich bin verdammt enttäuscht von dir.«

Lola platzte der Kragen. »Hör auf, ständig *verdammt* zu sagen! Ich bin nicht hier, um dich glücklich zu machen! Du willst, dass ich aufhöre, *ihm* alles recht zu machen, damit ich *dir* alles recht machen kann? Von einer Tyrannei in die nächste?«
Annie riss schockiert den Mund auf. »Ich habe absolut kein persönliches Interesse an deiner Entscheidung.«
»Hör auf, dich auf mein Leben zu versteifen, okay? Warum kümmerst du dich nicht um dein eigenes, wo du schon dabei bist … und lässt mich in Frieden.«
»Gut! Dann lass eben zu, dass er dich wieder niedermacht! Das gefällt dir doch!« Annie wischte sich die Tränen aus dem Gesicht, und plötzlich klang sie überhaupt nicht mehr wütend. »Soll ich noch immer mit den Kindern an den Strand fahren?«
»Ja! Fahr mit ihnen an den verdammten Strand«, brüllte Lola. Es fühlte sich gut an, zu brüllen. So gut.
Annie hob eine Augenbraue, als wunderte sie sich tatsächlich, warum Lola so aufgebracht war, zuckte mit den Schultern und verließ das Badezimmer.
Lola ließ sich zitternd auf dem Badewannenrand nieder. Mark wartete noch immer unten auf sie. Er würde warten müssen. Sie betrachtete sich selbst im Spiegel und sah pure Wut. Sie erkannte sich kaum noch wieder. Ihre Hände waren zu Fäusten geballt. Wäre Annie nicht gegangen, sie hätte sie wohl niedergeschlagen. Das hätte sie ganz bestimmt.
Plötzlich ging die Tür auf, und Annie blickte herein. »Okay, Liebes, behalte die Wut bei dir. Das ist gut. Sehr gut!«, sagte sie, bevor sie die Tür wieder schloss.
So funktionierte das also? Lola rannte zurück in ihr Zimmer und riss sich mehr oder weniger die Klamotten vom Leib. Dann schlüpfte sie in eine alte Jeans und einen ausgebeulten Sweater. Sie wischte sich den Lippenstift mit dem Handrücken aus dem

Gesicht. Sie behielt die Fäuste geballt. Sie war bereit, sich Mark zu stellen.

Die Sonne ging langsam unter. Mark und Lola liefen schweigend nebeneinander her, und keiner der beiden war in der Lage, Small Talk zu betreiben. Sie schlenderten an all den vertrauten Läden vorbei, die bereits geschlossen hatten. Sie brachte es nicht über sich, ihm die wie Schmuckstücke angeordneten Kuchen im Schaufenster der *Boulangerie* zu zeigen oder den urigen Käseladen. Sie sehnte sich danach, die wundervollen Pariser Sehenswürdigkeiten und Eindrücke mit ihm zu teilen. Doch dann warf sie einen Blick auf sein Profil und seinen markanten Unterkiefer und betrachtete ihn, wie er gedankenversunken durch die Straßen eilte, und sie bezweifelte, dass er überhaupt fähig war, Paris zu genießen. Sie ertappte sich dabei, dass ihre Erinnerung an Mark immer mehr dem glich, was sie sich von ihm wünschte, als dem, wie er wirklich war.
Sie gingen auf der Suche nach einem Restaurant die Rue de Passy entlang. Dort war das Haus, in dem sie Yoga unterrichtete. Dort war die Rue de l'Annonciation, wo sie Pfingstrosen und *fromage de chêvre* gekauft hatte. Und dort der Postkasten, wo sie die Postkarten eingeworfen hatte. Am anderen Ende der Rue de Passy befand sich die Métro-Station und dahinter die Stadt Paris. Der Himmel zwischen den jahrhundertealten Gebäuden war leuchtend blau und von rosafarbenen Wolkenfetzen durchzogen. Mark ging voran, ohne all das eines Blickes zu würdigen, und sie ging neben ihm her, ohne etwas mit ihm zu teilen, während ihr Herz mit jedem Schritt schwerer wurde.
Während sie gingen, merkte sie plötzlich, dass sich etwas verändert hatte, das jedoch nichts mit Marks Anwesenheit zu tun hatte. Auf den Straßen herrschte merklich mehr Leben als an einem

gewöhnlichen Freitagabend um diese Zeit. Die gepflegte, vornehme Wohngegend war üblicherweise kein Treffpunkt für Pariser Nachtschwärmer, doch je weiter sie kamen, desto mehr Männer und Frauen und Gruppen von Teenagern tauchten überall auf. Und hörte sie etwa Musik? Es lag ein Gefühl von Vorfreude und Aufregung in der Luft, das ihr unbekannt war.

Erst als sie bereits die Hälfte der Rue de Passy hinter sich gelassen hatten, fiel es ihr wieder ein. Heute war der 21. Juni. Sommersonnenwende. Heute fand die alljährliche *Fête de la Musique* statt. Und das bedeutete auch, dass Johnny genau heute vor drei Jahren gestorben war. Kein Wunder, dass Annie verrücktspielte.

Bands bauten ihre Instrumente auf, und die Pariser strömten aus den Gebäuden und hinaus auf die Straßen. Um die zahlreichen Musiker herum bildeten sich langsam kleine Menschenmengen, und viele der Besucher tanzten bereits. Bemerkte Mark irgendetwas von alldem? Paris war *en fête,* und sie war mit ihrem ganz privaten Partymuffel unterwegs.

Sie wurden langsamer, als sie schließlich an mehreren Restaurants vorbeikamen. Winzige Tische mit langen weißen Tischtüchern und flackernden Kerzen standen direkt auf dem Bürgersteig. In den Gärten saßen Pärchen, die einander über die steifen Speisekarten hinweg Blicke zuwarfen. Nach dem Gewitter des gestrigen Tages und der heutigen Hitze war der Abend angenehm warm. Die Beschaffenheit der Luft erinnerte sie an ihre Hochzeitsreise und die sanfte Brise auf Hawaii. Sie hatten sich tagelang auf der Veranda geliebt, waren eine Woche lang nackt herumgelaufen, hatten sich gegenseitig mit Mangos und Ananas gefüttert und waren ganz verrückt nach den Berührungen des anderen gewesen. Sie schloss die Augen und glaubte, den salzigen Duft des Ozeans zu riechen, obwohl das unmöglich war.

Schließlich blieb Mark stehen und deutete auf ein Schild. »Wie wäre es damit? Chinesisch?« Ein China-Restaurant? In Paris? Mark suchte immer das Restaurant aus, und es hatte Zeiten gegeben, da war sie mit seinen Entscheidungen nicht einverstanden gewesen. Mark hatte das Restaurant bereits betreten, doch sie bemerkte überrascht, dass sie ihm nicht gefolgt war. Sie stand noch immer neben einem Tisch, der zwischen der Wand und dem Bürgersteig eingezwängt war. Er war für zwei Personen gedeckt, und in der Mitte stand ein kleiner Strauß Orchideen.

Im Restaurant sprach Mark gerade mit dem *Maître* in äußerst lautem Englisch, das ihn offensichtlich keinen Schritt weiterbrachte. Lola beobachtete ihn durchs Fenster. Hatte er bemerkt, dass sie ihm nicht gefolgt war? Ihr Körper bebte vor Energie, die für einen Raketenabschuss gereicht hätte, und sie schoss durch ihre Arme und sammelte sich in ihren zu Fäusten geballten Händen.

Schließlich drehte sich Mark um, um etwas zu ihr zu sagen. Er bemerkte, dass sie nicht da war, und stürmte wieder hinaus. Als er sie dort neben dem kleinen Tisch stehen sah, wirkte er so überrascht, dass sie beinahe losgelacht hätte. »Kommst du denn nicht?«, fragte er, und seine Stimme klang irgendwie verzweifelt.

Sie deutete auf den Tisch mit dem weißen Tischtuch. »Ich will hier draußen essen.«

Es war wunderbar, wie leicht es ihr gefallen war, diese einfache Forderung zu stellen.

Mark machte auf dem Absatz kehrt, eilte wieder zurück ins Restaurant und sprach noch einmal mit demselben *Maître,* der schließlich mit den Speisekarten in der Hand hinter ihm aus dem Restaurant kam. Als sie sich setzten, schien Mark nicht verärgert zu sein, gerade so, als hätte das, was gerade passiert war, keine Bedeutung für ihn. War es möglich, dass es so einfach war? Dass sie nur fragen musste, und schon bekam sie, was sie wollte?

Mark versuchte mit großen Gesten, einen Scotch zu bestellen. Der Kellner stellte sich taub, blinzelte und schüttelte entschieden den Kopf, als verstünde er kein Wort. Lola fand es sehr amüsant, *Mark dem Großen, dem Herrscher seiner Welt,* dabei zuzusehen, wie er sich in einer Gesellschaft abmühte, in der die amerikanische Vorstellung von »Service« als demütigende Untertänigkeit empfunden wurde. Offensichtlich hatte Mark seine Autorität falsch ausgespielt und sich den Platz an diesem Tisch erzwungen. Dieses Abendessen konnte noch amüsant werden. In Paris würde Marks Arroganz nicht sehr lange bestehen bleiben. Lola konnte ihr Lächeln nicht länger unterdrücken.

»Könntest du mir vielleicht helfen?«, fragte Mark ganz und gar nicht amüsiert.

»Bonsoir, pourrais-je avoir un whisky pour monsieur et pour moi un verre de rosé, s'il vous plaît«, sagte sie.

Der Kellner strahlte sie an und erwiderte: *»Bien sûr, Madame«*, bevor er schließlich verschwand.

»Offensichtlich sprichst du die Sprache der Einheimischen. Du lernst schnell.«

»Ich habe jahrelang Französisch gelernt.«

»Das wusste ich nicht.«

»Du weißt nicht sehr viel über mich, nicht wahr?«, fragte sie und merkte überrascht, wie feindselig sie klang.

Mark schien verblüfft von ihrem angriffslustigen Tonfall. »Bitte, erspar mir das«, erwiderte er.

Was hätte Annie wohl darauf geantwortet? Lola sah Mark in die Augen. »Wenn ich du wäre, würde ich die Samthandschuhe lieber wieder auspacken«, sagte sie.

»Die Samthandschuhe? Du warst doch diejenige, die einfach verschwunden ist.« Er hielt inne und wandte den Blick ab. »Du hast die Kinder mitgenommen. Du hast mich verlassen. Ich glaube, du schuldest *mir* eine Entschuldigung.« Er hielt erneut inne. »Und etwas Reue. Meinst du nicht, das wäre vielleicht angebracht, jetzt, wo dein Wachhund von Freundin nicht mehr dabei ist? Und …« Mark unterbrach sich selbst mitten im Satz, der wie die Einleitung zu einem seiner Ausbrüche geklungen hatte, und schlug die Speisekarte auf.

Lola antwortete nicht. Hätte es ihren Wachhund von Freundin nicht gegeben, hätte sie keine Zeit gehabt, sich neu zu sammeln, und die Dinge wären vollkommen anders verlaufen. Gerade in diesem Moment fühlte sie sich stark, stärker als jemals zuvor. Sie wartete darauf, dass Mark seinen Satz beendete, war bereit für den darauffolgenden Streit, doch der Satz blieb unvollendet, und Lola wunderte sich erneut über den seltsamen Widerspruch zwischen dem Mark, den sie jetzt sah – müde und beinahe bescheiden –, und dem Mark, den sie kannte.

28

Sobald die Tür hinter Lola und Mark ins Schloss gefallen war, eilte Annie durchs Haus, schnappte sich einige Seesäcke und hüpfte von Zimmer zu Zimmer, um Klamotten, Pyjamas, Seife, Toilettenartikel und Teddybären einzusammeln. Den Sonnenschirm fand sie schließlich auf dem Dachboden, die Sonnencreme im Badezimmer und die Wasserpistolen im Garten. Nach einer halben Stunde war sie zur Abfahrt bereit. Sie schob und zerrte die Seesäcke und den Sonnenschirm die Treppe zur Garage hinunter. Die Kinder würden sicher überrascht sein, wenn sie ihnen von dem Ausflug erzählten. Das Wetter war perfekt. Sie würden einen Mordsspaß haben. Sie würden ein Loch im Sand graben und ein Lagerfeuer machen. Und sie und Lucas würden eiskaltes Bier trinken. Strand und Bier – das passte wunderbar zusammen. Sie fühlte sich wie zwanzig. Oder fünfzehn. Sie surfte schon den ganzen Tag lang auf dieser Adrenalinwelle, und sie fühlte sich noch immer richtiggehend aufgedreht. Bei dem Gedanken an ihre Nacht mit Lucas musste sie lachen. Was zum Teufel hatte das alles zu bedeuten? Hatten sie und Lucas tatsächlich eine Affäre? Sie ließ das Gepäck aus ihren Armen auf den Boden neben dem Van gleiten und lief noch einmal die Treppe hoch, um ihren Rasierer und die Anti-Cellulite-Creme einzupacken. Dann lief sie wieder zurück in die Garage, bloß um gleich noch einmal umzudrehen, um die Autoschlüssel aus dem Haus zu holen. Wieder zurück in der Garage, dachte sie kurz an Althea, Jared, Lola und Mark. Zur Hölle mit ihnen! Sie öffnete den Kofferraum und stopfte die Taschen, die Handtücher und die Strandbälle hinein. Dann ging sie um den Van herum und legte eine Hand auf die Tür.

Sie verspürte ein seltsames Gefühl im Magen. Sie öffnete die Tür, kletterte in den Wagen und ließ sich auf dem kalten Leder des Fahrersitzes nieder. Der Van war ihr so vertraut wie ihre eigene Hand und doch so fremd. Der Geruch des kalten Autos, der Staub auf dem Armaturenbrett, selbst die zerbrochenen Spielsachen und sie selbst hinter dem Lenkrad – das alles war seit jener Nacht vor genau drei Jahren so schrecklich unverändert geblieben. Sie steckte den Schlüssel ins Zündschloss und startete den Motor. Dann legte sie beide Hände auf das Lenkrad, und ein unheimliches Gefühl ergriff sie. Sie stellte schnell den Motor ab, bevor sie die Hände wieder auf das Lenkrad legte und versuchte, zu Atem zu kommen.

Etwas Furchtbares hatte sich auf ihre Brust gelegt. Und über ihre

Finger. Plötzlich war sie sich nicht mehr sicher, ob sie ihre eigenen Finger noch wiedererkannte. Ihr Blick verschwamm. Kalter Schweiß brach auf ihrem Nacken aus, und ihre Hände begannen zu zittern. War es die Grippe? Hatte sie etwas Falsches gegessen? Hatte sie gerade einen Herzinfarkt? Brachte ein Herzinfarkt dieses schreckliche Gefühl der Furcht mit sich? Ein Schrei drohte sich seinen Weg aus ihrem Inneren zu bahnen, doch ihre Lippen wollten sich nicht öffnen. Sie verspürte das dringende Bedürfnis, aus dem Wagen zu springen und davonzulaufen. *Lauf sofort weg!* Doch sie saß machtlos fest, spürte ihre Arme, ihre Beine, ihren Körper nicht mehr und konnte sich nicht mehr bewegen. Sie war jedoch noch genug bei Verstand, um zu verstehen, was gerade mit ihr geschah. Das hier war ihr früher schon passiert. Sie wusste, was es war. Die Ereignisse des vergangenen Tages, der Van … Sie hatte eine Panikattacke.

Wie konnte er nur? Wie konnte Johnny ihr das antun?

Sie wartete. Es würde vorübergehen. Entweder starb sie, oder es würde vorübergehen. Es war früher schon einmal vorübergegangen. Wo war Lucas? Sie brauchte ihn *jetzt sofort.* Kalter Schweiß und starkes Zittern, und nichts, was man dagegen tun konnte. Sie wartete und wartete und wartete. Sie wollte schreien, doch selbst das erschien ihr unmöglich. Und dann war es plötzlich vorüber. Sie zitterte nicht mehr. Sie konnte wieder atmen. Sie saß keuchend da, und ihre Hände lagen immer noch auf dem Lenkrad. Schweiß floss über ihr Gesicht, und plötzlich kamen die Tränen. Bittere Tränen. Tränen der Wut.

Johnny hatte sie beraubt. Er war wie ein feiger Hund gestorben. Er war gestorben, ohne es ihr zu erklären. Er war einfach ausgestiegen. Und jetzt würde sie es niemals erfahren. Sie würde niemals erfahren, wer sie gewesen war – *die Frau, für die Johnny sie verlassen wollte.*

Sie begann zu schluchzen, und jedes Schluchzen zerriss ihr das Herz. Die Kinder waren durch Johnnys Tod vor Schlimmerem bewahrt worden. Aber sie nicht. Dort, in der dunklen Garage, sah sie alles wieder vor sich. Die Lüge und die Realität, die sie für sich und die Kinder in dem Augenblick erschaffen hatte, als sie Johnnys Leiche dort in diesem kalten Zimmer liegen sah. Sie würde niemals einer Menschenseele erzählen, dass Johnny vorgehabt hatte, sie zu verlassen. Die Kinder würden es nie erfahren.

Auf den Tag genau vor drei Jahren. Sommersonnenwende. *Fête de la Musique*. Etwas stimmte nicht in jener Nacht. Ein mulmiges Gefühl. Während der Autofahrt redete sie unablässig. Er hatte gesagt, dass er ausgehen wolle, um etwas Wichtiges mit ihr zu besprechen. Sie gab ihm keine Gelegenheit dazu. Er meinte, er wolle gemeinsam zu Abend essen. Kannte er sie wirklich so schlecht? Es war viel wahrscheinlicher, dass sie ihm in einem Restaurant eine Szene machte als zu Hause, wo die Kinder sie vielleicht hörten.

Sie hatte sich ihm in jener Nacht so nahe gefühlt, eigentlich schon das ganze Jahr über, aber es war eine falsche Form der Nähe gewesen, die aus einer unerwiderten Leidenschaft entsprang. Ihre Eltern hatten sie bereits zu Beginn ihrer Ehe darauf hingewiesen. Sah Johnny nicht etwas zu gut aus? Sie passten nicht zusammen. Jeder sah es, sie selbst mit eingeschlossen, doch Johnny schien es offensichtlich nichts auszumachen. Er wollte nur sie heiraten, hatte er gesagt. Er hatte sie geliebt. Er hatte sich für *sie* entschieden.

Und dann ließ Johnny sie einfach so fallen. Zehn Jahre und drei Kinder später. In einem Van, mitten in Paris. Die Worte jener Nacht drangen wieder in ihr Gedächtnis, setzten sich in ihrem Herz fest und krallten sich um ihre Seele. Seine heimtückischen Worte, die sie drei Jahre lang so sorgsam verschlossen gehalten hatte. Sie hatte den Van durch die Straßen von Paris gelenkt, während Johnny vertrauensselig neben ihr auf dem Beifahrersitz gesessen hatte.

»Annie, ich habe jemanden kennengelernt.«

»Jemanden?«, fragte sie und fuhr einfach weiter. Sie hatte nicht vor, es ihm leichtzumachen.

»Eine Frau.«

Angst brach über sie herein. Das musste ein Missverständnis sein. Sie bog bei der Ampel rechts ab. Es war irgendeine Ampel. Sie wusste nicht mehr, auf welcher Straße sie sich befanden, in welcher Stadt, in welchem Land. »Was für eine Frau?«, fragte sie.

»Eine Frau, Annie. Ich habe mich in jemanden verliebt.« Dann fügte er hinzu: »Er tut mir leid.«

»Wer ist es?« Sie wollte die Antwort hören. Johnny sagte ihren Namen, doch Annie kannte sie nicht.

»Wie alt ist sie?«

Es spielte eine Rolle, obwohl es eigentlich keine Rolle spielte. Sie waren seit zwei Jahren zusammen, erklärte er. Verliebt, hinter ihrem Rücken, ein fröhlicher, sorgloser Ehebruch. *Sag ihr, was los ist. Beende diesen Mist.*

»Wir wollen unser Leben gemeinsam verbringen«, sagte Johnny.

Wir? Ein neues *Wir,* zu dem sie nicht mehr dazugehörte. Das Krebsgeschwür, das seine Worte auslösten, war gefährlich und wuchs schnell. Annies Leben, wie sie es kannte, war vorüber. Die schreckliche Vorstellung, dass es eine andere Frau gab, brach über sie herein und vergiftete sie. Sie fuhr wie ferngesteuert weiter, während Johnny mit warmer, vernünftiger und charmanter Stimme auf sie einredete. Man konnte Johnny nicht böse sein. Niemand konnte Johnny böse sein. Alle liebten Johnny.

Es kam ihr durchaus in den Sinn, einfach stehen zu bleiben, doch sie wollte nach wie vor mit ihm den Abend verbringen und ausgehen, auch wenn er ihr das Herz gebrochen hatte. Sie ließ bloß einen einzigen Gedanken zu. Sie konnte und würde Johnny wieder zurückgewinnen, wer auch immer die Schlampe war.

»Annie, ich will mich scheiden lassen«, erklärte Johnny schließlich.

Die Worte drangen kaum zu ihr durch. Dann musste sie eben härter kämpfen. Johnny war dieser Frau verfallen, doch er würde für sie nicht seine Familie aufs Spiel setzen. Doch dann rückte er mit der furchtbaren Wahrheit heraus.

»Wir wollen in Australien von vorne beginnen. Sie kommt von dort. Und sie kann aus beruflichen und rechtlichen Gründen nicht hierbleiben.«

Da war Johnny nun also. Er saß in ihrem Auto, ließ sie fahren und vertraute ihr vollkommen. Ihr Mann. Ihr humorvoller, charmanter Mann. Ihre große Liebe, ihr bester Freund. Er hatte offensichtlich genügend Zeit gehabt, sich mit der Vorstellung anzufreunden, denn seine Stimme klang ruhig und einfühlsam. Er versetzte sich in ihre Lage. Was ihn betraf, so hatte er sich mit der neuen Situation abgefunden. Mit der Vorstellung, sie und die Jungen zu verlassen. Und er hatte bereits an alles Weitere gedacht.

»Aber die Jungen!«, rief sie. »Australien?« Das konnte doch nicht wahr sein. Er konnte ihr das Herz brechen, wenn er wollte. Aber ihren Babys?

Die heiße Wut, die sie daraufhin überkam, brannte sich in jede Zelle ihres Körpers ein. Sie wollte nur noch auf die Bremse steigen, so dass Johnny durch die Windschutzscheibe geschleudert wurde. Sie wollte ihm das Herz brechen, wie er ihres gebrochen hatte. Sie stellte sich vor, wie die Glasscherben tief in seine Brust eindrangen. Es wäre doch bloß fair gewesen. Wie hätte er sonst den jämmerlichen Schmerz spüren sollen, das Gefühl des Verlassenwerdens und den Kampf, den ihre Seelen in den kommenden

Jahren würden ausfechten müssen? Stattdessen parkte sie den Van in irgendeiner Straße in der Nähe der Avenue Victor Hugo und ließ ihre Stirn auf das Lenkrad sinken. *Er liebte sie nicht.*

Johnny legte ihr dümmlich eine Hand auf den Arm. »Ich weiß, dass ich mich euch gegenüber scheiße benehme. Aber ihr kommt schon zurecht. Die Kinder brauchen dich mehr als mich.«

»Aber das stimmt doch gar nicht«, schrie sie und entriss ihm ihren Arm. Johnny lächelte sie mit dem unsicheren Lächeln eines Mannes an, der genau wusste, dass die Explosion kurz bevorstand und er nichts dagegen tun konnte. »Du musst doch in ihrer Nähe bleiben«, rief sie. »Du kannst nicht so weit fortziehen.«

Doch sie wusste nur zu gut, dass er es konnte. Immerhin hatte er es schon einmal getan. Er hatte seine Familie verlassen, um nach Frankreich zu ziehen. *Und er rief seine Eltern nie an.* Sie riefen in Frankreich an und beschwerten sich, doch immer war sie diejenige, die ungeduldig mit den Schultern zuckte, während sie sich das Telefon zwischen die Wange und die Schulter klemmte, um eine Windel zu wechseln oder das Abendessen zu kochen. Warum kamen seine Eltern nicht einfach über ihn hinweg?

Sie war diejenige, die Johnnys Eltern anrief, wenn es Neuigkeiten gab. Sie erinnerte sich an sie und schickte Geschenke und Briefe. Sie dachte an ihre Geburtstage, entschuldigte sich und sprang für ihn ein. Sie versuchte, so gut es ging, ihre Gefühle nicht zu verletzen. Johnny ließ sich nicht einsperren. Warum verstanden seine Eltern das nicht?

Sie saßen in dem geparkten Van, irgendwo in der Nähe der Avenue Victor Hugo, und sie begann plötzlich zu brüllen. Die Laute klangen nicht mehr menschlich. Und ihre Kraft schien ebenfalls nicht mehr menschlich. Sie schlug auf seine Schulter ein. »Verschwinde! Raus hier! Raus! Raus aus meinem verdammten Auto!« Sie sah machtlos zu, wie Johnny aus dem Auto stieg

und sich vom Van abwandte. Wie er den Boulevard entlangging, fort von ihr, seinem Schicksal entgegen.
Sein Schicksal holte ihn zwei Stunden später ein, als Johnny den Wagen seines Bruders in den Tod lenkte. In jener Nacht, als sie gedacht hatte, sterben zu müssen, hatte schließlich Johnny den Tod gefunden.
Sie hatte jene Nacht immer und immer wieder in Gedanken durchgespielt. Jede Nacht und beinahe jeden Tag in den letzten drei Jahren. War der Unfall ihre Schuld gewesen, weil sie ihn aus dem Van geworfen hatte? Oder war es seine Schuld gewesen? Hatte sie ihn getötet, oder hatte er sich selbst umgebracht? Hätten die Jungen gewusst, was wirklich geschehen war, hätten sie dann ihr die Schuld gegeben? Hätten sie ihn gehasst? Hätten sie sie gehasst?
Und dann immer wieder dieser Gedanke, drei Jahre lang: *Er liebte sie nicht.*
Jetzt, wo die Panikattacke vorüber war, überkam sie eine seltsame Ruhe. Sie hatte überlebt. Sie lebte und saß auf dem Fahrersitz ihres Vans, der noch immer in der Garage stand. Sie atmete erleichtert ein, holte ein Taschentuch aus ihrer Handtasche, tupfte sich die Augen trocken und putzte sich die Nase.
Sie spürte eine seltsame Leere. Was war los? Irgendetwas fehlte plötzlich, aber was? Es kam ihr in den Sinn, dass sie im Grunde seit jener Nacht in diesem Van festgesessen hatte, dass sie in ihrem Inneren drei lange und einsame Jahre lang nicht aufgehört hatte, zu weinen. Und sie war wütend gewesen. So wütend. Und plötzlich überkam sie wie aus heiterem Himmel ein lange vergessenes Gefühl der Leichtigkeit. Was war das? Irgendetwas war doch verschwunden?
Annie brauchte einige Minuten, bis sie erkannte, dass das, war ihr seltsamerweise fehlte, der Schmerz war.

Es war bereits Schlafenszeit. Sie dachte an die Kinder, an ihre vor Erschöpfung bleichen Gesichter. Ihre Augen. Jetzt war Mummy-Zeit, und sie waren alle in Lucas' Wohnung und fragten sich, wann sie nach Hause konnten. Lucas. Johnnys Freund. Lucas hatte von Johnny und dieser anderen Frau gewusst, aber er hatte nie ein Wort darüber verloren. Er hatte es versucht, aber sie hatte es nicht zugelassen, und nun wusste sie auch, warum. Indem sie ihn gezwungen hatte, zu schweigen, hatte sie verhindert, dass er – und auch alle anderen – erfuhren, dass sie es wusste. Indem sie niemandem davon erzählte, blieb Johnny unversehrt, blieb ihre Geschichte unversehrt. Für die Kinder und vielleicht auch für sie selbst. Lucas ließ sie ihr Geheimnis bewahren. Das Geheimnis, dass sie nicht geliebt und einfach fallengelassen worden war. Ein Geheimnis, das zu schwer wog, um alleine damit fertig zu werden.

Am nächsten Morgen brach der Schmerz auch über die Jungen herein. Ein unfassbarer Schmerz, aber dennoch ein Schmerz ganz anderer Natur. Ein Schmerz, über den sie eines Tages vielleicht leichter hinwegkommen würden als über das Trauma, das sie erfahren hätten, hätte Johnny seinen Plan in die Tat umgesetzt und sie alle verlassen. Solange sie ein Wörtchen dabei mitzureden hatte, würde Johnnys Bild als liebender Vater und Ehemann gewahrt bleiben. Nicht wegen Johnny. Nein, nicht wegen Johnny, sondern wegen der Jungen. Damit sie sich weiterhin von ihm geliebt fühlten.

Sie drehte den Schlüssel im Zündschloss. »Scheiß auf dich, Johnny«, rief sie mitten in der Garage. *»Scheiß auf dich, du Arschloch, du verdammter Lügner, Betrüger, Feigling, egoistischer Mistkerl. Du hattest recht, du Versager! Wir brauchen dich tatsächlich nicht!«*

Annie startete den Motor und raste aus der Garage. Während sie fuhr, ging gerade die Sonne unter und tauchte die Gebäude in einen roten Schein. Musik und warme Luft drangen durch die geöffneten Fenster des Vans, und ihre Haare wehten im Wind. Sie fuhr mit dem Van durch die Straßen von Paris, um ihre Jungen für ein Wochenende am Meer abzuholen. Sie fuhr mit dem Van durch die Straßen von Paris, um sich mit ihrem Liebhaber zu treffen.

Jared wartete, bis die Krankenschwester sein Zimmer verlassen hatte, dann zog er sich die Infusionsnadel aus dem Arm. Er stolperte aus dem Bett und musste sich an der Wand abstützen, um nicht hinzufallen, doch als er schließlich vor dem Schrank stand, in dem sich seine sorgsam zusammengefaltete Kleidung befand, schaffte er es, halbwegs normal zu stehen. Als die Schwester wiederkam, war er bereits verschwunden.

Einige Minuten später fuhr er mit dem Taxi durch den dichten Verkehr. Die purpurroten Strahlen des Sonnenuntergangs und das letzte Tageslicht spiegelten sich auf der Seine und verwandelten den Fluss in pures Silber. Die dunkelgrünen Blätter der Ahornbäume wirkten vor dem kobaltblauen Himmel beinahe schwarz. Das Atmen alleine strengte ihn an, und sein Blick war immer noch getrübt von den Drogen, die er genommen hatte, und jenen, die sie ihm im Krankenhaus verpasst hatten.

Ihm fiel ein, dass heute Abend die *Fête de la Musique* stattfand. Er fuhr das Fenster hoch, damit sein Kopf nicht weiter von den verschiedenen Melodien torpediert wurde, die aus jeder Straße, jedem Haus und jedem Zimmer in jeder Wohnung drangen. Das Innere des Taxis wurde zu einer stillen Höhle, die wie eine Seifenblase durch die Stadt schwebte. Die behauenen Steine der Gebäude glänzten im Licht der Straßenlaternen, und jede Lichtquelle glich einem verschwommenen Stern. Die Statuen schienen lebendig, die Kirchen wie riesige Ritter mit Helmen und Rüstungen,

die Holztüren der jahrhundertealten Gebäude wie aufgerissene Mäuler.
Wäre Althea jetzt bei ihm gewesen, dann hätte er ihr die zum Bersten gefüllten Restaurants gezeigt, die Menschen, die auf den Straßen tanzten und in den Gärten der Cafés standen und tranken, die ehrfürchtigen Touristen, die sich fragten, wo sie da gelandet waren, die ungezähmten Jugendlichen, die im Zickzack mit im Wind wehenden Haaren auf ihren Mopeds durch den Verkehr rasten, die verliebten Pärchen, die Hand in Hand durch die Straßen schlenderten, die Körper aneinandergedrückt, küssend in Erwartung der Nacht, in Erwartung der Leidenschaft. Hätte Althea bei ihm im Taxi gewesen, hätte er seinen Kopf in ihren Schoß gelegt, und sie hätte seine Haare gestreichelt, bis er einschlief. Aber Althea war nicht hier bei ihm, und er musste sie finden. Das Taxi bog in den Boulevard Richard-Lenoir, und plötzlich waren sie von Hunderten Menschen auf Rollerskates umgeben, die um sie herumschwirrten wie ein Schwarm Fische im dunklen Meer. Ein Mädchen klopfte an sein Fenster und zeigte ihm ihre nackten Brüste. Einen Augenblick später waren die Menschen bereits wieder verschwunden.
Die Zeit, die er nicht bei Althea verbrachte, war für ihn verlorene Zeit. Er hasste es, dass sie so schwach, so bedürftig, so krank war. Doch so schwach, bedürftig und krank sie auch war, er würde sie finden, obwohl die Schwestern eine Ausrede nach der anderen gefunden hatten, bevor sie ihm schließlich sagten, dass sie in ein anderes Krankenhaus verlegt worden war, dessen Namen sie ihm nicht verraten durften.

Lola saß ihm gegenüber in dem französischen China-Restaurant. Sie hatte es sich in ihrem Stuhl bequem gemacht und sah gelassen und zufrieden aus, was jedoch jetzt, wo Mark darüber nachdachte, nicht bedeuten musste, dass sie auch gelassen und zufrieden war. Bis zu dem Tag, an dem sie ihn verlassen hatte, hatte es keine Anzeichen dafür gegeben, dass sie unglücklich war. Oder zumindest nicht sehr viele.

Mit den blonden Haaren sah Lola noch atemberaubender aus, und er wollte es ihr unbedingt sagen. Es war seltsam, hier in Paris zu sein, in einer Stadt, die er nicht verstand. Es war elf Uhr abends, und die Leute kamen noch immer in Begleitung ihrer Hunde zum Abendessen. Es war eine Stadt, wo sich heterosexuelle Männer wie Homosexuelle kleideten, wo aufreizende Frauen jeglichen Alters auf den Straßen tanzten, wo die Kellner die Gäste und die leeren Teller vor ihnen ignorierten, wo es in chinesischen Restaurants kaum erkennbare chinesische Gerichte gab und wo Rollschuhe und Mopeds scheinbar die bevorzugten Fortbewegungsmittel waren. Und überall in Paris hörte man Musik.

Lola zog ihre Jacke aus. Sie leuchtete regelrecht. Er liebte ihre weiche, karamellfarbene Haut, ihre vollen Lippen, das verwaschene Grün ihrer Augen. Lolas Gesicht wirkte ruhig. Lola wirkte immer ruhig. Ihre Ruhe hatte ihm erlaubt, seinen Hass auf die Welt straflos auszuleben. Auch das wollte er ihr gerne sagen.

Es war einige Zeit vergangen, seit der Privatdetektiv ihm Lolas Adresse in Paris gegeben hatte. Mark hatte sie in seiner Geldbörse aufbewahrt und sie sich mehrere Male am Tag angesehen, um immer im Gedächtnis zu behalten, was er gerade tat und warum er es tat, während er sein Projekt vorantrieb. *Therapie*, so nannte man das. Aggressionsbewältigungsseminare, in denen er sich seinen Depressionen und seiner Wut stellte. Vor allem die Depressionen erschienen ihm wie ein Fass ohne Boden. Sobald er ein Problem erkannt hatte, konnte er nicht einfach davor zurückweichen. Er stürzte sich mit dem Kopf voran hinein und ging ihm methodisch an den Kragen. Er engagierte die Besten und gab sein

Bestes. Er hatte die Medikamente genommen, die man ihm verschrieben hatte, und sich geweigert, sich selbst zu belügen. Er hatte auch an Gruppensitzungen teilgenommen und nicht mehr als eine Sitzung benötigt, um sich selbst in den Männern neben ihm wiederzuerkennen. Außer Kontrolle geratene Schlägertypen, die ihre Frauen emotional misshandelten. Doch damit wollte er im Moment nicht angeben.

Er wollte Lola zurückgewinnen, und zwar als neuer Mensch. Außerdem wusste er nicht, ob es Lola gefallen würde, dass er sich in einen Waschlappen verwandelt hatte, der sich in den Schlaf weinte.

Wenn er Lola ansah, war es schwierig, die Emotionen, die ihn gerade überwältigten, nicht offen zu zeigen. Doch dann erinnerte er sich, was der Seelenklempner zu ihm gesagt hatte. Es war im Gegenteil wichtig, dass er die Emotionen spürte und sie nicht in sich verschloss, was vermutlich der Auslöser für seine Probleme gewesen war. Aber wie konnte man Emotionen zulassen, ohne zu heulen wie ein Sechsjähriger? Das hatte er bisher noch nicht herausgefunden.

Lola nippte an ihrem Wein, und die warme Nachtluft umschmeichelte ihr Gesicht. »Wie hast du mich gefunden?«, fragte sie.

»Nun«, lächelte er. »Es war nicht gerade einfach, aber wenn man genügend Geld in ein Problem investiert, dann verschwindet das Problem üblicherweise früher oder später.«

»Aber nicht alle Probleme«, wandte Lola ein und sah ihn aufmerksam an.

»Nein, nicht alle Probleme«, erwiderte er.

Der Kellner nahm Marks unangerührte Vorspeise und Lolas leeren Teller wieder mit und servierte ihre *Entrées.* Mark brachte keinen Bissen hinunter, während Lola dasaß, freudig aß und sanft mit dem Kopf zur Musik wippte.

»Wann hast du herausgefunden, wo ich bin?«
Mark zögerte. »Vor etwa einem Monat.«
»Vor einem Monat?« Lola sah verletzt aus. »Das ist eine lange Zeit«, meinte sie vorwurfsvoll.
Mark zögerte. »Ich musste mich um einige Dinge kümmern.«
»Was für Dinge?«, fragte sie.
Er sah zu, wie Lolas Essstäbchen zum Teller wanderten, geschickt ein wenig Essen aufnahmen, das sie anschließend anmutig zum Mund führte. »Du weißt schon … *Dinge* eben. Aber ich glaube, wir sollten jetzt über das sprechen, was gerade vor sich geht, und wie wir beide uns die Zukunft vorstellen.«
»Es kann nicht so weitergehen wie bisher, Mark«, sagte sie und sah ihn verärgert an. »Ich habe mich verändert. Ich kann nicht einfach wieder zu meinem alten Ich zurückkehren.«
Mark zuckte mit den Schultern. »Du hast dich schon vor langer Zeit verändert. Aber aus irgendeinem Grund hast du dich nicht getraut, es mir zu sagen.«
Lola legte ihre Essstäbchen beiseite. »Aus *irgendeinem* Grund? Und was könnte deiner Meinung nach der Grund dafür gewesen sein?«
Mark antwortete nicht. Sie kannten beide den Grund dafür. Stattdessen sagte er: »Ich hätte dich anzeigen können. Ich hätte dir Dutzende Male die Polizei auf den Hals hetzen können, aber du weißt, dass ich das nicht getan habe. Offensichtlich mache ich mir etwas aus dir. Ich bin kein Ungeheuer. Ich habe dir den Freiraum zugestanden, den du gebraucht hast, und all das. Und ich bin hier, damit wir die kleinen Probleme aus der Welt schaffen, die wir scheinbar haben.«
Lolas Stimme klang schneidend. »Bloß dass es keine kleinen Probleme sind, Mark. Es sind riesige Probleme. Und ich weiß nicht, ob wir sie lösen können.«

»Ich sag dir jetzt etwas. Wir werden unsere Probleme sicher nicht lösen können, solange du in Frankreich bist.«
»Ich komme natürlich zurück nach L. A. Das schulde ich dir und den Kindern. Aber ich muss mein Leben ändern.«
Mark entspannte sich. »Ja, du brauchst ein eigenes Leben. Ich hab's verstanden. Du willst arbeiten. Du machst doch Yoga, nicht wahr?«
Sie schüttelte den Kopf. »Ich glaube nicht, dass ich wieder zurück ins Haus ziehen kann.«
Mark hob eine Augenbraue. »Du willst umziehen?«
»Ich möchte unsere Ehe nicht mehr weiterführen.«
Mark sah sie nicht an. Er versuchte, seine Angst vor ihr zu verbergen und auch die Tatsache, dass seine Schultern immer schwerer wurden.
»Was meinst du damit?«
»Ich komme zurück nach Kalifornien, aber …«, sie sah hinunter auf ihren Teller, »es tut mir leid, Mark, aber ich werde mir irgendwo eine Wohnung mieten.«
»Komm schon, Lola! Ich weiß, wir sind beide verärgert, aber das ist doch nicht das Ende der Welt!«
»Doch, Mark! Es *ist* das Ende der Welt«, erwiderte Lola mit solcher Kraft, dass Mark sie kaum noch wiedererkannte. Ihre Augen blitzten vor Zorn. Er hatte sie noch nie so offensichtlich wütend erlebt. »Wie soll ich es bloß formulieren, damit du es verstehst? Vor allem, weil du dich weigerst, mir zuzuhören.«
»Glaubst du wirklich, ich bin den ganzen Weg hierher geflogen, bloß um dir nicht zuzuhören?«
Lola betrachtete ihn. »Also gut. Du hast gesagt, unser Leben hätte sich nach der Geburt der Kinder verändert. Nun, das lag daran, dass es dir nur so lange gut ging, wie sich meine Welt um dich drehte!«

Mark öffnete den Mund, um etwas zu erwidern, doch dann schloss er ihn wieder.
Lola richtete verärgert ihre Essstäbchen auf ihn, doch ihre Stimme blieb ruhig. »Weißt du eigentlich, wie viel meiner Persönlichkeit ich aufgegeben habe, um mit dir zusammen zu sein? Und wie viel mehr ich jeden Tag aufgab, nur um dich zufriedenzustellen? Es ging ständig bloß um dich – um deine hübschen, kleinen Hemden, um dein dämliches Haus, um deine Geschäftsreisen, die ich ertragen musste, anstatt zu Hause bei den Kindern zu sein. Es ging um deine Vorstellungen, wie Gäste zu bewirten waren und das Haus einzurichten war. Und die sind nebenbei bemerkt Scheiße.« Sie flüsterte das letzte Wort, doch sie hätte es genauso gut laut hinausbrüllen können.
»Lola, ich hab's verstanden. Ich hab's verstanden. Ich bin ein Arschloch.«
»Ich will damit bloß sagen, dass ich mich scheiden lasse, wenn du dich nicht änderst.«
Mark nahm einen großen Schluck aus seinem Glas und erwiderte: »Und was genau soll ich ändern?« Die Worte, die so gar nicht zu ihm passten, schienen eine Ewigkeit zwischen ihnen zu schweben.
»Sehr viel, Mark«, meinte Lola kopfschüttelnd. »Und ich weiß nicht, ob du das schaffst.«
»Ich kann mich ändern.«
»Warum beginnst du dann nicht jetzt gleich damit und entschuldigst dich für deine unkontrollierbaren Wutausbrüche?«, fuhr sie ihn an. »Für das Gebrüll und für alles, was ich ertragen musste. Dafür, dass ich …«
»Entschuldige«, sagte Mark.
Lola sah ihn erstaunt an.
»Entschuldige«, wiederholte Mark und hielt ihrem Blick stand. »Ich war genau so, wie du es gesagt hast. Aber ich kann mich än-

dern. Ich *muss* mich ändern. Und ich habe bereits begonnen, mich zu ändern.«
»Du musst dir von jemandem helfen lassen. Von einem Therapeuten. Wegen deiner Wut.«
»Ich habe bereits damit begonnen. Das sind die *Dinge*, von denen ich vorhin gesprochen habe. Ich habe da dieses Programm durchgezogen. Ich … ich mache alles, was nötig ist.«
Lola riss die Augen auf. »Ein *Programm?*«
»Ein Programm. Aggressionsbewältigung und Gewalt in der Ehe.« Er lächelte entschuldigend. »Und alles, was dazugehört.«
»Ein Programm?«, wiederholte Lola noch einmal und schien vollkommen schockiert von seinem Bekenntnis.
Lange Zeit schwiegen sie beide. Lola hatte aufgehört zu essen. Ein Musiker hatte in der Nähe ihres Tisches Stellung bezogen und spielte etwas auf seiner Gitarre, das klang wie ein Flamenco. Sie sahen beide zu, wie die Finger des Mannes über die Saiten glitten. Natürlich hätte Mark noch mehr sagen sollen, aber was genau? Man konnte die Liebe nicht erzwingen. Die Würfel waren gefallen. Es lag nun nicht mehr in seiner Hand.
»In Ordnung, dann vielleicht doch«, sagte sie schließlich.
»Vielleicht?«
»Vielleicht, wenn du wirklich Willen zeigst und es auch schaffst.«
Sein Hals zog sich schmerzhaft zusammen. »Ich will es wirklich. Und ich schaffe es auf alle Fälle.«
»Dann vielleicht doch«, sagte Lola erneut. Sie sah ihn an und lächelte sanft, doch das Lächeln gefror, als sie bemerkte, wie ihm die Tränen in die Augen stiegen. Er versuchte, sie zu verstecken, doch es war zu spät.
»Alles in Ordnung mit dir?«, fragte sie.
Mark streckte die Hand aus, und einige Augenblicke später streckte Lola ihre Hand ebenfalls aus. Sie klatschten sich in Zeit-

lupe ab, doch danach ließ Mark Lolas Hand nicht mehr los. Er verschränkte seine Finger mit ihren, und dann begann er in dem China-Restaurant mitten in Paris vor allen Leuten zu weinen.

29

Lucas fühlte sich endlich wieder wie ein menschliches Wesen. Die Kinder sahen sich einen Film an, und er hatte sich rasiert, geduscht und umgezogen, während er ständig überlegt hatte, wie er Annie am besten die Meinung sagen sollte, weil sie ihn alleine mit fünf Kindern dem Schicksal überlassen hatte. Doch dann stand Annie schließlich vor seiner Tür. Ihr Gesicht war tränenüberströmt, und sie war so durch den Wind, dass sie sich sofort in seine Arme warf und er zunächst glaubte, sie wäre womöglich misshandelt worden oder Schlimmeres. Hatte Mark sie attackiert und anschließend Lola in einem Anfall von *crime passionnel* ermordet? Sie schmiegte sich an seine Brust und schluchzte eine volle Minute lang hemmungslos, und er genoss es, obwohl ihn gleichzeitig Schuldgefühle überkamen. Es fühlte sich so richtig und wunderschön an, sie in den Armen zu halten. Nach einiger Zeit fing sie sich wieder, tupfte sich die Augen trocken und meinte auf seinen fragenden Blick hin bloß: »Ich will nicht darüber reden.«

Sie eilte ins Badezimmer, und als sie wieder herauskam, hatte sie sich das Gesicht gewaschen und Lippenstift aufgelegt. Sie wirkte wieder stark und gefasst, zumindest hatte sie scheinbar beschlossen, es für die Kinder zu sein.

Sie warf einen Blick in sein Wohnzimmer, in dem keine Spur von seinem nachmittäglichen Martyrium mehr auszumachen war. Die Kinder lungerten allesamt auf der Couch herum und starrten in Richtung Fernseher, mit Ausnahme des Kleinsten, der seit etwa zwei Stunden tief und fest schlief. Als Maxence seine Mutter sah, sprang er auf und machte sofort den Fernseher aus, was Annie scheinbar sofort misstrauisch machte.

»Was habt ihr euch gerade angesehen?«, fragte sie zur Begrüßung.

»Nichts«, antworteten Lia und Laurent einstimmig.

»Arachnophobia«, krächzte Paul.

Annie wandte sich mit vorwurfsvollem Blick an Lucas. »Du lässt die Kinder einen Horrorfilm gucken?«

»Sie … sie haben gesagt, das machen sie immer«, stotterte Lucas. »Sie meinten, du würdest es ihnen erlauben … wann immer sie wollen.«

»Das hätte ich nicht von dir erwartet«, erklärte Annie Maxence kühl.

Dann erzählte sie ihnen von ihrem Überraschungsurlaub, und die Kinder begannen wie verrückt auf und ab zu hüpfen. »Wir gönnen deiner Mum ein schönes Wochenende für sich alleine«, versicherte Annie Lia. Alle liefen noch ein letztes Mal auf die Toilette, dann wurde das Licht ausgemacht, und Lucas legte sich den schlafenden Simon über die Schulter. Sie verschlossen die Wohnungstür und betraten den Aufzug. Draußen auf der Straße machten sie sich schließlich auf den Weg zum Van.

Lucas schnallte Simon im Autositz fest, ohne ihn auch nur einmal zu wecken, und die anderen Kinder kletterten aufgeregt nach ihm ins Auto.

Die ganze Stadt stand im Bann der *Fête de la Musique.* Die Stimmung übertrug sich sofort auf die Kinder, und sie wollten aus dem Auto und »die Musik sehen«. Doch Annie beendete ihr Betteln mit einem einzigen »Kommt nicht in die Tüte«, und sie hörten auf zu fragen. Wie machte sie das bloß? Er lenkte den Van durch die Straßen von Paris, und Annie erlaubte den Kindern, die Fenster zu öffnen. Es waren so viele Straßen für den Verkehr gesperrt, dass er sich langsam fragte, ob sie jemals aus der Stadt hinausfinden würden. Maxence und Laurent begannen Lia mit imaginären Riesenspinnen zu erschrecken, und ihr Kreischen drang in Lucas' Gehirn wie Schwerthiebe. Unterdessen saß Annie mit den Händen im Schoß neben ihm auf dem Beifahrersitz und schien in Gedanken versunken. *Wie machte sie das bloß?*

»Ich habe deine Tasche nirgendwo gesehen«, meinte sie plötzlich durch die Schreie der Kinder hindurch. Es war ihr erster Satz, seit sie seine Wohnung vor zwanzig Minuten verlassen hatten.

Lucas überlegte zunächst, was sie wohl meinte, dann erwiderte er einigermaßen erstaunt: »Nun, ich habe wohl vergessen, zu packen.«

»Wie bitte?«, erwiderte Annie und vergrub den Kopf in den Händen. »Du hast es *vergessen?* Wie konntest du vergessen, zu packen?«

»Es war ein stressiger Tag.«

»Klar war es das, aber sieh dir mich doch einmal an. Ich bin perfekt vorbereitet.«

»Man könnte meinen, du hättest Nerven aus Stahl, wenn man dich mit den Kindern sieht, aber wenn ich dich auch nur ein klein wenig verärgere, dann …«

Annie drehte sich schnell nach hinten, richtete den Blick auf die Kinder und brüllte: »Haltet die Klappe!« Die Kinder wurden sofort ruhig. Sie fuhren dem Vollmond entgegen. Die Stadt lag nun bereits weit hinter ihnen, und der Himmel war voller Sterne. Nacheinander schliefen die Kinder schließlich ein. Sie schienen beinahe alleine auf der Autobahn zu sein, abgesehen von dem einen oder anderen Auto, das sie in halsbrecherischem Tempo überholte, so dass der Minivan wackelte.

»Also, wie geht es dir?«, fragte er vorsichtig, nachdem alle Kinder eingeschlafen waren.
»Psst.«
»Sie schlafen.«
»Maxence nicht. Nicht, solange er nicht schnarcht«, flüsterte Annie.
Bald darauf erreichten sie das *Département de Normandie.* Abgesehen von dem lauten Rumpeln des Motors waren die Dunkelheit und die Stille beinahe vollkommen. Lucas spürte, wie Annie sich entspannte. Ihr Atem wurde ruhiger, und mit jedem ihrer Atemzüge fiel auch von ihm der Stress ab.
Er nahm eine Hand vom Lenkrad und griff damit nach ihrer Hand, die sie noch immer fest zur Faust geballt im Schoß hielt. Er führte ihre steife Hand zu seinen Lippen und behielt sie dort, bis sie sich entspannte. Lucas war glücklich. Es machte ihn glücklich, mit Annie im Auto zu sitzen, mitten in der Nacht, mit fünf schlafenden Kindern auf dem Rücksitz. Sie waren wie eine Familie. Seine Familie.
Egal, wie durcheinander die Leben der Menschen um ihn herum auch sein mochten, sein eigenes begann gerade einen Sinn zu ergeben.
Er fuhr durch das schlafende Städtchen Honfleur, bevor er schließlich langsamer wurde und der vertrauten schmalen Straße folgte. Er hielt den Van vor einem Tor aus Gusseisen an, stieg aus, drückte das schwere Tor auf, stieg wieder in den Van und fuhr im hellen Mondlicht etwa hundert Meter die mit Kiesel bestreute Einfahrt hoch. Die Nacht war klar. Morgen würde ein wundervoller Tag werden.
Annie riss die Augen auf, als sie das kleine Haus entdeckte, bei dem sich dunkle halbierte Holzstämme mit weißem Mauerwerk abwechselten, das im Mondlicht leuchtete. »Lucas, das ist einfach

zu schön! Sieh dir nur die Kletterrosen an, die bis zum Dach hochwachsen! Es erinnert mich an Nantucket!«

»Woran?«

»Martha's Vineyard und Nantucket. Die Inseln am Cape Cod.«

»Das hier ist viel besser«, erklärte er.

Lucas parkte den Van vor dem Haus. Annie war bereits ausgestiegen, bevor er noch den Motor abgestellt hatte. Die Kinder schliefen so tief und fest, dass keiner von ihnen bemerkte, dass sie ihr Ziel erreicht hatten. Annie bewegte sich bereits vom Auto fort und auf das dunkle Meer zu, das vor ihnen lag. Lucas stieg ebenfalls aus und folgte ihr. Eine frische Brise, die nach Meer, Sand und Seegras roch, umfing sie.

Annie deutete auf das Meer. »Du hast nie gesagt, dass dein Haus am Meer liegt. *Direkt* am Meer!«

»Nun … ja.«

Obwohl sie so getan hatte, als wäre sie perfekt vorbereitet, trug Annie lediglich eine ärmellose Bluse, und er sah die Gänsehaut auf ihren Armen. Lucas zog seinen Pullover aus und legte ihn ihr über die Schultern.

»Lassen wir die Kinder doch eine Minute lang im Auto schlafen. Das macht ihnen sicher nichts aus«, sagte Annie.

»Bist du dir sicher?«

»Ja.« Sie wirkte plötzlich fröhlich und verspielt. Sie sah wunderschön aus.

Sie griff nach seiner Hand und eilte auf das Meer zu. Kurz darauf begannen sie beide zu laufen. Als sie den Sand unter ihren Füßen spürte, schlüpfte Annie schließlich aus ihren Sandalen. Dann kletterten sie auf eine der kleinen Sanddünen und schoben und zogen einander vorwärts. Die Luft war kühl, doch Lucas glühte. Annie kniete sich nieder und legte Lucas' Jacke in den Sand, der im Mondlicht glatt und grau wirkte und noch immer warm war.

Sie griff erneut nach seiner Hand und zog ihn zu sich auf die Jacke. Lucas' Puls beschleunigte sich. Er nahm ihr Gesicht in seine Hände und küsste sie. Dann spürte er, wie Annie nach seinem Gürtel griff.

Die Sonne blendete sie, und Annie setzte ihre Sonnenbrille auf. In der Ferne bildete sich eine Welle nach der anderen, die schließlich alle sanft zu ihren Füßen im Sand verliefen. Die reichhaltige, dünne Meeresluft ließ ihre Lungen und ihr Herz anschwellen. Sie saß in einem niedrigen Strandstuhl, trug einen Badeanzug in Retro-Rot, in dem sie aussah wie ein Pin-up-Mädchen, und hatte die Füße im warmen Sand vergraben. Lucas saß in dem Stuhl neben ihr. Er trug noch immer dieselben Klamotten wie am Tag zuvor und kam ihr nur so nahe, wie er es wagen konnte, ohne dass die Kinder Verdacht schöpften. Er hatte sein weißes Hemd aufgeknöpft, und es wehte sanft im Wind. Seine Hose war bis über die Knöchel aufgekrempelt und ein wenig durchnässt, und er blinzelte im Sonnenlicht, so dass er irgendwie aussah wie Clark Gable. Die Kinder spielten einige Meter entfernt und glänzten vor Sonnencreme, Wasser und Sand. Maxence und Lia standen bis zu den Hüften in einem Loch, das sie in den Sand gebuddelt hatten. Die beiden schwatzten unaufhörlich miteinander, während sie weitergruben. Annie hörte jedoch nicht, worüber, denn das Rauschen des Meeres war zu laut.
Es war lustig zu beobachten, wie Maxence Paul, Laurent und Simon immer wieder ausschickte, um mehr Wasser oder Muscheln zu holen, und sie daraufhin mit bis zum Rand gefüllten Eimern zum Meer und wieder zurückliefen, als hinge ihr Leben davon ab. Es erschien ihr, als hätten sich Lia und Maxence ganz ineinander verloren, unbeeindruckt von ihrer Umgebung. Und ihr Bedürfnis, alleine zu sein, war beinahe greifbar.

Unter der Sandoberfläche begann Lucas mehr oder weniger diskret, ihre Füße mit seinen zu massieren. Seine Berührungen lösten sofort erotische Gefühle in ihr aus. Sie hatten sich am Abend zuvor in den Dünen geliebt, weil es ihr Wunsch gewesen war. Sie war erstaunt, wie erregt sie gewesen war. Es war ein unglaublich schöner Moment gewesen, wie es ihn schöner auf dieser Erde nicht geben konnte.

Lucas war ein wundervoller Mensch und ein wundervoller Mann, und er schien sie tatsächlich zu begehren. Er war der Mann, mit dem sie einen Neuanfang starten konnte. Der Mann, der sie zum Lachen brachte *und* über ihre eigenen bösen Scherze lachte. Der Mann, der sie für sich gewonnen hatte. Der Mann, der sie in ihrer Vollständigkeit gesehen hatte, verletzt und fehlerhaft, und sich trotzdem noch für sie interessierte.

Aber war das Leben denn nicht bloß im Kino derart perfekt? Im wahren Leben ging jeder Sommer einmal zu Ende, die Kinder gingen wieder zur Schule, wurden erwachsen, verließen ihre Mütter. Beste Freundinnen kehrten zu ihrem jämmerlichen Ehemann zurück. Menschen brachen zusammen, weil sie sich selbst beinahe zu Tode gehungert oder sich eine Überdosis Drogen verpasst hatten, gerade wenn man glaubte, ihnen geholfen zu haben. Ehemänner betrogen ihre Frauen und starben. Und neu gefundene Liebhaber fanden Wege, um die Beziehung im Keim zu ersticken, bevor es zu intim wurde. Bevor das Glück einen in die Falle lockte, bloß um kurze Zeit später alle zu zerstören.

»Lucas, das hier wird nicht funktionieren«, sagte Annie leise, während ihre Augen über die glitzernden Wellen wanderten. Lucas hielt den Blick weiterhin aufs Meer gerichtet und versteifte sich. Er kannte sie gut genug, um auf das hier vorbereitet zu sein, und wartete. »Wie stellst du dir das hier eigentlich genau vor?«, fuhr sie in einem aggressiveren Tonfall fort. »Ich meine, es ist ja

alles sehr hübsch. Das Haus, der Strand, der heiße Sex in den Dünen. Aber wir beide wissen doch, dass es bloß eine Lüge ist.«
»Wer lügt hier?«, fragte Lucas, nachdem sie einen Augenblick lang geschwiegen hatten.
»Du. Ich. Ich meine, das hier hat Spaß gemacht, aber wir kennen einander zu gut. Diese Beziehung ist beinahe inzestuös. Ich meine … ich mag dich wirklich. Aber mir gefiel das, was wir hatten. Du weißt schon … davor.«
»Als wir bloß Freunde waren?«
»Genau.«
»Du meinst also, dass wir besser bloß Freunde bleiben sollten?«
Sie zögerte, aber nicht lange genug. »Ja, bloß Freunde.«
»Sag schon, was du sagen willst!«, forderte er sie auf und blickte aufs Meer hinaus.
Sie lachte kurz auf. »Sex ist nicht alles.«
Lucas stand aus seinem Stuhl auf. Er ging einige Schritte fort und betrachtete die Wellen. Sie dachte schon, er würde einfach davongehen, doch stattdessen drehte er sich wieder um und kam auf sie zu. Dann ließ er sich vor ihr in den Sand fallen und sah sie an. Die schwarzen Haare auf seiner Brust wurden bereits weiß. Sie mochte die Fältchen um seine Augen, wenn er lächelte. Es waren Falten, wie sie nur glückliche Menschen hatten. Doch gerade eben lächelte er nicht. Er griff nach ihrer Sonnenbrille und nahm sie ihr ab, und plötzlich fühlte sie sich wie entblößt.
»Annie, das hier interessiert mich einfach nicht. Ich will nicht *le chat et la souris* spielen.«
»Ich spiele doch nicht Katz und Maus«, erwiderte sie empört, doch sie wusste, dass es eine Lüge war. Sie tat so, als wäre sie schwer rumzukriegen. Sie war bereit, alles auf eine Karte zu setzen, wenn es denn sein musste. Das hier war doch irgendwie ein Test.

»Annie. Das hier ist nicht einfach so passiert. Vielleicht, was dich betrifft, aber für mich ganz sicher nicht. Ich habe … jahrelang … auf dich gewartet und gehofft, dass wir zusammenkommen.«

Sie sagte nichts. *Bitte, sprich weiter.*

»Ich habe schon immer gehofft, dass sich mehr ergibt«, fuhr er fort und sah sie an.

»Schon immer?« *Bitte, sag es mir. Sprich weiter.*

»Bereits als Johnny noch am Leben war. Ich war damals schon in dich verknallt.«

»Verknallt?«

»Wahnsinnig verknallt, Annie. Zwing mich nicht, das Wort auszusprechen.«

»Welches Wort?« Sie setzte schnell ihre Sonnenbrille auf, denn vor ihren Augen verschwamm alles, und sie wusste nicht, was sie fühlen sollte. Lucas war ein erfahrener Verführer. So viele Frauen. Natürlich wusste er, was nötig war, um aufrichtig zu wirken. Sie hatte ihn in Aktion erlebt. Er wollte bloß seinen Willen bekommen.

»Du willst doch bloß deinen Willen bekommen«, erklärte sie.

»*Bien sûr.* Natürlich möchte ich bloß meinen Willen bekommen. Und was glaubst du, ist das? Und könntest du bitte deine Brille abnehmen. Sie nervt.«

»Es ist zu hell hier. Es blendet mich.«

»Die Sonne oder die Wahrheit? Sieh ihr ins Gesicht. Sieh *mir* ins Gesicht. Lass dich blenden, um Himmels willen. Nimm endlich diese lächerliche Sonnenbrille ab.«

Annie folgte seiner Bitte.

»Du weinst«, erklärte er. »Ich bin erleichtert.«

»Erleichtert«, wiederholte sie, unfähig, eigene Worte zu finden.

»Du«, sagte Lucas und stupste ihre Nase mit dem Zeigefinger an. »Du hast Gefühle. Für mich.«

»Wovon sprichst du? Natürlich habe ich Gefühle für dich.«
Lucas wischte ihr mit dem Handrücken die Tränen aus dem Gesicht, und sie roch Testosteron – ihres oder seines? – und Sonnencreme, obwohl er sie nur kurz berührt hatte.
Sie wollte, dass er wieder seitlich an ihrem Hals knabberte und ihr sagte, wie wunderschön sie war. So, wie er es in den Dünen getan hatte.
»Du bist wunderschön.«
Sie lachte und weinte zugleich. »Du bist ein Frauenheld. Ich wäre verrückt.«
»Was meinst du damit? Hätte ich etwa die letzten zwölf Jahre im Zölibat leben sollen?«
»Du erwartest tatsächlich von mir, dass ich dir glaube, dass du dich durch alle Betten geschlafen hast, während immer bloß *ich* die Frau deiner Träume war? Lucas, ich bin kein Teenager mehr. Ich kaufe dir diesen Mist nicht ab.«
»Du musst ihn mir aber abkaufen. Es ist die Wahrheit.«
»Die Wahrheit?«
»Okay. *Merde!«* Er schlug mit der Faust auf den Sand vor ihren Füßen ein. »Ich will dich, *tu comprends?* Ich wollte dich schon immer. Ich konnte doch nicht wie im Zölibat leben, während du eine ehrbare und hingebungsvolle Ehefrau warst und danach eine ehrbare, trauernde Witwe. Und dann hast du auch noch die ganze Zeit so aufreizend vor mir mit dem Arsch gewackelt.«
»Du hast vielleicht Nerven! Ich habe doch nie … nie damit gewackelt.«
»Oh, und wie du gewackelt hast.«
»Du hast vielleicht Nerven.« Sie lachte laut auf. Er fand ihren riesigen Hintern tatsächlich sexy.
»Aber weißt du, es ist nicht bloß dein Körper. Ich mag alles an dir, selbst … selbst deinen äußerst schwierigen Charakter. Und ich

werde nicht aufgeben. Ich will nicht wieder bloß dein Freund sein. Ich will mit dir zusammen sein. Wenn du es mir erlaubst.«

»Oh, na gut. Zum Teufel«, erwiderte sie.

Lucas legte eine Hand an ihren Hals, als überlegte er gerade, sie zu erwürgen. »Na gut? Und weiter?«

»Ich erlaube es dir.«

»Na endlich!« Lucas umfasste ihr Kinn und küsste sie.

Weit entfernt hörte sie Lia kreischen. »Sieh nur, Maxence! Lucas und deine Mum küssen sich!«

Und es war ihr vollkommen egal.

30

Althea klopfte und betrat das Zimmer. Sie ließ sich auf dem Stuhl vor Madame Deflorets Mahagonitisch nieder und zog eines ihrer Knie ans Kinn, während sie darauf wartete, dass Madame Defloret ihr Telefongespräch beendete. Selbst hier waren die Fenster vergittert. Hinter den Gittern sah man das Blätterdach der Bäume im Krankenhauspark, unter dem die psychisch kranken Patienten spazieren gingen.

Madame Defloret legte den Hörer auf und lächelte Althea an. »Althea, Sie sind jetzt bereits zehn Tage bei uns, und Sie haben sich gut geschlagen, meine Liebe. Sie sind eine tapfere und starke junge Frau.«

Althea ließ die Worte wirken. Tapfer und stark. Ja, sie war tatsächlich tapfer und erstaunlich stark gewesen. »Danke«, lächelte sie. »Es lief so gut, wie eine psychische Krankheit nur laufen kann.«

»Ich sehe, Sie haben Humor. Das ist wunderbar! Es braucht einiges, um eine Krankheit derart unerschrocken anzupacken, wie Sie es getan haben. Nicht alle haben den Mut dazu.«

»Danke.« Althea wusste, dass sie bereit gewesen war. Die Wandlung hatte sich in den letzten sechs Monaten vollzogen, ohne dass es ihr bewusst gewesen war. Ohne das Leben in Annies Haus, diesem verrückten Haus, wo alle miteinander stritten, es übermäßig zu essen gab und Kinder spielten, ohne Jared, der sie gemalt und geküsst hatte, ohne Paris und das überschwengliche, chaotische Lebensgefühl wäre sie nie dazu bereit gewesen.

»Wir beide haben schon einmal darüber gesprochen, dass es auch möglich wäre, sie ambulant weiter zu behandeln«, meinte Madame Defloret. »Ich denke, die Zeit dafür ist nun gekommen.«

»Aber ich bin noch nicht bereit, von hier fortzugehen!«, erwiderte Althea und hatte plötzlich Angst.

»Sie benötigen weiterhin eine intensive Therapie, aber Sie müssen nicht mehr im Krankenhaus bleiben. Es wird eine lange und schwere Reise werden, mindestens genauso lang wie die Reise, die Sie hierher geführt hat. Sie dürfen sich keine unmittelbaren Ergebnisse erwarten, aber ich glaube fest daran, dass Sie es schaffen werden.«

»Aber ich …« Altheas Stimme versagte. »Aber ich schaffe es nicht alleine.«

Madame Defloret lächelte sanft. »Jetzt ist alles anders. Wir haben ja darüber gesprochen, ein Netz an Unterstützern aufzubauen, die …«

»Meine Eltern haben nicht einmal angerufen. Es ist ihnen egal.«

»Im Interesse Ihrer Heilung müssen Sie sich auf diejenigen Personen konzentrieren, denen Sie *nicht* egal sind.« Das Klingeln des Telefons unterbrach sie. »Ja«, sagte Madame Defloret. »Im Warteraum, bitte.« Sie legte den Hörer auf. »Und tatsächlich ist auch gerade jemand hier, der Sie besuchen möchte.«

Althea betrachtete ihre Hände, die Gitter vor dem Fenster, Madame Defloret. »Ich glaube nicht, dass ich bereit für Besuch bin.«

»Besucher können wie ein Fels in der Brandung sein.«

Mum! Übelkeit stieg in Althea hoch. »Sie können mich doch nicht einfach so in die Höhle des Löwen schicken.«

»Er wird sicher kein Nein akzeptieren«, erwiderte Madame Defloret. »Soll ich ihn hereinbitten?«

Ihn? Althea kauerte sich abwehrend auf ihrem Stuhl zusammen. Die Hoffnung war so stark, dass es weh tat. »Ja, bitte.«

Die Tür zu Madame Deflorets Büro ging auf.

Jared wirkte irgendwie größer – oder dünner. Er war ordentlich rasiert und hatte dunkle Ringe unter den Augen.

»Ich lasse euch beide alleine«, erklärte Madame Defloret, bevor sie aufstand und den Raum verließ.

Althea blieb sitzen und rührte sich nicht. Sie hatte das Gefühl, immer weiter in den Stuhl zu sinken.

»Sie wollten mir einfach nicht verraten, wo du bist«, sagte er und lächelte unsicher.

»Warum? Warum nicht?«

»Sie meinten wohl, ein Junkie wäre kein guter Umgang für dich.«

»Ach, Jared, es tut mir so leid.« Sie wusste nicht, was ihr eigentlich leidtat.

»Ich habe nach dir gesucht. Dann bin ich einige Tage auf Entzug. Und jetzt bin ich hier.«

»Ach so, in Ordnung«, flüsterte sie. »Das verstehe ich natürlich.«

Jared kniete sich neben ihrem Stuhl nieder, nahm ihre Hände und führte sie an sein Gesicht. »Ich bin verrückt. Du bist verrückt. Vielleicht sind wir gemeinsam etwas weniger verrückt. Was meinst du?«

Althea kämpfte verzweifelt gegen die Tränen der Sehnsucht, der Verzweiflung und der Freude an.

»Aber du musst mir versprechen, dass du wieder gesund wirst«, sagte er.

Altheas Blick fiel auf seine wunderschönen, männlichen Hände, die ihre schmalen Handgelenke umschlossen hielten. Eine Welle des Ekels brach über sie herein. *Natürlich* musste sie wieder gesund werden. Sie musste sofort damit aufhören. Ihr altes Leben war nun nicht mehr notwendig. Sie war nicht mehr länger alleine. Er wollte sie unversehrt, nicht zerbrochen. Nicht krank. Sie würde es für ihn tun und für sich selbst. Althea stand auf und ließ sich von Jared in den Arm nehmen. Der Geruch seines T-Shirts war, als wäre sie wieder nach Hause zurückgekehrt. Sie warf einen Blick aus dem Fenster, und alles stürzte auf sie ein. Die warmen Sonnenstrahlen, die ihren Körper liebkosten, das Zwitschern der Vögel, der Wind, der durch die Bäume fegte, der Geruch nach frisch gemähtem Gras. Jetzt. Genau jetzt. Es war so einfach. Und sie konnte es spüren.

Lolas Haare klebten verschwitzt an ihrem Nacken. Sie war immer wieder die Treppe hinauf- und hinuntergeeilt, hatte mehrere Maschinen Wäsche gewaschen und die letzten Einkäufe erledigt, und nun klopfte ihr Herz vor Anstrengung und Furcht. Alles fügte sich zu einem Ganzen, alles war im Begriff auseinanderzubrechen.

Jared und Althea hatten ihre jeweiligen Behandlungen beendet und verkündet, dass sie gemeinsam in Jareds Wohnung in der Rue de Cambronne ziehen wollten. Beide hatten noch eine lange Reise vor sich, um ihre Krankheit zu überwinden, und blieben in ambulanter Behandlung.

Annie und Lucas waren bemüht, sich vor den anderen nicht anmerken zu lassen, wie verliebt sie waren, doch ihre rosigen Wangen und das Lächeln auf ihren Lippen zeugten von ihrer Freude darüber, dass ihr unerfülltes Verlangen nach zehn Jahren endlich erfüllt wurde. Es war wunderschön zu sehen, wie glücklich Annie war.

Und ihr eigenes Leben? Fügte es sich wieder, oder brach es gerade auseinander? Lola war sich nicht sicher. Sie wusste bloß, dass sie mit Mark und den Kindern nach Hause zurückkehren würde. Sie würden Paris am nächsten Tag verlassen.

Natürlich hatte Marks Ankunft alles verändert. Hätte er sie nicht gefunden, wäre sie vielleicht für immer in Paris geblieben. Aber er *hatte* sie gefunden. Solange Mark nicht in der Nähe gewesen war, hatte sie es geschafft, sich selbst einzureden, dass ihre Flucht eine angemessene Reaktion auf ihre Probleme gewesen war. Doch nachdem sie Marks Wiedersehen mit Lia und Simon mit angesehen hatte, war sie entsetzt von ihrem eigenen grausamen Verhalten ihm und den Kindern gegenüber gewesen. Sie wusste, dass ihre Grausamkeit und ihr egoistisches Verhalten aus der Angst heraus entstanden waren. Die Angst hatte dazu geführt, dass sie sich feige verhalten hatte, wie Lucas immer angemerkt hatte. Ja, sie war feige gewesen, und ihr Verhalten ekelte sie mittlerweile an. Doch wenn es etwas gab, was sich in den sechs Monaten in Paris verändert hatte, dann die Tatsache, dass sie sich nicht mehr als Opfer fühlte und auch keinen Grund mehr sah, sich wie eines zu verhalten. Sie konnte selbst aktiv werden, Forderungen stellen, Grenzen ziehen. Sie hatte sich selbst geschworen, niemals wieder feige zu sein. Das, was sie am meisten fürchtete, musste sofort erledigt werden. Das, wovor sie am meisten Angst hatte, es auszusprechen, musste sofort gesagt werden.

Sie ließ den Blick durch das hübsche kleine Schlafzimmer schweifen. Die Frau, die es vor sechs Monaten betreten hatte, existierte nicht mehr. Ihr gefiel die neue Lola sehr viel besser.

Sie schloss den letzten Koffer und verließ ihr Zimmer. Im Treppenhaus roch es nach gekochtem Lamm und Gewürzen, und der Geruch war überwältigend. Das Lamm für Annies Party. Lolas Herz wurde unendlich schwer, wenn sie an die Abreise dachte. Alleine an diesem Morgen war sie drei Mal in Tränen ausgebrochen. Dennoch, sie musste sich zusammennehmen und Annie helfen. Obwohl sich alle über die Verzögerung beschwerten – vor allem Mark, der nicht verstand, warum sie nicht vor der Party abreisen konnten und warum er noch länger warten musste, bis er seine Familie nach Hause bringen konnte. Doch Lola wollte um Annies willen bis nach der Party bleiben. In ihrem alten Leben hätte sie Mark nachgegeben. In ihrem alten Leben, das gerade einmal sechs Monate in der Vergangenheit lag.

Alle mussten helfen, und alle taten es, obwohl niemand verstand, warum Annie darauf beharrte, das alles durchzuziehen. Niemand wagte zu fragen, warum diese Party so wichtig für sie war. Lola vermutete, dass Annie den Tod oder die Geburt von etwas sehr Persönlichem feiern wollte, zu persönlich, um darüber zu sprechen. Mit dieser Party schien Annie offiziell ihr Leben zurückzufordern.

Lola stand im Treppenhaus und war zu langsam, um noch verhindern zu können, dass Simon Laurent einen Tennisball an den Kopf warf.

»Simon, du bist in meinem Team, du Blödmann«, rief Laurent. Simon brüllte erfreut auf und lief davon, ohne sie auch nur zu bemerken. Die Jungen rannten wie wild durchs ganze Haus, brüllten und kämpften gegeneinander, und Lola fragte sich, wie einsam Simon wohl ohne sie sein würde. Natürlich würde er weiterhin die Kinderkrippe besuchen. Sie hatte herausgefunden, dass er ein aktiver, unerschrockener Junge war, der Bälle, Waffen und Gerangel liebte. Er war kein Junge, den man vor dem Leben beschützen musste.

Früher am Tag hatten die Kinder den großen Teppich im Wohnzimmer zusammengerollt und jedes Kissen im Haus zusammengetragen. Dann hatten sie alles hinaus in den Garten unter das riesige Leinenzelt gebracht, das mittlerweile über den Garten gespannt war. Sie hatten Laternen aufgehängt und kleine Tische aus Pappschachteln aufgestellt, die sie mit Stoffen bedeckt hatten. Im Inneren wirkte das Zelt geräumig, gemütlich und exotisch, wie direkt aus Aladdins Welt.

Lia stand unter dem Zelt und steckte Blumen zurecht. Sie sah sehr hübsch aus in ihrem Sari aus purpurner und rosafarbener Seide. Sie sah aus wie eine Prinzessin, doch das prinzessinnenhafte Gehabe war verschwunden. Genauso wie der finstere Blick. Lia hatte gelernt, dass eine Zicke in einem Haus voller wild gewordener Jungen nicht weit kam, und das war ein Zeichen für ihre Anpassungsfähigkeit. Vielleicht verwandelte sie sich zu Hause, wo sie von vielen Mini-Diven umgeben sein würde, selbst wieder in eine Mini-Diva, dennoch sah die Sache nun ganz anders aus, denn Lola hatte nicht mehr länger Angst vor ihren Kindern. Annie hatte ihr gezeigt, dass Kinder Führung und Grenzen brauchten. Schwache Mütter führten zu verwirrten Kindern. Und sie hatte durch Annies Schule gelernt, dass sie keine Angst haben musste, die Liebe ihrer Kinder zu verlieren, wenn sie sich ihnen gegenüber behauptete.

»Schätzchen, hast du die Tische hier ganz alleine dekoriert?«, fragte sie Lia. »Sie sehen sehr hübsch aus!«

Lia strahlte. »Wenn ich groß bin, möchte ich Innenarchitektin werden.«

»Dazu hast du sicher Talent.«

»Glaubst du, Daddy gefällt die Party?«

»Egal, ob sie ihm gefällt oder nicht, wir werden sie genießen, nicht wahr?«

»Ich bin froh, dass Daddy hier ist.«
»Ich bin auch froh, mein Schatz.«
Und das stimmte auch.
Sie und Mark hatten sich ihr winziges Bett geteilt. Sie hatten unter dem mit Gänseblümchen verzierten Baldachin gelegen und geredet und geredet. Sogar über die schmerzhaften Dinge. Sie hatten gemeinsam geweint, und sie hatten sich im Arm gehalten, aber sie hatten nicht miteinander geschlafen. Noch nicht. Nicht, solange ihre Wut nicht verflogen war. Nicht, bevor sie nicht einer Meinung waren, wie die Dinge ab jetzt laufen sollten oder wie die Dinge nie mehr sein durften.
Ihr Flug ging in vierundzwanzig Stunden. Mark hatte sich unter dem Vorwand entschuldigt, eine Internetverbindung zu suchen, doch sie vermutete, dass ihm das überwältigende Chaos im Haus zu viel geworden war. Annies Ablehnung gegenüber Mark, für die Lola natürlich niemanden außer sich selbst verantwortlich machte, war beinahe greifbar. Mark hatte sich allen gegenüber freundlich und nett verhalten. Er und Lucas hatten sich sofort verstanden. Dennoch wurde Annie jedes Mal wütend, sobald sie sich im selben Raum mit ihm befand. Lola drückte Lia einen Kuss auf die geflochtenen Haare und verließ das Zelt in Richtung Küche, wobei sie sich innerlich auf das Zusammentreffen mit Annie vorbereitete.
Annie kochte seit zwei Tagen. Ein *Méchoui,* ein ganzes Lamm, briet schon seit Stunden in dem riesigen Herd und verströmte seinen außergewöhnlichen Duft im gesamten sechzehnten Arrondissement. Außerdem hatte sie Unmengen an Couscous gekocht und tunesische Pasteten und marokkanische Brötchen mit Anis vorbereitet. Das Essen würde reichhaltig, süß und schwer, fröhlich und überzogen werden. Es würde wundervoll werden. Wäre Annie bloß nicht mehr so wütend gewesen. Lola hatte den ganzen

Tag über geweint, und sie war noch nicht damit fertig. Aber Sentimentalität war nicht Annies Sache.

Lola betrat die Küche. Es war so heiß wie im Inneren eines Backofens, und der starke Geruch nach Minze und gebratenem Lamm hatte sich überall festgesetzt.

Annie hielt die Ellbogen hoch erhoben, während sie in einem riesigen Topf voll *Taboulé* rührte. Sie sah ein wenig aus wie eine Hexe vor ihrem Kessel. Lucas und Jared eilten immer wieder in die Küche und brachten Baguettes, Weinkisten und Körbe voller Früchte. Und Althea saß am Küchentisch und schälte Möhren, Rüben und Zucchini, während ihre Augen in einem neuen, wunderschönen Licht erstrahlten.

»Der Fußboden, Annie, sieh dir bloß den Fußboden an!«, rief Lucas. Der Küchenboden war voller Schmutz, den sie alle bei ihrem ständigen Hin und Her verloren hatten, und sah aus wie ein Bahnhofsboden an einem Regentag. »Der wird nie wieder sauber«, beharrte Lucas.

»Der Fußboden hat schon Schlimmeres miterlebt«, erklärte Annie. »Sieh dir einmal meine Haare an. *Darüber* sollte man sich Sorgen machen.« Ihre Haare hatten sich durch den Dampf in Locken gelegt und standen in alle Richtungen ab. »Ich sehe aus wie Don Kings Mum.«

»Du hast die schönsten Haare, die ich jemals gesehen habe«, erwiderte Lucas, der unter dem Gewicht der letzten Kiste Wein schnaufte und keuchte.

Lola trat neben Annie an den Herd. »Ich habe fertiggepackt«, sagte sie. »Wie kann ich helfen?«

Annie rührte weiter, ohne sie anzusehen. »Ich brauche keine Hilfe«, erwiderte sie kühl.

Lucas und Jared stellten die letzte Kiste ab und verließen die Küche.

»Bitte sei nicht böse auf mich«, bat sie Annie. »Ich bin mir sicher, du brauchst mich.«
»Ich gewöhne mich besser daran, wieder alleine zu sein«, erwiderte Annie und rührte aggressiv in ihrem Topf. »Du kannst dir doch nicht einmal selbst helfen. Also sag mir, wie um alles in der Welt du mir helfen willst.«
Althea, die noch immer am Küchentisch saß, warf Lola einen Blick zu, der ihr zu verstehen gab, dass Annie kurz davor stand, zu explodieren. Dann legte sie schnell das Messer zur Seite, wischte sich die Hände trocken und verließ die Küche.
»Komm schon, Annie«, begann Lola, und ihre Stimme wurde bereits immer leiser. Aber dieses Mal würde sie kein Feigling sein, sondern die Sache anpacken. »Es konnte nicht ewig so weitergehen. Das wusstest du doch.«
Annie drehte sich auf dem Absatz zu ihr um und sah mit den beiden Kochlöffeln in der Hand sowohl komisch als auch furchteinflößend aus. In ihren gelockten Haaren hatte sich etwas verfangen, das aussah wie frische Petersilie.
»Und warum nicht? Hier warst du glücklich, und dort wirst du bloß unglücklich sein.«
»Es gefällt dir vielleicht nicht …«
»Jetzt wieder nach Hause zurückzulaufen bringt überhaupt nichts. Tatsächlich ist es einfach nur dämlich.«
»Aber es ist nicht viel dämlicher als das, was du gerade machst«, erwiderte Lola, und ihre Stimme klang angriffslustiger als beabsichtigt.
»Und das wäre?«
Lola hörte überrascht, wie sie einfach weitersprach. »Nun, du vermietest beispielsweise Zimmer an Menschen und erwartest von ihnen, dass sie ihr Leben nach deinen Wünschen und Launen ausrichten.«

»Das war nicht sehr nett. Also gut, Lola. Lauf doch zurück in dein dämliches Beverly Hills. Lackier dir stundenlang die Zehennägel und frag dich, was aus deinem Leben geworden ist.«
»Annie«, erwiderte sie sanft. »Wir bleiben Freundinnen.«
»Ab und zu ein Telefonanruf ist keine Freundschaft, sondern erbärmlich! Du tust nicht das, was gut für dich ist, sondern bloß, was gut für Mark ist.«
»Und was soll ich tun, nachdem du ja die Antwort auf alle Fragen kennst?«
»Du bist hierhergekommen, um neu anzufangen, erinnerst du dich? Das war der Sinn der ganzen Sache. Sieh dir nur Althea an, sie startet einen Neuanfang! Nicht wahr, Althea?« Sie wandte den Kopf, bloß um festzustellen, dass Althea verschwunden war. »Aber du kriechst bloß wieder zurück in deine Höhle.«
Lola spürte, wie die Hitze ihren Nacken hochstieg. »Mach dir keine Gedanken, ich lasse mich nicht wieder von ihm übervorteilen. Ich lasse mich von niemandem übervorteilen.« Sie hielt inne, bevor sie weitersprach. »Auch nicht von dir.«
»Ich? Ich soll dich übervorteilen?«
»Ja, genau. Du kannst nicht immer einen Wutanfall bekommen, sobald dich jemand enttäuscht. Das macht es schwierig, überhaupt mit dir zusammen zu sein.« Lola bereute ihre Worte sofort. Annie erstarrte, legte ihren hölzernen Kochlöffel beiseite und setzte sich an den Tisch. Dann vergrub sie den Kopf in den Händen und begann zu zittern.
Lola dachte zuerst, dass sie lachte, doch dann bemerkte sie entsetzt, dass Annie weinte. Sie setzte sich neben sie.
»Alles in Ordnung?«
»Verlassen mich deshalb alle?«, fragte Annie schluchzend. »Weil ich nicht zu ertragen bin?«
Lola war sich nicht sicher, wen Annie mit »alle« meinte, aber

plötzlich erkannte sie, dass Annies Zustand besorgniserregend war. Ihre Trauer schien tief aus ihrem Inneren zu kommen.
Lola fragte sich, ob sie ihr vielleicht über den Rücken streicheln sollte. »Natürlich nicht. Ich werde dich furchtbar vermissen.« Lola suchte nach den richtigen Worten. »Du bist die beste Freundin, die ich jemals hatte. Du vergraulst die Leute nicht. Ich nehme es zurück. Es tut mir leid. Genau das Gegenteil ist der Fall. Du ziehst Menschen an. Die Menschen lieben dich. Ich … ich liebe dich, in Ordnung? Mein Gott, ich wünschte, das hier bliebe uns erspart.«
»Es tut mir leid, dass du dich jetzt unwohl fühlst.« Sie hob ihr tränenüberströmtes Gesicht und sah Lola an. »Also, warum reißt du dich so zusammen? Umarme mich und weine ein wenig mit mir.«
»Ich werde nicht weinen. Aber ich werde dich umarmen. Ich hasse Verabschiedungen.«
Annie lachte und weinte mittlerweile gleichzeitig. »Komm her!« Sie umarmte Lola, und Lola wischte sich ihrerseits die Tränen aus dem Gesicht.
»Du bist einfach furchtbar!«, schluchzte Lola. »Ich glaub's nicht.« Und dann kochten sie beide gemeinsam weiter und schluchzten den ganzen Nachmittag über.

»Sehe ich in dem Kleid nicht aus wie ein Clown?«, fragte Annie Lucas und versuchte, die Musik von Lady Gaga zu übertönen. Lucas nahm ihre Hand und brachte sie auf ihren schwindelerregenden, dünnen Absätzen dazu, eine Drehung zu vollführen. Ihr Kleid wirbelte herum. Es war ein tiefdekolletiertes, gerafftes Ding mit roten und schwarzen Punkten im Flamenco-Stil und passte ihr wie angegossen.
»Clowns haben mich noch nie so erregt«, erwiderte Lucas ernst.

Die Stimmung wurde immer ausgelassener. Die Frauen zeigten bereits sehr viel Haut, und Annie war noch nüchtern genug, um die Joints nicht zu übersehen, die langsam zum Vorschein kamen.
»Ich bringe jetzt wohl besser die Kinder in Sicherheit«, erklärte sie Lucas. Sie wippte mit den Hüften im Takt, als sie sich von ihm abwandte und davonging. Sie bahnte sich ihren Weg durch die tanzenden Gäste hindurch und machte sich auf die Suche nach Lola. Sie ging nach oben und öffnete leise die Tür zu ihrem Schlafzimmer. Dort lagen sechs kleine Kinder, unter anderem auch Simon, auf ihrem Bett oder auf dem Boden und schliefen tief und fest. Lola war nicht da. Sie ging wieder nach unten und wechselte einige Worte mit Gästen, die sie nur flüchtig kannte, aber dennoch eingeladen hatte. Maxence, Paul, Laurent und etwa ein Dutzend andere Kinder liefen wie wild durchs ganze Haus. Es war bereits nach Mitternacht.
»Kinder, es wird Zeit, es etwas ruhiger anzugehen. Kommt doch in ein paar Minuten ins Wohnzimmer, dann könnt ihr euch noch einen Film ansehen.«
Sie ging wieder nach draußen. Unter dem Zeltdach tanzten einige Pärchen zur Reggae-Musik, während die anderen Gäste auf den Kissen um die niedrigen Tische herum saßen, tranken, aßen und sich unterhielten. Annies Meinung nach verlief die Party einfach wundervoll.
Bloß Mark schien nicht sehr glücklich zu sein. Er saß alleine in einer Ecke und betrachtete die Tänzer. Sie beobachtete ihn aus den Augenwinkeln heraus und bemerkte, dass er vor allem Lola im Blick hatte, die offensichtlich eine unermüdliche Tänzerin war.
In einer anderen Ecke des Zeltes saßen Althea und Jared so nahe beieinander wie siamesische Zwillinge. Althea flüsterte Jared etwas ins Ohr, und er steckte ihr daraufhin etwas zu essen in den Mund.

Mein Gott, wer war sie, um über die beiden zu richten? Es schien immerhin zu funktionieren.
Sie nahm Lola zur Seite und meinte: »Wir müssen uns aufteilen, die Kinder zusammentreiben und sie vor den Fernseher verfrachten. Die Leute fangen an, Gras zu rauchen, und einige der Salsa-Tänzer sind nicht mehr ganz jugendfrei.« Wie zum Beweis tanzte gerade ein Pärchen langsam an ihnen vorbei, wobei die Hand des Mannes immer tiefer unter den Rock der Frau glitt.
»Du hast offensichtlich recht.«
Sie sammelten die Kinder zusammen, legten einen Film ein und schlossen die Tür zum Wohnzimmer.
»Amüsierst du dich?«, fragte sie Lola.
»Ja, aber es würde viel mehr Spaß machen, wenn Mark nicht hier wäre. Er tanzt nicht und trinkt nicht. Ich hingegen hätte das Bedürfnis, mir die Bluse vom Leib zu reißen und allen mein aufreizendes Top zu zeigen.«
»Und was hält dich davon ab?«
»Mark hat in unserer Beziehung definitiv die Rolle des strengen Elternteils übernommen.«
»Weil du es ihm erlaubst. Es ist nicht mehr notwendig, dass du unter seinen missbilligenden Blicken erzitterst, dein Leben in seine Hände legst und ihn dann dafür verantwortlich machst.«
»Verteidigst du Mark jetzt etwa?«
»Nun, im Moment sieht er zumindest extrem unglücklich aus. Du musst ihn wohl vor sich selbst retten.«
»Aber was ist, wenn er nicht …?«
»Dann zwing ihn dazu!«
Annie sah zu, wie Lola zur Bar ging, zwei Gläser Wodka-Orange mixte, einen großen Schluck nahm und zu husten begann. Dann zog sie ihre Bluse aus, so dass ihr Top aus schwarzer Spitze zum Vorschein kam, aus dem ihre Brüste wie zwei Raketen hervor-

ragten. Sie bewegte sich langsam mit einem Glas in der Hand auf Mark zu.

Mark sah zu ihr hoch und betrachtete besorgt ihr Dekolleté.

»Also, betrinkst du dich jetzt endlich und tanzt mit mir, oder was?«, fragte Lola ihn. Sie hielt ihm mit einer Hand das Glas entgegen, während sie mit der anderen nach ihm griff.

»Weißt du, ich möchte lieber einen klaren Kopf bewahren. Wir reisen doch morgen ab«, antwortete Mark, ohne sich zu rühren.

Lola drückte ihm das Glas mehr oder weniger gewaltsam in die Hand. »Es wäre für uns beide das Beste, wenn du dich ein wenig entspannst.«

Mark führte das Glas an seine Lippen und trank. »Nicht schlecht. Ich bin mir nicht sicher, wie das hier auf mich wirkt. Du weißt schon, wegen all der Pillen, die ich nehme.« Er nickte in Richtung der Tänzer. »Wie macht man das?«

»Salsa tanzen? Warte, ich zeig es dir.« Sie streckte ihm die Hand entgegen, und er stand auf. Dann umfasste sie seine Hüften und zeigte es ihm.

Annie hatte das Gefühl, platzen zu müssen, noch bevor die Nacht zu Ende ging, und das hatte nichts mit dem Korsett ihres verrückten Kleides zu tun. Sie platzte beinahe vor Freude. Und sie platzte vor Trauer. Sie hatte recht gehabt, was die Party betraf. Es war kein Luxus, es war lebensnotwendig. Ihr Leben war wie auf den Kopf gestellt. Ihr ehemals bester Freund war nun ihr Liebhaber. Die Frau, auf die sie so eifersüchtig gewesen war, war nun ihre beste Freundin. Es war nun absolut in Ordnung, Johnny zu hassen. Und sosehr sie das Haus auch liebte, es war ihr mittlerweile nicht mehr so wichtig. Hier in diesem Haus fand ihr Leben statt. Aber sie brauchte es nicht länger, um zu überleben.

Sie ging herum, wippte mit den Hüften im Takt der Musik und begrüßte alte Freunde, die allesamt erfreut waren, dass sie wieder die Alte war, und es ihr auch sagten. Sie sammelte leere Tassen und Teller ein. Ein mitreißender lateinamerikanischer Rhythmus erklang. Sie sah Gunter, von dem sich Lola mittlerweile ohne jedes Drama getrennt hatte, und der mit einer wunderschönen Frau tanzte, mit der Lucas einmal zusammen gewesen war. Wo war Lucas? Sie spürte, wie die Nervosität von ihr Besitz ergriff, und suchte zwischen den tanzenden Paaren nach ihm. Und er tanzte tatsächlich. Mit einer Frau. Es war eine feurige Salsa, und die Frau war eine wunderbare Tänzerin. Lucas wirkte so steif wie ein kirchlicher Würdenträger auf Glaubensmission und versuchte, mit ihr Schritt zu halten.

Annie marschierte auf die beiden zu, und im nächsten Augenblick hatte sie Lucas von der Frau fortgezogen.

»*C'est mon homme.*«

»Ich fühle mich sehr in Beschlag genommen, und es gefällt mir«, erklärte Lucas der Frau, während Annie ihn fortzog.

Sie hielt ihn am Arm fest, zog ihn durchs Haus und hinaus auf die Straße. Draußen vor dem Haus roch die Luft sauber, und die Geräusche der Party klangen gedämpft. Das einzige Licht kam von der alten Straßenlaterne. Sie blieb stehen und sah ihn an. Im nächsten Augenblick liefen ihr die Tränen über die Wangen. »Es tut mir leid«, sagte sie und trat einige Schritte zurück, wobei sie ihr Gesicht in den Händen vergrub.

»Warum? Was tut dir leid?«

»Ich hatte nicht vor, so energisch rüberzukommen. Das hat mich schon früher immer in Schwierigkeiten gebracht. Johnny meinte, ich sei zu eifersüchtig.«

Lucas nahm ihren Arm und zog sie an sich. »Natürlich meinte er das!«, sagte er. »Johnny war ein untreuer Mistkerl.«

Annie schniefte und wischte sich die Augen trocken. »Ja, das war er.«

»Was mich betrifft, musst du dir deshalb absolut keine Sorgen machen«, sagte er und küsste ihre Nase.
»Wie das?«
»Ich habe nicht vor, mehr als drei Minuten lang von dir getrennt zu sein. Wie klingt das?«
»Furchtbar beengend.«
»Morgen wird der glücklichste Tag meines Lebens. Nachdem alle gegangen sind, bekomme ich endlich auch ein wenig Aufmerksamkeit«, erklärte Lucas. »Lass uns doch mit den Kindern eine oder zwei Wochen nach Saint Tropez-fahren.«
Sie schlang die Arme um seinen Hals und küsste ihn. »Wow. Das nenn ich mal einen Vorschlag!« Sie schwieg einige Augenblicke lang. »Ich frage mich, wie sie wohl so sind«, flüsterte sie ihm schließlich ins Ohr.
»Wer? Wen meinst du?«
»Meine zukünftigen Mieter.«
Lucas warf ihr einen entsetzten Blick zu. *»Oh, non!«*

Danksagung

Danke, Joe, für deine unendliche Unterstützung und deine Begeisterung für meine Arbeit.

Danke, David und Nathan. Ihr Jungs seid mein Leben.

Voller Paris-Atmosphäre und Lebensklugheit

Alison Walsh

Sterne über Paris

Roman

Camilles Leben wird auf den Kopf gestellt, als sie einen Brief von ihrer Jugendliebe erhält. Für ein Wochenende verlässt sie ihre Familie, um in Paris den Mann wiederzutreffen, den sie vor zwanzig Jahren nach einer leidenschaftlichen Beziehung verlassen hat. Durch diese Reise zerstört sie ihre Ehe mit Louis, der ihr auf die Schliche kommt. Doch dann übergibt ihre Mutter ihr alte Liebesbriefe, die enthüllen, dass auch sie einst eine Liebe in Paris hatte. Mit diesen Briefen als »Lebenshilfe« beginnt für Camille eine innere Reise, in der sie nicht nur zu sich selbst zurückfindet …

KNAUR

Ein Roman über die Macht der Bücher, die Liebe und die Magie des südlichen Lichts

Nina George

Das Lavendelzimmer

Roman

Er weiß genau, welches Buch welche Krankheit der Seele lindert: Der Buchhändler Jean Perdu verkauft auf seinem Bücherschiff »pharmacie littéraire« Romane wie Medizin fürs Leben. Nur sich selbst weiß er nicht zu heilen, seit jener Nacht vor einundzwanzig Jahren, als die schöne Provenzalin Manon ging, während er schlief. Sie ließ nichts zurück außer einem Brief – den Perdu nie zu lesen wagte. Bis zu diesem Sommer. Dem Sommer, der alles verändert und Monsieur Perdu aus der kleinen Rue Montagnard auf eine Reise in die Erinnerung führt, in das Herz der Provence und zurück ins Leben.

»Dieser Geschichte wohnt ein unglaublich feiner Zauber inne.«
Christine Westermann (WDR)

KNAUR